ESTRATEGIAS ESPIRITUALES:
UN MANUAL PARA LA GUERRA ESPIRITUAL PARTE 1

Por tanto, tomad toda la armadura de Dios, para que podáis resistir en el dia malo, y habiendo acabado todo, estar firmes.

Efesios 6:13

EL YELMO DE LA SALVACION
Jehová es mi luz y mi salvación; ¿de quien temeré?...

Salmos 27:1a

LA CORAZA DE JUSTICIA
JPues de justicia se vistió como de una coraza, con yelmo de salvasción en su cabeza.

Isaias 59:17a

LA ESPADA DEL ESPIRITU
Porque la palabra de Dios es viva y eficaz, y màs cortante que toda espada de dos filos...

Hebreos 4:12a

EL CINTURON DE LA VERDAD
...Si vosotros permaneciereis en mi palabra, seréis verdaderamente mis discipulos; y conoceréis la verdad, y la verdad os hara libres.

Juan 8:31-32

EL ESCUDO DE LA FE
Sobre todo, tomad el escudo de la fe, con que podáis apagar todos los dardos de fuego del maligno.

Efesios 6:16

EL CALZADO DE LA PAZ
¡Cuan hermosos son sobre los montes los pies del que trae alegres nuevas, del que anuncia la paz...!

Isaias 52:7a

Obispo Rev: Dr: Jose A. Ortíz

WORKBOOK PRESS LLC
187 E Warm Springs Rd,
Suite B285, Las Vegas, NV 89119, USA
Website: https://workbookpress.com/
Hotline: 1-888-818-4856
Email: admin@workbookpress.com

Ordering Information:
Quantity sales. Special discounts are available on quantity purchases by corporations, associations, and others.
For details, contact the publisher at the address above.

ISBN-13:   978-1-953839-88-6 (Paperback Version)
                978-1-953839-90-9 (Digital Version)

REV. DATE: 01/28/2023

Estrategias Espirituales:

Un Manual para la Guerra Espiritual

Dedico este libro a todos los pastores, evangelistas y apóstoles, Profetas. Maestros, estudioso, a los profesores e Investigadores Ya los estudiantes creyentes que están esperando de los cielos a Jesucristo (1 Tesalonicenses 1:10).

Entre tanto que el maestro regreso. Dediquense a la evangelización y edificación de otros, por medio de la predicación era Y la enseñanza de la palabra, por favor, haga uso de este material Como una herramienta mas para su labor docente.

Amen

Agradezco a Dios que por medio de su Espíritu Santo me ha Exhortado a cumplir con el mandato de la gran comisión, haciendo Discípulos, ensenando a otros todo lo que el me dado y llevando Su palabra a todo el mundo en necesidad. La

Agradezco a mi esposa Edith G. Ortiz esposa fiel, compañera en el Ministerio de la palabra de Dios.

A mis hijos, mis nietos, a mi padres y hermanos.

A mis compañeros en el ministerio.

A todos los Ministerios y fieles amigos en la palabra de Dios Que han estado apoyándome estos cuarenta cinco años en la Obra de Dios fortaleciendo mi carácter en Cristo, guiando mi Desarrollo espiritual y enviándome a hacer la obra a través del Ministerio.

Que Dios los bendiga ahora y siempre

Amen.

CONTENIDO

CÓMO USAR EL MANUAL
SUGERENCIAS PARA EL ESTUDIO EN GRUPO
PRIMER REUNIÓN

Abriendo: Abra con oración e introducciones. Conozca y matricule a los estudiantes.

Establezca los Procedimientos Del Grupo: Determine quién conducirá las reuniones, el horario, lugar, y fechas para las sesiones.

Alabanza Y Adoración: Invite la presencia del Espiritu Santo en su sesión de entrenamiento.

Distribuya los Manuales A los Estudiantes: Introduzca el título del manual, formato, y objetivos del curso proporcionados en las primeras páginas del manual.

Haga La Primera Tarea: Los estudiantes leerán los capítulos determinados y harán la prueba personal para la próxima reunión. El número de capítulos que usted enseñará por sesión dependerá del tamaño del capítulo, contenido, y de las habilidades de su grupo.

SEGUNDA Y LAS REUNIONES SIGUIENTES

Abriendo: Ore. Dé las bienvenidas y matricule a cualquier nuevo estudiante. También dales un manual. Vea quien está presente o ausente. Tenga un tiempo de alabanza y adoración.

Revisión: Presente un breve resumen de lo que usted enseñó en la última reunión.

Lección: Discuta cada sección del capítulo usando los TÍTULOS EN LETRAS MAYÚSCULAS Y EN NEGRITO como un esbozo de la enseñanza. Pida a los estudiantes que hagan preguntas o comentarios sobre lo que ellos han estudiado. Aplique la lección a las vidas y ministerios de sus estudiantes.

Inspección: Revisar las pruebas personales (página de inspección) que los estudiantes han completado. (Nota: si no quieres que los estudiantes tengan acceso a las respuestas de la prueba personal, puedes remover las páginas de respuestas del final de cada manual).

Maniobras Tácticas: Puedes realizar estos proyectos en grupo o en forma individual.

Examen Final: Si tu grupo está enlistado en este curso en busca de créditos, recibirás un examen final con este curso. Reproducir una copia para cada estudiante y entregar el examen a la conclusión del curso.

INTRODUCCIÓN

 Hay una gran guerra que está siendo librada en el mundo hoy. No es un conflicto entre naciones, tribus, o líderes de gobierno. No es una rebelión o un golpe de estado. Es una importante batalla invisible que está teniendo lugar en el mundo del espíritu. La Biblia dedara que el Pueblo de Dios es destruido por falta de conocimiento (Oseas 4:6). Una de las áreas principales en las cuales los creyentes son derrotados a causa de la falta de conocimiento es la guerra espiritual.

La iglesia primitiva vio la experiencia espiritual en términos de una guerra. La terminologia militar puede encontrarse a lo largo de todo el Nuevo Testamento. La protección se encontró en la armadura de Dios. La Palabra de Dios se comparó con una espada. Los ataques de Satanás fueron llamados dardos encendidos. La fe era la "buena pelea" y a los creyentes se les dijo que "pelearan la buena batalla". La iglesia primitiva sabía que estaban comprometidos en un intenso conflicto espiritual.

La misma batalla espiritual continúa hoy pero en lugar de estar combatiendo al enemigo, los creyentes están frecuentemente construyendo edificios de iglesias, produciendo dramas musicales, teniendo encuentros de confraternidad, y peleandose unos con otros mientras esta gran batalla espiritual está desatándose alrededor de ellos. Satanás Incluso ha intensificado sus ataques contra una iglesia que se ha retirado de las líneas del frente de batalla.

En la medida que el final de los tiempos se aproxima es incluso más importante que los creyentes entiendan la guerra espiritual en estos tiempos más que en los primeros días de la historia de la iglesia. El Apóstol Pablo nos advirtió:

"También debes saber que en los últimos días vendrán tiempos peligrosos" (2 Timoteo 3:1).

En vistas a estar adecuadamente preparados para estos tiempos difíciles, un renovado énfasis debe ser puesto en las estrategias de la guerra espiritual. La vida cristiana es guerra. Más pronto lo reconozcamos y nos preparemos para ella, más pronto experimentaremos la victoria.

Lucas 14:31 dice **"O supongamos que un rey está a punto de ir a la guerra contra otro rey. ¿Acaso no se sienta primero a calcular si con diez mil hombres puede enfrentarse al que viene contra él con veinte mil?"** Ningún rey fue nunca a la batalla sin un cuidadoso examen de sus recursos y sin desarrollar estrategias de batalla. En esencia, es esto lo que vamos a hacer en este curso. Estamos haciendo un cuidadoso examen de la estrategia, armas, y del poder disponible para nosotros para ganar la guerra contra nuestro enemigo, Satanás.

En el mundo militar, "estrategia" es la ciencia de llevar adelante operaciones militares. Es el método o plan que lleva al objetivo de la victoria. En este curso ustedes aprenderán a formular y llevar adelante estrategias militares espirituales que les traerán la victoria en el mundo del espíritu.

FORMATO DEL MANUAL

Cada lección es presentada en términos militares consistiendo de las siguientes secciones:

EL LLAMADO A LAS ARMAS:

El capitulo 1 explica la guerra invisible y el llamado a las armas" para todos los creyentes verdaderos.

<u>**ADMISIÓN:**</u>

Todos los ejércitos en el mundo natural tienen procedimientos de admisión. Estos son cosas especiales que tienes que hacer en vistas a unirte a las fuerzas. Lo mismo es cierto del ejército de Dios. El capítulo 2 explica cómo enlistarse en el Ejército de Dios.

<u>**ENTRENAMIENTO BÁSICO:**</u>

Después de la admisión en el ejército, un soldado siempre recibe entrenamiento básico. El entrenamiento básico para el ejército de Dios es presentado desde el capitulo 3 hasta el 9. Las líneas de batalla de la guerra invisible son definidas. Se discuten las fuerzas del bien y del mal, incluyendo el Señor de las Huestes, los angeles, Satanás, los demonios, el mundo, y la carne. Se identifican el territorio del enemigo, las estrategias, y se presenta también un vistazo general del plan de Dios para la batalla.

<u>**MOVILIZACIÓN:**</u>

El entrenamiento es inútil a menos que un ejército se movilice. "Movilizarse" significa "ponerse en una estado de alerta para el servicio militar activo". En la sección "Movilización de este curso, que se extiende desde los capítulos 10 al 13, aprenderás sobre guerra ofensiva y defensiva, sobre cómo utilizar las armas de la guerra, y los paralelos naturales de la guerra espiritual.

<u>**INVASIÓN:**</u>

Durante una invasión en el mundo natural, el ejército entra en la zona de combate para conquistar a sus enemigos y reclamar el territorio. El entrenamiento básico es inútil a menos que lo que ha sido aprendido se ponga en acción. Incluso un ejército movilizado y equipado con armas no es suficiente si se mantiene inactivo en los flancos. Para ser efectivos en la guerra, debes entrar en la zona de combate. En el estadio de "invasión", que se extiende desde los capítulos 14 al 19, entrarás en la zona de combate del mundo, la carne, y el Diablo. Estudiarás la batalla en la mente, contra la lengua, sobre los muros espirituales, en los lugares altos, y sobre el territorio estratégico. En cada una de estas lecciones estrategias específicas de Satanás se identificarán y se señalarán estrategias para vencer al enemigo.

<u>**ENTRENAMIENTO AVANZADO EN LA GUERRA ESPIRITUAL:**</u>

Después de ganar alguna experiencia en la batalla, los soldados usualmente reciben entrenamiento avanzado en áreas específicas de la guerra. Esta porción del manual se titula "Entrenamiento Avanzado en Guerra Espiritual", cuyas iniciales deletrean "E.A.G.E.". En las acciones militares, un equipo "EAGE" es un grupo especializado desoldados usado para misiones dificultosas. En el entrenamientos avanzado ofrecido en este manual, aprenderás sobre transferencia de espiritus, como asistir a prisioneros y las bajas de la guerra, y como tratar a los poderes demoníacos. También aprenderás sobre como perder una batalla y así y todo ganar la guerra.

<u>**RESUMEN FINAL:**</u>

Durante el "Resumen Final" en el capítulo 26 estudiarás "el conflicto final" el cual llevará a esta guerra de todos los tiempos a una triunfante conclusión.

<u>**APÉNDICE:**</u>

En el apéndice de este manual, examinarás los registros históricos de "Batallas Decisivas de la Biblia" en la medida que continúas desarrollando tus habilidades de guerra espiritual.

<u>**LAS LECCIONES**</u>

Cada lección en este manual de guerra se organiza como sigue:

OBJETIVOS:

Estos son los objetivos espirituales que debes alcanzar al estudiar la lección.

VERSÍCULOS LLAVES DE LAS CLÁUSULAS DE LA GUERRA:

Cuando una nación declara la guerra, frecuentemente se establecen "Cláusulas de Guerra". Este documento explica por que están en guerra, identifica al enemigo, y declara los objetivos de la guerra. La Biblia es la Palabra escrita del único Dios verdadero, el Comandante de nuestro ejército espiritual. La Biblia contiene nuestras "Cláusulas de Guerra" para el combate espiritual. En cada lección, los "Versiculos Llaves de las Cláusulas de la Guerra" enfatizan los conceptos principales de la lección.

INTRODUCCIÓN:

La introducción provee una visión general de los contenidos del capítulo.

LECCIÓN:

Ésta presenta el "informe militar" para ese capítulo. Un "informe" es un tiempo de instrucción antes de la batalla la cual provee información necesaria para librar la guerra espiritual efectiva.

INSPECCIÓN:

En un ejército natural, las "inspecciones" ocurren regularmente para chequear la preparación y las habilidades de los soldados. La sección de "Inspección" de cada capítulo es un examen para ver si se han logrado los objetivos de cada lección.

<u>**MANIOBRAS TÁCTICAS:**</u>

Durante las maniobras tácticas en un ejército natural, los soldados aplican lo que han aprendido a las condiciones actuales de combate. Esta parte de cada lección provee una oportunidad para que tu apliques lo que has aprendido y para estudiar otros materiales relacionados con la lección.

<u>**¿ESTAS LISTO?**</u>

La exposición del enemigo y de sus estrategias es una de las mayores revelaciones de la Palabra de Dios. Mayor aún es la revelación que como creyentes tenemos poder sobre todos los poderes del enemigo. Este manual de ninguna manera es un estudio exhaustivo de la materia de la guerra espiritual, pero es un análisis bíblico con detenimiento. Como en la guerra natural, las habilidades en la guerra espiritual son progresivas en la medida que entras en la zona de combate y comienzas a pelear.

OBJETIVOS

Al concluir este curso tu serás capaz de:

- Identificar los dos reinos espirituales.
- Explicar qué se entiende por "guerra espiritual".
- Reconocer las causas de este gran conflicto espiritual.
- Identificar las fuerzas espirituales del bien.
- Identificar las fuerzas espirituales del mal.
- Reconocer las estrategias de Satanás.
- Usar efectivamente las contra estrategias espirituales.
- Aplicar los paralelos naturales de la querra a la querra en el mundo del espíritu.
- Usar tanto las armas espirituales ofensivas como defensivas.
- Detectar la posesión demoniaca.

- Entender cómo se obtiene la liberación de los demonios.
- Ganar la guerra incluso después de haber perdido una batalla espiritual.
- Describir el conflicto final que terminará la guerra invisible.
- Identificar los principios espirituales de la guerra en las batallas decisivas de la Biblia.

EL LLAMADO A LAS ARMAS

UNA CONVOCACIÓN A LA GUERRA INVISIBLE

Hay una gran batalla siendo librada en el mundo espiritual. Es una batalla personal interior entre la came y el espíritu. Es una batalla social con las fuerzas del mal del mundo. Es una batalla espiritual con los poderes sobrenaturales malignos.

En los tiempos del Antiguo Testamento la trompeta era usada para convocar al Pueblo de Dios para la batalla. Hoy, un llamado espiritual está sonando en todas las naciones del mundo. Es un llamado a la guerra invisible. Es un llamado a las armas.

POR EL REV;DR: JOSE A. ORTIZ TEMA: LA PALABRA EFICAZ O PODEROSA".

1 TIMOTEO 2:4-EL CUAL QUIERE QUE TODOS LOS HOMBRES SEAN SALVOS, Y QUE VENGAN AL CONOCIMIENTO DE LA VERDAD.

1 TIMOTEO 4:16 - TEN CUIDADO DE TI MISMO Y DE LA DOCTRINA PERSISTE EN ELLO PUES HACIENDO ESTO, A TI MISMO SALVARAS, Y A LOS QUE TE OYEREN.

2 TIMOTEO 2:15-PROCURA CON DILIGENCIA PRESENTARTE A DIOS APROBADO, COMO OBRERO QUE NO TIENE DE QUE AVERGONZARSE QUE TRAZA BIEN LA PALABRA DE VERDAD.

2 TIMOTEO 3:16 - TODO LA ESCRITURA ES INSPIRADA DIVINAMENTE PARA ENSENAR DOCTRINA, PARA REDARGUIR, PARA CORREGIR, PARA INSTRUIR EN JUSTICIA.

HEBREOS 4:14--PORQUE LA PALABRA DE DIOS ES VIVA Y EFICAZ, Y MAS PENETRANTE QUE TODA ESPADA DE DOS FILOS, Y QUE ALCANZA HASTA PARTIR EL ALMA, Y AUN EL ESPIRITU, Y LAS COYUNTURAS Y LOS TUETANOS,

Y DISCIERNE LOS PENSAMIENTOS Y LAS INTENCIONES DEL CORAZON.- POROUS

SAN JUAN 17:17 --SANTIFICALOS EN TU VERDADA: TU PALABRA ES VERDAD.

SAN JUAN 8:32 - Y CONOCEREIS LA VERDAD, Y LA VERDAD OS HARA LIBRES.

EFESIOS 6:17 –Y TOMAD EL CASCO DE LA SALVACION, Y LA ESPADA DEL ESPIRITU, QUE ES LA PALABRA DE DIOS

EZEQUIEL 3:17,18 - HIJO DE HOMBRE, YO TE HE PUESTO POR ATALAYA A LA CASA DE ISRAEL: OIRAS, PUES, TU LA PALABRA DE MI BOCA, Y LOS ADVERTIRAS DE MI PARTE.

18- CUANDO YO DIJERE AL IMPIO: DE CIERTO MORIRAS: Y TU NO LE AMONESTARES NI LE HABLARES, PARA QUE EL IMPIO SEA APERCIBIDO DE SU MAL CAMINO A FIN DE QUE VIVA, EL IMPIO MORIRA POR SU MALDAD, PERO SU SANGRE DEMANDARE DE TU MANO.

EFESIOS 5:26-PARA SANTIFICARLA Y PURIFICARLA EN EL LAVAMIENTO DEL UGUA POR LA PALABRA.

ISAIAS 55:10,11 – PORQUE COMO DESCIENDE DE LOS CIELOS LA LLUVIA, Y LA NIEVE, Y NO VUELVE ALLA, SINO QUE RIEGA LA TIERRA, Y A HACE GERMINAR Y PRODUCIR, Y DA SEMILLA AL QUE SIEMBRA, Y PAN AL QUE COME.

11 - ASI SERA MI PALABRA QUE SALE DE MI BOCA NO VOLVERA A MI VACIA, ANTES HARA LO QUE YO QUIERO, Y SERA PROSPERAD O EN AQUELLO PARA LO CUAL LA ENVIE.

JEREMIAS 23:29 - NO ES MI PALABRA COMO FUEGO, DICE EL SENOR, Y COMO MARTILLO QUE QUEBRANTA LA PIEDRA?.

EL APOCALIPSIS 1:3- BIENAVENTURADO EL QUE LEE, Y LOS QUE OYEN LAS PALABRAS DE ESTA PROFESIA, Y GUARDAN LAS COSAS EN ELLA ESCRITAS PORQUE EL TIEMPO ESTA CERCA.

EL APOCALIPSIS 22:18,19-PORQUE YO TESTIFICO A CUALQUIERA QUE OYE LAS PALABRAS DE LA PROFECIA DE ESTE LIBRO, SI ALGUNO ANADIERE A ESTAS COSAS, DIOS PONDRA SOBRE EL LAS PLAGAS QUE ESTA ESCRITAS EN ESTE LIBRO.

19 - Y SI ALGUNO QUITARE DE LAS PALABRAS DEL LIBRO DE ESTA PROFECIA, DIOS QUITARA SU PARTE DEL LIBRO DE LA VIDA, Y DE LA SANTA CIUDAD, Y DE LAS COSAS QUE ESTA EN ESTE LIBRO.

Efesios
Εφεσίους
"Dios revela su misterio"

Efesios varias versiones:
1 2 3 4 5 6

Tiempo de Lectura=0:20 / Contiene: 6 capítulos, 155 versículo y 3.039 palabras.

Contenidos

1 Estructura de Efesios

2 Autor y fecha

3 Contexto Histórico de Efesios

4 Retos de Interpretación

5 Temas históricos y teológicos

6 Vista Panoramica de Efesios

7 Conexiones Importancia en la Dibia

9 Apuntes de Efesios

MÉTODO CRÍTICO

1) ¿QUIÉN ESCRIBIÓ EL LIBRO? Pablo

2) ¿CUÁNDO FUE ESCRITO? 61-63 d.C.

3) ¿A QUIÉN FUE ESCRITO? a la iglesia en Efeso (posiblemente una carta circular)

4) ¿DE DONDE FUE ESCRITO? Desde la cárcel en Roma

MÉTODO HISTÓRICO

1) ¿CUÁL ES EL TRASFONDO HISTÓRICO DEL LIBRO? Escrita por Pablo desde la prisión, y dirigida a los creyentes de Éfeso. La carta reafirma la naturaleza de la iglesia y explica qué significa ser parte del cuerpo de Cristo. Recalca la importancia de la unidad y el uso de dones espirituales. El apóstol se propone fortalecer la fe de la congregación de Éfeso y procura que tomen conciencia de la lucha contra los ataques del maligno, los cuales deben combatir con armas espirituales. Los temas que desarrolla describen el propósito eterno de Dios, Cristo como cabeza de la iglesia y centro de todas las cosas, la salvación, por medio de la gracia, la conducta del creyente, y la iglesia en unidad con el Señor

2) SI ES UNA EPÍSTOLA CUANDO FUE FUNDADA LA IGLESIA? Fruto de Pentecostés, visitada por Pablo.

3) DE QUIÉN ESTÁ COMPUESTA LA IGLESIA? Gentiles y Judios
4) ¿CUÁLES SON SUS FUERZAS Y SUS DEBILIDADES?

MÉTODO LITERARIO
1) ¿QUE GENERO DE LITERATURA ES EL LIBRO? Epistolatoria.

MÉTODO PANORÁMICO
1) CUÁL ES LA IDEA PRINCIPAL DEL LIBRO? La unidad, que ya no hay varios grupos y de que somos uno en Cristo.
2) CUAL FUE LA RAZÓN PRINCIPAL POR LA CUAL SE ESCRIBIO ESTE LIBRO? Existía una división en Efesios entre judíos y Gentiles, los judíos querían imponer a los Gentiles el cumplimiento de la ley para la salvación. Y no estaban entendiendo que esta idea ya no existía más en Jesucristo.

PALABRAS CLAVE EN EFESIOS RV1960: toda referencia a Dios, en Cristo (en él, en el Señor), el Espíritu (Santo), rico (riquezas), en los lugares celestiales (en las regiones celestes), en otro tiempo, gracia, poder (potestad), cuerpo (iglesia), redención, andar, referencias al diablo (potestad, principado, autoridad, etc.)

TEMAS: Gracia, lugares celestiales, misterio. RECIPIENTES: Dato incierto, tal vez una carta circular a muchas iglesias en la provincia de Asia, de la cual Efeso era la capital (no se menciona ninguna ciudad en los manuscritos más antiguos. Pablo da por sentado que los lectores no lo conocen personalmente (1:15; 3:2)

<u>**OCASIÓN:**</u> Tíquico, quien es portador de esta carta (6:21, 22), también es portador de dos cartas a Colosas (Colosenses y Filemón, Col 4:7-9), tal vez después de reflexionar más en la situación de los colosenses y en la gloria de Cristo y conociendo el temor de los de Asia de "los gobernantes de las tinieblas", Pablo escribe una carta pastoral general para las iglesias de esa área

<u>**ÉNFASIS:**</u> El ámbito cósmico de la obra de Cristo; la reconciliación de los judíos y los gentiles obrada por Cristo por medio de la cruz; la supremacía de Cristo sobre los "poderes" por el bien de la iglesia; el comportamiento cristiano que refleja la unidad del Espíritu.

<u>**CARACTERÍSTICAS PARTICULARES:**</u> Se presentan varias figuras de la Iglesia: cuerpo, templo, misterio, hombre nuevo, novia y soldado. Tal vez esta epístola se distribuyó entre muchas de las primeras iglesias.

Estructura de Efesios

Título: "Un solo Pueblo"

Versículo Clave:

2:10 "Porque somos hechura suya, creados en Cristo Jesús para buenas obras, las cuales, Dios preparo de antemano para que anduviésemos en ellas"

1:1 Pablo Apóstol	ME FUE DADA GRACIA	DE
1:3 Alabanza de su		
1:15 Sabiduría y revelación		
2:1 Por gracias sois salvos	SOMOS UNO EN CRISTO	LEY GRACIA
2:11 Mediante la Cruz		
3:1 Los gentiles son herederos		
3:8 Riquezas de Cristo		
3:14 Amor de Cristo		
3:21 Mucho mas abundantemente		
4:1 La Unidad de la fe	DILIGENCIA	PARA BUENAS OBRAS
4:17 Vestidos del nuevo nombre		
5:1 Imitadores de Dios		
5:7 Como hijos de luz		
5:15 No seáis insensatos		
5:21 Someteos unos a otros	OBEDECED	
6:1 Honra a tu padre y madre		
6:5 Siervos obedeced		
6:10 Armadura de Dios	ARMADURA	
6:21 Sepáis mis asuntos		
6:23 Amen		

<h2 align="center"><u>Autor y fecha</u></h2>

No hay indicación de que el hecho de que Palo fue el autor sea cuestionado. Él es indicado como el autor en la salutación de apertura (1:1; 3:1). La carta fue escrita desde la prisión en Roma (Hch 28:16-31) en algún momento entre el 60-62 d.c. y por lo tanto, frecuentemente se hace referencia a ella como una epístola de la prisión (junto con Filipenses, Colosenses, y Filemón). Pudo haber sido compuesta casi contemporáneamente con Colosenses e inicialmente enviada con esa epístola y Filemón por Tiquico (Ef 6:21, 22; Col 4:7, 8). Vea Introducción de Filipenses: Autor y fecha para una discusión de la ciudad de la cual Pablo escribió.

<h2 align="center"><u>Contexto Histórico de Efesios</u></h2>

Es probable que el evangelio fue traido primero a Éfeso por Priscila y Aquila, una pareja excepcionalmente dotada (Hch 18:26) quienes fueron dejados ahí por Pablo en su segundo viaje misionero (Hch 18:18, 19). Localizada en la boca del río Caister, en el lado este del Mar Egeo, la ciudad de Éfeso fue quizás mejor conocida por su magnifico templo de Artemisa o Diana, una de las siete maravillas del mundo antiquo. También fue un importante centro político, educativo, y comercial, clasificado con Alejandría en Egipto, Antioquia de Pisidia, en la parte sur de Asia Menor La fuerte iglesia comenzada por Priscila y Aquila fue más tarde firmemente establecida por Pablo en su tercer viaje misionero (Hch 19) y fue pastoreada durante unos tres años. Después de que Pablo partió, Timoteo pastoreó la congregación durante quizás un año y medio. primordialmente para contrarrestar la falsa enseñanza de unos poco hombres influyentes (tales como Himeneo y Alejandro), quienes probablemente eran ancianos en la congregación ahi (1 Ti 1:3, 20). Debido a esos hombres, la iglesia en Éfeso estaba plagada de "fábulas y genealogias interminables" (1:4) y por ideas ascéticas y contrarias a la Biblia, tales como la prohibición del matrimonio y la abstención de ciertos alimentos (4:3). Aunque esos falsos maestros no entendían correctamente las Escrituras, propagaron sus interpretaciones impias con confianza (1:7), las cuales produjeron en la iglesia "disputas más bien que edificación de Dios que es por fe" (1:4). Treinta años o algo así más tarde, Cristo le dio al apóstol Juan una carta para esta iglesia indicando que su pueblo había dejado su primer amor por Él (Ap 2:1-7).

Retos de Interpretación

. La teologia general de Efesios es directa, no ambigua, y no presenta ideas o interpretaciones cuyos significados sean seriamente contenidos. No obstante, hay algunos textos que requieren de pensamiento cuidadoso para interpretarlos correctamente, específicamente:

1. 2:8, donde uno debe decidir si la salvación o la fe es el don.

2. 4:5, en donde el tipo de bautismo debe ser discernido.

3. 4:8, en su relación con el Salmo 68:18.

Temas históricos y teológicos

• Los primeros tres capítulos son teológicos, enfatizando doctrina del NT, mientras que los últimos tres capítulos son prácticos y se enfocan en conducta cristiana. Quizá, sobre cualquier otra cosa, esta es una carta de aliento y amonestación, escrita para recordarle a los creyentes de sus invaluables bendiciones de Jesucristo; y no solo para estar agradecido por esas bendiciones, sino también para vivir de una manera digna de ellas. A pesar de, y en parte aún debido a las grandes bendiciones de un cristiano en Jesucristo, él puede tener la certeza de que será tentado por Satanás para que esté satisfecho y complacido en sí mismo. Fue por esa razón que, el último capítulo, Pablo le recuerda a los creyentes de la armadura completa y suficiente provista para ellos a través de la Palabra de Dios y por su Espiritu (6:10-17) y de su necesidad de oración vigilante y persistente (6:18),

6. Y a "sed llenos del Espíritu" (5:18).

7. Sus riquezas en Cristo están basadas en su gracia (1:2, 6, 7; 2:7)

8. Su paz (1:2)

9. Su voluntad (1:5)

10. Su beneplacito y propósito (1:9)

11. Su gloria (1:12, 14)

12. Su llamado y herencia (1:18)

13. Su poder y fortaleza (1:19; 6:10)

14. Su amor (2:4)

15. Su hechura (2:10)

16. Su Espiritu Santo (3:16)

17. Su ofrenda y sacrificio (5:2) 28)

18. Su armadura (6:11, 13)

La palabra "riquezas" es usada 5 veces en esta carta; "gracia" es usada 2 veces; "gloria" 8 veces; plenitud o "pleno" 6 veces; y la frase clave "en Cristo" (o "en El") unas 12 veces

Las experiencias de Pablo en la prisión, como las de José en Egipto, fueron usadas por el Señor para manifestar su gloria. La carta a los efesios fue escrita por el apóstol Pablo (1:1, 3:1) estando preso en Roma (3:1; 4:1; 6:20), al igual que la de Filipenses, Colosenses y Filemón. Fue enviada con Tíquico (6:21, 22) posiblemente en el año 60 d.C., durante el arresto domiciliario de Pablo en Roma (Hch 28:16-31). Tal vez escribió antes otra carta al mismo grupo (3:3).

Efeso era la capital de la provincia romana de Asia (Turquía moderna). Alli se encontraba una de las siete maravillas del mundo antiguo: el templo de Diana (Artemisa; Hch 19:23-41). Era un edificio magnifico cuya construcción tardó unos 200 años. La ciudad era una gran sede de cultura y educación, con una famosa biblioteca y un anfiteatro con capacidad para 25,000 personas. Efeso era un centro comercial con un próspero negocio de fabricación de estatuas y con un puerto cercano muy activo. Esta era la ciudad a la que Pablo escribió (1:1). Tal vez el deseaba que esta carta fuera compartida con las iglesias en otras ciudades de Asia, en las que el conocía algunos miembros sólo indirectamente (1:15, 3:2, 4:21). En cuanto a la carta que viene de Laodicea (otra ciudad en Asia), mencionada en Colosenses 4:16, algunos creen que quizás sea la carta que conocemos como la Epistola a los Efesios.

Los comienzos de la iglesia en Efeso son desconocidos. Ciudadanos de Asia visitaron a Jerusalén el día de Pentecostés (Hch 2:9), y tal vez algunos de ellos regresaron a Efeso como nuevos convertidos al cristianismo. Pablo visitó la ciudad brevemente en su segundo viaje misionero (Hch 18:18-22), enseñó en la sinagoga, y dejó a Aquila y a Priscila para que continuaran el ministerio allí. Apolos elocuente, laboró con ellos por un tiempo (Hch 18:24-28). Más tarde Pablo regresó a Efeso, como había deseado, y allí llevó a cabo un ministerio por tres años (Hch 19 y 20). Hubo intensa oposición satánica al evangelio (Hch 19:9, 13; 1 Co 16:8-9), pero fue un tiempo fructifero porque hubo muchos convertidos (Hch 19:18-19, 26). La despedida final de Pablo fue una experiencia dolorosa para los líderes de la iglesia que fueron a Mileto para despedirse de él (Hch 20:17, 36-38).

Después del ministerio de Pablo, otras personas ayudaron en el desarrollo de la iglesia en Efeso: Timoteo (1 Ti 1:3), Onesiforo (2 Ti 1:16 -18) y el apóstol Juan (Ap 2:1-7). Pablo estaba muy preocupado por la influencia de la adoración de idolos y la superstición en la ciudad, donde la mayoría de los creyentes eran gentiles. También supo de prácticas peligrosas que los cristianos aceptaban (1 Ti. 1:3-4; 4:1-3). Estas cosas motivaron a Pablo a escribir esta carta para enseñar a sus lectores que la posición y ministerio de cada uno de ellos, como miembros del cuerpo de Cristo, la iglesia, es el resultado de la gracia de Dios en Cristo, quien es la Cabeza del cuerpo (2:8-9; 4:7, 12).

Después de sus saludos iniciales (1:1-2), Pablo describe las bendiciones recibidas por la iglesia (1:3–3:21) y la conducta apropiada de los creyentes (4:1-6:20). Las bendiciones incluyen la posición del creyente en Cristo (1:3-21), la promesa por medio de Cristo (2:1-22) y Cristo como modelo (3:1-21). La conducta apropiada de la iglesia implica tanto actitudes (4:1-5:22) como acciones (5:22-6:20). Las actitudes correctas ayudan a los creyentes a vivir en armonía (4:1-16), en contraste con el mundo (4:17-32), y bajo el poder y control del Espíritu Santo (5:1-21). La conducta apropiada ayuda a los creyentes a tener éxito en el matrimonio (5:22-31), en la familia (6:1-4), en el trabajo (6:5-9) y en la lucha espiritual (6:10-20). Pablo concluye con saludos y bendiciones (6:21-24).

La carta a los efesios continúa siendo una guía ejemplar de cómo judíos y gentiles que confian en Cristo para la salvación, están unidos en un cuerpo vivo bajo Cristo como Cabeza, equipados por el Espíritu para resistir todo ataque. Toda iglesia haría bien en seguir sus enseñanzas. Hernández, E. A., & Lockman Foundation (La Habra, C. (2003). Biblia de estudio: LBLA. (Ef). La Habra, CA: Editorial Funacion, Casa Editorial para La Fundación Biblica Lockman.

Conexiones

El enlace principal de Efesios con el Antiguo Testamento, está en el sorprendente (para los judíos) concepto de la iglesia como el cuerpo de Cristo (Efesios 5:32). Este asombroso misterio (una verdad no antes revelada) de la iglesia, es que "los gentiles son herederos juntamente con Israel; todos unidos como miembros de un cuerpo, y que conjuntamente comparten la promesa de Jesucristo" (Efesios 3:6). Este era un misterio totalmente escondido de los santos del Antiguo Testamento (Efesios 3:5, 9). Los israelitas que eran verdaderos seguidores de Dios, siempre creyeron que solo ellos eran el pueblo elegido de Dios (Deuteronomio 7:6). El aceptar a los gentiles en un estatus igual en este nuevo paradigma, fue extremadamente difícil y causó muchas disputas entre los creyentes judíos y gentiles convertidos. Pablo también habla del misterio de la iglesia como la "novia de Cristo," un concepto nunca antes escuchado en el Antiguo Testamento.

Importancia en la Biblia

La naturaleza de Efesios hace dificil determinar las circunstancias específicas que llevaron a escribir la epistola. Está claro, sin embargo, que los destinatarios eran principalmente gentiles (3.1) que antes estaban alejados de la ciudadanía de Israel (2.11).

Ahora, gracias al don de Dios, disfrutaban de las bendiciones espirituales que proporciona Cristo. El tema de Efesios es la relación entre el Jesucristo celestial y su cuerpo aquí en la tierra, la Iglesia. Cristo ahora reina «sobre todo principado y autoridad y poder y señorío» (1.21), «y sometió todas las cosas bajo sus pies (1.22). En su estado de exaltación, no se ha olvidado de su pueblo. Al contrario, se identifica plenamente con la Iglesia que considera su Cuerpo y la llena de su presencia (1.23; 3.19; 4.10).

La relación de esposo a esposa es una bella analogia que expresa el amor, el sacrificio y el señorío de Cristo por la Iglesia 75.22-32). El Cristo entronizado habita por la fe en el corazón de los creyentes (3.17) para que puedan disfrutar de su amor. No hay absolutamente nada que esté fuera de su alcance redentor (1.10; 3.18; 4.9).La unión de Cristo con su Iglesia se expresa también en la unidad de los creyentes.

Los que antes andaban lejos, «apartados y separados de Dios han sido «hechos cercanos por la sangre de Cristo» (2.13). Es más, los creyentes ahora son llevados por Cristo a sentarse con El en los lugares celestiales (2.5-6). Como los creyentes es los creyentes están con El, procuran ser como El y están «solicitos en guardar la unidad del Espíritu en el vínculo de la paz» (4.3). El mismo «es nuestra paz» (2.14), dice Pablo, y derriba las paredes y barreras que antes separaban a los judíos de los gentiles, y los une en un Espíritu ante el Padre (2.14-22).

Después de expresar estas maravillosas bendiciones espirituales, Pablo exhorta a los creyentes a que anden como es digno de los que han sido llamados (4.1). Este Hamamiento es una útil demostración de ética cristiana. En vez de presentar leyes y regulaciones, Pablo dice, en efecto, que nuestra manera de vivir debe honrar al que nos llamó. Cristo libera al cristiano, pero este tiene que dar cuenta a Cristo. Pablo hace varias declaraciones sobre cómo los creyentes pueden honrar a Cristo (4.17–5.9), pero la meta no es ganar mérito por medio de la moralidad. En vez de buscar personas buenas, Pablo quiere personas nuevas, el «varón perfecto», reedificado según «la estatura de la plenitud de Cristo»> (4.13). Esta madurez puede referirse a la deseada todavía no alcanzada unidad de la iglesia.

CAPÍTULO UNO

LA GUERRA INVISIBLE

OBJETIVOS:

Al concluir este capítulo serás capaz de:
- Escribir el versículo llave de memoria.
- Demostrar entendimiento de los reinos espiritual y natural.
- Definir la palabra "rey'.
- Definir la palabra "reino".
- Identificar los dos reinos espirituales. Determinar a cual reino tú perteneces.
- Identificar las fuerzas espirituales del bien.
- Identificar las fuerzas espirituales del mal.
- Explicar qué se entiende por "guerra espiritual".
- Identificar la razón para la guerra invisible.
- Identificar el principio básico del entendimiento de la guerra espiritual.

VERSÍCULO LLAVE DE LAS CLÁUSULAS DE LA GUERRA:

"Porque no tenemos lucha contra sangre y carne, sino contra principados, contra potestades, contra los gobernadores de las tinieblas de este mundo, contra huestes espirituales de maldad en las regiones celestes" (Efesios 6:12).

INTRODUCCIÓN

Como aprendiste en la introducción de este curso, existe una gran guerra que está siendo librada en el mundo hoy. No es un conflicto entre naciones, tribus o líderes de gobierno. No es una rebelión o un golpe de estado. Es una batalla invisible que tiene lugar en el mundo del espíritu.

Este capítulo introduce la guerra invisible en la que cada creyente está comprometido. Es una guerra en la que ninguno usa uniforme, pero en la cual cada uno es un blanco. El registro histórico y profético de esta guerra está contenido en la Palabra de Dios, la Biblia.

LOS REINOS NATURAL Y ESPIRITUAL

Para entender esta guerra invisible, primero debes entender los mundos natural y espiritual. El hombre existe en dos mundos: el mundo natural y el mundo espiritual.

El mundo natural es el que puede ser visto, sentido, tocado, escuchado, o tanteado. Es tangible y visible. El pais, la nación, ciudad o villa en la cual vives es parte del mundo natural. Eres un residente en el mundo natural localizado en uno de los continentes visibles del mundo. Puedes ver la gente que es parte de tu ambiente. Puedes comunicarte con ellos. Puedes experimentar los paisajes, sonidos, y olores alrededor de ti.

Pero existe otro mundo en el cual tú vives. Ese mundo es un mundo espiritual. No puedes verlo con tus ojos fisicos, pero es tan real como el mundo natural en el que vives.

Pablo habla de esta división entre lo natural y lo espiritual:

"Hay cuerpos celestiales y cuerpos terrenales" (1 Corintios 15:40).

Todos los hombres tienen un cuerpo natural que vive en el mundo natural. Pero el hombre es también un ser espiritual con un alma eterna y espiritu. El hombre es cuerpo, alma y espíritu. Tu ser espiritual (alma y espiritu) es parte del mundo espiritual así como tu cuerpo natural es parte del mundo natural.

DISCERNIMIENTO ESPIRITUAL

Puesto que la guerra espiritual es justo eso... espiritual... debe ser entendida con una mente espiritual. En nuestro estado natural de pecado, nosotros no podemos entender las cosas espirituales:

"Pero el hombre natural no percibe las cosas que son del Espíritu de Dios, porque para el son locura; y no las puede entender, porque se han de discernir espiritualmente" (1 Corintios 2:14).

Es necesario usar "discernimiento espiritual" para entender las cosas espirituales.

Quizás uno de los mejores ejemplos de discernimiento natural y espiritual está registrado en 11 Reyes capítulo 6. Registra la historia de una batalla natural en la cual tropas de la enemiga nación de Siria habían rodeado un pequeño pueblo llamado Dotán donde el profeta Eliseo se estaba quedando. Cuando el siervo de Eliseo, Giezi, ército del enemigo sintió temor. Eliseo oro para que Dios abriera los ojos espirituales de Giezi para que él pudiera ver las huestes espirituales que los rodeaban y los protegían. En esta ocasión, Dios abrió los ojos espirituales de Giezi y le permitió ver visiblemente las fuerzas superiores de Dios alistadas para la batalla.

La historia de esta batalla en Dotán es similar a las condiciones espirituales en la Iglesia. Hay algunos, como Eliseo, que ven claramente dentro del reino del espíritu, Ellos saben que hay un conflicto que está ocurriendo, han identificado al enemigo, y reconocido las grandes fuerzas de Dios que aseguran la victoria. Hay otros como Glezi, que con un poco de aliento, serán capaces de abrir sus ojos espirituales y no serán más temerosos o derrotados por el enemigo. Pero tristemente, hay muchas personas quienes, como aquellos en la ciudad de Dotán, están durmiendo espiritualmente. Ellos no saben incluso que el enemigo los ha rodeado y está posicionado para el ataque.

DOS REINOS ESPIRITUALES

Dentro de los reinos natural y espiritual de los cuales estamos hablando existen reinos separados que están gobernados por líderes naturales y espirituales.

REINOS NATURALES:

Todos los hombres viven en un reino natural de este mundo. Ellos viven en una ciudad o en un pueblo el cual es parte de una nación. Esa nación es un reino del mundo. Un reino natural es un territorio o pueblo sobre el cual un rey o lider politico es el gobernante soberano. La Biblia habla de estos reinos naturales como los reinos del mundo". Los reinos del mundo han venido a estar bajo el poder y la influencia de Satanás:

> *"Otra vez lo llevó a Jesús) el diablo a un monte muy alto y le mostró todos los reinos del mundo y la gloria de ellos, 9 y le dijo: -Todo esto te daré, si postrado me adoras" (Mateo 4:8 9).*

1 Juan 5:19 tristemente nos recuerda que "el mundo entero está bajo el control del maligno".

<u>**REINOS ESPIRITUALES:**</u>

En adición a los reinos naturales de este mundo hay dos reinos espirituales: el Reino de Satanás y el Reino de Dios. Cada persona viva es una residente de uno de estos dos reinos.

El <u>Reino de Satanás</u> consiste de Satanás, seres espirituales llamados demonios, y todos los hombres que viven en pecado y rebelión a la Palabra de Dios. Estos, Junto con el mundo y la carne, son las fuerzas espirituales del mal que obran en el mundo hoy.

El <u>Reino de Dios</u> consiste de Dios el Padre, Jesucristo, el Espiritu Santo, seres espirituales llamados ángeles, y todos los hombres que viven en justa obediencia a la Palabra de Dios. Estas son las fuerzas espirituales del bien.

El Reino de Dios no es un iglesia denominacional. Las denominaciones son organizaciones de hechura humana de grupos de iglesias. Han sido establecidas con propósitos prácticos de organización y administración. Las denominaciones son organizaciones como los Bautistas, Asambleas de Dios, Metodistas, Luteranos, etc. La Biblia nos habla de la verdadera Iglesia la cual no es una denominación u organización religiosa. La verdadera Iglesia está compuesta de todos aquellos que se han convertido en residentes del Reino de Dios.

En el tiempo presente en el mundo natural, el Reino de Dios existe individualmente dentro de cada hombre, mujer, niño o niña que haya hecho a Jesús el Rey de su vida. Existe comunitariamente en la verdadera iglesia y dondequiera que las personas hagan de este mundo el tipo de mundo que Dios quiere que sea. En el futuro, habrá una manifestación visible del Reino de Dios.

<u>**LA GUERRA INVISIBLE**</u>

querra espiritual invisible es una batalla que envuelve a todos los hombres y mujeres. Puesto que el Reino de Satanás es un reino espiritual...

> **"..porque no tenemos lucha contra sangre y carne, sino contra principados, contra potestades, contra los gobernadores de las tinieblas de este mundo, contra huestes espirituales de maldad en las regiones celestes" (Efesios 6:12).**

La guerra espiritual no es una batalla natural entre la sangre y la carne. No es una batalla del hombre contra el hombre. No es una batalla visible. Es un conflicto invisible en el mundo del espiritu. Es una batalla dentro y alrededor del hombre. No es una querra visible porque los espíritus están involucrados y aprendemos de Lucas 24:39 que un espíritu no tiene carne ni huesos.

La guerra espiritual es "multidimensional", lo cual significa que es librada en diferentes dimensiones. Es...

1. Una batalla social entre el creyente y el mundo: Juan 15:18-27
2. Una batalla personal entre la carne y el espíritu: Gálatas 5:16-26
3. Una batalla supernatural entre el creyente y los poderes sobrenaturales malignos: Efesios 6:10-27

Toda persona viva está comprometida en esta guerra, se de cuenta o no. No hay campo neutro. Los no creyentes están bajo el yugo del mal y han sido llevados cautivos por las fuerzas del enemigo. Son víctimas de la guerra.

Los creyentes han sido librados del enemigo mediante Jesucristo y son victoriosos, pero están todavía comprometidos en la guerra. El

versículo llave de este capítulo indica que nosotros todos los creyentes)
combatimos contra fuerzas espirituales malignas.

"Combatir" implica contacto personal cercano. Ninguno está exento de
esta batalla. Ninguno puede verla desde la distancia. Estás en el medio
del conflicto ya sea que lo reconozcas o no. Si no lo reconoces será
mejor... estás equivocado. La guerra del cristiano nunca cesa.

<u>DONDE LA BATALLA HACE FUROR</u>

La guerra invisible está siendo librada en la tierra:

> *"El ladrón (Satanás] no viene [a la tierra] sino para hurtar, matar
> y destruir; yo he venido para que tengan vida, y para que la
> tengan en abundancia" (Juan 10:10).*

Satanás lucha para mantener el control de los reinos del mundo. El no
quiere que estén bajo la autoridad de Dios. La batalla también se
efectúa dentro de mentes, y almas de los hombres y mujeres. Satanás
ciega las mentes de los no creyentes y ataca a los creyentes en las áreas
de adoración, Palabra, su caminar diario, y en su trabajo para Dios.

<u>CÓMO COMENZÓ LA BATALLA</u>

La querra invisible comenzó en el cielo con un ángel llamado Lucifer
que fue orlainalmente un hermoso angel creado por Dios y era parte
del Reino de Dios. Lucifer decidió que quería tomar el control del Reino
de Dios. Puedes leer de su rebelión en Isaías 14:12-17 y en Ezequiel
28:12-19. Estudiarás sobre esto con más detalle después en este curso.
Un grupo de ángeles se unió a Lucifer (ahora llamado Satanás) en su
rebelión. Lucifer y los angeles rebeldes fueron expulsados del cielo por
Dios. Ellos formaron su propio reino sobre la tierra:

"Entonces hubo una guerra en el cielo: Miguel y sus ángeles luchaban contra el dragón (Satanás). Luchaban el dragón y sus ángeles" (Apocalipsis 12:7).

"Y fue lanzado fuera el gran dragón, la serpiente antigua, que se llama Diablo y Satanás, el cual engaña al mundo entero. Fue arrojado a la tierra y sus ángeles fueron arrojados con él" (Apocalipsis 12:9).

Lucifer llegó a ser conocido como Satanás y los ángeles que lo siguieron en su rebelión como demonios. Los espiritus demoníacos pueden entrar, atormentar, controlar, y usar a los humanos que pertenecen al Reino de Satanás. Ellos motivan actos malignos que son realizados por hombres y mujeres. Satanás dirige a sus demonios en sus actividades malignas. El combina estas fuerzas poderosas con el mundo y la carne para batallar contra todo el género humano.

RAZONES DETRÁS DEL CONFLICTO

El hombre fue originalmente creado a la imagen de Dios y para la gloria de Dios (Génesis capítulo 2). La guerra invisible contra el hombre comenzó con la primera tentación en el jardín del Edén (Génesis capítulo 3). Satanás hizo pecar a Adán y Eva. Esto resultó en que todo el género humano heredaría la naturaleza pecaminosa y realizara actos individuales de pecado conforme a esta naturaleza:

"Por tanto, como el pecado entró en el mundo por un hombre y por el pecado la muerte, así la muerte pasó a todos los hombres, por cuanto todos pecaron" (Romanos 5:12).

También resultó en la guerra invisible entre el hombre y las fuerzas del mal:

" Pondré enemistad entre ti [Satanás] y la mujer (género humano), y entre tu simiente [las fuerzas del mal] y la simiente suya (las fuerzas del bien representadas por el Señor Jesucristo)..." (Génesis 3:15).

A causa del pecado, el hombre fue separado de Dios y condenado a la muerte. Pero Dios amo al hombre tanto que ideó un plan especial para salvarlo del pecado:

"De tal manera amó Dios al mundo, que ha dado a su Hijo unigénito, para que todo aquel que en él cree no se pierda, sino que tenga vida eterna. Dios no envió a su Hijo al mundo para condenar al mundo, sino para que el mundo sea salvo por él" (Juan 3:16-17).

Mediante la creencia en Jesús, la confesión y el arrepentimiento del pecado, los hombres y mujeres pueden ser liberados del poder del enemigo. La muerte y resurrección de Jesús no solamente resultó en la salvación del pecado. También derrotó al enemigo, Satanás:

"... Para esto apareció el Hijo de Dios, para deshacer las obras del diablo" (1 Juan 3:8).

¿Pero si Satanás está derrotado, porque entonces la guerra continúa? Seguido a cada querra quedan siempre residuos de resistencia enemiga, tropas rebeldes que no se rendirán hasta que la fuerza los obligue a hacerlo. Aunque Jesús derrotó a Satanás. estamos viviendo en territorio todavía ocupado por las fuerzas enemigas de resistencia. Entender las estrategias de guerra espiritual nos da la habilidad de tratar con estos poderes malignos.

Satanás está tratando de mantener a los hombres cautivos en el pecado. Mediante métodos engañosos está incitando a los hombres y mujeres a las lujurias de la vida pecaminosa. El apunta a los afectos del alma y el espíritu los cuales legítimamente pertenecen a Dios:

"El ladrón (Satanás) no viene sino para hurtar, matar y destruir; yo he venido para que tengan vida, y para que la tengan en abundancia" (Juan 10:10).

Satanás todavía quiere ser el gobernante supremo. Está librando una batalla intensa por el corazón, mente, alma y espíritu del hombre. Sus estrategias están dirigidas contra Dios, Su plan, y Su pueblo. La batalla continuará hasta el gran conflicto final el cual estudiarás en el último capítulo de este curso.

EL SIGNIFICADO DE LA GUERRA ESPIRITUAL

La guerra espiritual es el análisis de y la participación activa en la guerra espiritual invisible. Incluye el estudio de las fuerzas opuestas del bien y el mal, las estrategias de Satanás y las estrategias espirituales para vencer a Satanás. La guerra espiritual es más que un mero análisis de principios espirituales. Incluye la participación activa en la guerra mediante la aplicación de estas estrategias en la vida y el ministerio.

Una de las más efectivas estrategias de Satanás es mantener a los creyentes ignorantes de sus engaños. Pablo dice que es importante conocer las estrategias de Satanás...

"... para que Satanás no saque ventaja alguna sobre nosotros, pues no ignoramos sus maquinaciones" (2 Corintios 2:11).

Debemos aprender todo lo que podamos sobre las estrategias de ataque de Satanás. Debemos también entender las bases biblicas de la victoria sobre Satanás y las fuerzas del mal. Estamos llamados a un combate inteligente. Básico al entendimiento de la guerra espiritual es este principio llave:

Debes reconocer que todas las batallas de la vida, sean físicas, espirituales, emocionales, mentales, financieras o con personalidades humanas son solamente manifestaciones exteriores de una causa espiritual.

Aunque en el mundo natural los problemas pueden parecer ocurrir a través de circunstancias de la vida, la base de estas batallas naturales está en el mundo espiritual. Lee la historia de Job (Job capitulos 1-2) que confirma este principio.

Hemos tratado de corregir los males de este mundo mediante la educación, legislación y un ambiente mejorado. No ha funcionado porque los males visibles de este mundo son el resultado de una causa espiritual subyacente. No pueden ser corregidos por medios naturales

¿A QUÉ REINO PERTENECES?

En el reino natural un rey es el soberano de un reino. Todo el territorio y el pueblo en el reino pertenecen a él. Tiene el poder de la vida y la muerte sobre sus sujetos. Lo mismo es cierto en el mundo espiritual. Eres parte o del Reino de Dios o del Reino de Satanás.. O Dios o Satanás tiene el poder sobre tu vida.

Una de las parábolas de Jesús ilustra que todos los hombres o son parte del Reino de Satanás o del Reino de Dios. Jesús comparó el mundo con un campo. La buena semilla en el campo eran los hijos del Reino de Dios. La mala semilla, la cual resultó en el crecimiento de malezas (cizañas), eran los hijos del maligno:

"El campo es el mundo; la buena semilla son los hijos del Reino, y la cizaña son los hijos del malo" (Mateo 13:38).

La gente entra en el Reino de Satanás mediante el nacimiento natural. La Biblia enseña que todos los hombres son nacidos en pecado. Esto significa que ellos tienen una naturaleza básica de pecado o la "semilla del pecado dentro de ellos. Su inclinación natural es a hacer lo malo:

"En maldad he sido formado y en pecado me concibió mi madre" (Salmo 51:5).

"Por tanto, como el pecado entró en el mundo por un hombre (Adán) y por el pecado la muerte, asi la muerte pasó a todos los hombres, por cuanto todos pecaron" (Romanos 5:12).

"Por cuanto todos pecaron y están destituidos de la gloria de Dios" (Romanos 3:23).

Puesto que todos hemos nacidos con la naturaleza de pecado, todos en algún tiempo hemos sido parte del Reino de Satanás. Todos los que se mantienen pecadores continúan siendo parte del Reino de Satanás.

Todo el mensaje de la Palabra escrita de Dios, la Santa Biblia, es la apelación al hombre de trasladarse del Reino maligno de Satanás al Reino de Dios. Los hombres son nacidos dentro del Reino de Satanás mediante el nacimiento natural. Deben ser renacidos dentro del Reino de Dios a través del nacimiento espiritual. La entrada en el Reino de Dios es por la experiencia del nuevo nacimiento explicado en Juan capítulo 3.

Hay solamente dos divisiones en la guerra invisible. Jesús dijo, "el que no está de mi parte, está contra mi" (Lucas 11:23, NVI). No puedes ser neutral en esta guerra. Estás de un lado u otro en esta guerra espiritual. Incluso algunos creyentes debido a su temor a la confrontación con el enemigo, tratan de ignorar la guerra y tratan de hacer una tregua con el enemigo. Piensan que si ignoran a Satanás, él no los molestará. Esta es una de las principales estrategias del enemigo. El trata de dejar Inmoviles a los miembros del ejército de Dios mediante sus tácticas de terror.

Pero no hay neutralidad en esta guerra. Eres o una victima o un vencedor. El llamado espiritual a las armas" está sucediendo... ¿Estás en el lado del bien o del mal? ¿Eres parte del Reino de Satanás o del Reino de Dios? ¿A qué reino perteneces? ¿Eres víctima o vencedor en la guerra invisible?

<u>**INSPECCIÓN**</u>

1.Escribe el versículo llave de las Cláusulas de la Guerra.

____

2. Cuáles son las dos divisiones hechas en 1 Corintios 15:44-49?

____

3. ¿Cuáles son los dos reinos invisibles en el mundo hoy?

____

4. Enumere las fuerzas espirituales del mal.

____

5. Enumere las fuerzas espirituales del bien.

____

6. Defina la palabra "rey".

____

7. ¿Qué se entiende por "guerra espiritual"?

____

8. ¿Cuál es la razón detrás de este gran conflicto espiritual?

____

9. Cuál es el principio básico para el entendimiento de la guerra espiritual?

____

(Las respuestas se encuentran al final del último capítulo en este manual)

MANIOBRAS TÁCTICAS

1. Este curso, "Estrategias de Guerra Espiritual", se centra en el Reino de Satanás y la guerra espiritual que se establece entre su reino y el Reino de Dios.

2. Una buena base espiritual es requerida en vistas a efectuar una guerra espiritual exitosa. Si eres un nuevo creyente, obtenga el curso del Instituto Internacional Tiempo de Cosecha llamado "Fundamentos de la Fe".

3. Sientes que has sido una "victima" de la guerra espiritual? ¿En qué áreas de tu vida o ministerio has estado perdiendo la batalla? ¿Has estado perdiendo la batalla en..
   - ¿El reino espiritual?
   - ¿El reino emocional?
   - ¿El reino físico?
   - ¿El reino mental?
   - ¿El reino de las finanzas?
   - ¿Con personalidades humanas?

Es importante identificar estas áreas de derrota de tal manera que puedas aplicar el conocimiento que adquiriste en este estudio a las áreas prácticas de la vida y el ministerio.

4. Revea la historia en 11 Reyes 6 que fue discutida en esta lección. ¿Conoces personas como Glezi o como aquellos en la ciudad de Dotán? ¿Cómo podrías ayudarles?

5. Puesto que la guerra espiritual tiene muchas dimensiones, debemos luchar personalmente contra el pecado, socialmente contra el mal en el mundo, y sobrenaturalmente mediante el ministerio de liberación.

6. Estudia la Biblia como un manual de guerra espiritual. Es el registro histórico de la guerra espiritual, revelando las victorias y derrotas de las batallas pasadas. Es profética, mostrando el curso de la guerra hasta el tiempo del conflicto final.

ADMISIÓN

CONVIRTIÉNDONOS EN PARTE DEL EJÉRCITO DE DIOS

Todos los ejércitos en el mundo natural tienen procedimientos de admisión. Estos son cosas especiales que se requiere que hagas en vistas a unirte a las fuerzas.

¿Estás listo para convertirte en parte del ejército de Dios?

ENTRENAMIENTO BÁSICO

PREPARÁNDONOS PARA LA GUERRA

En el mundo natural ningún soldado es enviado a la batalla sin recibir primero entrenamiento básico. Este entrenamiento lo prepara para entrar en la zona de batalla.

Lucas

Segundo Video

Lucas en varias versiones de la Biblia
1 2 3 4 5 6 7 8 9 10 11 12 13 14 15 16 17 18 19 20 21 22 23 24

Tiempo de Lectura. 2:55/Contiene: 24 capítulos, 1.151 versículos y
25.944 palabras.

MÉTODO CRÍTICO

1) QUIÉN ESCRIBIÓ EL LIBRO? Lucas, médico gentil y compañero del
apóstol Pablo lo escribió probablemente entre el año 59 y el 63 d. C.
También escribió el libro de los Hechos de los Apóstoles, en el Nuevo
Testamento. Esta obra de dos volúmenes posee una interesante
organización geográfica.

2) ¿CUÁNDO FUE ESCRITO? 59-63 d.c.
QUIÉN FUE ESCRITO? Lucas le escribió a Teófilo posiblemente un gentil,
quien era un nuevo creyente o unque buscaba aprender acerca de
Jesus. Teofilo significa camante de Dios, lo que ha llevado a pensar el
libro se escribió a personas que amaban a Dios. Lucas se propuso que
Teofilo y otros lectores supleran que el amor de Dios se extiende hasta
abarcar todos los pueblos en todas las naciones, tanto judíos como
gentiles.

4) ¿DE DONDE FUE ESCRITO? Roma

MÉTODO HISTÓRICO

1) ¿CUÁL ES EL TRASFONDO HISTORICO DEL LIBRO?-Lucas fue el autor
del evangelio que lleva su nombre y del libro de los Hechos. A
diferencia de Mateo y Marcos, Lucas era griego y una persona de buena

educación. Médico de profesión, había sido compañero de Pablo, uniéndose con él en Antioquía en su segundo viaje misionero probablemente sirviéndole como su médico y ayudante. El evangelio de Lucas fue escrito para los griegos, por lo tanto presenta a Jesús como el hombre perfecto, aquel que sobrepasa los ideales elevados de los griegos. Lucas presenta a Cristo como el Hijo del Hombre así como el Hijo de Dios.

Muchos estaban escribiendo sobre Jesús, y Lucas para hacer algo auténtico, investigó todas las fuentes de información, para que fuera de confiar en lo que él escribiría. Lucas era médico, en el griego original del libro existen muchas palabras relacionadas con la medicina de la época. El griego con que se escribió, era lo mejor en su tiempo. Lucas y sus descripciones, inspiran el arte cristiano y hoy en día, Música, (el Mesías de Haendel), obras de pintura. También el estaba escribiendo para los griegos, que en aquel entonces era una cultur de mucha sabiduria

<u>MÉTODO LITERARIO</u>

1) ¿QUÉ GÉNERO DE LITERATURA ES EL LIBRO? Narración prosaica

<u>MÉTODO PANORÁMICO</u>

1) ¿CUÁL ES LA IDEA PRINCIPAL DEL LIBRO? Juicios a la hipocresía, con una misericordia por el hecho de los mismos juicios. Pero está claro, la idea de un Dios justo, y verificados, todos los hechos, investigados y presentados por el autor.
2) ¿CUÁL FUE LA RAZÓN PRINCIPAL POR LA CUAL SE ESCRIBIÓ ESTE LIBRO? Existía mucha literatura y escritos acerca de Jesús y sus hechos. Pero unas no eran correctas; había que escribir algo auténtico para los griegos. Dios levanta a Lucas, con esas características, además de presentar la justicia de Dios, y hablar a los griegos sobre la justicia y misericordia de Dios.

<u>PALABRAS CLAVE EN LUCAS (RV 1960)</u> reino de Dios, Hijo de Dios, diablo (Satanás, demonio), pacto.

<u>TEMAS:</u>

Jesús no sólo vivió y ministro como el ser humano perfecto, sino que como el Salvador de los pecados además murió y resucitó a una nueva vida.

<u>RECIPIENTE:</u>

Teófilo, conocido solament or Lucas-Hechos; de acuerdo con tales prefacios propios de la literatura grecorromana, probablemente el fue el patrocinador de los Libros de Lucas - Hechos, suscritos así su sación los lectores implícitos son cristianos gentiles, cuyo lugar en la historia de Dios es asegurada por la de Jesucristo y por el Espiritu.

<u>ENFASIS:</u>

El Mesias es Dios ha venido a Israel, su pueblo, con la inclusión prometida de los gentiles: Jesús vino a salvar a los perdidos, incluyendo a toda clase de persona marginadas a los que la religión tradicional ponía fuera de los limites; el ministerio de Jesús es llevado a cabo bajo el poder del Espiritu Santo; la necesidad de la muerte y resurrección de Jesús (que cumplió las promesas del Antiguo Testamento) para el perdón de los pecados.

<u>CARACTERÍSTICAS PARTICULARES:</u>

Este es el Evangelio más completo. El vocabulario general y su forma de expresarse denotan la cultura del autor. A menudo hace referencia a enfermedades y diagnósticos. Lucas enfatiza la relación de Jesús con la gente, subraya la oración, los milagros, los ángeles plasma inspirados himnos de alabanzas y adjudica un lugar sobresaliente a la mujer. Gran parte de 9:51. 18:35 no aparece en otro evangelio.

<u>CÓMO LEER LUCAS:</u>

Cada Evangelio tiene un matiz particular a medida que cada autor presenta aspectos únicos de la viday ministerio de Jesus. Lucas, uno de los discípulos de Pablo, era un médico gentil de la provincia romana de Macedonia. El no experimento los eventos de primera mano, pero recopiló los hechos de las personas que habían sido testigos oculares (Luc 1:1-3). Su gran investigación trae a la luz algunas valiosas historias que no son relatadas en los otros evangelios. Lucas quería asegurarse de contar la historia completa, incluyendo detalles del nacimiento de Jesús, su vida, muerte y resurrección Lucas es un Evangelio muy personal. Observamos a muchos individuos teniendo encuentros personales con Jesús que transformaron sus vidas. Personas que muchas veces eran marginadas y rechazadas por la sociedad religiosa: mujeres, extranjeros, enfermos, perdidos, quebrantados, pobres, necesitados, personas en sufrimiento, indefensos y despreciados. Solo Lucas registra la parábola del buen samaritano e incluye además tres parábolas que ubica en el corazón de su narrativa, en el capítulo 15. Estas son las parábolas de la moneda perdida, la oveja perdida y el hijo pródigo. Las tres destacan el mensaje central del libro que pue Jesús: «Pues el Hijo del Hombre vino a buscar y a salvar a los que están perdidos» (Luc 19:10).

<u>**TÍTULO:**</u>

Como son los otros tres Evangelios, el titulo se deriva del nombre del autor. De acuerdo con la tradición, Lucas era un gentil. El apóstol Pablo parece confirmar esto, distinguiendo a Lucas de los que eran de la circuncisión (Col 4:11, 14). Esto haría que Lucas fuera el único gentil que escribiera algún libro de las Escrituras. Eles responsable de escribir una porción significativa del NT, habiendo escrito tanto este evangelio como el libro de los Hechos. Se conoce muy poco sobre Lucas. El casi nunca incluyó detalles personales acerca de sí mismo, y nada definitivo se conoce en cuanto a su vida. Tanto Eusebio como Jerónimo lo identificaron como un oriundo de Antioquía (lo cual podría explicar la razón por la que tanto del libro de Hechos se centra en Antioquia, Hch 11:19-27; 13:1-3; 14:26; 15:22, 23, 30-35:18:22, 23). Luca' 'un compañero frecuente del apóstol Pablo, por lo menos desde el momento de la visión macedónica de Pablo iHch 16:9, 10) hasta el momento del martirio de Pablo (2Ti 4:11). póstol Pablo se refirió a Lucas como a un médico (Col 4:14). El interés de Lucas en fenómenos médicos nte por el gran énfasis que le dio al ministerio de sanidad de Jesús (4:38-40, 5:15-25; 6:17-19; 7:11-15; 8:43-47,49.56; 9:2, 6, 11:13:11-13; 14:2-4; 17:12-14; 22:50,51). En la época de Lucas, los médicos no tenían un vocabulario especifico de terminologia técnicas por esta razón cuando Lucas considera las sanidades y otros asuntos médicos, su lenguaje no es muy diferente al de los otros escritores de los Evangelios.

<u>Estructura de Lucas</u>

Titulo: "Vino para salvar y juzgar

19:10 "Porque el hijo del hombre vino a buscar y a salvar lo que se había perdido

1:1 Juan	PREPARATIVOS	A LOS GENTILES
2.1 El Nino		
3:1 Jesús		
4:14 Manifestación	EN GALILEA	
5:27 Los Doce		
6:20 Enseñanzas		
7:18 ¿Será?		
8:4 Mas enseñaba		
9:1 Conocido		
9:18 Mas claro		
9:51 Autoridad	EN JUDEA Y SAMARIA	A LOS JUDÍOS
11:1 Enseñando		
11:37 Legalismo		
12:22 Velando		
13:6 El Reino		
13:31 Lamento		
15:1 Ejemplos		
16:18 Leyes		
17:5 Los doce		
18:9 A Jerusalén		
19:45 En Jerusalén	EN JERUSALÉN	
21:1 Tiempos		
22:31 Precio		
22:47 Crucificadle		
24:1 Resucito		

Autor y fecha

El Evangelio de Lucas y el libro de Hechos claramente fueron escritos por el mismo individuo (1:1-4; Hch 1:1). Aunque él nunca se identifico a sí mismo, sombres, es claro a partir de su uso de los verbos en primera persona plural "nosotros en muchas de las serciones de Hechos que el fue un compañero cercano del anástol

(Hch 16:10 17:20:5-15; 21:1-18; 27:1-28:16). Lucas es la única persona entre los colegas que Pablo Q lona en su propias epistolas (Col 4:14; 2 TS 4:11; Fim 24). quién encala con el perfil del autor de estos librus. Eso está de acuerdo de manera perfecta con la tradición más antigua de la iglesia la cual de manera unánime atribuyó este Evangelio a Lucas.

Lucas y Hechos parecen haber sido escritos alrededor del mismo tiempo. Lucas primero, después Hechos. Combinados constituyen una obra de dos tomos dirigida a "Teófilo" (1:3; Hch 1:1; vea Contexto Histórico) dando una historia general del establecimiento del cristianismo, desde el nacimiento de Cristo hasta el encarcelamiento de Pablo bajo arresto en una casa en Roma (Hch 28:30-31).

El libro de Hechos termina con Pablo aún en Roma, lo cual lleva a la conclusión de que Lucas escribió estos libros desde Roma durante el encarcelamiento de Pablo alli (alrededor del 60-62 d.c.). Lucas registra la profecia de Jesús de la destrucción de Jerusalén en el 70 d.C. (19:42-44; 21:20-24) pero no hace mención del cumplimiento de esta profecia, sea aqui o en Hechos. Lucas se enfocó en registrar tales cumplimientos proféticos (Hch 11:28), por esta razón es extremadamente improbable que el escribiera estos libros después de la invasión romana de Jerusalén. Hechos tampoco incluye mención alguna de la gran persecución que comenzó bajo Nerón en el 64 d.C. Además, muchos eruditos establecen la fecha del martirio de Jacobo en el 62 d.C. y si eso fue antes de que Lucas terminara su historia, el ciertamente lo habría mencionado. Entonces, la fecha más probables para este Evangelio es el 60 0 61 d.C.

Contexto Histórico de Lucas

Lucas dedicó sus obras al "excelentisimo Teófilo" (lt. 'amante de Dios", 1:3; Hch 1:1). Esta designación, la cual puede ser un apodo o un seudónimo, es acompañada por una expresión formal ("excelentisimo"). Posiblemente quiere decir que "Teófilo" fue un dignatario romano bien conocido, quizás uno de aquellos que se había vuelto a Cristo en la "casa de César" (Fil 4:22).

No obstante, es casi seguro que Lucas tenia en mente a una audiencia mucho más grande para su obra que este hombre. Las dedicaciones al principio de Lucas y Hechos son como la dedicación formal en un libro moderno. No son como la expresión o manera de expresarse de una epistola.

Lucas expresó de manera clara que su conocimiento de los acontecimientos registrados en su Evangelio vinieron de los informes de aquellos que fueron testigos oculares (1:1, 2), implicando fuertemente que él mismo no fue un testigo ocular. Es claro a partir de su prólogo que su intención era dar un relato ordenado de los acontecimientos de la vida de Jesús, pero esto no quiere decir que siempre siguió un orden estrictamente cronológico en toda situación (p.ej 3:20).

Al reconocer que él habia recolectado su relato de varias fuentes a las que tuvo acceso (1:1), Lucas no estaba diciendo que no había sido inspirado para su obra. El proceso de inspiración nunca hace a un lado o elimina las personalidades, vocabularios y estilos de los autores humanos de las Escrituras.

<h2 style="text-align:center"><u>Retos de Interpretación</u></h2>

- Al igual que Marcos, y en contraste a Mateo, Lucas parece enfocarse en una audiencia gentil. El identificó lugares que habrían sido conocidos para todos los judíos (p.ej. 4:31:23:51:24:13). dando a entender que su audiencia iba más allá de aquellos que ya tenían conocimiento de la geografía de Palestina. El normalmente prefirió usar terminologia griega en lugar de hebraismos (p.ej. "Calvarios" en lugar de "Golgota en el 23:33). Los otros Evangelios usan términos semiticos ocasionales tales como "Abba" (Mr. 14:36). "rabi" (Mt. 23:7,8;Jn 1:38,49) y "hosanna" (Mt 21:9; Mr. 11:9, 10; Jn. 12:13), pero Lucas los omitió o usó equivalentes griegos.
- Lucas citó el AT menos que Mateo y cuando cita pasajes del AT, casi siempre emplea la LXX, una traducción griega de las Escrituras hebreas. Además, la mayoría de las citas de Lucas del AT son referencias en lugar de ser citas directas, y muchas de ellas aparecen en las palabras de Jesús en lugar de la narración de Lucas (2:23, 24: 3:4-6;4:8, 10-12, 18, 19:7:27; 10:27: 18:20: 19:46; 20:17, 18, 37,42,43; 22:37). .

- Lucas, más que cualquier otro escritor de los Evangelios, subrayó el espectro universal de la invitación del evangelio. El retrato a Jesús como el Hijo del Hombre,rechazado por Israel y después ofrecido al mundo. Lucas repetidamente relató narraciones gentiles, samaritanos y otros rechazados que encontraron gracia ante los ojos de Jesús. Este énfasis es precisamente lo que esperaríamos de un compañero cercano del "apóstol de los gentiles" (Ro. 11:13).

- Sin embargo, algunos críticos han dicho ver un gran vacío entre la teologia de Lucas y la de Pablo. Es verdad que el Evangelio de Lucas está prácticamente carente de terminologia que es claramente paulina. Lucas escribió con su propio estilo. Sin embargo, la teologia que se encuentra implicita en lo que escribe está en perfecta armonía con la del apóstol. La médula de la doctrina de Pablo era la justificación por la fe. Lucas también enfatizó e ilustró la justificación por la fe en muchos de los incidentes y parábolas que el relató, principalmente el relato del fariseo y el publicano (18:9-14); la conocida historia del hijo pródigo (15:11-32); el incidente en casa de Simón (7:36-50); y la salvación de Zaqueo (19:1-10)

Temas históricos y teológicos

El estilo de Lucas es el de un autor académicamente preparado y culto. El escribió como un historiador meticuloso, con frecuencia dando detalles que ayudarán a identificar el contexto histórico de los acontecimientos que él describió (1:5; 2:1, 2; 3:1, 2:13:1-4).

Su relato de la natividad es el más completo en todos los registros de los Evangelio y como el resto de la obra de Lucas, más pulido en su est terario. El incluyó en la narrativa del nacimiento una serie de salmos de alabanza (1:46-55: 1:68-79: 2:14:2:29-32:34.35l. Solo él reportó las circunstancias no
comunes que rodearon el nacimiento de Juan el Bautista, el anuncio a Maria, el pesebre, los pastores, Simeón y Ana (2:25-38).

Un tema que se percibe por todo el Evangelio de Lucas es la compasión de Jesús por los gentiles, samaritanos, mujeres, niños, recaudadores de impuestos, pecadores y otros que con frecuencia eran considerados como desechados de la sociedad de Israel. Cada vez que menciona a un recaudador de impuestos (3:12:5:27: 7:29; 15:1; 18:10-13; 19.2) es en un sentido positivo. Sin embargo, Lucas no ignoro la salvación de aquellos que eran ricos y respetables, (23:50-53), desde el principio del ministerio público de Jesús (4:18) hasta las palabras finales del Señor en la cruz (23:40-43). Lucas enfatizó este tema del ministerio de Cristo a los rechazados de la sociedad. Una y otra vez el mostró como el gran Médico ministro a los que estaban más conscientes de su necesidad (5:31, 32; 15:4-7, 31, 32, 19:10).

El gran reconocimiento que Lucas le da a las mujeres es particularmente significativo. Desde el relato de la natividad, donde a Maria, Elizabet y Ana se les da preeminencia (caps. 1:2), a los acontecimientos de la mañana de resurrección, donde las mujeres una vez más son los personajes principales (24:1, 10), Lucas enfatizó el papel central de las mujeres en la vida y ministerio de nuestro Señor (7:12-15,35-50; 8:2,3,43. 48; 10:38-42; 13:11-13; 21:2-4;23:27-29,49,55,56).

Otros varios temas que se repiten forman hilos a lo largo del Evangelio de Lucas. Ejemplos de estos son el temor humano en la presencia de Dios (1:12): perdón (3:3; 5:20-25; 6:37:7:41-50; 11:4; 12:10, 17:3,4, 23:34;24:47); gozo (1:14); asombro ante los misterios de verdad divina (2:18): el papel del Espíritu Santo (1:15, 35, 41,67; 2:25-27; 3:16, 22:4:1, 14, 18; 10:21:11:13; 12:10, 12); el templo en Jerusalén (1:9-22; 2:27-38, 46-49; 4:9-13; 18:10-14; 19:45-48; 20:1-21:6; 21:37,38; 24:53); y las oraciones de Jesús (6:12).

Comenzando con el 9:51, Lucas uso diez capitulos de su narración para dar un diario del viaje final de Jesús a Jerusalén. Gran parte del material en esta sección solo lo encontramos en Lucas. Este es el corazón del Evangelio de Lucas, y muestra un tema que Lucas enfatizó a lo largo de su narración: La inevitable de Jesús hacia la cruz. Este fue el propósito mismo para el cual Cristo había venido a la Tierra (9:22, 23; 17:25; 18:31-33; 24:25, 26,46) y El no iba a ser detenido. La salvación de los pecadores fue su entera misión (19:10).

<u>Vista Panorámica de Lucas</u>

De los Evangelios, éste es el más cercano a una biografia de Jesús. Lucas era médico (Col. 4:14) con un interés especial en cuestiones de su profesión (1:41:4:38-40;5:15-25; 6:17-19:7:11-15; 8:43-47,49-56;9:2, 6, 11; 13:11-13; 14:2-4; 17:12-14; 22:50-51). Fue un colaborador de Pablo (Flm 24) y estaba con el apostol antes de su martirio (2 Ti 4:11). Lucas fue el único gentil (Col 1:11, 14) de los escritores de las Escrituras y el único de los evangelistas que escribió una secuela a su Evangelio (1:1-4; Hch 1:1-3). Al medirse el material por páginas, él escribió más del Nuevo Testamento que cualquier otro escritor.

Lucas escribió su Evangelio quizás en Ces durante los dos años del encarcelamiento de Pablo (Hch 24:27; 25:4) o después de llegar a Roma (Hch 27:1:28:16), cerca del año 58-60 d.C. El se valió del testimonio de Su Evangelio es universal en alcance (2:10; 3:6). Sólo él, de los escritores de los Evangelios, menciona la viuda en Sidón (4:25-26). Naamán de Siria (4:27). el buen samaritano (10:30-37) y los tiempos de los gentiles (21:24). Sus comentarios acerca de los recaudadores de impuestos son positivos (3:12; 5:27;7:29; 15:1:18:10-13; 19:2-3).

Lucas proporciona abundantes enseñanzas doctrinales. Es el primer escritor del Nuevo Testamento que redención (1:68; 2:38, 21:28:24:21). Presenta a Jesús como el Mesías (Zac 6:12), un verdadero Pariente Redentor para la humanidad, que cumple la ley de la redención de Lv 25:23-55, donde la idea de "redimir" ocurre 15 veces. También ilustra la justificación por la fe (7:36-50: 15:11-32:18:9-14:19:1-10). La oración se enfatiza (11:1-13; 18:1-8, 10-13; 21:36) y la alabanza predomina en su Evangelio; le da a la iglesia grandes himnos tal como el Magnificat (1:46-55), Benedictus (1:68-79) y Gloria a Dios (2:14). Lucas presenta el más amplio relato del desarrollo humano de Jesús (2:1-4:13) y las mujeres y los niños son mencionados con respeto (2:19.36-38:7:12-15; 8:41-42; 10:38-42; 13:11-13; 18:15).

Después de su clásico prefacio (1:1-4), Lucas dedica una sección larga a Juan el Bautista, el antecesor del Redentor (1:5-80). Luego viene la preparación del Redentor: su nacimiento, bautismo, genealogia y tentación (2:1-4:13). La presentación del Redentor comienza con su ministerio público en Galilea cuando Jesus inicia su labor (4:14-44), llama a sus discípulos (5:1-6:16) y concluye ministrando en el norte del pais (6:17-9:50). Lucas continúa presentando a Jesús camino a Jerusalén (9:51-19:28). Dentro de esta parte del viaje, se registran veintisiete parábolas dichas por Jesús, de las que diecisiete son exclusivas en este Evangelio. El pago del Redentor se menciona enseguida (19:29-23:56) al pagar el Redentor el precio (Lv 25:25) para volver a comprar a las personas perdidas, esclavizadas por el pecado y Satanás. Lucas concluye con las pruebas del Redentor en sus apariciones y ascension (24:1-53; cp. Hch 1:3).

Este Evangelio comienza y finaliza con gozo (1:14:24:52) y la alegría aparece a través del libro (1:44, 47,58; 2:10; 6:23; 8:13: 10:17, 20-21; 13:1715:5-7,9-10,32:19:37:24:41). Es una fuente constante de alegría a todo el que escucha por primera vez, o a quien se le recuerda, de la gracia de Dios por medio del Mesías, el Redentor, quien logró la salvación para todos los que confían en la sangre que El derramó y así reciben la vida eterna.

Conexiones

Como gentil, las referencias de Lucas al Antiguo Testamento son relativamente pocas, comparadas con el Evangelio de Mateo, y la mayoría de las referencias del Antiguo Testamento están en las palabras dichas por Jesús, más que en la narración de Lucas. Jesús utiliza el Antiguo Testamento para defenderse contra los ataques de Satanás, respondiéndole con "Escrito ert (Lucas 4:1-3); para identificarse a si mismo como el Mesías prometido (Lucas 4:17-2)

Importancia en la Biblia

Lucas presenta a Cristo como el Hijo del Hombre (19.10), es decir, el Mesías de Dios y el Hombre ideal que vino a identificarse con la humanidad y a ser Salvador de ella (2.32; 3.6). Se traza la experiencia de Jesús a través de toda una vida normal, desde su genealogía, la cual Lucas remonta hasta Adán (3.23-28), su nacimiento (2.1-20), infancia

(2.21-39) y niñez (2.40-52) hasta su madurez. Jesús participa plenamente de la vida humana. Es Salvador de toda clase de personas: judios, samaritanos (9.52-56; 10.30-37; 17.11-19) y quienes tenían otras religiones (2.32; 3.6,8;4.25-27; 7.9); hombres y mujeres publicanos (3.12: 5.27-32; 7.37-50; 19.2-10).y fariseos (7.36; 11.3714.1);

ricos (19.2; 23.50). y pobres (1.53; 2.7; 6.20; 7.22). Es a la vez Salvador universal e individual.

Lucas da prominencia a la oración. Relata nueve oraciones de Jesús, de las cuales solo dos se encuentran en los otros Evangelios. Dos de sus parábolas particulares tratan de la oración (11.1-13; 18.1-8). Solo Lucas nos informa que Jesus intercedió por Pedro (22.31, 32), que exhortó a los discípulos a orar en Getsemani (22.40). y que oro por sus enemigos (23.34).

El Espiritu Santo es otro tema importante (4.1, 14; 10.21; 11.13; 24.49). La humanidad del Señor se revela en su dependencia del Padre en la oración, y del Espiritu Santo. El gozo y la alabanza ocupan un lugar especial (1.14, 44, 47; 6.21, 23: 10.21: 15.23,32:24.52s); solo en Lucas figuran los cuatro himnos: el Magnificat (1.4655), el Benedictus (1.68-79), el Gloria in Excelsis Deo (2.14) y el Nunc Dimittis (2.29-32).

El Carácter de Dios en Lucas

1. Dios es accesible: 23:45
2. Dios es santo: 1:49
3. Dios es paciente: 13:6-9
4. Dios es misericordioso: 1:50,78
5. Dios es potente: 11:20, 12:5
6. Dios cumple sus promesas: 1:38,45,54,55,69-73
7. Dios provee: 2:1-4; 21:18, 32, 33; 22:35
8. Dios es sabio: 16:15

Cristo en Lucas

Lucas, que era medico, presenta a Jesus como el Gran MEDICO 5:31.32: 54-7,21,22 19.10. Lucas amina la interacción de Jesús con cobradores de impuestos, mujeres.nillos. gentiles y samaritanos mostrando así su ministerio particular y único entre los marginados de la sociedad. Lucas también describe a Jesús como Hijo del Hombre, poniendo énfasis en su ofrenda y sacrificio de salvación para el mundo.

Apuntes de Lucas

1. Lucas en Wikipedia
2. Destinatarios y Propósito de Lucas
3. Evangelio de Lucas
4. Preguntas en Lucas
5. Libro de Lucas
6. Profecias cumplidas en Jesús
7.¿Quién era Lucas?
8. Estructura NVI de Lucas
9. Bosquejo de Lucas
10. 10. Los dos volúmenes de Lucas

Evangelio de Lucas es uno de los tesoros más grande de la historia bíblica, que enfatiza el cumplimient omesas de Dios a Israel, que "el año agradable del Señor (Luc 4:19) ha venido con el ministerio compasivu de Jesús de liberación y aceptación de los pobres y desamparados"

"Porque Esdras había preparado su corazón para inquirir (Observación) la ley de Jehová y para cumplirla (Aplicación), y para enseñar (Interpretación) en Israel sus estatutos y decretos".

Esdras 7:10

Estrategias Espirituales: Un Manual para la Guerra Espiritual

HAY BATALLAS QUE SE GANAN LUCHANDO, PERO...
LAS GRANDES BATALLAS SE GANAN ORANDO.
adnstc@hotmail.com

CAPÍTULO DOS

ENLISTÁNDOSE EN EL EJÉRCITO DE DIOS

OBJETIVOS:

Al concluir este capítulo serás capaz de:

- Escribir el versiculo llave de memoria.
- Definir arrepentimiento"
- Explicar la importancia del arrepentimiento.
- Definir conversión.
- Explicar la importancia de la conversión.
- Definir justificación".
- Explicar qué significa ser "salvo".
- Usar la parábola del hijo pródigo para describir el arrepentimiento y la conversión.

VERSICULO LLAVE DE LAS CLÁUSULAS DE LA GUERRA:

"No he venido a llamar a justos, sino a pecadores al arrepentimiento" (Lucas 5:32)

<u>**INTRODUCCION**</u>

En el último capítulo aprendiste de una gran guerra invisible en el mundo espiritual. En este capítulo aprenderás cómo enlistarte en el ejército de Dios. En el mundo natural, los ejércitos usualmente tienen rituales especiales de admisión en los cuales un posible soldado debe participar en vistas a unirse a las fuerzas. Esta "admisión" lo convierte en parte del ejército.

Dios también tiene un plan especial para la admisión mediante el cual te conviertes en parte de su ejército espiritual. Su plan se centra en dos importantes conceptos, arrepentimiento y conversión, los cuales resultan en justificación.

<u>**ARREPENTTIMIENTO**</u>

En el mundo natural, cuando un soldado se une a un ejército, él debe renunciar a cualquier filiación previa a otro ejército o país. Cuando te unes al ejército de Dios, debes arrepentirte de tu vinculo con el pecado y el Reino de Satanás. Esto se logra mediante el arrepentimiento.

El arrepentimiento es un decisión interior o cambio de mente que resulta en una acción exterior de volverse del pecado a Dios y a la justida". Hechos 20:21 lo llama convertirse a Dios". Mediante el acto del arrepentimiento te vuelves de tu pecado y deias el Reino de Satanás.

El arrepentimiento es una decisión personal de cambiar tu lealtad del Reino de Satanás al Reino de Dios. Este cambio de mente y volverse del pecado no puede ser hecho por ti mismo. Es el poder de Dios el que produce el cambio en la mente, corazón, y en la vida de un pecador:

"Entonces, oídas estas cosas, callaron y glorificaron a Dios, diciendo: -¡De manera que también a los gentiles ha dado Dios arrepentimiento para vida!" (Hechos 11:18).

El arrepentimiento es un don de Dios:

"A este (Jesús), Dios ha exaltado con su diestra por Príncipe y Salvador, para dar a Israel arrepentimiento y perdón de pecados" (Hechos 5:31).

Aunque las emociones pueden estar involucradas en el arrepentimiento, el verdadero arrepentimiento es una decisión, no tan sólo una emoción. Sentir pena por el pecado y el derramamiento de lágrimas no es suficiente en sí mismo. Esto debe ser acompañado por una decisión interior que resulta en un cambio exterior.

<u>LA IMPORTANCIA DEL ARREPENTIMIENTO:</u>

El arrepentimiento es importante porque:

<u>Dios lo ordena:</u>

<u>"Pero Dios, ...ahora manda a todos los hombres en todo lugar, que se arrepientan" (Hechos 17:30).</u>

<u>Es necesario para evitar la muerte espiritual:</u>

"Os digo: no, antes si no os arrepentís, todos pereceréis igualmente" (Lucas 13:3).

<u>Es necesario para la vida eterna:</u>

Mediante el arrepentimiento la pena de muerte es removida y la vida eterna es garantizada:

> *"Entonces, oidas estas cosas, callaron y glorificaron a Dios, diciendo: -iDe manera que también a los gentiles ha dado Dios arrepentimiento para vida!" (Hechos 11:18).*

Es necesario para el perdón:

Dios no puede perdonar tus pecados a menos que te arrepientas:

> *"Pedro les dijo: - Arrepentíos y bautícese cada uno de vosotros en el nombre de Jesucristo para perdón de los pecados, y recibiréis el don del Espíritu Santo" (Hechos 2:38).*

Es el deseo de Dios para todos:

Dios no quiere que nadie experimente la muerte espiritual de separación eterna de Dios en el infierno:

> *"El Señor no retarda su promesa, según algunos la tienen por tardanza, sino que es paciente para con nosotros, no queriendo que ninguno perezca, sino que todos procedan al arrepentimiento" (2 Pedro 3:9).*

Es la razón por la cual Jesús vino al mundo:

> *"No he venido a Hamar a justos, sino a pecadores al arrepentimiento" (Lucas 5:32).*

Es necesaria para entrar en el Reino de Dios:

"Desde entonces comenzó Jesús a predicar y a decir: ¡Arrepentios, porque el reino de los cielos se ha acercado!" (Mateo 4:17).

Cuando vienes a ser parte del Reino de Dios, te estás enlistando en el ejército de Dios.

<u>CONVERSION</u>

Cuando pides el perdón de tus pecados experimentas la "conversión". Conversión significa "volverse". Cuando es usada en conexión con el arrepentimiento bíblico, significa "volverse del camino errado al camino correcto". Dejas el Reino de Satanás y te unes al Reino de Dios.

"Hará que muchos de los hijos de Israel se conviertan al Senor, su Dios" (Lucas 1:16).

"Y lo vieron todos los que habitaban en Lida y en Sarón, los cuales se convirtieron al Señor" (Hechos 9:35).

"Y la mano del Señor estaba con ellos, y gran número creyó y se convirtió al Señor" (Hechos 11:21).

Convertirse es volverse de la oscuridad del pecado a la luz de la justicia de Dios:

"... para que se conviertan de las tinieblas a la luz" (Hechos 26:18).

Es volverse del poder de Satanás a Dios:

"... para que se conviertan de la potestad de Satanás a Dios" **(Hechos 26:18).**

Es volverse de las cosas terrenales a las cosas espirituales:

"Y diciendo: .. que de estas vanidades os convirtals al Dios vivo" **(Hechos 14:15).**

Es volverse de los falsos dioses al verdadero Dios viviente:

"Os convertisteis de los idolos a Dios, para servir al Dios vivo y verdadero" (1 Tesalonicenses 1:9).

<u>**LA IMPORTANCIA DE LA CONVERSION:**</u>

La conversión debe acompañar al arrepentimiento. Debes volverte de lo incorrecto a lo correcto porque...
Es necesario para entrar en el Reino de Dios:

"Y dijo: -De cierto os digo que si no os volvéis y os hacéls como ninos, no entraréis en el reino de los cielos" (Mateo 18:3).

Te salva de la muerte espiritual:

"O sepa que el que haga volver al pecador del error de su camino, salvará de muerte un alma y cubrirá multitud de pecados" (Santiago 5:20).

<u>**Es necesario para borrar el pecado:**</u>

Tu pecado está escrito en los registros de Dios hasta que te arrepientes y conviertes, entonces nuestros pecados son borrados:

"Así que, arrepentios y convertios para que sean borrados vuestros pecados; para que vengan de la presencia del Señor tiempos de consuelo" (Hechos 3:19).

EL HIJO PRÓDIGO

El arrepentimiento y la conversión son mejor ilustrados por una historia que Jesús contó sobre un hijo pródigo. Lee la historia en Lucas 15:11-24. Este hombre joven dejó su padre y su casa, se dirigió a una tierra distante, y debido al pecado desperdició todo lo que poseía. Eventualmente, este hombre luego se dio cuenta de su condición. Estaba hambriento, solo, en harapos, y atendiendo cerdos como trabajo. Luego tomo una importante decisión. Dijo, "me levantaré e iré a mi padre". Esta decisión interior resultó en un cambio de sus acciones exteriores. Se dirigió a la casa de su padre en busca de perdón.

ARREPENTIMIENTO... EL CAMBIO DE MENTE:

Lee Lucas 15:17-19. El hombre joven se dio cuenta de su condición de pecado. Tomo la decisión de ir a su padre y arrepentirse de su pecado. Esto es un ejemplo de arrepentimiento, una decisión interior que redunda en una acción exterior.

CONVERSIÓN... ACTUANDO LA DECISIÓN:

Lucas 15:20 registra cómo el hombre joven se levantó y dejó su vieja vida y fue a su padre para comenzar una vida nueva. Esto es conversión.

EL HOMBRE PRÓDIGO:

El hombre es como el hijo pródigo. En su condición pecaminosa le ha vuelto la espalda a Dios su Padre y al Cielo su casa. Cada paso que toma es un paso lejos de Dios y un paso más cerca de la muerte espiritual de eterna separación de Dios. Existe una decisión mayor que debe tomar. Debe "venir a sí mismo" y reconocer su condición espiritual. Debe tomar una decisión que resultará en un cambio de dirección espiritual.

<u>JUSTIFICACIÓN Y SALVACIÓN</u>

Hay dos términos más usados en la Biblia que se relacionan con el arrepentimiento Estos términos son "justificación" y "salvación". Dios es el juez de todo el género humano. Cuando vives en pecado estás condenado delante de Él:

"El que en él cree no es condenado; pero el que no cree ya ha sido condenado, porque no ha creído en el nombre del unigénito Hijo de Dios. Y esta es la condenación: la luz vino al mundo, pero los hombres amaron más las tinieblas que la luz, porque sus obras eran malas" (Juan 3:18-19).

Cuando te arrepientes del pecado y tomas la decisión de volverte de tus caminos pecaminosos, se establece una relación correcta con Dios. Esta relación correcta o estatus recto delante de Dios es llamado "justificación":

"No sabéis que si os sometéis a alguien como esclavos para obedecerlo, sois esclavos de aquel a quien obedecéis, sea del pecado para muerte o sea de la obediencia para justicia? Pero gracias a Dios que, aunque erais esclavos del pecado, habéis obedecido de corazón a aquella forma de doctrina que os transmitieron; y libertados del pecado, vinisteis a ser siervos de la justicia" (Romanos 6:16-18).

Cuando eres justificado mediante el arrepentimiento y la conversión, eres "salvo de como así también del castigo del pecado. Esto es lo que significa ser "salvo" y de lo que la Biblia está hablando cuando usa el término "salvación".

LA GUERRA ESPIRITUAL Y EL PUNTO DE VISTA BÍBLICO

La materia de la guerra espiritual debe ser estudiada dentro del contexto del propósito total de Dios para la redención de la humanidad pecadora. Estudia las parábolas del sembrador y del trigo y la cizaña en Mateo 13. Ambas parábolas se refieren al crecimiento del Reino de Dios el cual ocurre mediante el plantar la Palabra de Dios. Las dos parábolas reflejan la guerra ente los dos reinos con la batalla centrada en los propósitos redentores de Dios.

Aprender de la guerra espiritual te prepara para entrar en la arena de este mundo y pelear por las almas de hombres y mujeres, niños y niñas. Por esto se les dio autoridad sobre Satanás a los discípulos antes de ser enviados a compartir el Evangelio

(ver Mateo 28:18-20). Satanás y sus hordas de demonios pelearán contra ti en la medida que buscas ganar hombres para Cristo y traerlos bajo el gobierno de Dios. Emplear estrategias biblicas de guerra espiritual te ayuda a desafiar los principados y poderes que gobiernan sobre las vidas humanas individuales, sociedades, y áreas del mundo.

ADMISIÓN DENTRO DEL EJÉRCITO DE DIOS

Arrepentimiento y conversión resultan en justificación y salvación. Este es el plan de Dios para la admisión dentro de su ejército. Si todavía no has sido admitido en el ejército de Dios, la sección de "Maniobras Tácticas de esta lección te proveerá la oportunidad para que te unas. Si ya eres un miembro del ejército de Dios, esta sección te asistirá a ayudar a otros a enlistarse.
¡Bienvenido al ejército de Dios!

1. Escribe el versiculo llave de las Cláusulas de la Guerra.

____

____

2. Define "arrepentimiento".

____

3. Explica la importancia del arrepentimiento.

____

4. Define "conversión".

____

5. Explica la importancia de la conversión.

____

____

6. Define "justificación".

____

____

7. Explica qué significa ser "salvo".

____

____

8. Usa la parábola del hijo pródigo para describir el arrepentimiento y la conversión.

____

____

(Las respuestas se encuentran al final del último capítulo de este manual)

<u>**MANIOBRAS TÁCTICAS**</u>

1. ¿Te has arrepentido y convertido? Si no, necesitas detenerte ahora mismo en este estudio y hacer lo siguiente:

- Arrepentirte de tus pecados.
- Pedirle a Jesús que te perdone.
- Aceptarlo como tu Señor y Salvador.
- Volverte de tus caminos pecaminosos (convertirte).

2. Como creyente, cuando pecas, debes también arrepentirte. Estudia los siguientes ejemplos bíblicos:

<u>**LOS CORINTIOS:**</u>

Los creyentes en una ciudad llamada Corinto tuvieron que arrepentirse:

> *"Ahora me gozo, no porque hayáis sido entristecidos, sino porque fuisteis entristecidos para arrepentimiento..." (2 Corintios 7:9)*

> *"Pues me temo que cuando llegue,... quizá tenga que llorar por muchos de los que antes han pecado y no se han arrepentido de la impureza, fornicación y lujuria que han cometido" (2 Corintios 12:20-21).*

<u>**LOS EFESIOS:**</u>

A los creyentes en Efeso se les dijo que se arrepintieran:

> *"Recuerda, por tanto, de dónde has caído, arrepiéntete y haz las primeras obras, pues si no te arrepientes, pronto vendré a ti y quitaré tu candelabro de su lugar" (Apocalipsis 2:5).*

LOS CRISTIANOS EN PÉRGAMO:

Dios les dijo a los cristianos en Pérgamo:

> *"Por tanto, arrepiéntete, pues si no, vendre pronto hasta ti y a de mi boca" (Apocalipsis 2:16).*

LOS CRISTIANOS EN SARDIS:

> *"Acuérdate, pues, de lo que has recibido y oído; guardalo y arrepiéntete, pues si no velas vendré sobre ti como ladrón y no sabrás a qué hora vendré sobre ti" (Apocalipsis 3:3).*

LOS CRISTIANOS EN LAODICEA:

> *"Yo reprendo y disciplino a todos los que amo. Por lo tanto sé fervoroso y arrepiéntete" (Apocalipsis 3:19).*

Y QUÉ DE TI:

¿Existe pecado sin confesar en tu vida? Dondequiera que hay pecado, debe haber arrepentimiento:

> *"SI decimos que no tenemos pecado, nos engañamos a nosotros mismos y la verdad no está en nosotros.9 SI confesamos nuestros pecados, él es fiel y justo para perdonar nuestros pecados y limpiarnos de toda maldad" (1 Juan 1:8-9)*

3. Puesto que el arrepentimiento es necesario para la salvación, Dios ideó un plan especial de tal manera de hacer posible que el mensaje de arrepentimiento alcance a cada uno. La llamada al arrepentimiento comenzó en el Nuevo Testamento con el ministerio del Juan el Bautista:

*"Voz del que clama en el desierto: preparad el camino del Señor;
Enderezad sus sendas. Bautizaba Juan en el desierto, y predicaba
el bautismo de arrepentimiento para perdón de pecados"*
(Marcos 1:3-4).

El arrepentimiento fue el primer mensaje que Jesús predicó:

**"Después que Juan fue encarcelado, Jesús fue a Galilea
predicando el evangelio del reino de Dios. Decía: «El tiempo se
ha cumplido y el reino de Dios se ha acercado. Arrepentíos y
creed en el evangelio!" (Marcos 1:14-15).**

El arrepentimiento fue predicado por los creyentes en la iglesia
primitiva:

**"Y, saliendo, predicaban que los hombres se arrepintieran"
(Marcos 6:12).**

**"... testificando a judíos y a gentiles acerca del arrepentimiento
para con Dios y de la fe en nuestro Señor Jesucristo" (Hechos
20:21).**

Hoy, los creyentes todavía tienen la responsabilidad de predicar el
mensaje de arrepentimiento por todo el mundo. Jesús dio instrucciones
finales a sus seguidores que...

**"... y que se predicara en su nombre el arrepentimiento y el
perdón de pecados en todas las naciones, comenzando desde
Jerusalén" (Lucas 24:47).**

Cuando predicas el mensaje de arrepentimiento a otros, tú estás llamando a otros a enlistarse en el ejército de Dios. 2Tomarás el compromiso de reclutar a otros para este gran ejército espiritual?

4. Si eres responsable de compartir el mensaje de arrepentimiento y llamar a otros a enlistarse en el ejército de Dios, entonces debes saber cómo los hombres son persuadidos a arrepentirse. Los hombres se arrepienten a causa de:

LA BONDAD DE DIOS:

Las bendiciones de Dios en la vida de una persona no santa no deben ser confundidas con la aprobación de Dios de su estilo de vida. La bondad de Dios es una de las maneras en que el Señor apela a los hombres para que se vuelvan a El.

> **"¿O menosprecias las riquezas de su benignidad, paciencia y generosidad, ignorando que su benignidad te guía al arrepentimiento?" (Romanos 2:4).**

PREDICACIÓN:

La predicación de la Palabra de Dios lleva a los hombres al arrepentimiento. La predicación de Jonás llevó a toda la ciudad de Ninive al arrepentimiento:

> **"Los hombres de Ninive se levantarán en el juicio con esta generación y la condenarán, porque ellos se arrepintieron por la predicación de Jonás, y en este lugar hay alguien que es más que Jonas" (Mateo 12:41).**

EL LLAMADO DE CRISTO:

En la medida que la Palabra de Dios es predicada, las personas escuchan y responden al llamado de Cristo que los lleva al arrepentimiento:

"... porque no he venido a llamar a justos, sino a pecadores al arrepentimiento" (Mateo 9:13).

DIOS, EL PADRE:

Jesús dijo que nadie podía venir a Él a menos que el Padre lo llevara. Dios lleva a los hombres al arrepentimiento:

"Nadie puede venir a mi, si el Padre, que me envió, no lo atrae" (Juan 6:44).

REPRENSIÓN:

La represión lleva a los hombres al arrepentimiento. La represión es la corrección dada por la Palabra de Dios:

"¡Mirad por vosotros mismos! Si tu hermano peca contra ti, repréndelo; y si se arrepiente, perdónalo" (Lucas 17:3).

<u>**PENA SANTA:**</u>

Como aprendiste, el arrepentimiento puede estar acompañado de emociones. Emoción natural solamente no es verdadero arrepentimiento, pero la emoción santa guia al verdadero arrepentimiento:

"La tristeza que es según Dios (por el pecado) produce arrepentimiento para salvación..." (2 Corintios 7:10).

ENTRENAMIENTO BÁSICO

PREPARÁNDONOS PARA LA GUERRA

En el mundo natural ningún soldado es enviado a la batalla sin recibir primero entrenamiento básico. Este entrenamiento lo prepara para entrar en la zona de batalla.

Deuteronomio

רברים

"Dios el Rey ama a su pueblo

" Deuteronomio en varias versiones:
1 2 3 4 5 6 7 8 9 10 11 12 13 14 15 16 17 18 19 20 21 22 23 24 25 26 27
28 29 30 31 32 33 34
Tiempo de Lectura-2:35/Contiene: 34 capítulos, 959 versículos y 28.461
palabras.

MÉTODO CRÍTICO

1) ¿QUIÉN ESCRIBIÓ EL LIBRO? Moisés

2) ¿CUÁNDO FUE ESCRITO? Alrededor del año 1406 a.C.

3) A QUIÉN FUE ESCRITO? A Sacerdote o ael (Historia), Extranjeros,
nosotros.

4) DE DONDE FUE ESCRITO? Desierto enel moute Siva

METODO HISTÓRICO

1) ¿CUÁL ES EL TRASFONDO HISTÓRICO DEL LIBRO? Deuteronomio
significa "segunda ley o la segunda entrega de la ley. Muchas de las
personas que habían estado presentes cuando la ley fue dada en el
monte Sinai habían muerto para esta época en la historia de Israel. Por
lo tanto fue necesario repetir la ley para beneficio de la nueva
generación. Deuteronomio está escrito en forma de ocho discursos de
Moisés. El capítulo final registra su muerte.

Significa "segunda ley y junto con Génesis, Exodo, Leviticos y Números constituyen el Pentateuco, la Tora, donde se encuentra la instrucción de Dios. Deuteronomio es una repetición de la Ley porque muchos de los que presenciaron la entrega de la Ley en el Sinaí habían fallecido, y por lo tanto, era necesario "entregar una segunda vez la ley" para las nuevas generaciones. Se enfatiza la importancia de guardar los mandamientos y las promesas de bendición de Dios. El pueblo prosperaría en la medida que obedeciera a Dios. El libro contiene discursos de Moisés, que son de carácter histórico, legal y profético. El capítulo final registra su muerte.

<u>MÉTODO LITERARIO</u>

1) ¿QUÉ GÉNERO DE LITERATURA ES EL LIBRO? Pacto (parecido al de la época Hitita), Instrucciones y recomendaciones, Historia.

<u>MÉTODO PANORÁMICO</u>

1) ¿CUÁL ES LA IDEA PRINCIPAL DEL LIBRO? Guardar los mandamientos para nuestro bien, el propósito de Dios y más cuando entran en la tierra prometida.

2) ¿CUÁL FUE LA RAZÓN PRINCIPAL POR LA CUAL SE ESCRIBIÓ ESTE LIBRO? Deuteronomio registra las últimas palabras de Moisés a los israelitas antes que entraran a la Tierra Prometida. Los instó a obedecer al Señor fielmente y a rechazar toda forma de idolatria. Es un llamado a la nueva generación a renovar formalmente al antiguo pacto con Dios que sus padres quebrantaron.

PALABRAS CLAVE DE DEUTERONOMIO (RV1960): temor, corazón, mandar, escuchar (oir), cuando entonces, por tanto, guardar (cumplir), amar, acordarse, mandamiento (estatutos), quitarás el mal, vida, muerte, maldición, bendición, Jehová tu Dios, nación, enemigo, pueblo, cautiverio, pacto

COBERTURA HISTÓRICA: Justo antes de la conquista de la tierra prometida, durante las últimas semanas al oriente del Jordán

ENFASIS: La unidad y singularidad de Jehová, el Dios de Israel, contra todos los otros dioses, el pacto de amor de Jehová por Israel al hacerlo su pueblo; la soberanía universal de Jehová sobre todos los pueblos; Israel como el modelo para las demás naciones; el significado del santuario central donde Jehová debe ser adorado; la preocupación de Jehová por la justicia y que su pueblo refleje su carácter, las bendiciones de obediencia y los peligros de la desobediencia.

COMO LEER DEUTERONOMIO

libro lidia con dificultades, pruebas y dudas, pero también con promesas, esperanza y confianza. Nos da que la fe no es automática ni mecanica, sino que se vuelve personal y activa cuando nace de una con viva con un Dios de amor. El mensaje de Deuteronomio se puede resumir en seis palabras: Dedicate de todo corazón a Dios, ¡No es de extrañar que este libro sea tan relevante para la iglesia hoy en dia!

Al comenzar Deuteronomio, los israelitas están a punto de cruzar el rio Jordán para entrar a Canaán. Una de las épocas más trascendentales de la historia está por terminar y Moisés le recuerda a todo el pueblo las innumerables obras maravillosas que su grandioso Dios ha hecho por ellos al sacarlos de Egipto. El discurso de Moisés con frecuencia está lleno de profunda alabanza. Él declara lo que Dios ha hecho para redimir a su pueblo, revelando el corazón de un Dios que cuida en una forma especial de los pobres, las viudas, los huérfanos y los extranjeros.

El pacto que Dios hizo con los israelitas en este libro es similar en muchos aspectos a los tratados que los antiguos reyes del Medio Oriente hacían con sus súbditos. Dichos tratados se realizaban cuando un rey imponía ciertas obligaciones sobre sus vasallos. Los vasallos eran sirvientes extranjeros, incluso los mismos reyes a quienes se les exigia obedecer el tratado. El formato de Deuteronomio sugiere que los israelitas eran sirvientes del Rey de Reyes. Mientras lees, piensa en este libro como un ejemplo de un acuerdo entre un rey y su pueblo.

TÍTULO: El titulo en español Deuteronomio" se deriva de la mala traducción de la Septuaginta griega (LXX) en el 17:18,"copia de esta ley". como "segunda ley". El título hebreo del libro se traduce: "Estas son las palabras", de los primeros dos vocablos del libro en hebreo. El titulo hebreo es una mejor descripción del libro debido a que no es una 'segunda ley", sino más bien el registro de las palabras de explicación de Moisés con respecto a la ley. Deuteronomio completa la unidad literaria de cinco partes llamada el Pentateuco.

TEMAS:

1. El pacto. El principal tema de Deuteronomio es la relación de pacto entre Dios y su pueblo. El inmerecido amor de Dios (7:6-9) es la base no solo del pacto, sino también de la confianza de su pueblo en él. Los pactos, un importante enfoque de las Escrituras adquieren una evolución histórica: el pacto noético (Gn 9:8-17), el pacto abrahamico (Gn 15:9-21), el pacto sinaitico (Ex 19:5-6), el pacto levitico (Nm 25:10-13), el pacto davídico (25 7:5-16) y el pacto nuevo (Jer 31:31-34).

2. Opciones. El pacto exhortaba al pueblo de Dios a enseñar, recordar y obedecer (Dt 6:6-25). Dios prometió que la obediencia traería bendición (28:1-14), pero advertia que la desobediencia mala resultaría en daño (28:15-68).

3. El pobre. Como un reflejo del amor de Dios por los socialmente vulnerables (10:18-19), Deuteronomio asignaba protección y mandatos especiales que involucraban la inclusión de viudas, huérfanos, extranjeros, minusválidos y ancianos (5:14; 14:29; 15:7-11; 16:11, 14;24:10-21:26:12-13; 27:19).

<u>Estructura de Deuteronomio</u>

Título: "Mandamientos para tu bien"

Versículo Clave 6:4,5:

"Jehová nuestro Dios, Jehová uno es. Yamarás a Jehová tu Dios de todo tu corazón, de toda tu alma, y con todas tus fuerzas

1:1 Prólogo	
1:6 Jueces y los espias	RECUERDO DE ISRAEL
2:1 Años en el desierto	
3.1 Primeras guerras	
4:1 El pacto de Dios	
5:1 Mandamientos y obediencia	EXPOSICIÓN DE LA LEY
7:1 Preparándose para Canaan	
8:1 La buena tierra a poseer	
9:1 Fidelidad, Rebelión y Pacto	
11:1 Jehová y tierra	
12:1 Santuario y leyes	
15:1 Remisión y leyes	

16:1 Fiestas anuales	
16:18 Justicia Levitas y un profeta	
19:1 Ciudades de refugio y leyes	
21:1 Diversas leyes	
23:1 Congregación y leyes Primicias y diezmos	
..1 Maldiciones monte Ebal	BENDICIÓN Y MALDICIÓN
28:1 Bendiciones y maldiciones	
29:1 Pacto en Moab	
30:1 Condiciones para bendición	BENDICIÓN
31:1 Josué sucesor de Moisés	
33:1 Moisés bendice las doce tribus	
34:1 Muerte de Moisés	

Contexto Histórico de Deuteronomio

Al igual que Leviticos, Deuteronomio no avanza históricamente, sino que se lleva a cabo en su totalidad en un lugar en algo más de un mes (Dt 1:3 y 34:8 con Jos 5:6-12). Israel había establecido su campamento en el valle central al
E del río Jordán (Dt 1:1) En Números 36:13 se hace referencia a este lugar como "los campos de Moab, un área al N del río Arnón cruzando el río Jordán desde Jericó. Habían pasado casi cuarenta años desde que los israelitas habían salido de Egipto.

El libro de Deuteronomio se concentra en acontecimientos que se llevaron a cabo en las semanas finales de la vida de Moisés. El acontecimiento principal fue la comunicación verbal de la revelación divina de Moisés al pueblo de Israel (1:1-30:20:31:30-32:47 0 1-29). Los únicos otros acontecimientos registrados fueron: 1) Moisés registrando la ley en un libro y su comisión a José como el nuevo lider (31:1-29); 2) la contemplación de la

de Canaán por parte de Moisés desde el Monte Nebo (32:48-52:34:1-4); y 3) su muerte (34:5-12).

Los destinatarios originales de Deuteronomio, tanto en sus presentaciones verbales como escritas, fue la segunda generación de la nación de Israel. Esa generación entera de cuarenta a sesenta años se edad (a excepción de Josué y Caleb, quienes eran mayores) habían nacido en Egipto y habían participado como niños o jóvenes en el éxodo. Aquellos que tenían menos de cuarenta años de edad habían nacido y sido criados en el desierto. Juntos, constituían la generación que se encontraba a punto de conquistar la tierra de Canaán bajo Josué, cuarenta años después de que habían dejado Egipto (1:34-39)

Autor y fecha

Moisés ha sido tradicionalmente reconocido como el autor de Deuteronomio, debido a que el libro mismo testifica que Moisés lo escribió (1:1,5; 31:9, 22, 24). Tanto el AT (1 R 2:3; 8:53; 2 R 14:6; 18:12), como el NT (Hch 3:22, 23; Ro 10:19) apoyan la afirmación de que Moisés lo escribió. Mientras que Deuteronomio 32:48-34:12 fue añadido después de la muerte de Moisés (probablemente por Josué), el resto del libro vino de la mano de Moisés poco antes de su muerte en el 1405 a.C.

La mayoría del libro está constituido por discursos de despedida de Moisés, quien tenía 120 años de edad, les dio a Israel comenzando en el primer dia del mes once del año 40 después del éxodo de Egipto (1:3). Estos discursos pueden ser fechados entre enero y febrero 1405 a.C. En las últimas semanas de la vida de Moisés, él escribió estos discursos y se los dio a los sacerdotes y ancianos para las generaciones venideras de Israel (31:9, 24-26).

Retos de Interpretación

Tres retos de interpretación enfrenta el lector de Deuteronomio.

• 1). El primer lugar: ¿Es el libro un registro aislado o únicamente es parte del todo literario: el Pentateuco? El resto de las Escrituras siempre ven el Pentateuco como una unidad, y el significado definitivo de Deuteronomio no puede ser divorciado de su contexto en el Pentateuco. El libro también supone que el lector ya está familiarizado con los cuatro libros que lo preceden, de hecho, Deuteronomio coloca el reflector de luz en todo lo que había sido revelado en Génesis a Números, como también sus aplicaciones para el pueblo conforme en la tierra. No obstante, todo manuscrito hebreo disponible divide el Pentateuco en exactamente las misma manera en la que el texto presente lo hace, indicando que el libro es una unidad bien definida relatando los discursos finales de Moisés a Israel, y de esta manera también pudiera verse como un registro singular.

2). En segundo lugar: ¿Está basada la estructura de Deuteronomio en los tratados seculares del día de Moisés? siguieron un patrón establecido no usado a mediados del primer milenio a.C. Estos tratados normalmente contenían los siguientes elementos:

1. Preambulo: Identificando a las partes del pacto
2. Prólogo histórico: Una historia del trato del rey con sus vasallos

3. Estipulaciones generales y específicas
4. Testigos
5. Bendiciones y maldiciones
6. Juramentos y ratificación del pacto.

Se cree que Deuteronomio se aproxima a esta estructura básica. Mientras que hay acuerdo en que el 1:1-5 es un preámbulo, 1:54:43 un prólogo histórico, y los caps. 27. 28 incluyen bendiciones y maldiciones, no hay consenso en como el resto de Deuteronomio encaja en esta estructura. Mientras que quizás hubo un renovación de pacto en las llanuras de Moab, esto ni es claramente explicito ni implícito en Deuteronomio. Es mejor tomar el libro por lo que dice ser: "La explicación de la ley dada por Moisés paral nueva generación". La estructura sigue los discursos dados por Moisés.

3). En tercer lugar: ¿Cuál fue el pacto hecho en la tierra de Moab (29.1)? La opinión de la mayoría propone que este pacto fue una renovación del pacto Sinaitico hecho casi cuarenta años con la primera generación. Aqui Moisés al parecer actualizó y renovó este mismo pacto con la segunda generación de Israel. La segunda posición ve este pacto como un pacto palestino el cual garantiza a la nación de Israel el derecho a la tierra tanto en ese entonces como en el futuro. Una tercera posición es que en los caps. 29,30 Moisés esperaba el nuevo pacto, debido a que Israel no guardaría el pacto Sinaítico.

Temas históricos y teológicos

igual que Levíticos, Deuteronomio contiene una gran cantidad de detalles legales, pero con un énfasis en el pueblo en lugar los sacerdotes. Mientras Moisés llamaba a la segunda generación de Israel a confiar en el Señor y ser obedientes a su pacto hecho en Horeb (Sinai), ilustró sus puntos con referencias a la historia pasada de Israel. Elle recordó a Israel de su rebelión en contra del Señor en Horeb (9:7-

10:11) y en Cades (1:26-46), lo cual trajo consecuencias devastadoras. El también le recordó a ella de la fidelidad del Senor al dar victoria sobre sus enemigos (2:24-3:11:29:2,7,8). Pero lo más importante, fue que Moisés llamo al pueblo a tomar la tierra que Dios le había prometido bajo juramento a sus ancestros Abraham, Isaac y Jacob (1:8; 6:10; 9:5; 29:13; 30:20; 34:4; cp. Gn 15:18-21:26:3-5; 35:12). Moisés no solo miró atrás, él también miró hacia adelante v vio que el fracaso de Israel en no obedecer a Dios lo llevaría a ser dispersado entre las naciones ante que el cumplimiento de su juramento a los patriarcas se completará (4:25.31.29-22-30-10-31-26-29)

•El libro de Deuteronomio, junto con Salmos e Isaias, revela mucho de los atributos de Dios. De esta manera, es directamente citado más de cuarenta veces en el NT (sobrepasado únicamente por Samose Isaías) con muchas más referencias a su contenido. Deuteronomio revela que el Señor es el único Dios (4:39; 6:4), y que Él es celoso (4:24), fiel (7:9), amoroso (7:13), misericordioso (4:31), sin embargo, provocado a ira por el pecado (6:15). Este es el Dios quien llamó a Israel para sí mismo. Más de doscientas cincuenta veces, Moisés repitió al pueblo la frase: "Jehová vuestro Dios". Israel fue llamado a obedecer (28:2), temer (10:12), amar (10:12) y servir (10:12) a su Dios al caminar en sus caminos y guardar sus mandamientos (10:12, 13). Al obedecer a Dios, el pueblo de Israel recibiría sus bendiciones (28:1-14). L obediencia y la búsqueda de santidad personal siempre están basadas en el carácter de Dios. Debido a quién es El, su pueblo debe ser santo (7:6-11; 8:6, 11, 18; 10:12, 16, 17, 11:13, 13:3, 4; 14:1, 2).

Vista Panorámica de Deuteronomio

El libro de Deuteronomio es una conclusión apropiada de la quinta parte de la ley." El nombre del libro en la Biblia hebrea es "Estas son las palabras, a veces reducido a "Las palabras.' De acuerdo a la costumbre hebrea, el nombre se toma de las primeras palabras del libro. El título en español es la traducción directa del griego: "Deuteronomio", que significa "Segunda ley" o, más apropiadamente, "Repetición de la ley." Era necesario que la ley se repitiera por las cuatro razones siguientes: 1) Había una nueva generación de israelitas. 2) Israel iba a afrontar condiciones de vida enteramente nuevas: de ser un pueblo nómada a uno sedentario. 3) Estarían en medio de mucha influencia idólatra. 4) La ley tenía que repetirse para asegurarle a Israel que el pacto todavía era válido para ellos. Así que "Repetición de la ley es un nombre apropiado. Aun los hebreos lo titularon "Mishnah Torah" (Repetición de la ley) en las notas masoreticas.

Gran parte del libro de Deuteronomio son sermones. Contiene tres discursos principales por Moisés, que el dirigió a Israel en las llanuras de Moab durante su breve permanencia alli. Esto sucedió entre el peregrinaje en el desierto y la conquista de la tierra, cerca del año 1405 a.C.

El primer sermón (1:1-4:43) es una revisión instructiva del pasado de Israel, donde Moisés insta al pueblo a ser fiel al Señor y a evitar la idolatria.

El segundo sermón (4:44-26:19) es una aplicación de la ley a Israel, o sea, en el presente. En este sermón, que es el más largo del libro, Moisés resume las leyes y los estatutos civiles, morales y religiosos. El exhorta al pueblo a la santidad.

El tercer sermón (27:1-31:30) se relaciona al futuro, y varia de un tono alentador a uno amenazante. Considera las promesas hechas por Dios a Israel. Moisés suplica al pueblo a recibir las bendiciones de la obediencia y a evitar las maldiciones de la desobediencia.

Después de los tres sermones se encuentran tres secciones breves: 1) El canto de Moisés (32:1-43), que celebra

Victoriosa (201-20). Pero Deuteronomio también recalca la importancia de las leyes justas (4.8) para gobernar ciedad (16.18-19.21, etc.).

Deuteronomio define por primera vez en el Antiguo Testamento la doctrina de la elección de Israel (4.20,34; 7.6ss: 8.17s: 9.4s: 10.15, etc.), basada en la gracia de Jehová.

Como libro «existencialista, Deuteronomio insiste en la importancia del presente y la necesidad de una decisión choy

(30.2,8,11,16, etc.). Por primera vez en el Antiguo Testamento, encontramos en Deuteronomio un monoteismo explícito

(4.35,39:32.39, etc.). En esto se basa lo que Jesús llamó cel primer mandamiento» (6.4,5; cf. Mc 1229, 30). Como sabía bien que las provisiones del viejo pacto no bastaban (31.1,22,26-29), Moisés habló de un profeta venidero

(18.15-19) cuya enseñanza produciría obediencia. En su propia muerte Moisés simbolizó la del nuevo Siervo que sufriría en lugar del pueblo la ira penal de Jehová (1.37:3.26:4.21:34.4; cf. Is 53; Gl 3.10-14).

Importancia en la Biblia

Josué contiene elementos de gran importancia para los cristianos. Los principales son la demostración inequivoca de la fidelidad de Dios con su pueblo al darle la tierra prometida, los detalles en cuanto al propósito de Dios con Israel, la obediencia y las bendiciones de Dios para aquellos que le escuchan y obedecen con fidelidad.

Pero lo más importante e interesante es ver el propósito de Dios al preparar el camino para la venida de Cristo por medio de Israel. Las varias referencias hechas a Josué en el Nuevo Testamento demuestran su importancia para los creyentes de la iglesia naciente y desde luego para los creyentes de hoy día (Hch 7.45; Heb 4.8; 11.30: Stg 2.25).

El valle de Ajalón, en donde el sol se detuvo durante una batalla entre Josué y los reyes amorreos (Jos 10.1-15)

Carácter de Dios en Deuteronomio

1. Dios es accesible: 4:7
2. Dios es eterno: 33:27
3. Dios es fiel: 7:9
4. Dios es glorioso: 5:24; 28:58
5. Dios es celoso: 4:24
6. Dioses justo 10-17 32:4
7. Dios es amoroso: 7:7,8, 13; 10:15, 18:23:5
8. Dios es misericordioso: 4:31; 32:43
9. Dios es poderoso: 3:24, 32:39
10. Dios cumple las promesas: 1:11
11. Dios provee: 8:2, 15, 18
12. Dios es justo: 4:8
13. Dios es verdadero: 32:4
14. Dios es sin igual: 4:35; 33:26
15. Dios es uno: 4:32-35, 39, 40; 6:4,5; 32:39

Cristo en Deuteronomio

Deuteronomio habla directamente acerca de la venida de un nuevo profeta similar a Moisés: "Profeta de en medio de ti, de tus hermanos, como yo, te levantará Jehová tu Dios; a él oiréis" (18:15). Se interpreta a este profeta como el Mesias o Cristo tanto en el AT como en el NT (34:10; Hech 3:22, 23; 7:37).

Moisés ilustra a un tipo de Cristo en diversos aspectos: (1) ambos salvaron sus vidas siendo bebés (Ex 2; Mt 2:13-23); (2) ambos actuaron como sacerdote, profeta y lider de Israel (Ex 32:31-35; He 2:17: 34:10'12; Hch 7:52:33:4,5; Mt 27:11)

Apuntes de Deuteronomio

1. Deuteronomio en el Diccionario
2. Preguntas en Deuteronomio
3. Pasajes difíciles de Deuteronomio
4. Deuteronomio en Wikipedia
5. Bosquejo de Deuteronomio
6. LA LEY
7. Los dioses cananeos
8. Comentario de Deuteronomio
9. Estructura de Deuteronomio
10. Vista panorámica de Deuteronomio
11. ¿Por qué leer Deuteronomio?
12. Animese a leer Deuteronomio
13. Dicionario Deuteronomio
14. Los Pactos
15. Jesucristo en Deuteronomio

El libro de Deuteronomio trae al Pentateuco a una conclusión con su constante recordatorio del amor y la fidelidad de Dios a pesar de la constante rebelión del pueblo, pero la palabra finales de esperanza al saber que Dios finalmente prevalecerá con su pueblo.

CAPÍTULO TRES

EL COMANDANTE EN JEFE:
EL SEÑOR DE LOS EJÉRCITOS

OBJETIVOS:

Al concluir este capítulo serás capaz de:

- Escribir el versiculo llave de memoria.
- Identificar las fuerzas espirituales del bien.
- Identificar las personalidades de la Trinidad de Dios.
- Describir la naturaleza del Dios Triuno.
- Explicar la función de Dios el Padre en la guerra espiritual.
- Sintetizar las funciones de Jesucristo en la guerra espiritual.
- Sintetizar las funciones del Espiritu Santo es la querra espiritual.

VERSÍCULO LLAVE DE LAS CLÁUSULAS DE LA GUERRA:

"Oye, Israel: Jehová, nuestro Dios, Jehová uno es" (Deuteronomio 6:4).

INTRODUCCIÓN

En el capitulo uno aprendiste de una gran batalla espiritual que se está librando entre las fuerzas del bien y del mal. Esta lección y la próxima describen las fuerzas espirituales del bien. Estas incluyen Dios el Padre, Jesucristo el Hijo, el Espíritu Santo, y los ángeles. Ellos son poderosas fuerzas espirituales que asisten a los creyentes en la guerra.

LA TRINIDAD DE DIOS

Hay muchos dioses que son adorados en el mundo, pero existe solamente un Dios verdadero. La Santa Biblia contiene la historia de este Dios verdadero. Este Dios único se reveló en tres distintivas personalidades, el Padre, el Hijo Jesucristo, y el Espiritu Santo.

Dios el Padre, Jesucristo, y el Espiritu Santo son descritos en la Biblia en términos de su naturaleza. Cuando hablamos de "naturaleza" entendemos cualidades básicas que describen a Dios. Estas cualidades son también conocidas como "atributos" los cuales significan "características".

La Biblia revela que Dios es...

TRIUNO:

Dios posee una naturaleza triuna. Esto quiere decir que tiene tres personalidades distintivas, aunque es un Dios:

"Oye, Israel: Jehová, nuestro Dios, Jehova uno es (Deuteronomio 6:4).

Las tres personas de la Trinidad de Dios son llamadas Dios el Padre, Jesucristo el Hijo, y el Espiritu Santo. Hay varias escrituras que confirman esta triuna naturaleza de Dios. Cuando Jesús estaba siendo bautizado por Juan el Bautista en el río Jordán, Dios habló y el Espíritu Santo descendió:

"Y Jesús, después que fue bautizado, subió enseguida del agua, y en ese momento los cielos le fueron abiertos, y vio al Espíritu de Dios que descendia como paloma y se posaba sobre él. Y se oyó

*una voz de los cielos que decía: Este es mi Hijo amado, en quien
tengo complacencia" (Mateo 3:16-17).*

Antes del regreso al cielo después de Su ministerio en la tierra, Jesús
habló de la venida del Espíritu Santo de parte de Dios:

*"Pero cuando venga el Consolador, a quien yo os enviaré del
Padre, el Espíritu de verdad, el cual procede del Padre, él dara
testimonio acerca de mí" (Juan 15:26).*

El apóstol Pedro habló de esta naturaleza triuna de Dios:

*"Si sois ultrajados por el nombre de Cristo, sois bienaventurados,
porque el glorioso Espíritu de Dios reposa sobre vosotros.
Ciertamente, por lo que hace a ellos, él es blasfemado, pero por
vosotros es glorificado" (1 Pedro 4:14).*

El apóstol Pablo habló de la Trinidad en sus escritos:

*"Porque la ley del Espíritu de vida en Cristo Jesús me ha librado
de la ley del pecado y de la muerte. Lo que era imposible para la
Ley, por cuanto era débil por la carne, Dios, enviando a su Hijo
en semejanza de carne de pecado, y a causa del pecado,
condenó al pecado en la carne" (Romanos 8:2-3).*

*"La gracia del Señor Jesucristo, el amor de Dios y la comunión del
Espíritu Santo sean con todos vosotros. Amén" (2 Corintios
13:14).*

*"Porque por medio de él los unos y los otros tenemos entrada
por un mismo Espíritu al Padre" (Efesios 2:18).*

El libro de Hechos también verifica la triuna naturaleza de Dios:

> *"Así que, exaltado por la diestra de Dios y habiendo recibido del Padre la promesa del Espiritu Santo, ha derramado esto que vosotros veis y oís" (Hechos 2:33).*

Aquí hay un diagrama que ilustra la naturaleza triuna:

ETERNO:

La Trinidad de Dios es eterna sin principio ni final:

> *"Señor, tú nos has sido refugio de generación en generación. Antes que nacieran los montes y formaras la tierra y el mundo, desde el siglo y hasta el siglo, tú eres Dios" (Salmos 90:1-2).*

> *"Plantó Abraham un tamarisco en Beerseba, e invocó alli el nombre de Jehová, Dios eterno" (Génesis 21:33).*

La eterna naturaleza de Dios es mejor ilustrada por un círculo. Este círculo no tiene un principio visible o un punto de final, aunque existe:

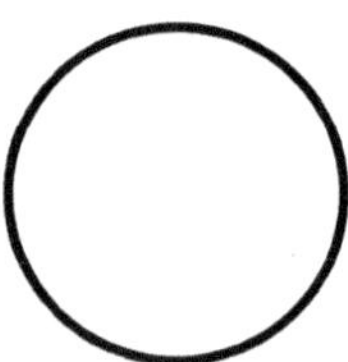

La Naturaleza Eterna De Dios

UN ESPÍRITU:

Dios es un espíritu. Esto significa que no tiene carne ni sangre y por lo tanto, invisible a los ojos naturales del hombre.

> *"Dios es Espíritu, y los que lo adoran, en espíritu y en verdad es necesario que lo adoren" (Juan 4:24).*

SOBERANO:

Dios es el poder soberano (el más grande) en todo el universo. Lee Efesios 1 y Romanos 9.

OMNIPRESENTE:

Esto significa que Dios está presente en todas partes:

> *"Porque los ojos de Jehová contemplan toda la tierra, para mostrar su poder a favor de los que tienen un corazón perfecto para con él. Locamente has procedido en esto; por eso de aqui en adelante habrá más guerra contra ti" (2 Crónicas 16:9).*

> *"Los ojos de Jehová están en todo lugar, mirando a los malos y a los buenos" (Proverbios 15:3).*

> *"¿A dónde me iré de tu espíritu? ¿Y a dónde huiré de tu presencia? Si subiera a los cielos, allí estás tú; y si en el seol hiciera mi estrado, allí tú estás" (Salmos 139:7-8).*

<u>**OMNISCIENTE:**</u>

Esto significa que Dios conoce todas las cosas:

"Pues aún no está la palabra en mi lengua y ya tú, Jehova, la sabes toda" (Salmos 139:4).

"... mayor que nuestro corazón es Dios, y él sabe todas las cosas" (1 Juan 3:20).

"... antes bien todas las cosas están desnudas y abiertas a los ojos de aquel a quien tenemos que dar cuenta" (Hebreos 4:13).

<u>**OMNIPOTENTE:**</u>

Esto significa que Dios es todo poderoso:

> *"-Yo soy el Dios Todopoderoso..." (Génesis 17:1).*

> *"...pero para Dios todo es posible" (Mateo 19:26).*

> *"... porque el Señor, nuestro Dios Todopoderoso, reina" (Apocalipsis 19:6).*

> *"Una vez habló Dios; dos veces he oído esto: que de Dios es el poder" (Salmos 62:11).*

<u>**SIN CAMBIOS:**</u>

Dios no cambia Su persona, naturaleza, propósito o planes:

> *"Porque yo, Jehová, no cambio..." (Malaquias 3:6).*

"Jesucristo es el mismo ayer, hoy y por los siglos" (Hebreos 13:8).

SANTO:

Dios es sin pecado, absolutamente puro:

"Santos seréis, porque santo soy yo, Jehová, vuestro Dios"
(Levitico 19:2).

JUSTO:

Dios es justo e imparcial en juicio:

"Es un Dios de verdad y no hay maldad en él; es justo y recto"
(Deuteronomio 32:4).

FIEL:

Dios mantiene sus promesas y es absolutamente digno de confianza.

"...el permanece fiel, porque no puede negarse a sí mismo" (2
Timoteo 2:13).

BENEVOLENTE:

Dios es bueno, amable y desea tu bien:

"Bueno es Jehová para con todos, y sus misericordias sobre todas
sus obras" (Salmos 145:9).

<u>**MISERICORDIOSO:**</u>

Dios muestra misericordia a la humanidad pecadora:

> *"... -¡Jehová! ¡Jehová! Dios fuerte, misericordioso y piadoso; tardo para la ira y grande en misericordia y verdad, 7 que guarda misericordia a millares" (Exodo 34:6-7).*

<u>**GRACIA:**</u>

Dios muestra bondad inmerecida al hombre pecador:

> *"... porque soy misericordioso" (Éxodo 22:27). "Clemente y misericordioso es Jehová, lento para la ira y grande en misericordia" (Salmos 145:8).*

<u>**AMANTE:**</u>

Dios es amor:

> *"El que no ama no ha conocido a Dios, porque Dios es amor" (1 Juan 4:8).*

<u>**SABIO:**</u>

Dios posee un profundo entendimiento y un agudo discernimiento.

> *"Jehová fundó la tierra con sabiduría, afirmó los cielos con inteligencia" (Proverbios 3:19).*

<u>**INFINITO:**</u>

Dios no está sujeto a las limitaciones naturales ni humanas. No está sujeto a las limitaciones del espacio:

> *"Pero ¿es verdad que Dios habitará sobre la tierra? Si los cielos, y los cielos de los cielos, no te pueden contener; ¿cuánto menos esta casa que yo he edificado?" (1 Reyes 8:27).*

No está sujeto a las limitaciones del tiempo:

> **"¡Jehová reinará eternamente y para siempre!" (Éxodo 15:18).**

DIOS EL PADRE

Dios el Padre es el comandante de las fuerzas espirituales del bien que se oponen a las fuerzas espirituales del mal. Esta es su función especial en el reino de la guerra espiritual.

<u>**¿DÓNDE ESTÁ DIOS?:**</u>

Aprendiste que Dios es omnipresente, que significa que está en todas partes del universo. El trono de Dios está en un lugar llamado Cielo, pero El es omnipresente.

"Jehová ha dicho: El cielo es mi trono y la tierra el estrado de mis pies..." (Isaías 66:1).

<u>**NOMBRES DE DIOS:**</u>

La Biblia nos da otros nombres para Dios que te revelan Su ministerio mientras estás comprometido en este gran conflicto espiritual. Los nombres de Dios incluyen:

1. **Jehová:** que significa Senor. La Biblia combina esta palabra con otros nombres de Dios:

Jehová-Rafa: "El Señor que sana" (Éxodo 15:26).
Jehová-Nisi: "El Señor nuestra bandera" (Exodo 17:8-15).
Jehová-Shalom: "El Señor nuestra paz" (Jueces 6:24).
Jehová-Raah: "El Señor mi pastor" (Salmos 23:1).
Jehová-Tzidkenu: "El Señor nuestra justicia" (Jeremias 23:6).
Jehová- Jireh: "El Señor que provee" (Génesis 22:14).
Jehová-Shamah: "El Señor está alli" (Ezequiel 48:35).

2. **Elohim:** significa Dios y es usado en dondequiera que esté presente el poder creador de Dios.

3. **Padre:** Hechos 17:28; Juan 1:12-13.

4. **Adonal:** significa Señor o Amo: Éxodo 23:17; Isaias 10:16, 33.

5. **El**: es frecuentemente usado en combinación con otras palabras para Dios:

El Shadai: "El Señor que es suficiente para las necesidades de su pueblo" (Éxodo 6:3). Elolam: "El Dios Eterno" (Génesis 21:33). El Elyon: "El más alto Dios que es exaltado por encima de los llamados dioses" (Génesis 14:18, 22).

6. **Yahweh**: en el idioma hebreo que es en el que el Antiguo Testamento se escribió, la palabra "Yahweh" significa Dios. Esta palabra es combinada con otras palabras para revelar más sobre el carácter de Dios. Dios es llamado:

Yahweh Jireh: "El Señor que provee" (Génesis 22:14)

Yahweh Nisi: "El Señor es bandera" (Éxodo 17:15)
Yahweh Shalom: "El Señor es paz" (Jueces 6:24)
Yahweh Sebaot: "El Señor de los Ejércitos" (1 Samuel 1:3)
Yahweh Macadeshem: "El Señor tu Santificador" (Exodo 31:13)
Yahweh Tzidkenu: "El Señor nuestra Justicia" (Jeremias 23:6)
Yahweh Shamah: "El Señor está alli" (Ezequiel 48:35)
Yahweh Elohim Israel: "El Señor Dios de Israel" (Jueces 5:3)
Qadosh Israel: "El Santo de Israel" (Isaías 1:4)

7. **El Señor de los Ejércitos:** en el registro biblico, estos diferentes nombres de Dios fueron usados para solicitarle a Dios que se mueve de una manera especifica a favor de Su pueblo. Por ejemplo el nombre Jehová-Rafa significando "El Señor que sana" fue usado cuando se buscaba sanidad.

El nombre especifico de Dios que será usado en la guerra espiritual es "Yahweh Sebaot" el cual es traducido como "El Señor de los Ejércitos" en la versión de la Biblia del Rey Jacobo. Cuando clamas ese nombre en la guerra, la batalla es del Señor y todos los ejércitos del Cielo vienen en tu ayuda.

DIOS EL HIJO, JESUCRISTO

Dios el Hijo, Jesucristo, combina la naturaleza divina y la humana en una sola unión. Dios el Padre envió a Jesucristo a la tierra en forma humana mientras mantiene Su divina naturaleza.

Jesús fue enviado por Dios a la tierra de tal manera que el hombre pudiera ser perdonado por su pecado:
> *"De tal manera amó Dios al mundo, que ha dado a su Hijo unigénito, para que todo aquel que en él cree no se pierda, sino que tenga vida eterna. Dios no envió a su hijo al mundo para condenar al mundo, sino para que el mundo sea salvo por él. El*

que en el cree no es condenado, pero el que no cree ya ha sido condenado, porque no ha creído en el nombre del unigénito Hijo de Dios" (Juan 3:16-18).

La historia de Jesús esta registrada en la Biblia en los libros de Mateo, Marcos, Lucas y Juan. Estos libros proveen un registro detallado del nacimiento, muerte, resurrección, enseñanzas y ministerio de Jesucristo.

Como parte del plan de Dios, Jesús vino a la tierra en forma humana, ministró entre los hombres, murió por los pecados del hombre, fue resucitado de entre los muertos, y comisionó a sus seguidores a llevar el Evangelio a las naciones del mundo.

¿DÓNDE ESTÁ JESÚS?:

Seguido a Su resurrección de la muerte, Jesús apareció a muchas personas, comisionó a sus seguidores, y después regresó al Cielo. Pero recuerda... aunque Él está en el Cielo Él es todavia omnipresente... Su presencia está en todas partes.

FUNCIONES ESPECIALES:

Las funciones especiales de Jesús en relación con la guerra espiritual incluyen las siguientes.

1. Redimir al hombre del pecado: es mediante la muerte de Jesucristo que eres libertado del yugo del pecado en el cual el enemigo te había atrapado:

"... pues el que es vencido por alguno es hecho esclavo del que lo venció" (2 Pedro 2:19).

"Por tanto, también la creación misma será libertada de la esclavitud de corrupción a la libertad gloriosa de los hijos de Dios" (Romanos 8:21).

"Estad, pues, firmes en la libertad con que Cristo nos hizo libres y no estéis otra vez sujetos al yugo de esclavitud" (Gálatas 5:1).

2. Autoridad sobre las fuerzas del enemigo: estudiarás esto en detalle más adelante en este curso. La muerte de Jesús no solamente libero al género humano del pecado, sino también resultó en triunfo sobre las fuerzas del mal. A causa de esto, tienes autoridad sobre el enemigo:

"Reuniendo a sus doce discípulos, les dio poder y autoridad sobre todos los demonios y para sanar enfermedades" (Lucas 9:1).

3. Destruir las obras del Diablo:

"... Para esto apareció el Hijo de Dios, para deshacer las obras del diablo" (1 Juan 3:8).

4. Intercesión por los creyentes: en el Cielo Jesús está a la diestra de Dios el Padre intercediendo por los creyentes comprometidos en la guerra espiritual. Esto significa que Él está hablando con el Padre a tu favor:

"... Cristo es el que murió; más aun, el que también resucitó, el que además está a la diestra de Dios, el que también intercede por nosotros" (Romanos 8:34).

<u>**LOS NOMBRES DE JESÚS:**</u> El nombre "Jesús" significa "Salvador o Libertador" (Mateo 1:21). El nombre "Cristo significa "El Ungido" (Juan 4:25-26). Nombres adicionales dados a Jesucristo en la Biblia incluyen:

Adán (el segundo) - 1 Corintios 15:45-47
Abogado - 1 Juan 2:1
Todopoderoso - Apocalipsis 1:8
Alfa y Omega - Apocalipsis 21:6
Amén - Apocalipsis 3:14
Anciano de Días - Daniel 7:9
Angel de su presencia - Isaías 63:9
Ungido por encima de Sus compañeros - Salmo 45:7
Ungido - Salmo 2:2
Apóstol de nuestra profesión - Hebreos 3:1
Brazo del Señor - Isaías 51:9-10
Autor y Consumador de la Fe - Hebreos 12:2
Autor de Eterna Salvación - Hebreos 5:9
Nacido de Dios - 1 Juan 5:18
Amado - Efesios 1:6
Obispo de las Almas - 1 Pedro 2:25
Bienaventurado y solo Soberano - 1 Timoteo 6:15
Renuevo - Zacarias 3:8
Renuevo Justo - Jeremias 33:15
Renuevo de la Raíz de Jesé - Isaías 1:1
Pan de Vida - Juan 6:48
Estrella resplandeciente de la mañana - Apocalipsis 22:16
Capitán de las huestes del Señor - Josué 5:15
Hijo del Carpintero - Mateo 13:55
Piedra Angular - 1 Pedro 2:6
Señalado entre 10.000 - Cantar de los Cantares 5:10
El Cristo - Juan 1:41
Cristo el Señor - Lucas 2:11
Jesucristo nuestro Señor - Romanos 8:39
Cristo, poder de Dios - 1 Corintios 1:24
Consejero - Isaías 9:6
Pacto del pueblo - Isaías 42:6
Aurora - Lucas 1:78

Lucero - 11 Pedro 1:19
Libertador - Romanos 11:26
Puerta - Juan 10:9
Escogido- Isaías 42:1
Emmanuel - Mateo 1:23
Vida Eterna - 1 Juan 5:20
Padre Eterno - Isaias 9:6
Fiel y Verdadero - Apocalipsis 19:11
Testigo Fiel - Apocalipsis 1:5
Primogénito - Hebreos 1:6
Primogénito - Salmo 89:27
Primogénito entre muchos - Romanos 8:29
Primicias - 1 Corintios 15:23
Primero y Ultimo - Apocalipsis 22:13
Fundamento puesto en Sion - Isaías 28:16
Glorioso Señor - Isaías 33:21
Dios de Israel - Isaías 45:15
Dios con nosotros - Mateo 1:23
Gran Dios - Tito 2:13
Gran Sumo Sacerdote - Hebreos 4:14
Cabeza del Cuerpo - Colosenses 1:18
Cabeza de todas las cosas - Efesios 1:22
Cabeza del Ángulo - Salmo 118:22
Heredero de todas las cosas-Hebreos 1:2
Santo de Israel - Isaías 41:14
Esperanza de gloria - Colosenses 1:27
Yo soy - Juan 8:58 Imagen del Dios Invisible - Colosenses
1:15 Emmanuel - Isaías 7:14
Jesucristo nuestro Señor - Romanos 1:3
Juez de Israel - Miqueas 5:1
Rey de Gloria - Salmo 24:7
Rey - Zacarías 9:9
Rey sobre toda la tierra - Zacarias 14:9

Cordero de Dios - Juan 1:29
Luz del mundo - Juan 8:12
Lirio de los Valles - Cantar de los Cantares 2:1
Pan Vivo - Juan 6:51
Señor Dios Todopoderoso - Apocalipsis 4:8
Señor y Salvador - 11 Pedro 2:20
Señor de todo - Hechos 10:36
Señor nuestra justicia - Jeremias 23:6
Señor tu Redentor - Isaías 43:14
Amor - 1 Juan 4:8
Varón de Dolores - Isaías 53:3
Amo - Mateo 23:10
Mesías - Daniel 9:25
Poderoso Dios - Isaías 9:6
Poderoso de Jacob - Isaías 60:16
Más Santo - Daniel 9:24
Más Poderoso - Salmo 45:3
Nazareno - Mateo 2:23
Unico y Sabio Dios - 1 Timoteo 1:17
Nuestra Pascua - 1 Corintios 5:7
Médico - Lucas 4:23
Príncipe de Paz - Isaías 9:6
Principe de los Reyes de la tierra - Apocalipsis 1:5
Profeta - Deuteronomio 18:15-18
Propiciación - Romanos 3:25
Rabino - Juan 1:49 Redentor - Isaías 59:20
Resurrección - Juan 11:25
Siervo Justo - Isaias 53:11
Roca - 1 Corintios 10:4
Raíz de Jesé - Isaías 11:10
Rosa de Sarón - Cantar de los Cantares 2:1
Salvador del mundo - 1 Juan 4:14
Simiente de David - Juan 7:42

Simiente de la mujer - Génesis 3:15
Pastor - Juan 10:11
Hijo de Dios - Romanos 1:4
Hijo del Hombre - Hechos 7:56
Hijo de Maria - Marcos 6:3
Hijo del Altísimo - Lucas 1:32
Estrella de Jacob - Números 24:17
Piedra - Mateo 21:42
Sol de Justicia - Malaquias 4:2
Cimiento Estable - Isaías 28:16
Maestro - Juan 3:2
Verdad - Juan 14:6
Don inefable - 2 Corintios 9:15
Vid - Juan 15:1
Camino - Juan 14:6
Admirable - Isaías 9:6
Verbo - Juan 1:14
Palabra de Dios - Apocalipsis 19:13

DIOS ESPÍRITU SANTO

El Espiritu Santo es parte de la triuna naturaleza de Dios, pero el Espiritu Santo también tiene una personalidad individual. El tema del Espiritu Santo es tan vasto que se ofrece un curso entero titulado "El Ministerio del Espiritu Santo" de Harvestime International Institute. Este curso se recomienda para un estudio más detallado del Espiritu Santo.

PERSONALIDAD DEL ESPÍRITU SANTO:

La Biblia revela que el Espiritu Santo:

Tiene una mente:

"Pero el que escudriña los corazones sabe cuál es la intención del Espíritu" (Romanos 8:27).

Escudriña la mente humana:

"Pero Dios nos las reveló a nosotros por el Espíritu, porque el Espiritu todo lo escudriña, aun lo profundo de Dios" (1 Corintios 2:10).

Tiene voluntad:

"Pero todas estas cosas las hace uno y el mismo Espíritu, repartiendo a cada uno en particular como él quiere" (1 Corintios 12:11).

La voluntad del Espiritu Santo guía a los creyentes al negarle permiso de ciertas acciones:

"Atravesando Frigia y la provincia de Galacia, les fue prohibido por el Espíritu Santo hablar la palabra en Asia; y cuando llegaron a Misia, intentaron ir a Bitinia, pero el Espíritu no se lo permitió" (Hechos 16:6-7).

La voluntad del Espiritu Santo también guía a los creyentes al concederles permiso:

"Cuando vio la visión, en seguida procuramos partir para Macedonia, dando por cierto que Dios nos llamaba para que les anunciáramos el evangelio" (Hechos 16:10).

Habla:

"El Espíritu dijo a Felipe: Acércate y júntate a ese carro" (Hechos 8:29).

Ama:

"Pero os ruego, hermanos, por nuestro Señor Jesucristo y por el amor del Espíritu, que me ayudéis orando por mi a Dios" (Romanos 15:30).

Intercede:

El Espiritu Santo intercede (ora a Dios) a favor de los creyentes:

"De igual manera, el Espíritu nos ayuda en nuestra debilidad, pues que hemos de pedir como conviene, no lo sabemos, pero el Espíritu mismo intercede por nosotros con gemidos indecibles" (Romanos 8:26).

De esta lista de rasgos de personalidad puedes inmediatamente reconocer las importantes funciones del Espíritu Santo en la guerra espiritual. El Espíritu Santo guia tu guerra. Revela cosas espirituales que no pueden ser conocidas naturalmente. El Espiritu Santo habla la voluntad y las palabras de Dios para ti. También intercede por ti cuando estás en batallas espirituales.

<u>**EL BAUTISMO DEL ESPÍRITU SANTO:**</u>

Existe una experiencia espiritual llamada el bautismo del Espiritu Santo el cual involucra el signo de hablar en lenguas (Hechos 2) y la evidencia del poder necesario para llegar a ser un efectivo testigo del Evangelio (Hechos 1:8).
Para librar querra espiritual efectiva, es importante para ti experimentar el bautismo del Espiritu Santo. Esta es una fuente de poder para las batallas espirituales. El bautismo del Espíritu Santo es discutido en el curso "El Ministerio del Espiritu Santo".
<u>**DONES DEL ESPÍRITU SANTO:**</u>

El Espiritu Santo da dones espirituales especiales a los creyentes. Estos dones espirituales son abordados en detalle en el curso sobre el Espíritu Santo. Las principales referencias que listan los dones del Espíritu Santo son:

- Romanos 12:1-8 1
- Corintios 12:1-31
- Efesios 4:1-16 1
- Pedro 4:7-11

Los dones el Espiritu Santo son necesarios para equipar a los creyentes para el combate contra las fuerzas del mal. Los dones del Espíritu Santo incluyen los siguientes:

<u>**Dones especiales para equipar al pueblo de Dios:**</u>

Apóstoles, profetas, evangelistas, pastores, maestros.

<u>**Dones verbales para explicar la verdad de Dios:**</u>

Profecia, enseñanza, exhortación, palabra de sabiduría, palabra de conocimiento.

<u>**Dones de servicio para la obra de Dios:**</u>

Servicio, ayuda, liderazgo, administración, dar, misericordia, discernimiento de espíritus, fe, hospitalida

<u>**Dones de señales para establecer la autoridad de Dios:**</u>

Lenguas, interpretación, milagros, sanidades.

<u>**FRUTO DEL ESPÍRITU SANTO:**</u>

El Espiritu Santo también desarrolla fruto espiritual en la vida de los creyentes. El "Fruto del Espiritu Santo" se refiere a la naturaleza del Espíritu revelada en la vida del creyente. Son cualidades espirituales que deben ser evidentes en las vidas de todos los cristianos.
Los dones del Espíritu Santo son para poder. El fruto del Espíritu Santo es para el carácter en la vida del creyente. Si no desarrollas signos del carácter de Cristo entonces te volverás una víctima de las fuerzas del mal. El fruto espiritual es evidencia de madurez espiritual. Como el fruto en el mundo natural, es un producto que resulta de un proceso de vida.

Hay dos tipos de fruto espiritual. Existe un fruto espiritual de reproducción:

"No me elegistels vosotros a mí, sino que yo os elegi a vosotros y os he puesto para que vayáis y llevéis fruto, y vuestro fruto

permanezca; para que todo lo que pidáis al Padre en mi nombre, él os lo dé" (Juan 15:16).

Existe también un fruto interno de características de Cristo. Estas cualidades son completamente opuestas a las de la naturaleza carnal del hombre:

"Manifiestas son las obras de la carne, que son: adulterio, fornicación, inmundicia, lujuria, idolatria, hechicerías, enemistades, pleitos, celos, iras, contiendas, divisiones, herejías, envidias, homicidios, borracheras, orgias, y cosas semejantes a estas. En cuanto a esto, os advierto, como ya os he dicho antes, que los que practican tales cosas no heredarán el reino de Dios. Pero el fruto del Espíritu es amor, gozo, paz, paciencia, benignidad, bondad, fe, mansedumbre, templanza; contra tales cosas no hay ley" (Gálatas 5:19-23).

Aunque el poder de la carne fue derrotado en la cruz, como creyente experimentas esto sólo en la medida que practicas la fe en la obra terminada de Jesús. Por lo tanto, para ser efectivo en negar el poder de la naturaleza pecaminosa de la carne, es necesario que desarrolles o te "vistas" del fruto del Espíritu Santo.

¿DÓNDE ESTÁ EL ESPÍRITU SANTO?:

Jesús prometió a Sus seguidores que después de su regreso al Cielo El enviaría el Espíritu Santo a la tierra para consolarlos:

"Y yo rogaré al Padre y os dará otro Consolador, para que esté con vosotros para siempre: el Espíritu de verdad, al cual el mundo no puede recibir, porque no lo ve ni lo conoce; pero vosotros lo conocéis, porque vive con vosotros y estará en vosotros" (Juan 14:16-17).

Una de las funciones principales del Espíritu Santo es dirigir la atención a Jesucristo:

"Pero cuando venga el Consolador, a quien yo os enviaré del Padre, el Espíritu de verdad, el cual procede del Padre, él dará testimonio acerca de mí' (Juan 15:26).

Dios el Espiritu Santo, en forma espiritual e invisible para los ojos naturales del hombre, está en el mundo hoy. Está activo redarguyendo a los hombres de pecado, atrayendo a los hombres a Jesucristo, equipando a los creyentes con poder para la guerra espiritual, gulándolos, y testificando de Jesús.

El Espiritu Santo ministra en muchas otras formas en el mundo. Estas son tratadas en detalle en el curso de Instituto Internacional Tiempo de Cosecha llamado "Ministerio del Espíritu Santo".

SENSIBILIDAD DEL ESPÍRITU SANTO:

El Espiritu santo tiene una naturaleza sensible. Esto significa que tiene sentimientos que pueden ser afectados por las acciones del hombre. Debido a esta naturaleza sensible del Espíritu Santo la Biblia nos advierte de que no debemos mentirle al Espiritu Santo (Hechos 5:3-4), resistir el Espíritu (Hechos 7:51), apagar el Espíritu (1 Tesalonicenses 5:19), contristar el Espíritu (Salmos 78:40 y Efesios 4:30), insultar el Espiritu (Hebreos 6:4-6), blasfemar el Espíritu (Mateo 12:31-32) o molestar el Espíritu (Isaias 63:10). Estas acciones son discutidas en detalle en el curso del Instituto Internacional Tiempo de Cosecha sobre "El Ministerio del Espiritu Santo".

Es importante que no ofendas la naturaleza sensible del Espíritu Santo. Si el Espíritu Santo es ofendido por tus acciones retirará Su presencia.

Tú no puedes librar guerra espiritual de manera efectiva sin el poder del Espíritu Santo.

TÍTULOS DEL ESPÍRITU SANTO:

Hay varios titulos usados en la Biblia para describir el Espiritu Santo. Un título es una frase descriptiva que explica la posición de una persona y/o función. Es importante que conozcas la función del Espíritu Santo en la medida que entras en la guerra espiritual. Busca las siguientes referencias en tu Biblia para estudiar los títulos dados al Espiritu Santo.

El Espiritu Santo es llamado:
El Espíritu de Dios - 1 Corintios 3:16
El Espíritu de Cristo - Romanos 8:9
Espiritu Eterno - Hebreos 9:14
Espíritu de Verdad - Juan 16:13
Espíritu de Gracia - Hebreos 10:29
Espíritu de Vida - Romanos 8:2
Espiritu de Gloria - 1 Pedro 4:14
Espíritu de Sabiduría y Revelación - Efesios 1:17
Consolador - Juan 14:26
El Espíritu de la Promesa - Hechos 1:4-5
Espíritu de Santidad - Romanos 1:4
Espíritu de Fe - 2 Corintios 4:13
Espíritu de Adopción - Romanos 8:15

EMBLEMAS DEL ESPÍRITU SANTO:

La Biblia usa varios emblemas para representar al Espíritu Santo. Un emblema representa algo. Es un simbolo el cual tiene un significado especial. Busca las siguientes referencias en tu Biblia. Cada una de ellas usan emblemas que representan al Espíritu Santo:

Paloma: Juan 1:32, Cantar de los Cantares 6:9
Aceite: Lucas 4:18, Hechos 10:38, Hebreos 1:9
Agua: Juan 7:37-39, Isaías 44:3
Sello: Efesios 1:13, 4:30, 2 Corintios 1:22
Viento: Juan 3:8, Hechos 2:1-2
Fuego: Éxodo 3:2, 13:21, Levitico 9:24; Hechos 2:3

El significado de cada uno de estos emblemas del Espiritu Santo son explicados en el curso "El Ministerio del Espíritu Santo".

RESUMEN

En este capitulo aprendiste de la Triuna naturaleza de Dios y estudiaste sobre Dios el Padre, el Hijo Jesucristo, y el Espíritu Santo. Con sus funciones combinadas en el reino de la guerra espiritual ellos son una poderosa fuerza del bien en el universo.

Pero no es suficiente reconocer que las fuerzas espirituales del bien existen. La Biblia dice:

"Tú crees que Dios es uno; bien haces. También los demonios creen, y tiemblan" (Santiago 2:19).

Las fuerzas espirituales del mal creen en Dios y son temerosas de Él, pero son todavía malignas. Creer simplemente en Dios no es suficiente. Debes reconocerlo a El como Señor de tu vida. Debes aceptar el sacrificio de Jesucristo por tu pecado, arrepentirte, pedir perdón, y convertirte en una nueva criatura en Cristo.

Todavía no has completado tu estudio de las fuerzas espirituales del bien. El próximo capitulo trata de una poderosa hueste de seres espirituales conocida como ángeles y describe su función en la guerra espiritual.

<u>**INSPECCIÓN**</u>

1. Escribe el versículo llave de las Cláusulas de la guerra.

____

____

2. Enumera las fuerzas espirituales del bien.

____

____

3. Nombra las tres personalidades de la Trinidad de Dios:
Dios el
Dios el
Dios el
4. Sintetiza la función especial de Dios el en reino de la guerra espiritual.

____

____

5. Sintetiza las funciones de Jesucristo en la guerra espiritual.

____

____

6. Sintetiza las funciones del Espiritu Santo en la guerra espiritual.

____

____

7. La columna uno enumera algunos de los atributos de la Triunidad de Dios. La columna dos enumera las definiciones de estos atributos, pero no se encuentran en el orden correcto. Mira cada uno de los atributos de la columna uno. Luego encuentra la definición correcta en la columna dos. Escribe el número de la definición correcta en el espacio en blanco que se te provee. La primera está ya hecha a manera de ejemplo a seguir.

Columna Uno
1. Eterno
2. Soberano
3. Omnipresente
4. Santo
5. Infinito
6. Inmutable
7. Benevolente
8. Espiritu
9. Omnisciente
10. Omnipotente
11. Justo
12. Misericordioso
Columna Dos

a. Sin carne ni sangre
b. Presente en todas partes
C. Bueno, bondadoso
d. Excelso, poder supremo
e. Todopoderoso
f. Conoce todas las cosas
g. Sin pecado
h. Sin principio ni fin
i. Sin cambio
j. Correcto e imparcial en juicio
l. Muestra misericordia a los pecadores
m. No sujeto a limitaciones natur

8. ¿Cuál es el nombre de Dios a usar al entrar en la guerra espiritual?

____

____

(Las respuestas se encuentran al final del último capitulo de este manual)

MANIOBRAS TÁCTICAS

1. Si estás estudiando los cursos del Instituto Tiempo de Cosecha en su orden sugerido, estudiarás el "Ministerio del Espíritu Santo" después de la terminación de este curso. El primer capítulo del Ministerio del Espíritu Santo" incluye lineamientos para estudios adicionales de Dios el Padre y del Hijo Jesucristo. Si no están involucrado con el programa completo del Instituto, te sugerimos obtengas el curso del Instituto Internacional Tiempo de Cosecha

llamado "El Ministerio del Espíritu Santo para estudiarlo Al concluir este curso.

2. Estudios adicionales sobre la vida, ministerio y enseñanzas de Jesucristo se proveen en los cursos del Instituto Internacional Tiempo de Cosecha"Vida del Reino" y "Tácticas de Enseñanza".

3. El curso del Instituto Internacional Tiempo de Cosecha titulado "Fundamentos de la Fe" provee instrucciones detalladas sobre las doctrinas básicas de la fe cristiana. Este curso es importante para ganar entendimiento sobre las fuerzas espirituales del bien. TÚ ya has completado este curso si estás involucrado con el Instituto Internacional Tiempo de Cosecha y estás estudiando las materias en el orden sugerido. Si no, te sugerimos que obtengas este curso para estudio adicional.

4. ¿Estás en la actualidad en una batalla espiritual? Mientras oras por tu problemas, clama en el nombre del Señor de los Ejércitos.

5. Piensa en una batalla que estás actualmente enfrentando y estudia nuevamente las funciones de Dios el Padre, Jesucristo, y el Espíritu Santo en la guerra. ¿Cómo puede Dios asistirte en tu batalla personal? ¿Cómo puede Jesús asistirte? ¿Cuál es la función del Espiritu Santo en el problema que estás enfrentando?

ENTRENAMIENTO BÁSICO

PREPARÁNDONOS PARA LA GUERRA

En el mundo natural ningun soldado es enviado a la batalla sin recibir primero entrenamiento básico. Este entrenamiento lo prepara para entrar en la rona de batalla

Salmos

תהילים

"Dios se complace en el culto verdadero

Salmos en varias versiones:

1 2 3 4 5 6 7 8 9 10 11 12 13 14 15 16 17 18 19 20 21 22 23 24 25 26 27 28 29 30 31 32 33 34 35 36 37 38 39 40 41 42 43 44 45 46 47 48 49 5051 52 53 54 55 56 57 58 59 60 61 62 63 64 65 66 67 68 69 70717273747576 7778 79 80 81 82 83 84 85 86 87 88 89 90 91 92 93 94 95 96 97 98 99 100 101 102 103 104 105 106 107 108 109 110 111 112 113 114 115 116 117 118 119 120 121 122 123 124 125 126 127 128 129 130 131 132 133 134 135 136 137 138 139 140 141 142 143 144 145 146 147 148 149 150

Tiempo de Lectura= 4:40/Contiene: 150 Capítulos, 24.61 versículos.

MÉTODO CRÍTICO

1) ¿QUIEN ESCRIBIÓ EL LIBRO? David, el rey famoso de Israel, e él se le atribuyen 73 salmos. Aunque la autoria de 50 salmos es desconocida, los salmos restantes fueron escritos por Asaf, los Descendientes de Coré. Salomón, Moisés, Heman, el Ezraita y Etán el Ezraita

2) ¿CUÁNDO FUE ESCRITO? Diferentes Autores.

3) A QUIÉN FUE ESCRITO? Judios

4) ¿DE DONDE FUE ESCRITO? Diferentes lugares

MÉTODO HISTÓRICO

1) ¿CUÁL ES EL TRASFONDO HISTÓRICO DEL LIBRO? El libro de los salmos fue el himnario de los hebreos. Cerca de 70 salmos se atribuyen al rey David, y el resto a otros autores. Una gran cantidad de himnos que cantan los cristianos hoy día han tomado su letra de los salmos. Este libro está compuesto por 150 poemas, algunos de los cuales son de una gran belleza expresiva. De ellos, los salmos 1,19, 22, 23, 90, 100, y 103 son quizás los más destacados

MÉTODO LITERARIO

1) ¿QUÉ GÉNERO DE LITERATURA ES EL LIBRO? Poético

MÉTODO PANORÁMICO

1) ¿CUÁL ES LA IDEA PRINCIPAL DEL LIBRO? Alabanza y adoración a Dios.

2) ¿CUÁL FUE LA RAZÓN PRINCIPAL POR LA CUAL SE ESCRIBIÓ ESTE LIBRO? Para la alabanza y la adoración a Dios.

PALABRAS CLAVE DE SALMOS (RV1960): justo, recto (s), de corazón, integro (s), malvado (s), malo (s). pecado (iniquidad, maldad), oración (orar), alabar (alabanzas), adorar, cantar, cántico (s), temer (temor), refugio, esperar (esperanza), salvar (salvación), librar (liberación), invocar, suplicar (súplica), ruego (s), clamar (clamor)

<u>**FECHAS DE COMPOSICIÓN:**</u> Los salmos mismos datan desde la primera monarquía hasta el tiempo después del exilia (aprox. año 1000 a 400 aC); la colección en su forma presente puede ser parte del movimiento de reforma reflejado en Crónicas y Esdras-Nehemías.

<u>**ENFASIS:**</u> Confianza en Jehová y alabanza a él por su bondad; lamento por la maldad y las injusticias; Jehová como rey del universo y las naciones; el rey de Israel como representativo de Jehová en Israel; Israel (y los israelitas individualmente) como pueblo del pacto de Dios; Sion (y su templo) como lugar especial de la presencia de Jehová en la tierra.

<u>CÓMO LEER SALMOS</u>

libro te puede ayudar a expresar tus sentimientos más profundos. No importa sies gozo o tristeza, paz tia, esperanza o desesperación, encontrarás tus emociones reflejadas en algún lugar en los Salmos. Las palabras escritas en este antiguo himnario son tan relevantes para las alegrias y desafios de hoy en día que puede que te hagan pensar que fueron escritas para abordar tu situación actual. Algunas de estas oraciones poéticas están dirigidas a Dios, llenas de gratitud y alabanza, confesiones de arrepentimiento, o peticiones de intercesión. Otras están dirigidas hacia el oyente; impartiendo sabiduría práctica y consejo piadoso. Pero otras, como el Salmo 103, se dirigen hacia el propio salmista a medida que éste lucha por alinear su alma con una perspectiva de vida orientada a Dios. En medio de esta gran diversidad, de seguro encontrarás un salmo que se relaciona con las circunstancias que estás viviendo en este momento.

Tu compromiso de invertir tiempo en este libro será recompensado abundantemente. Alleer una y otra vez cada salmo, descubrirás nuevas capas de significado que te proporcionarán beneficios a corto y a largo plazo. Ten presente que la poesía hebrea es distinta a muchas otras; los salmistas emplearon paralelismos conceptuales, donde los pensamientos en lugar de los sonidos riman en tonos de ecos armoniosos o contrastes que aclaran ideas. Esto produce un rico material en el que puedes detenerte por horas mientras meditas en un pasaje. extrayendo reflexiones edificantes para tu vida.

Ten en cuenta que los Salmos son poesia, no composiciones doctrinales. Por lo general, sus autores se enfocaron principalmente en reflejar sus emociones más profundas, en vez de exponer verdades teológicas. Piensa en los salmos como si fueran anotaciones en un diario: reflejan el trato más intimo de individuos con Dios. Fijate en las vividas figuras literarias y honestidad apasionada. El lenguaje poético te invita a leer tanto con tu corazón como con tu mente, trayendo aplicaciones a todas las áreas de tu vida.

TITULO: La colección entera de Salmos se titula "Alabanza" en el texto hebreo. Más adelante, los rabinos frecuentemente lo designaron "El libro de Alabanzas". La Septuaginta (LXX), la traducción griega del AT, lo titulo "Salmos" (cp. "El libro de Salmos" en el NT: Lc 20:42: Hch 1:20). El verbo griego de donde el sustantivo "salmos" viene en esencia denota "jalar o tañer (rascar) cuerdas", por lo tanto una asociación con acompañamiento musical se implica. El título en castellano se deriva del término griego y su contexto. Los Salmos constituyen el "libro de himnos" antiguo de Israel, inspirado por Dios (1Ti 3:16), el cual definía el espíritu y contenido apropiados de adoración

Hay ciento dieciséis salmos que tienen sobrescritos o "titulos". El texto hebreo incluye estos títulos con los versos mismos. Cuando los títulos son analizados individualmente y estudiados como un fenómeno general, hay indicaciones significativas de que fueron colocados como apéndices a sus salmos respectivos poco tiempo después de su composición y que contienen información confiable (cp. Lc 20:42).

Estos títulos brindan diferentes tipos de información tal como el autor, la dedicación, la ocasión histórica, una asignación litúrgica a un director de adoración, instrucciones litúrgicas (p.ej. qué tipo de canción es, sea para tener acompañamiento musical, y qué tono usar), además de otras instrucciones técnicas de significado incierto debido a su gran antigüedad. Una preposición hebrea pequeña añadida aparece en la mayoría de los títulos de los salmos. Puede expresar diferentes relaciones, p.ej. "de", "desde","por", "a", "para", "en referencia a", "cerca de". Algunas veces ocurre más de una vez, aur O títulos cortos, normalmente supliendo información tal como "de" o "por persona X,"a" o "para" persona Y. No obstante, esta pequeña preposición con mayor frecuencia indica es el autor de un salmo, sea "de" David, el talentoso salmista de Israel.o "por Moisés, Salomón, Asaf o' de Coré.

TEMAS:

1. Un retrato de Dios. Los salmos describen a Dios como pastor (23:95 y 100) y como el guerrero quien nos salva de nuestros opresores (1:8). El es nuestro Rey (45:47:97), nuestro refugio (46; 91) y nuestro juez (50:52,75 76), quien es grande (48; 135). eterno (90). perfecto (92). poderoso (76; 104: 145: 147). paciente (70).justo (82: 101), comprensivo (103),cariñoso (136; 145) y bueno (86;104: 116). Como el campeón de los pobres y los oprimidos (72: 113), él le ofrece esperanza a las agobiadas personas honradas dándoles un vistazo de su glorioso futuro (37:73).

2. Un modelo de una relación personal con Dios. Los salmos abiertamente expresan el alcance de las emociones experimentadas en la vida, como por ejemplo; miedo (56), amor (91: 116), angustia (31:42: 120; 142). consternación (10), alegría (98; 117), impaciencia (13), agradecimiento (107:118; 136). vergüenza (25; 38; 44:69). culpabilidad (32:51), perdón (32: 103) y

depresión que se convierte en esperanza (31:42-43, 130). Esta sinceridad nos inspira a la comunicación auténtica con nuestro cariñoso, compasivo y comprensivo Dios.

3. Un contraste de las costumbres de los rectos con aquellas de los malvados. El Salmo 1 establece el escenario: Dios bendice y cuida a los rectos, pero el camino de los malvados perecerá. Los malvados son aquellos quienes egoistamente usan y abusan de otros sin pensar acerca de Dios (26; 37). Los rectos, por otra parte, caminan delante Dios con integridad de corazón, ayudando a sus vecinos y aquellos en necesidad (15:28).

Contexto Histórico de Salmos

El escenario de los Salmos es doble: 1) los hechos de Dios en la creación y la historia, y 2) la historia de Israel. Históricamente, los salmos varían en tiempo desde el origen de la vida a los gozos postexilicos de los judios liberados de Babilonia. Temáticamente, los salmos cubren un amplio espectro de tópicos, que van de la adoración Celestial a la guerra terrenal. Los salmos recolectados forman el libro más largo en la Biblia y el libro que se cita con mayor frecuencia en el NT. El Salmo 119 es el capitulo más largo en toda la Biblia. A lo largo de las edades, los almos han retenido su propósito original, el cual es producir la alabanza y adoración apropiadas a Dios.

Retos de Interpretación

- Es útil reconocer ciertos géneros o tipos literales que continuamente ocurren en el Salterio. Algunos de los más obvios son:

1. El tipo de sabiduría con instrucciones para vivir correctamente

2. Patrones de lamentación que tiene que ver con los dolores de la vida (normalmente surgiendo de los enemigos de afuera).

3 Salmos penitencales ensu mayoría lidiandaron el "enemien" adentro esto es pecado

4. Enfasis de reyes (universal o de mediador; teocrático o gobierno mesiánico)

5. Salmos de gratitud. Una combinación de estilo y tema ayuda e identificar tales tipos cuando aparecen. .

- La caracteristica más sobresaliente de los salmos es que todos ellos son poesía por excelencia. A diferencia de la mayoría de la poesía en castellano, la cual está basada en ritmo y metro, la poesía hebrea se caracteriza esencialmente por paralelismos lógicos. Algunos de los tipos más importantes de paralelismos son:
1. Sinónimos (31 pensamiento de la primera línea vuelve a ser afirmado con conceptos similares en la segunda linea. (Sal 2:1)

2. Antitético (el pensamiento de la segunda línea es contrastado con la primera. (Sal. 1:6)

3. Climático (la segunda y líneas subsecuentes retoman una palabra, frase o concepto crucial y la extienden en un formato escalonado. (Sal. 29:1, 2)

4. Quiástico o introvertido (las unidades lógicas son desarrolladas en un patrón A B BA (Sal. 1:2)

- En una escala más grande, algunos salmos en su desarrollo del primer al último versículo emplean un arreglo acróstico o alfabético. Los salmos 9, 10, 25, 34, 37, 111, 112, 119 y el 145 son reconocidos como acrósticos completos o incompletos. El el texto hebreo, la primera letra de la primera palabra de cada versículo comienza con una consonante hebrea diferente, la cual avanza en orden alfabético hasta que las veintidos consonantes son cubiertas. Tal vehículo literario sin duda alguna ayudaba en la memorización del contenido y servía para indicar que su tema en particular había sido cubierto de la "A a la Z". El Salmo 119 sobresale como el ejemplo más completo de esta herramienta, debido a que la primera letra de cada uno de sus veintidós párrafos de ocho versículos cobre completamente el alfabeto hebreo.

Temas históricos y teológicos .

- El tema básico de los Salmos es vivir la vida real en el mundo real, donde dos dimensiones operan simultáneamente:

1. Una realidad horizontal o temporal.
2. Una realidad vertical o trascendental.

Sin negar el dolor de la dimensión terrenal, el pueblo de Dios debe vivir con gozo y dependiente de la persona divina y promesas que permanecen firmes detrás de la dimensión celestial/eterna. Todos los ciclos de problemas y triunfos humanos proveen ocasiones para expresar quejas humanas, confianza, oraciones o alabanza al Señor soberano de Israel.

A la luz de esto, el libro de los Salmos presenta una amplia gama de teologia, prácticamente envuelta en una realidad diaria. La pecaminosidad del hombre es documentada concretamente, no solo a través de Ine patrones de conducta del impio, sino también por los tropiezos periódicos de los creyentes. La soberan de Dios es reconocida por todos lados, pero no a expensas de la responsabilidad humana genuina. Frecuentemente la vida parece estar fuera de control y sin embargo, todos los acontecimientos y situaciones son entendidos a la luz de la providencia divina como estando en el camino correcto de acuerdo al tiempo de Dios Vistazos alentadores de un "dia de Dios" futuro motivan el llamado a la perseverancia hasta el fin. Este libro de alabanza manifiesta una teologia muy práctica. .

Un fenómeno comúnmente malentendido en los Salmos es la asociación que con frecuencia se desarrolla entre el "uno" (el salmista) y los "muchos" (el pueblo teocrático). Casi todos estos casos ocurren en los salmos del rey David. Hubo una relación inseparable entre el gobernador mediador y su pueblo, como iba la vida para el rey, así iba para el pueblo. Además, algunas veces esta unión explica la relación aparente entre el salmista y Cristo en los salmos mesiánicos (o porciones mesiánicas de ciertos salmos). Los llamados salmos imprecatorios (que pronuncian maldición) pueden ser mejor entendidos con esta perspectiva. Como el representante mediador de Dios en la tierra, David oro por juicio sobre sus enemigos, debido a que estos enemigos no solo lo estaban lastimando a él, sino que primordialmente estaban lastimando al pueblo de Dios. En términos definitivos desafiaron al Rey de reyes, el Dios de Israel

Vista Panorámica de los Salmos

El libro de los Salmos, un tesoro de lectura y meditación, es muy apreciado por los cristianos y los judíos. El libro era uno de los preferidos de Cristo. Más de una cuarta parte de las citas del Antiguo Testamento que están en el Nuevo, son de los Salmos.

Debido a que muchos Salmos fueron escritos para adoración pública y privada, el título del libro en hebreo es "Alabanzas." La palabra "Salmo" se refiere a una composición poética acompañada de instrumentos de cuerdas. El libro de los Salmos es el primero de la última división de la Biblia hebrea; de modo que sobresale en ese segmento de las Escrituras, a cuya sección entera Jesús la designó "los Salmos" (Lc 24:44).

Este libro se divide en cinco secciones, o libros, y cada una concluye con una doxología. Cada sección tiene sus propias características. De acuerdo a sus títulos, David escribió los Salmos de la primera sección, excepto tres (1, 10 y 33). A varios escritores de la segunda sección se les identifica por nombre: los hijos de Coré (42-49), Asaf (50), David (51-65) y Salomón (72). Probablemente los Salmos de esta sección fueron compilados para las actividades litúrgicas del tabernaculo o del templo. La tercera sección fue escrita por varios autores: Asaf (7383), los hijos de Coré (84-85, 87-88), David (86) y Etán (89). La cuarta sección comienza con el Salmo 90, el más antiguo de los Salmos, escrito por Moisés; David escribió los Salmos 101 y 103; otros Salmos en esta sección son anónimos. En la quinta sección sólo se mencionan a David (108-110, 122, 124, 131, 133, 138-145) y Salomon (127) como sus autores. Varios Salmos de sección son para uso litúrgico, inclusive los de aleluya (113-118, 146-150) y los de ascenso (120-134).

excepción de treinta y cuatro Salmos, todos tienen un título adjunto. La información en tales títulos inch literarias, instrucciones musicales, titulos para la tonada, instrucciones para su uso en la adoración, motivos históricos y el escritor.

Como se dijo antes, el título en los Salmos acreditan a David como el autor de 73 de ellos, mientras que Hch 4:25 y He 4:7 le atribuyen dos más (2,95). Los libros históricos implican que sin lugar a duda David estaba eminentemente capacitado para haberlos escrito. David es llamado "el dulce salmista de Israel (2 5 23:1). El tocaba el arpa para apaciguar un mal espiritu que se posesionaba de Saúl (1 5 16:23). Su elegla de Saúl y Jonatan es un bello ejemplo de la poesia hebrea (25 1:17-27). El "hombre conforme al corazón de Dios" era un sincero adorador del Señor. Lo que más se destaca en David es que el Espíritu Santo lo inspiraba.

Una lectura cuidadosa del libro de los Salmos vitalizará la devoción y las oraciones del creyente. Dios también usalos Salmos para traerle avivamiento a sus hijos. Para una presentación de la persona y obra del Señor Jesucristo, léase cualquiera de los Salmos mesiánicos (2,8, 16, 22-24, 31, 40-41, 45, 68-69.72,89, 102, 110, 118).

Referencias Proféticas

Un tema recurrente en los Salmos, es la provisión de Dios de un Salvador para Su pueblo. Las imágenes proféticas del Mesías son vistas en numerosos salmos. El Salmo 2:1-12 describe el triunfo y el reino del Mesías. El Salmo 16:8-11 prefigura Su muerte y resurrección. El Salmo 22 nos muestra al Salvador sufriente en la cruz y presenta detalles proféticos de la crucifixión, todo lo cual fue cumplido a la perfección. Las glorias del Mesías y Su novia son presentadas en el Salmo 45:13-14, mientras que los Salmos 72:6-7:89:3-37; 110:1-7;y 132:12-18 presentan la gloria y universalidad de Su reino.

Importancia en la Biblia

Pudiéramos decir que los salmos son una descripción de la manera en que respondemos a Dios. A veces se presenta a Dios en plena majestad y gloria. Nuestra respuesta entonces es de asombro, sobrecogimiento y temor: Reinos de la tierra, cantad a Dios» (68.32). Pero otros salmos pintan a Dios como Señor amante que participa en nuestra vida. Nuestra tendencia en ese caso es acercarnos a su solaz y amparo: «No temeré mal alguno, porque tú estarás conmigo 23.4).Dios es el mismo en ambos salmos. Pero nuestra reacción ante El se ajusta a nuestras circunstancias.

Otros salmos pudieran catalogarse mejor como clamores contra Dios y las circunstancias que como respuesta a la percepción de su gloria y presencia. El salmista reconoce que a veces siente que Dios y sus amigos lo han abandonado (88). Sufre por las calumnias que lanzan contra él sus acusadores (109). Entonces invoca a Dios para que los arrase con su ira (59). No importa lo que digamos sobre los salmos, hay que reconocer que presentan la realidad del corazón human manera en que a veces reaccionamos ante los problemas y las injusticias de la vida.

Entonces invoca a Dios para que los arrase con su ira (59). No importa lo que digamos sobre los salmos, hay que reconocer que presentan la realidad del corazón humano, la manera en que a veces reaccionamos ante los problemas y las injusticias de la vida.

Pero aun en estos fuertes salmos de lamentación, el salmista nunca se entrega a la desesperación. El hecho de que lancemos protestas a Dios es demostración de esperanza en Dios y su sentido de la justicia. Esto tiene un importante mensaje para todos los

creyentes. Podemos expresarle a Dios todos nuestros sentimientos, por negativos o llenos que reproches que sean. Y podemos estar totalmente seguros de que nos oirá y nos comprenderá, El salmista nos enseña que la oración más profunda es el grito que lanzamos cuando nos encontramos abatidos por los problemas de la vida.

Los salmos hablan mucho de la persona y obra de Jesucristo, El Salmo 22 contiene una extraordinaria profecia de la crucifixión del Señor. Jesús citó este salmo al morir en a cruz (Sal 22.1; Mt 27.46 : Mc 15.34). Otras profecias mesiánicas de los salmos que se cumplieron en la vida de Cristo son: seria un sacerdote del tipo de Melquisedec (Sal 110.4; Heb 5.6), oraria por sus enemigos (Sal 109.4; Lc 23.34), y su trono seria eterno (Sal 45.6; Heb 1.8).

Carácter de Dios en Salmos

1. Dios es accesible: 15:1; 16:11; 23:6; 24:3, 4; 65:4; 145:18
2. Dios libera: 106:43-45
3. Dios es eterno: 90:2; 102.25-27; 106:48
4. Dios es glorioso: 8:1; 19:1; 57:5; 63:2; 79:9; 90:16; 93:1; 96:3, 102:16; 104:1, 31; 111:3; 113:4; 138:5; 145:5, 11, 12
5. Dios es bueno: 23:6; 25:8; 31:19:33:5; 34:8; 52:1; 65:4; 68:10; 86:5; 104:24; 107:8; 119:68; 145:9
6. Dios es gracia: 116:5
7. Dios es grande: 86:10
8. Dios es santo: 22:3; 30:4; 47:8;48:1; 60:6; 89:35; 93:5; 99:3, 5, 9; 145:17
9. Dios no cambia: 102:26-27
10. Dios es justo: 9:4; 51:4; 89:14; 98:9; 99:3, 4
11. Dios es bondadoso: 17:7; 24:12; 25:6; 26:3; 31:21:36:7, 10:40:10, 11; 42:7, 8:48:9; 63:3; 89:33, 49; 92:2; 103:4; 107:43; 117:2; 119:76, 88, 149; 138:2; 143:8 12. Dios es paciente: 78:38; 86:15
13. Dios es misericordioso: 6:2, 4; 25:6; 31:7;32:5; 36:5; 51:1; 52:8, 62:12; 86:5, 15; 89:28; 103:4, 8, 11, 17; 106:1; 107:1; 115:1; 118:1-4; 119:64; 130:7; 145:9; 147:11
14. Dios es Altísimo: 83:18

15. Dios es omnipresente: 139:7

16. Dios es omnisciente: 139:1-6

17. Dios es poderoso: 8:3; 21:13; 29:5; 37:17; 62:11; 63:1, 2; 65:6; 66:7; 68:33, 35; 79:11; 89:8, 13; 106:8; 136:21

18. Dios sumple sus promesas: 89:3, 4, 35, 36; 105:42

19. Dios provee: 16.8; 31:15; 33:10; 36:6; 37:28; 39:5; 73:16; 75:6, 7: 77:19; 91:3, 4, 11; 104:5-9, 27, 28, 119:15; 121:4; 127:1, 2; 136:25; 139:1-5, 10; 140:7145:9, 17; 147:9

20. Dios es justo: 5:8; 7:9, 17; 11:7; 19:9; 22:31:31:1:35:24, 28; 36:6, 10; 40:10; 48:10; 50:6; 51:14; 69:27: 71:2, 15, 16, 19, 24; 73:12-17; 85:10; 96:13: 97:2, 6; 98:2, 9; 103:17: 111:3; 116:5; 119:7, 40, 62, 123, 137, 138, 142, 144, 172, 143:1, 11; 145:7, 17

21. Dios es soberano: 2:4,5; 3:3; 72:5

22. Dios es verdadero: 9:14: 111:7; 19:9; 25:10:31:5:33:4:57:3. 10:72:22: 85:10; 86:15: 89:14, 49; 96:13 98:3; 100:5; 119:160; 139.2, 146.6

23. Dios es uno: 83:18; 86:10

24. Dios es inescrutable: 145:3

25. Dios es recto: 25:8; 92:15

26. Dios es sablo: 1:6; 44:21: 73:11; 103:14; 104:24; 136:5; 139:2-4, 12, 142:3; 147:5

27. Dios se aira: 2:2-5, 12, 6:1, 7:11, 12; 21:8, 9; 30:5; 38:1; 39:10; 58:10, 11:74:1, 2:76:6, 8; 78:21:22, 49. 51, 58, 59; 79:5; 80:4; 89:30-32; 90:7-9, 11; 99.8; 102.9, 10.

Cristo en Salmos

Muchos de los salmos anticipan directamente la venida del Mesías y Rey, descendiente de la línea de David (2; 18; 20; 2147110; 132). Como Cristo descendia directamente de la linea real de David, los salmos mesiánicos a menudo se refieren a él como hijo de David, o usan a David como un tipo de Cristo. Algunas profecias mesiánicas especificas y sus cumplimientos incluyen: 2:7 (y Mt 3:17; 16:10; Mr 16:6, 7); 22:16

(y Juan 20:25, 27:40:7, 8; He 10:7): 68:18 (y Mr 16:19; 69:21; Mt 27:32); 118:22 (y Mt 21:42). Apuntes de Salmos

1. Libro de los Salmos
2. Preguntas en Salmos
3. Vista panoramica de Salmos
4. Salmos en Wikipedia
5. Gráficos de los Salmos
6. LOS SALMOS
7. ¿Por qué leer Salmos?
8. Clave para entender los Salmos
9. Comentario de Salmos 1-72
10. Estructura de Salmos
11. Pasaje difícil de Salmos
12. ¿Qué buscar en los Salmos?
13. Estudiando los Salmos
14. Estudio de los Salmos
15. Animese a leer Salmos
16. Diccionario Salmos 17. Jesucristo en Salmos

CAPÍTULO CUATRO

LAS FUERZAS ESPIRITUALES DEL BIEN: ÁNGELES

OBJETIVOS

Al concluir este capitulo serás capaz de:
- Escribir el versiculo llave de memoria.
- Proveer de una referencia que explique lo que los angeles son.
- Contar cómo se originaron los angeles.
- Identificar los dos tipos de ángeles.
- Identificar su esfera de actividad.

- Resumir el ministerio de los angeles en la guerra espiritual.
- Identificar atributos de los ángeles.
- Identificar varias clasificaciones de los angeles.
- Dar una referencia biblica que explique la organización de la huestes angélicas.

VERSÍCULO LLAVE DE LAS CLÁUSULAS DE LA GUERRA:

"El ángel de Jehová acampa alrededor de los que lo temen y los defiende" (Salmos 34:7).

<u>INTRODUCCIÓN</u>

En el último capítulo aprendiste de la Trinidad de Dios que incluye a Dios el Padre, Dios el Hijo Jesucristo, y Dios Espiritu Santo. Aprendiste de su origen, atributos, y funciones en la guerra espiritual.

Este capitulo continúa el estudio de las fuerzas espirituales del bien. Explica el origen, los atributos, esfera de actividad, clasificación, y organización de los ángeles, también explica su ministerio en la guerra espiritual.

<u>¿QUÉ SON LOS ÁNGELES?</u>

Los ángeles son espíritus ministradores enviados por Dios para hacer su voluntad:

"No son todos espiritus ministradores, enviados para servicio a favor de los que serán herederos de la salvación?" (Hebreos 1:14)

El titulo ángel significa "mensajero".

<u>**EL ORIGEN DE LOS ÁNGELES**</u>

Los Angeles fueron creados por Dios:

"Alabadlo vosotros todos sus angeles, alabadlo, vosotros todos sus elércitos. Alaben el nombre de Jehova, porque el mando, y fueron creados" (Salmos 148:2,5).

"Porque en el fueron creadas todas las cosas, las que hay en los cielos y las que hay en la tierra, visibles e Invisibles sean tronos, sean dominios, sean principados, sean potestadesy todo fue creado por medio de él y para él" (Colosenses 1:16).

Todos los angeles eran justos y santos cuando fueron originalmente creados. Ellos adoraban y servían al único Dios verdadero. Después, algunos ángeles se revelaron contra Dios y perdieron su posición como ángeles. Ellos se convirtieron en parte de una fuerza del mal llamada "demonios".

Existen ahora dos clases de ángeles: buenos ángeles, los cuales son el tema de este capitulo, y los angeles malignos (demonios) los cuales serán tratados en el capítulo seis de este curso.

<u>**LA ORGANIZACIÓN DE LOS ÁNGELES**</u>

Los ángeles del bien ha sido organizados por Dios en un orden especial. La Biblia no revela los detalles de ese orden, pero indica esa organización:

"Porque en el fueron creadas todas las cosas, las que hay en los cielos y las que hay en la tierra, visibles e invisibles; sean tronos, sean dominios, sean principados, sean potestades; todo fue

creado por medio de él y para él" (Colosenses 1:16 ver también Efesios 3:10).

La organización del mundo invisible es descrita aqui en términos de tronos, dominios, principados y potestades. No nos son dados detalles de esta estructura. Aprenderás luego como Satanás ha imitado esta organización en su propia estructura de fuerzas malignas.

LA CLASIFICACIÓN DE LOS ÁNGELES

Existen literalmente multitudes de ángeles (Lucas 2:13-15) los cuales son aparentemente clasificados conforme los deberes que cumplen. Estas son las principales clasificaciones de ángeles:

MENSAJEROS:

Esta clase de angeles es probablemente la mayor en número. Estos son los angeles que componen el grupo innumerable visualizado por Daniel (Daniel 7:10), que llevan adelante la voluntad de Dios en el cielo y la tierra. Este es el grupo que usualmente se relaciona con el creyente en términos de la guerra espiritual. Ellos interpretan la voluntad de Dios, protegen, proveen guía, traen las respuestas a la oración, anuncian, advierten, instruyen, llevan juicio, animan, sustentan, libertan, e interceden a favor de los creyentes.

ÁNGELES ELECTOS:

Sólo una referencia se hace a los ángeles escogidos en 1 Timoteo 5:21. No existe información adicional dada sobre este grupo.

<u>**QUERUBINES:**</u>

Esta clasificación de ángeles aparece por primera vez en Génesis 3:24. Son también mencionados como parte del arca del pacto (Exodo 25:18-22). Ezequiel menciona estos seres y los describe como teniendo cuatro apariencias; la cara de un león, la cara de un buey, la cara de un hombre, y la cara de un águila (Ezequiel 1:3-28; 10:22). El simbolismo del querubin sugiere que ellos son las criaturas vivientes que rodean el trono de Dios en Apocalipsis 4:6. Parece que ellos son el orden superior de los ángeles, los guardianes de Dios.

<u>**SERAFTNES:**</u>

Este grupo es mencionado en Isaías 6:2,6. Su posición es encima del trono de Dios en contraste con la posición de los querubines que rodean Su trono. El deber de estos ángeles parece ser liderar en el cielo la adoración a Dios.

<u>**CRIATURAS VIVIENTES:**</u>

Este grupo de ángeles es mencionado en Apocalipsis 4:6,8; 5:6. Este título presenta a estos angeles como manifestando la plenitud de la vida divina, cuyo ministerio principal parece ser la adoración a Dios.

<u>**ÁNGELES INDIVIDUALES**</u>:

En adición a las diferentes clasificaciones de ángeles, existen individuales mencionados por su nombre en la Biblia:

<u>**Miguel:**</u>

Miguel el arcángel es mencionado por su nombre en Daniel 10:13,21; 12:1; Judas 9; y Apocalipsis 12:7. El es el único ángel llamado arcángel.

Es presentado como teniendo el mando sobre un ejército de ángeles en Apocalipsis 12:7 y se dice que es el principe del pueblo de Israel en Daniel 10:13,21; 12:1. del pueblo sobre un ejército de ángeles amado arcángel. Es presentada2:1; Judas 9; y

Gabriel:

El significado de su nombre es "poderoso". Es mencionado en Daniel 8:16, 9:21, y en Lucas 1:19,26. Siempre se lo comisiona para entregar un mensaje importante de parte de Dios. Es Gabriel el que interpretó la visión de Daniel en 8:16; 9:21 y el que anunció el nacimiento de Juan y el de Jesús en Lucas 1:19,26.

GRUPOS ESPECIALES DE ÁNGELES:

La Biblia además menciona grupos especiales de ángeles que incluyen:

Angeles de las siete iglesias: Apocalipsis 1:20
Cuatro ángeles que controlan los vientos: Apocalipsis 1:7
Siete ángeles que están delante de Dios: Apocalipsis 8:2
Siete ángeles que administran la siete últimas plagas: Apocalipsis 15:1,7
24 ancianos (estos pueden ser seres angélicos): Apocalipsis 4 y 5

LOS ATRIBUTOS DE LOS ANGELES

Recordarás del último capitulo que los atributos son caracteristicas de personalidad o caracteristicas de un individuo. Los ángeles...

- Son espiritus: Hebreos 1:14
- No tienen sexo: Lucas 20:34-36
- Son inmortales: Mateo 22:28-30
- Tienen tanto formas visibles como Invisibles: Números 22:22-35 .

- Aparecen con la semejanza de forma humana: Génesis 19:1-22; 18:2,4,8
- Tienen emociones: Lucas 15:1-10 (ángeles regocijándose)
- Tienen apetito: Génesis 18:8
- Son seres glorificados: Lucas 9:26
- Son inteligentes: 2 Samuel 14:20
- Son dóciles: Judas 9
- Son poderosos: Salmos 103:20; 11 Pedro 2:11
- No tiene necesidad de descansar: Apocalipsis 4:8
- Viajan a velocidades increibles: Apocalipsis 8:13; 9:1
- Hablan en idiomas: 1 Corintios 13:1
- Son innumerables: Lucas 2:13; Hebreos 12:22; Salmos 68:17: Marcos 1:13; Apocalipsis 5:19
- Son inmortales: Lucas 20:34-36
- No se casan ni tienen hijos: Lucas 20:34-36
- Son obedientes: Salmos 103:20
- Son santos: Apocalipsis 14:10; Marcos 8:38
- Son reverentes: su actividad más importantes es adorar a Dios: Nehemias 9:6; Filipenses 2:9-11; Hebreos 1:6

<u>SU ESFERA DE ACTIVIDAD</u>

Los ángeles son activos tanto en el cielo como en la tierra. La fuente de su poder está garantizada por Dios y gobernada por Él. Tienen acceso a la presencia de Dios en el cielo:

"Mirad que no menospreciéis a uno de estos pequeños, porque os digo que sus ángeles en los cielos ven siempre el rostro de mi Padre que está en los cielos" (Mateo 18:10).

También son activos en la tierra. Esto está documentado por los variados ministerios y apariciones de ángeles a personas registrados en la Biblia.

EL MINISTERIO DE LOS ANGELES

Los ángeles ministran en muchas formas tanto en el cielo como en la tierra. Busca cada una de las siguientes referencias en tu Biblia. En la medida que estudias estos versos entenderás la importancia de los angeles en la guerra espiritual.

El ministerio de los angeles en el cielo incluye:

Adoración: Apocalipsis 4:8; 5:11; Isaías 6:3; Salmos 103:20; 148:1-2

Permanecer. listos para hacer la voluntad de Dios: Salmos 103:20-21

Ministrar a los santos que han muerto en Cristo Jesús: Judas 9: Lucas 16:22

Representar a los niños de una manera especial: Mateo 18:10

Regociarse por aquellos que aceptan el evangelio: Lucas 15:10

El ministerio de los angeles en la tierra incluye:

Gobernar naciones: Daniel 10

Ministrar a los creyentes en tiempos de prueba: Mateo 4:11

Fortalecer a los creyentes: Lucas 22:43

Interpretar la voluntad de Dios para los hombres: Zacarías 1:9; Daniel 7:16

Guiar a los creyentes: Hechos 8:26

Traer juicio sobre individuos o naciones: Hechos 12:23; Génesis 19:3; 2 Samuel 24:16: Apocalipsis 16:1

Traer respuestas a la oración: Daniel 9:21-22

Anunciar: Lucas 1:11-20; Mateo 1:20,21

Advertir: Mateo 2:13

Instruir: Mateo 28:2-6; Hechos 10:3-6; Daniel 4:13-17

Animar: Hechos 27:23; Génesis 28:12

Revelar: Hechos 7:53; Gálatas 3:19; Hebreos 2:2; Daniel 9:21-27; Apocalipsis 1:1

Sustentar: Mateo 4:11; Lucas 22:43

Preservar: Génesis 16:7; 24:7; Éxodo 23:20; Apocalipsis 7:1

Proteger: Salmos 91:11

Libertar: Números 20:16; Salmos 34:7; Isaías 63:9; Daniel 3:28; 6:22; Génesis 48:16; Mateo 26:53; Hechos 12:1-19

Destruir: Hechos 12:20-23

Interceder: Zacarías 1:12; Apocalipsis 8:3,4

Las actividades futuras de los ángeles incluirán:

Participar en el regreso de Jesús: 1 Tesalonicenses 4:16

Reunir a los escogidos: Mateo 24:31

Advertir y predicar durante la tribulación: Apocalipsis 14:6-9

Separar a los justos de los iniustos: Mateo 13:39 y 49

Atar a Satanás: Apocalipsis 20

LOS ANGELES Y LA GUERRA ESPIRITUAL

Los ángeles mensajeros son los que usualmente se relacionan con el creyente en términos de la guerra espiritual. Ellos interpretan la voluntad de Dios, protegen, proveen guia, traen respuestas a las oraciones, anuncian, advierten, instruyen, traen juicio, animan, sustentan, libertan, e interceden a favor de los creyentes en la batalla.

Muchos creyentes no se han aprovechado de la ayuda disponible de parte de los ángeles porque no han sido enseñados con relación a su función en la guerra espiritual. Ellos son espiritus ministradores y pueden ministrar para ti como también a_ti. Puedes pedirle a Dios que despache ángeles para asistirte en la batalla. El Rey David hizo esto. Él oro...

> *"... y el ángel de Jehová los acose... y el ángel de Jehová los persiga" (Salmos 35:5-6).*

Lee los siguientes registros biblicos de la participación de los angeles en la guerra contra el enemigo: 2 Reyes 19:35; 2 Crónicas 32:21; Isaías 37:36; Apocalipsis 12:7

ADVERTENCIAS IMPORTANTES

Los ángeles son seres santos con importantes ministerios a favor de los creyentes. Son parte de las fuerzas espirituales del bien así como la Trinidad de Dios. Pero la Biblia nos da algunas advertencias en relación con los ángeles:

NO ADORARLOS:

No has de adorar a los ángeles:

> *"Que nadie os prive de vuestro premio haciendo alarde de humildad y de dar culto a los ángeles (metiéndose en lo que no ha visto), hinchado de vanidad por su propia mente carnal"* *(Colosenses 2:18).*

> *"Yo, Juan, soy el que oyó y vio estas cosas. Después que las hube oido y visto, me postré a los pies del ángel que me mostraba estas cosas, para adorarlo.9 Pero él me dijo: ¡Mira, no lo hagas!, Pues yo soy consiervo tuyo, de tus hermanos los profetas y de los que guardan las palabras de este libro. ¡Adora a Dios!"* *(Apocalipsis 22:8-9).*

RECHAZAR A LOS ANGELES QUE PREDICAN "OTRO EVANGELIO",

Algunas personas han declarado haber visto ángeles que les han dado una nueva revelación contraria a la Palabra escrita de Dios, Movimientos religiosos enteros han sido fundados sobre la base de tales revelaciones falsas. La Biblia advierte:

"Pero si aun nosotros, o un ángel del cielo, os anuncia un evangelio diferente del que os hemos anunciado, sea anatema" (Gálatas 1:8).

No has de escuchar a un hombre, un ángel o cualquier otro ser que te guíe en sentido contrario a la Palabra de Dios. Como aprenderás luego en este curso, una de las principales estrategias de Satanás es el engaño. La Biblia advierte:

"Y esto no es sorprendente, porque el mismo Satanás se disfraza de ángel de luz" (2 Corintios 11:14).

NO PROVOCAR A LOS ANGELES:

Lee la historia de Balaam en Números 22, un profeta que actuó en desobediencia a Dios. Notaras que se le opuso un ángel del Señor. Cuando eres desobediente a Dios, los ángeles pueden obstaculizarte. Estarás peleando una batalla, pero no será guerra en contra del enemigo. Sé cuidadoso de no provocar los angeles de Dios (Eclesiastes 5:1-6).

1. Escribe el versículo llave de las Cláusulas de Guerra.

____

____

2. Los ángeles ministran tanto en

____

____

3. ¿Cómo surgieron los ángeles?

____

____

4. Resume el ministerio de los ángeles en relación con la guerra espiritual.

____

____

5. Enumera tantos atributos de los angeles como puedas recordar de los que figuran en este capítulo.

____

____

6. Da una referencia bíblica que explique lo que son los ángeles.

____

____

7. ¿Es esta declaración verdadera o falsa? Tú no has de adorar a los ángeles.
La declaración es____

8. ¿Es esta declaración verdadera o falsa? Si un ángel aparece y revela algo que no está de acuerdo a la Palabra escrita de Dios, debes escucharlo porque es un mensajero directo del Señor.
La declaración es____

9. Usa las palabras debajo para completar los párrafos. Usa cada palabra solamente una vez.

Mensajeros
Angeles escogidos
Querubin
Serafin
Seres vivientes

_______________________Sólo una referencia es hecha en relación con este grupo de ángeles (1 Timoteo 5:21). En la Biblia no se da ninguna otra información adicional en relación con este grupo.

_______________________Este grupo de ángeles es más activo en términos de la guerra espiritual y probablemente constituye el de mayor número.

_______________________Este grupo de ángeles parece ser el de mayor orden, guardianes de Dios. Rodean el trono de Dios.

_______________________Su ministerio principal es adorar a Dios.

_______________________Su posición es encima del trono de Dios. Guían
al cielo en la adoración a Dios.

10. Existen dos tipos de ángeles. Estos son _______________________ ángeles _______________________ angeles que son llamados demonios.

11. ¿Qué verso revela que Dios tiene una organización de varias clases de ángeles?

(Las respuestas se encuentra al final del último capítulo de este manual).

MANIOBRAS TÁCTICAS

1. Usa la siguiente guia para estudiar adicionalmente sobre los ángeles:

Los ángeles en el Antiguo Testamento:

Rescataron a Hagar: Génesis 16:7-12
Anunciaron el nacimiento de Isaac: Génesis 18:1-15
Anunciaron la destrucción de Sodoma: Génesis 18:16-33
Destruyeron Sodoma y rescataron a Lot: Génesis 22:11- 2
Evitaron el sacrificio de Isaac: Génesis 22:11-12
Guardaron a Jacob: Génesis 28:12; 31:11;32:1; 48:16
Commisionaron a Moisés: Exodo 3:2
Guiaron a Israel: exodo 14:19; 23:20-23; 32:34
Arreglaron el matrimonio de Isaac y Rebeca: Génesis 24:7
Dieron la Ley: Hechos 7:38; Gálatas 3:19; Hebreos 2:2
Reprendieron a Balaam: Números 22:31-35
Aparecieron a Josué: Josué 5:13-15
Reprendieron a Israel por la idolatria: Jueces 2:1-5
Comisionaron a Gedeon: Jueces 6:11-40
Anunciaron el nacimiento de Sansón: Jueces 13
Castigaron a Israel: 2 Samuel 24:16-17
Rescataron a Elias: 1 Reyes 19:5-8
Rodearon a Eliseo: 11 Reyes 6:14-17
Salvaron a Daniel de los leones: Daniel 6:22
Conquistaron al ejército asirio: 11 Reyes 19:35 e Isaías 37:36
Acampan alrededor del pueblo de Dios: Salmos 34:7; 91:11
Mencionados frecuentemente como mensajeros a los profetas de parte
de Dios.

<u>**Angeles en la vida de Jesús:**</u>

Anunciaron el nacimiento de Juan: Lucas 1:11-17
Le dieron nombre: Lucas 1:13
Anunciaron el nacimiento de Jesús a María: Lucas 1:26-37
Anunciaron el nacimiento de Jesús a José: Mateo 1:20-21
Anunciaron el nombre de Jesús: Mateo 1:21
Anunciaron el nacimiento de Jesús a los pastores: Lucas 2:8-15
Cantaron: Lucas 2:13-14
Dirigieron la partida a Egipto: Mateo 2:13, 20
Ministraron a Jesús durante la tentación: Mateo 4:11
Vinieron a Jesús en el Getsemani: Lucas 22:43
Rodaron la puerta de Su tumba: Mateo 28:2
Anunciaron Su resurrección: Mateo 28:5-7
Lo presentaron a Maria Magdalena: Juan 20:11-14
Subir y bajar sobre el Hijo del Hombre: Juan 1:51
Podía tener doce legiones de ángeles: Mateo 26:53
Los ángeles vendrán con el cuando regrese a la tierra: Mateo 25:31;
16:27; Marcos 8:38; Lucas 9:26
Angeles serán los cosechadores: Mateo 13:39
Reunirán a los escogidos: Mateo 24:31
Dividirán a los justos de los injustos: Mateo 13:41,49
Llevaron el mendigo a Abraham: Lucas 16:22
Se regocijan por los pecadores que se arrepienten: Lucas 15:10
Representan a los niños pequeños: Mateo 18:10
Confesará a Su pueblo delante de los ángeles: Lucas 12:8
No tienen sexo ni pueden morir: Lucas 20:35-36
El demonio tiene ángeles malvados: Mateo 25:41

Angeles en el libro de los Hechos:

Abrieron la puerta de prisiones: 5:19
Dirigieron a Felipe al etíope: 8:26
Llevaron a Cornelio a buscar por Pedro: capitulo 10
Libertaron a Pedro de la prisión: 12:7-19
Infringieron la muerte a Herodes: 12:23
Con Pablo durante la tormenta: 27:23
También mencionados en: 6:15; 7:30, 35,38, 53; 11:13; 23:8-9

Angeles en las epístolas:

Angeles escogidos: 1 Timoteo 5:21
Innumerables: Hebreos 12:22
Ministran a los herederos de la salvación: Hebreos 1:13-14
Regresarán con Jesús: 2 Tesalonicenses 1:7
No debemos adorar a los angeles: Colosenses 2:18

Angeles en el libro de Apocalipsis:

Dictaron el libro a Juan: 1:1-2; 22:16
Presiden las siete iglesias: capitulos 1-2
Interesados en el libro sellado: 5:2
Cantaron alabanza al Cordero: 5:11-12
Se les dio poder especial sobre la tierra: 7:1-4
Sellaron a los escogidos: 7:1-4
Se postran delante de Dios: 7:11
Usados para responder oraciones de los santos: 8:3-5
Suenan las siete trompetas: 8:6
Gobiernan el ejército de langostas: 9:11
Liberaron los 200 millones de las tropas de caballería: 9:15-16
Anunciaron el final del tiempo: 10:1,2,6
Combatieron con el dragón y sus ángeles: 12:7

Proclamaron el evangelio a las naciones: 14:6
Proclamaron la caída de Babilonia: 14:8; 18:2
Proclamaron el juicio de los seguidores de la bestia: 14:9-10
Anunciaron la cosecha de la tierra: 14:15-18
Tienen las últimas siete plagas: 15:1
Anunciaron el juicio a Babilonia: 17:1,5
Participaron en la destrucción de Babilonia: 18:21
Le mostraron a Juan la Nueva Jerusalén: 21:9
Le prohibió a Juan adorarlo: 22:8-9

1. Estudia la aparición del ángel en Jueces 13. Ten en cuenta que el ángel regresa al
cielo a través de la adoración lo cual aparentemente abre el camino a través de la "atmósfera satánica" alrededor nuestro para permitir a los ángeles operar en nuestro favor. Revisa la historia de Daniel y ten presente que el obstáculo del principe de Persia (un poder satánico) fue roto por la oración y el ayuno.

2. No hay apoyo biblico a que un creyente pueda ordenar a su angel a hacer lo que el desee, pero puedes pedirle a Dios que los despache en tu favor. Piensa en una batalla que estés enfrentando y luego pidele a Dios que envie Sus "espiritus ministradores para obrar en esa situación.

3. Lee los Salmos 78:36, 40 y Eclesiastés 5:6. Israel tenia un ángel especial velando por ellos hasta que lo provocaron en el desierto. Si Dios envía un ángel en tu ayuda y tú lo provocas por medio del pecado o la incredulidad, puede apartarse de ti. Es bueno prestar atención a la advertencia en Exodo 23:20-22. Puedes incluso recibir un ángel y no estar prevenido de ello... mira Hebreos 13:2

1 Pedro

1 Métpou

"Dios recompensa la perseverancia"

Lee la Biblia: 1 de Pedro

1 Pedro en varias versiones:

1 2 3 4 5

Tiempo de Lectura= 0:15 / Contiene: 5 capitulos, 105 versículos y 2.482 palabras.

Contenidos
1 Estructura de 1 Pedro
2 Autor y fecha
3 Contexto Histórico de 1 Pedro
4 Preguntando a los "para" en 1 crecientes dificultades y persecuciones generaron dudas en algunos cristianos, que se preguntaban si Dios los habla Pedro abandonado. El les escribió para animarlos, al darles 5 Retos de Interpretación esperanza y sentido en medio de su sufrimiento. 6 Temas históricos y teológicos 7 Vista Panorámica de 1 Pedro

MÉTODO CRÍTICO 1) ¿QUIEN ESCRIBIÓ EL LIBRO? En algún momento durante la primera mitad de los años 60 d. C., Pedro, uno de los doce discipulos originales, escribió esta carta desde Roma para los creyentes esparcidos por todas las regiones de Asia Menor, actualmente Turquia. Pedro observó que las 2) ¿CUÁNDO FUE ESCRITO? 60 d.c. 8 Conexiones 3) ¿A QUIÉN FUE ESCRITO? Expatriados en Ponto, 9 Importancia en la Biblia Galacia, Capadocia, Asia y Bitinia 10 Carácter de Dios en 1 Pedro 11 Apuntes de 1 Pedro 4) DE DONDE FUE ESCRITO? Roma. (Babilonia)

<u>**MÉTODO HISTÓRICO**</u>

1) ¿CUÁL ES EL TRASFONDO HISTÓRICO DEL LIBRO? Bajo la persecución de Narón a los cristianos, empezó en Roma luego por el ejemplo de Neron se estimularon los enemigos de los cristianos, y en todos lados los perseguían, la iglesia ya tiene unos 35 anos, y estaba pasando en toda la iglesia de la época (5:9). Nerón 54-68, elecuto a Pablo posible por esta época, esta epistola nace poco antes del martirio de Pedro mismo. Otra de las opistolas generales. 1 Pedro fue enviada a los cristianos del Asia Menor. Es principalmente una exhortación a permanecer firmes en la persecución. El escritor de la epistola fue el apóstol Pedro. Fue escrita probablemente durante los años 62-69 d.C.

2) ¿SI ES UNA EPISTOLA CUANDO FUE FUNDADA LA IGLESIA? Son varias iglesias, unas o casi todas fundadas por Pablo, y unas cuantos frutos de Pentecostes.

3) ¿DE QUIÉN ESTÁ COMPUESTA LA IGLESIA? Está compuesta de judios y gentiles

4) ¿CUÁLES SON SUS FUERZAS Y SUS DEBILIDADES? Fuerza: unas iglesias ya maduras y formadas. Debilidades: afectadas por la persecución.

<u>**MÉTODO LITERARIO**</u>
1) ¿QUÉ GÉNERO DE LITERATURA ES EL LIBRO? Literatura Epistolatoria.

<u>MÉTODO PANORÁMICO</u>

1) ¿CUÁL ES LA IDEA PRINCIPAL DEL LIBRO? El ejemplo y él sacrificio de Jesús.
2) ¿CUÁL FUE LA RAZÓN PRINCIPAL POR LA CUAL SE ESCRIBIO ESTE LIBRO? Animar y exhortar a una iglesia perseguida.

<u>PALABRAS CLAVE EN 1 PEDRO (RV1960)</u>; prueba (padecer, padecimiento, sufrir, sufrimientos, afligidos), gracia, gloria, salvación, Jesucristo, Dios, Espiritu Santo, llamar, elegido (escogido), santo.

<u>TEMAS:</u> Esperanza, sufrimiento, santidad, humildad, sumisión.

<u>RECIPIENTES:</u> Mayormente creyentes gentiles (1:14, 18; 2:9, 10): 4:3, 4) en las cinco provincias del cuadrante noroeste de Asia Menor (la modema Turquía), llamados expatriados (extranjeros) - con un juego de palabras sobre la diaspora judía (exiliados) -en el mundo.

<u>OCASION:</u> Probablemente preocupación por un ataque persecución local que algunos creyentes nuevos (2.2, 3) estaban experimentando, como resultado directo de su fe en Cristo.

<u>ENFASIS.</u> El sufrimiento por causa de la justicia no debe sorprendernos: los creyentes deben someterse al sufrimiento injusto de la manera que Cristo lo hizo, Cristo sufrió por nosotros para libramos del pecado, el pueblo de Dios debe vivir rectamente todo el tiempo, pero especialmente frente a la hostilidad; nuestra esperanza para el futuro está basada en la certeza de la resurrección de Cristo.

<u>**CARACTERÍSTICAS PARTICULARES:**</u> Pedro empleó varias imágenes que eran muy especiales para él porque Jesús las había usada cuando le reveló ciertas verdades a Pedro. El nombre de Pedro (que significa "piedra") se lo dio Jesús. La concepción de Pedro de la Ialesia, una casa espiritual compuesta de piedra vivas edificadas sobre Cristo como fundamento, vino de Cristo Jesús animó a Pedro a cuidar de la iglesia así como lo hace el pastor con las ovejas. Por eso no es extraño ver a Pedro usar piedras vivas (2:5-9). pastores y ovejas (2:25; 5:2, 4) para describir la Iglesia.

<u>**CÓMO LEER 1 PEDRO:**</u>

¿Dónde encuentras esperanza en tiempos de crisis? ¿Dónde puedes encontrar fuerzas para seguir adelante en tiempos difíciles? ¿Qué te hará crecer en fe cuando las dificultados abundan? ¿Cuál es la respuesta? Jesús! A través de lo que Él hizo te ha sido entregada una nueva identidad. Ahora le perteneces a Dios, y eres parte de un pueblo elegido... sacerdotes del Rey. una nación santa, posesión exclusiva de Dios.» (1Pe 2:9).

Pero, ¿qué pasa con los momentos difíciles? Dios puede y va a usar dificultades para hacernos más fuertes. Descubre cómo la fe, refinada por el sufrimiento, puede ayudarte a ver al Señor más claramento y a conocerlo más intimamente. Las palabras en esta carta nos animan a permanecer firmes en medio de la dificultad.

Sin embargo, Pedro no se quedó ahí. No se trata solo de sobrevivir. A medida que aprendemos a abrazar nuestra identidad de realeza, podemos ver el reino de Dios crecer, aun frente a la adversidad. Pedro nos insta a adoptar una actitud activa en medio de dificultades, y amostrar a otros la bondad de Dios, pues él los ha llamado a salir de la oscuridad y entrar en su luz maravillosa.> (1Pe 2:9).

TITULO:

La carta siempre ha sido identificada (como la mayoría de las epistolas generales lo son, tales como Santiago, Juan y Judas) con el nombre del autor, Pedro, y con la notación de que era su primera carta inspirada.

Estructura de 1 Pedro

Titulo: "A los perseguidos por Cristo"

Versiculo Clave: 4:13 "Sino gozaos por cuanto sois participantes de los padecimientos de Cristo para que también en la revelación de su gloria os gocéis con gran alegría"

1:1 Pedro a expatriados	Una Esperanza viva	
1:1 Una Esperanza viva		
1:10 Profetas indagaron		
1:13 Vuestro entendimiento	Obediencia en verdad	Doctrina
1:22 Obediencia a la verdad		
2:1 Desechando loda malicia		
2:4 Acercándonos a el		
2:9 Linaje escogido		
2:11 Deseos camales	Someteos	Práctica
2:13 Sometros a toda institución		
2:18 Criados estad sujetos		
3:1 Mujeres estad sujetas		
3:7 Maridos igualmente		
3:8 Un mismo sentir		

3:13 ¿Quién si seguis el bien?	Dispuestos a todo	
4:1 Cristo padeció por nosotros		
4:7 El fin se acerca		
4:12 No sorprendáis de pruebas		
5:1 Ruego a los ancianos	Apacentad Saludos	
5:6 Humillaos bajo Dios		
5:12 Silvano		

Autor y fecha

El versículo de apertura de la epístola dice que fue escrita por Pedro, quien claramente fue el lider entre los apóstoles de Cristo. Los escritores del evangelio enfatizan este hecho I colocar su nombre a la cabeza de cada lista de los apóstoles (Mt 10, Mr 3; Lc 6; Hch 1), e incluyendo más información acerca de él en los cuatro Evangelios que de cualquier otra persona fuera de Cristo. Originalmente conocido como Simón (gr.) o Simeón (heb.), Marcos 1:16: Juan 1:40. 41. Pedro era el hijo de Jonas (Mt 16:17) quien también era conocido como Juan (Jn 1:42), y un miembro de una familia de pescadores que vivían en Betsaida y más tarde en Capernaum. Andrés, el hermano do Pedro, lo trajo a Cristo (Jn 1:40-42). El era casado, y su esposa aparentemente lo acompañaba en su ministeno (Mr 1:29-31; 1 Co 9:5).

Pedro fue llamado a seguir a Cristo a principios del ministerio de Señor (Mr 1:16, 17), y más establicido al apostolado (Mt 10:2; Mr 3:14-16). Cristo lo renombró Pedro (gr.), o Cefas (aram.), ambas palabras quieren decir "piedra" o "roca" (Jn 1:42). EL Señor claramente escogió a Pedro para dar lecciones especiales a lo largo de los Evangelios (Mt 10; 16:13-

21; 17:1-9; 24:1-7; 26:31-33; Jn 6:6; 21:3-7, 15-16). El era el vocero de los doce, expresando sus pensamientos y preguntas como también los suyos. Sus triunfos y debilidades están narrados en los Evangelios y e Hechos 1-12.

Después de la resurrección y ascension, Pedro inició el plan para escoger a un reemplazo para Judas (Hch 1:15). Después de la venida del Espiritu Santo (Hch 2:1-4). ol fue capacitado para convertirse en el principal predicador del evangelio desde el dia de Pentecostés en adelante (Hch 2-12). El también llevó a cabo milagros notables en los primeros dias de la iglesia (Hch 3-9), y abrió la puerta del evangelio a los samaritanos (Hch 8) y a los gontiles (Hch 10). De acuerdo a la tradición, Pedro tuvo que ver a su esposa siondo crucificada, pero la alento con las palabras: "Recuerda al Serior. Cuando llego el momento que el fuera crucificado, se dice que el rogó y dijo que no era digno de ser crucificado como su Señor, sino que más bien de ser crucificado de cabeza (67-68 d. C.), lo cual la tradición dice que lo fue.

Debido a su prominencia única, no habla carencia de documentos falsos en la iglesia primitiva que falsamento decian sor escritos por Pedro. No obstante, el hecho de que el apóstol Pedro es el autor de 1 Pedro, es cierto. El material en esta carta lleva el reflejo definitivo de sus mensajes en el libro de los Hechos. La carta enseña, por ejemplo, que Cristo es la Piedra rechazada por el edificador (2:7.8; Hch 4:10, 11). y que Cristo no es parcial (1:17: Hch 10:34). Pedro le enseña a sus lectores a vestirse de humildad" (5:5), un eco del momento en el que el Señor se cio con una toalla y lavó los pies de los discípulos (Jn 13:3-5). Hy otras afirmaciones en I carta similares a los dichos de Cristo (4:14; 5:7,8). Además, el autor dice haber sido testigo de los sufrimientos de Cristo (5:1; 3:18: 4:1). Por si estas evidencias internas fueran poco, es digno de notarse que los primeros cristianos universalmente reconocieron esta carta como la obra de Pedro.

La única duda significativa que surge acerca del hecho de que Pedro es el autor emana del estilo más bien clásico de grego empleado en la carta. Algunos han argumentado que Pedro, siendo un pescador sin letras" (Hch 4:13), no podria haber escrito en griego sofisticado, especialmente a la luz del estilo menos clásico de griego empleado en la escritura de 2 Pedro. No obstante, este argumento no está sin una buena respuesta. En primer lugar, el hecho de que Pedro fuera "sin letras" no quiere decir que era analfabeta, sino que nada más carecia de preparación académica, rabinico en las Escrituras. Además, aunque el arameo pudo haber sido el idioma primordial de Pedro, el griego habría sido una segunda lengua hablada ampliamente en Palestina. También es aparente que por lo menos algunos de los autores del NT, aunque no estaban muy preparados academicamente, podrían leer el griego del AT de la Septuaginta.

Más allá de estas evidencias de la capacidad de Pedro en griego, Pedro también explicó (5:12) que el escribió esta carta "por conducto de Silvano". también conocido como Silas. Es probable que Silvano haya sido el mensajero designado para llevar la carta a sus lectores originales. Pero más se encuentra implicito por esta afirmación en que Pedro está reconociendo que Silvano sirvió como su secretario o amanuense. El dictado era común en el mundo romano antiguo (Pablo y Tercio; Ro 16:22). y los secretarios frecuentemente podían ayudar con la sintaxis y la gramática. Entonces. Pedro, bajo la superintendencia del Espíritu Santo de Dios, dictó la carta a Silvano, mientras que Silvano, quien también era un profeta (Hch 15:32), pudo haber ayudado en algo de la composición del griego más clásico.

Los más probable es que Primera de Pedro fue escrita poco antes o poco después de julio, 64 d.C. cuando la ciudad de Roma ardia, de esta manera una fecha de escritura de 64-65 d.c.

<h1 style="text-align:center"><u>Contexto Histórico de 1 Pedro</u></h1>

Cuando la gludad de Roma ardia, los romanos creyeron que su emperador, Nerón, había prendido fuego a la ciudad, probablemente por su increible deseo perverso por construir. Para poder construir mas, el tenia que destruir lo que ya existia.

Los romanos estaban totalmente devastados. Su cultura, en un sentido, desapareció con la cludad. Todos los elementos religiosos de su vida fueron destruidos, sus grandes templos, reliquias, y aún los idolos de su casa fueron quemados. Esto tuvo grandes implicaciones religiosas porque los hacia cree que sus deidades habían sido incapaces de lidiar con esta conflagración y también fueron victimas de ella. Las personas estaban si casa y sin esperanza. Muchos hablan muerto, Su resentimiento amargo era severo, y Neron se dio cuenta de que tenia que rodirigir la hostilidad.

El chivo expiatorio del emperador fueron los cristianos, quienes ya eran odiados porque estaban asociados con los judíos, y porque eran vistos como personas que eran hostiles a la cultura romana, Nerón esparció esta idea rapidamento de que los cristianos hablan prendido fuego a la ciudad. Como resultado, una intensa persecución en contra de los cristianos comenzó, y pronto se esparcio a lo largo del Imperio Romano, tocando lugares al N de las montañas Tauro, tales como Ponto, Galacia, Capodocia, Asia, y Bitinia (1:1), e impactando a los cristianos, a quienes Pedro llama "peregrinos". Estos peregrinos", quienes probablemente eran gentiles, en su mayoria (1:14, 18; 2:9, 10:4:3), posiblemente llevados a Cristo por Pablo y sus asociados, y establecidos en las enseñanzas de Pablo, necesitaban fortalecimiento espiritual por sus sufrimientos. De esta manera el apóstol Pedro, bajo la inspiración del Espíritu Santo, escribió esta epístola para fortalecerlos

Pedro escribió que el estaba en "Babilonia" cuando escribió la carta (5:13). Tres lugares se han sugerido para esta "Babilonia". En primer lugar, una guardia romana en la parte norte de Egipto so llamaba Babilonia, pero ese lugar era demasiado oscuro, y no hay razones para pensar que Pedro llegó a estar alli. En segundo lugar, Babilonia antigua en Mesopotamia es una posibilidad; pero seria muy poco probable que Pedro, Marcos, y Silvano estuvieron en este lugar que más bien era pequeño y distante al mismo tiempo. En tercer lugar. "Babilonia" es un alias para Roma; quizás una palabra código para Roma. En tiempos de persecución, los escritores eran más cuidadosos de lo normal para no poner en peligro a los cristianos al identificarlos. De acuerdo a algunas tradiciones, Pedro siguió a Santiago y a Pablo y murió como mártir cerca de Roma alrededor de dos años después de que escribió esta carta, y así podemos ver que él había escrito esta epistola cerca del fin de su vida, probablemente mientras se estaba quedando en la ciudad imperial. El no quiso que la carta fuera encontrada y que la iglesia fuera perseguida, por esa razón pudo haber escondido su lugar bajo la palabra código, "Babilonia', la cual aptamente encaja debido a la idolatria de la ciudad (Ap 17, 18).

Preguntando a los "para" en 1 Pedro

1:2 Santificados para que?: Para obedecer

1:3¿Nos hizo nacer de nuevo para que?: Para una esperanza viva.

¿Porque es viva?: Por la resurrección de Jesucristo.

1:4=¿Para quién? : Para vosotros.

1:5= ¿Fe para que? : Para alcanzar la salvación.

1:5= Para cuando? : Para ser manifestada en el tiempo postrero.

1:6,7= ¿Pruebas para que?: Para someter a prueba vuestra fe.

1:22 Purificando las almas en obediencia a la verdad por el Espiritu para que? : Para el amor fraternal no fingido.

2:2= ¿La leche espiritual para que?: Para que por ella crezcáis.

2:55 Casa y sacerdocio para que?: Para ofrecer sacrificios a Dios.

2:9= 2Linaje y sacerdocio santo para que? : Para que anuncióis.

2:12= ¿Manera de vivir para que?: Para que lo que murmuren, glorifiquen a Dios.

2:20,21= Para que fuimos llamados?: Para sufrir haciendo lo bueno.

2:21= ¿El ejemplo de Cristo para que?: Para que sigais sus pisadas

2:24= ¿Llevó nuestros pecados para que? : Para que estando muertos al pecado vivamos a la justicia

3:1Mujeres sujetas para que?: Para que los que no crean sean ganados

3:7= ¿Dando honor a la mujer para que?: Para que vuestras oraciones no tengan tropiezo.

3:9= ¿Fuisteis llamados para que?: Para que hederéis bendición.

3:15 Estad siempre preparados para que? : Para presentar defensa a la fe.

3:16 Buena conciencia para que?: Para que sean avergonzados por la buena conducta.

3:18= ¿Para qué Cristo padeció? : Para llevamos a Dios.

4:16- ¿Para qué predicó a los muertos? : Para que sean juzgados según hombres y vivan según Dios.

4:11= Ministrar conforme al poder de Dios para que?: Para que en todo sea Dios glorificado.

4:13= ¿Para qué gozarse ahora?: Para gozarse también en la revelación de su gloria.

Retos de Interpretación

• Primera de Pedro 3:18-22 permanece como unos de los textos mas dificiles del NT de traducir y después interpretar. Por ejemplo, ¿acaso "Espiritu" en el 3:18 se refiere al Espiritu Santo, o al Espíritu de Cristo? ¿Predicó Cristo a través de Noé antes del diluvio, o predicó El mismo después de la crucifixión (3:19)? ¿Estaba compuesta la audiencia de esta predicación de humanos en el dia de Noé o demonios en el abismo (3:19)? Enseria el 3:20, 21 regeneración bautismal (salvación), o salvación por fe únicamente en Cristo?

Temas históricos y teológicos

• Debido a que los creyentes a quienes se dirige esta carta estaban sufriendo persecución que se incrementaba más y más (1:6; 2:12, 19-21; 3:9, 13-18; 4:1, 12-16, 19), el propósito de esta carta era enseñarles como vivir victoriosamente en medio de esa hostilidad: 1) sin perder la esperanza; 2) sin amargarse: 3) mientras confiaban en su Señor, y 4) mientras esperaban su Segunda Venida. Pedro deseo impresionar en sus lectores que al llevar una vida obediente, victoriosa bajo aflicción, un cristiano de hecho puede evangelizar a su mundo hostil (1:14; 2:1, 12, 15; 3:1-6, 13-17; 4:2; 5:8,9).

• Los creyentes constantemente están expuestos a un sistema del mundo energizado por Satanás y sus demonios. Sus esfuerzos consisten en desacreditar a la iglesia y destruir su credibilidad e integridad. Una manera en la que estos espiritus operan es encontrando a cristianos cuya vida no es coherente con la Palabra de Dios, y después desfilarlos frente a incrédulos para mostrar lo falso que la iglesia es. No obstante, los cristianos deben de permanecer firmes en contra del enemigo y callar a los críticos por el poder de una vida santa.

• En esta epistola, Pedro es más bien efusivo al recitar dos categorias de verdad. La primera categoria es positiva e incluye una larga lista de bendiciones otorgadas a los cristianos. Conforme habla de la identidad de los cristianos y lo que quiere decir conocer a Cristo, Pedro menciona un privilegio y bendición, uno tras otro. Tejido en esta lista de privilegios está el catálogo del sufrimiento. Los cristianos, aunque extremadamente privilegiados, tambien deben saber que el mundo los tratará injustamente. Su ciudadanía está en el cielo y son extranjeros en un mundo hostil, energizado por Satanás. De esta manera la vida cristiana puede ser resumida como un llamado a la victoria y gloria a través del camino del sufrimiento. Entonces, la pregunta básica que Pedro responde en esta epístola es: ¿Cómo deben los cristianos lidiar con la enemistad? La respuesta incluye verdades prácticas y se enfoca en Jesucristo como el modelo de uno que mantuvo una actitud triunfal en medio de la hostilidad.

• Primera Pedro también responde a otras preguntas prácticas acerca de la vida cristiana tales como:

1. Necesitan los cristianos un sacerdote para interceder ante Dios por ellos? (25-9)

2. cual debe ser la actitud del cristianos para con el gobierno secular y la desobediencia civil? (2:13-17)

3. ¿Cual debe ser la actitud de un empleado cristiano a un jefe hostil (2:18)

4. ¿Cómo debe una dama cristiana conducirse? (3:3, 4)

5. ¿Cómo puede una esposa creyente ganar a su marido incrédulo? (3:1, 2)

Vista Panorámica de 1 Pedro

Pedro (que significa "piedra"), el escritor de esta carta (1:1), fue nombrado asi por Jesús cuando su hermano Andrés se lo presentó (Jn 1:40 42). El era nativo de Betsaida (Jn 1:44), una pequeña aldea pesquera en la costa del norte del Mar de Galilea. Después vivió en Capernaum (Mt 8:5, 14) donde el trabajo como pescador. Lo que queda de su casa, donde Jesús a menudo se hospedó, puede verse hoy en dia. La suegra de Pedro fue sanada por Jesús (Mr 1:29-31). Fue un testigo ocular de los sufrimientos de Cristo (5:1). y la tradición dice que el fue crucificado con la cabeza hacia abajo en un lugar no muy distante de Roma en el año 67 o 68 d.C. El experimento en carne propia muchas de las formas de sufrimiento acerca de las cuales escribió.

Pedro indica que está escribiendo desde Roma, porque saluda desde Babilonia, lo que probablemente era una palabra en clave para Roma. Es claro que Marcos, quien estaba con Pedro cuando el escribió (5:13). habia estado en Roma durante el primer encarcelamiento del apóstol (Col. 4:10). Nerón incendió a Roma en julio del 64 d.C.. y culpó a los cri por actos escandalosos, acelerando así su persecución. Pedro escribió esta estimulante carta a fines del 64 o a principios del 65 d.C. y fue llevada por Silvano (5:12). El asunto clave, dirigido en una manera oportuna, es ¿Cómo deben portarse los cristianos en medio de la inmerecida animosidad contra ellos?

Los recipientes de la carta eran principalmente cristianos desterrados y dispersados a través de cinco provincias (1:1) en lo que hoy es Turquía. Aunque algunos convertidos judios pueden haber estado entre los primeros lectores, parece claro que la mayoria eran gentiles. Son descritos como que vivian en ignorancia espiritual antes de su conversión (1:14), sumidos en tinieblas y sin identidad como pueblo (2:9-10) e involucrados en conducta inmoral (4:3-5).

La experiencia cristiana de la gente a quien Pedro escribió era una mezcla de bendición y sufrimiento. Había la posibilidad del sufrimiento por hacer el mal (2:20; 4:15), cosa que no debe ocurrir en un creyente. También habría sufrimiento según la voluntad de Dios (4:19). Tal sufrimiento era de esperarse (4:12) y se debería resistir pacientemente (2:20), sin venganza (3:9). pero con gozo (4:13). Los creyentes no deben tener problema con ese tipo de pruebas (3:14), sino que deben considerar las muchas bendiciones que resultan de ellos (1:6-7:2:19-20, 3:14; 4:14). Pedro les recuerda a sus lectores que Cristo sutnio (1:11:2:21, 23, 5:1) y propo isto sufrió (1:11: 2:21. 23: 5:1) y proporcionó un ejemplo do cómo triunfar sobre tales situaciones (2:21; 4:1-2). Usando siete palabras diferentes para sufrimiento, el apóstol Pedro comienza su carta en una manera emotiva, recordándole a sus lectores de su propia confianza y experiencia (1:3–2:10). Esta confianza se basa en lo que Dios le ha proporcionado a cada cravente. La conducta correcta de los cristianos en el sufrimiento es algo crucial (2:11-12) puede ser aplicado en la comunidad (2:13-25), la familia (3:1-12), e incluso hacia adversarios que atacan la conducta (3:13-17) y el carácter de los creyentes (4:1-6). La conducta deseada esta ilustrada ampliamente por el sufrimiento de Cristo (2:21-25; 3:18-22). Los cristianos deben servirse el uno al otro al usar sus dones espirituales (4:7-11) y alentarse entre si con actitudes sanas (4:1219). Los líderes espirituales son desafiados a edificar a los suyos (5:1-5) y la guerra espiritual debe ser emprendida para mutua protección (5:6-11).

Con un saludo de paz, tanto en la apertura (1:1-2) como en las observaciones finales (5:12 14), la carta de Pedro proporciona recursos necesarios para los creyentes que resisten pruebas por amor de la fe en Cristo; y es una fuente perpetua de estímulo a cada generación de cristianos.

<h3 style="text-align:center"><u>Conexiones</u></h3>

La familiaridad de Pedro con la ley del Antiguo Testamento y los profetas, le permitían explicar varios pasajes del Antiguo Testamento a la luz de la vida y la obra del Mesias, Jesucristo. En 1 Pedro 1:16, él cita Levitico 11:44 "Sed santos, porque yo soy santo." Pero él lo parafrasea explicando que la santidad no es alcanzada por guardar la ley, sino por la gracia otorgada a todos los que creen en Cristo (v. 13). Más adelante, Pedro explica la referencia a la "piedra angular on Isaias 28:16 y el Salmo 118:22 como Cristo, quien fue rechazado por los judios a causa de su desobediencia e incredulidad. Las referencias adicionales al Antiguo Testamento, incluyen la ausencia de pecado en Cristo (1 Pedro 2:22 / Isaías 53:9) y exhortaciones para vivir santamente a través del poder de Dios que da bendición (1 Pedro 3:10-12Salmos 34:12-16; 1 Pedro 5:5 Proverbios 3:34).

<u>**Importancia en la Biblia**</u>

A pesar de la adversidad que sus lectores enfrentan, Pedro no los exhorta a separarse de los demás. Mas bien, los llama a empeñarse en la sociedad, haciendo el bien en medio de los incrédulos que los han rechazado (por ejemplo 2.11-3.7). En esto, les enseña a acudir a la gracia de Dios y a todo lo que esta implica (5.12). El mensaje de la epistola es la conducta cristiana en medio de una sociedad hostil.

<u>**Carácter de Dios en 1 Pedro**</u>

1. Dios es accesible: 1.17; 3.18
2. Dios es fiel: 4.19
3. Dios es santo: 1.15, 16
4. Dios es justo: 1.17
5. Dios os paciente: 3.20
6. Dios es misericordioso: 1.3
7. Dios es recto: 2.23

Cristo en 1 Pedro

Debido a que los cristianos a los que está dirigida 1 Pedro vivian bajo una terrible persecución, Pedro les instruye a identificarse con los sufrimientos de Cristo (1.10–12: 2.24: 4.12, 13), Primera de Pedro equilibra osto mensaje con recordatorios de las numerosas bendiciones derramadas sobre los cristianos por su perseverancia (1.13-16). Cristo sigue siendo la sosperanza viva del creyente en un mundo hostil (1.3, 4).

Apuntes de 1 Pedro

Los "para" en 1 Pedro	Preguntas en 1 de Pedro	1 Pedro en Wikipedia
Vista panorámica de 1 Pedro	Párrafos de 1 Pedro	EPISTOLAS CONTEXTO
Ocasión de 1 Pedro	Lugar de escritura	EPISTOLAS HERMENEUTICA
Estructura de 1 Pedro	Comentario de Marcos, I y II Pedro	Bosquejo de 1 Pedro
Contexto Histórico de 1 Pedro	¿Por qué leer 1 Pedro?	Pasajes dificiles de 1 Pedro
Líderes Eclesiásticos	Animese a leer 1 Pedro	

"Puesto que la mayoría de los libros del Nuevo Testamento están preocupados por la manera en que el pueblo de Dios vive sus relaciones unos a otros, es importante para la historia bíblica tener un libro que se enfoque especialmente en que seamos como Cristo (repitiendo su historia, como fue) en nuestra respuesta al sufrimiento que viene como el resultado de la hostilidad de los no cristianos"

HAY BATALLAS QUE SE GANAN LUCHANDO, PERO...
LAS GRANDES BATALLAS SE GANAN ORANDO.
adnstc@hotmail.com

CAPÍTULO CINCO

EL ENEMIGO: SATANÁS

OBJETIVOS:

Al concluir este capítulo serás capaz de:

- Escribir el versiculo llave de memoria.
- Identificar a Satanás como tu enemigo espiritual.
- Explicar cómo se originó Satanás.
- Describir su posición anterior.
- Explicar cómo Satanás cayó de su posición anterior
- Identificar los resultados del pecado de Satanás.
- Enumerar los atributos de su naturaleza.
- Identificar su esfera de actividad.
- Resumir las actividades de Satanás.

VERSÍCULO LLAVE DE LAS CLÁUSULAS DE LA GUERRA:

"Sed sobrios y velad, porque vuestro adversario el diablo, como león rugiente, anda alrededor buscando a quien devorar" (1 Pedro 5:8).

INTRODUCCIÓN

En capítulos anteriores aprendiste de una gran querra invisible que está en progreso en el mundo del espíritu. Estudiaste las fuerzas espirituales del bien comprometidas en esta guerra. Estas incluyen a Dios el Padre, el Hijo, el Espiritu Santo, y los angeles.

Este capitulo presenta a tu enemigo espiritual, una fuerza espiritual poderosa del mal conocida como Satanás. Aprenderás de su origen, su posición anterior, como cayó de ella, y de aquellos que llevó juntamente con el en su caída. Aprenderás sobre los atributos de su naturaleza, su esfera de actividad, y recibirás una introducción a sus estrategias. En los siguientes dos capítulos continuarás estudiando de las fuerzas espirituales del mal al aprender de los demonios, el mundo, y la carne.

En la guerra en el mundo natural, un soldado debe primero identificar a su enemigo antes de entrar en el campo de batalla. Debe estudiar toda la información que esté disponible sobre su enemigo, su naturaleza, y estrategias. Esta es la razón por la cual las fuerzas militares pasan mucho tiempo reuniendo información de inteligencia sobre el enemigo.

Lo mismo es verdad en el mundo espiritual. Sólo puedes batallar efectivamente si identificas a tu enemigo, entiendes su naturaleza, y reconoces sus estrategias. Como has aprendido, las fuerzas espirituales que enfrentas no son de carne. Son fuerzas espirituales del mal.

EL ORIGEN DE SATANÁS

Satanás fue originalmente creado por Dios:

> *"Todas las cosas por medio de él fueron hechas, y sin él nada de lo que ha sido hecho fue hecho" (Juan 1:3).*

> *"Porque en el fueron creadas todas las cosas, las que hay en los cielos y las que hay en la tierra, visibles e invisibles; sean tronos, sean dominios, sean principados, sean potestades; todo fue creado por medio de él y para él" (Colosenses 1:16).*

Dios no creó el mal. Satanás era perfecto cuando fue originalmente creado por Dios, pero le fue dada una voluntad libre para escoger el bien o el mal:

"Perfecto eras en todos tus caminos desde el día en que fuiste creado hasta que se halló en ti maldad" (Ezequiel 28:15).

<u>LA POSICIÓN ANTERIOR DE SATANÁS</u>

La Biblia describe la posición original de Satanás en Ezequiel 28:12-17. Lee este pasaje en tu Biblia antes de proceder con esta lección. Cuando Satanás fue originalmente creado, él era un ángel de Dios. Era un integrante de la clase de los querubines, santo, sabio, hermoso, y perfecto. Fue el lider entre los querubines y es llamado "guardián" o querubin "protector". Su nombre era originalmente Lucifer que significa "portador de la luz" (Isaias 14:12). El fue ataviado con piedras preciosas engarzadas en oro (Ezequiel 28:13; Exodo 28:15-11). Le fue dada una posición en la montaña sagrada de Dios y aparentemete guiaba la adoración (Ezequiel 28:13).

Que brillante, y hermoso cuadro de Satanás en su posición original es dado en la Palabra de Dios. Es descrito como una gema de piedras preciosas. Pero una gema no tiene luz por si misma. No es hermosa en un cuarto oscuro. Su belleza reside en su habilidad para reflejar la luz del exterior.

Cuando Dios creó a Lucifer, lo hizo con la capacidad de reflejar la gloria de Dios a un mayor grado que cualquier otro ser creado. Dios era la luz que hacia a Lucifer radiar belleza

LA CAÍDA DE SATANÁS

Pero Satanás no retuvo su gloriosa posición. La Biblia describe su rebelión y caída:

"¡Cómo carste del cielo, Lucero, hijo de la mañana! Derribado fuiste a tierra, tú que debilitabas a las naciones. Tú que decias en tu corazón: "Subiré al cielo. En lo alto, junto a las estrellas de Dios, levantaré mi trono y en el monte del testimonio me sentaré, en los extremos del norte; sobre las alturas de las nubes subiré y seré semejante al Altísimo". Mas tú derribado eres hasta el seol, a lo profundo de la fosa" (Isaías 14:12-15).

"Se enalteció tu corazón a causa de tu hermosura, corrompiste tu sabiduria a causa de tu esplendor; yo te arrojaré por tierra, y delante de los reyes te pondré por espectáculo"(Ezequiel 28:17).

La calda de Satanas de su posición angélica ocurrió a causa del orgullo y la rebelión demostrada en cinco actitudes equivocadas. Satanás dijo:

SUBIRE al cielo: deseaba ocupar la morada de Dios, el cielo, esperando un reconocimiento semejante.

LEVANTARE mi trono sobre los angeles estrellas) de Dios: no sólo deseaba ocupar la morada de Dios, sino que también codició su gobierno sobre las huestes angélicas.

ME SENTARE también sobre el monte del testimonio: conforme a Isalas 2:2 y el Salmo 48:2, este es el centro del gobierno terrenal de Dios. Satanás deseaba gobernar a la tierra al igual que a los angeles.

SUBIRE sobre las alturas de las nubes: las nubes nos hablan de la gloria de Dios. Satanás queria la gloria de Dios para si mismo (los siguientes versos documentan a las nubes en relación con la gloria de Dios. Exodo 13:21; 40-28-34; Job 37-15-16; Mateo 26:64; Apocalipsis 14:14-16).

SERÉ como el Altisimo: como aprendimos en el capitulo tres de este curso, Dios tiene muchos nombres por los cuales El es llamado. ¿Por qué Satanás escogió este nombre en particular? Seleccionó este titulo porque refleja a Dios como "poseedor del cielo y de la tierra".

RESULTADOS DEL PECADO DE SATANÁS

Aquí están los terribles resultados del pecado de Satanás:

1. EXPULSIÓN DEL CIELO:

A causa de su rebelión Satanás fue arrojado del cielo por Dios:

> *"... yo te eché del monte de Dios... yo te arrojaré por tierra"* *(Ezequiel 28:16-17).*

2. CORRUPCIÓN DE CARÁCTER:

Lucifer, una vez creado para la gloria de Dios, se convirtió en Satanás con un carácter que se oponla a todo lo que Dios es y hace.

3. PERVERSIÓN DE PODER:

El poder de Satanás fue una vez usado para la gloria de Dios. Ahora se ha volcado a propósitos desorganizadores y destructivos. De acuerdo con Isaías 14 él debilita a las naciones (verso 12), provoca que la tierra y los gobiernos tiemblen (verso 16), y aquellos tomados como prisioneros no tienen alivio (verso 17).

4. DESTINADO AL LAGO DE FUEGO: Satanás fue destinado al lago de fuego (Isaias 14:15).

5. AFECTÓ A OTROS ANGELES DE DIOS: Cuando Satanás cayó del cielo no cayó solo. Llevó consigo una porción de los ángeles del cielo que participaron en su rebelión contra Dios. Este grupo de ángeles es parte ahora de una fuerza del mal, los demonios, sobre los cuales estudiarás en el capítulo siguiente.

6. ENTRADA DEL PECADO EN EL UNIVERSO: Cuando Satanás se rebeló el pecado entró en el universo. Como resultado, había dos acciones que Dios podía haber tomado:

1. Podría haber vencido y eliminado a Satanás. Pero si Dios hubiera eliminado el primer enemigo de esta manera, podria haber habido siempre la posibilidad de otra rebelión. La historia del cielo podría haber sido enturbiada siempre con estos desastres.

2. La otra acción abierta para Dios era la que la Biblia indica que siguió. Las aspiraciones de Satanás al poder supremo tendrían su juicio completo sobre la tierra en el periodo de la eternidad que llamamos tiempo.

Cuando Dios creó al primer hombre y a la primera mujer, el juicio sobre la tierra comenzó. Puedes leer la historia de la tentación de Adán y Eva por Satanás y su caída en pecado en Génesis capítulo 3. Estudiarás más al respecto cuando analices las estrategias de Satanas después en este curso.

La batalla aún está en progreso sobre la tierra. Esto es sobre lo que se trata la guerra espiritual. Satanás está todavía buscando el poder, posición, adoración. Pero como aprenderás después en este curso, él es ya un enemigo derrotado. Jesús venció el poder de Satanás mediante su muerte y resurrección. El destino final de Satanás ya está revelado en la Biblia.

¿DÓNDE ESTÁ SATANÁS?

Satanás, en forma de espíritu, está presente en el mundo:

"Dijo Jehová a Satanás: -¿De dónde vienes? Respondiendo Satanás a Jehová, dijo: -De rodear la tierra y andar por ella" (Job 1:7).

"Sed sobrios y velad, porque vuestro adversario el diablo, como león rugiente, anda alrededor buscando a quien devorar" (1 Pedro 5:8).

Aunque Satanás está presente en el mundo, él no es omnipresente, lo que significa que no puede estar en todas partes del mundo al mismo tiempo como Dios puede hacerlo. Esta es la razón por la cual emplea una hueste de demonios para cumplir sus planes.

ACTIVIDADES DE SATANÁS

Satanas tiene acceso a la presencia de Dios y opera sobre la tierra, incluyendo el aire" o región por encima de la tierra:

"Un dia acudieron a presentarse delante de Jehová los hijos de Dios, y entre ellos vino también Satanás. Dijo Jehová a Satands: De dónde vienes? Respondiendo Satanás a Jehová, dijo: -De rodear la tierra y andar por ella" (Job 1:6-7).

"En los cuales anduvisteis en otro tiempo, siguiendo la corriente de este mundo, conforme al principe de la potestad del aire, el

espíritu que ahora opera en los hijos de desobediencia" (Efesios 2:2).

Podemos resumir las actividades de Satanás señalando que están siempre dirigidas en contra de Dios, Su plan y Su pueblo. Te atacará en las áreas de adoración a Dios, la Palabra de Dios, tu caminar cristiano, y tu trabajo para Dios. Más actividades específicas de Satanás serán abordadas en futuras lecciones.

LOS ATRIBUTOS DE SATANÁS

Como ya has aprendido, Satanás es un espíritu, pero también tiene atributos de una personalidad real. La Biblia enseña que el es:

INTELIGENTE Y PENETRANTE:

"Pero temo que, así como la serpiente con su astucia engano a Eva, vuestros sentidos sean también de alguna manera extraviados de la sincera fidelidad a Cristo" (2 Corintios 11:3).

EMOCIONAL:

"Entonces el dragón se llenó de ira (Apocalipsis 12:17). contra la mujer..."

CON VOLUNTAD PROPIA:

"Y escapen del lazo del diablo, en que están cautivos a voluntad de él" (2 Timoteo 2:26).

PODEROSO:

"... principe de la potestad del aire... "(Efesios 2:2).

<u>**ENGANOSO:**</u>

"Vestíos de toda la armadura de Dios, para que podáis estar firmes contra las asechanzas del diablo"(Efesios 6:11).

<u>**RUDO Y CRUEL:**</u>

"Sed sobrios y velad, porque vuestro adversario el diablo, como león rugiente, anda alrededor buscando a quien devorar" (1 Pedro 5:8).

<u>**MENTIROSO:**</u>

"Y esto no es sorprendente, porque el mismo Satanás se disfraza de ángel de luz" (2 Corintios 11:14).

<u>LOS NOMBRES DE SATANÁS</u>

La Biblia da muchos nombres para Satanás que revelan más sobre su naturaleza y actividades. Como aprendiste previamente, Satanás fue originalmente llamado "querubin ungido" y "Lucifer" antes de su rebelión. Otros nombres de Satanás son:

Abadon: (palabra hebrea para ángel de la destrucción) - Apocalipsis 9:11

Acusador de los hermanos: Apocalipsis 12:10
Adversario: 1 Pedro 5:8
Ángel del Abismo: Apocalipsis 9:11
Angel de luz: 2 Corintios 11:4
Apolión: (palabra griega para destructor) - Apocalipsis 9; 11

Belcebú: Mateo 12:24; Lucas 11:15; Marcos 3:22

Belial: 2 Corintios 6:15

Engañador: Apocalipsis 12:9; 20:3

Destructor: Apocalipsis 9:11; 1 Corintios 10:10

Diablo: (significa calumniador) - 1 Pedro 5:8; Mateo 4:1

Dragón: Apocalipsis 12:3

Enemigo: Mateo 13:39

Maligno: 1 Juan 5:19

Dios de este mundo: 2 Corintios 4:4

Rey de Tiro: Ezequiel 28:12-15

Mentiroso, padre de mentiras: Juan 8:44

Asesino: Juan 8:44

Principe de los demonios: Mateo 12:24

Principe de este mundo: Juan 12:31; 14:30; 16:11

Principe de la potestad del aire: Efesios 2:2

Satan: (significa adversario, opositor) - Juan 13:27

Serpiente: Apocalipsis 12:9; 2 Corintios 1:3

Tentador: Mateo 4:3; 1 Tesalonicenses 3:5

León rugiente: 1 Pedro 5:8

Gobernante de las tinieblas: Efesios 6:12

Espiritu que obra en los hijos de la desobediencia: Efesios 2:2

Puedes reconocer el poder de Satanás a partir de sus atributos y nombres. Debido a que es un engañoso y poderoso enemigo la Biblia advierte:

"Sed sobrios y velad, porque vuestro adversario el diablo, como león rugiente, anda alrededor buscando a quien devorar" (1 Pedro 5:8).

"Ni deis lugar al diablo" (Efesios 4:27).

A diferencia de Dios, Satanas no es omnisciente (conocedor de todas las cosas). Si Satanás pudiera ver el futuro nunca le habría permitido a Jesús morir en la cruz. Habría sabido que la muerte de Jesús derrotaria su poder y proveeria una via de escape del yugo del pecado para el género humano.

Satanás no es omnipotente todo poderoso). Jesús dijo que el poder de Dios dentro de ti es mayor que el poder de Satanás. Para aquellos que creen en Jesús, Satanás ya es un enemigo derrotado (Juan 12:31). El es fuerte solamente con aquellos que se rinden a él. Su poder está limitado por el poder de Dios (Job 1:10-12) y es sólo capaz de vencer a un creyente en la medida que se le cede control.

Puesto que Satanás no es omnipresente (presente en todas partes) despacha una hueste de demonios por toda la tierra para hacer su voluntad y cumplir sus propósitos. Aprenderás más sobre ellos en el siguiente capitulo.

INSPECCIÓN

1. Escribe el versículo llave de las Cláusulas de la Guerra.

____

____

2. ¿Cómo surgió Satanás?

____

____

3. ¿Cuál era su posición anterior?

____

____

4. ¿Qué causó la caída de Satanás?

____

____

5. ¿Cuáles fueron los resultados del pecado de Satanás?

____

____

6. ¿Cuál es la esfera de actividad de Satanás?

____

____

7. ¿Cuáles son las actividades generales de Satanás?

____

____

<u>**MANTO MANIOBRAS TÁCTICAS**</u>

1. Estudia el registro bíblico de las palabras de Satanás. Sus palabras sirven como una introducción adicional a sus estrategias: Génesis 3:1,4,5; Job 1:7-12; Job 2:16; Mateo 4:1-11; Lucas 4:1-13.

2. Satanás es un opuesto exacto al Espíritu Santo. El Espiritu fue enviado por Dios para acercar los hombres a El. Satanás está comprometido en alejar a los hombres de Dios.

<u>**Satanás**</u>

Espíritu de error
Mentiroso
Asesino
Malvado
Como serpiente
Adversario
Hace a los hombres callar
Calumniador
Hombre fuerte

<u>**Espíritu Santo**</u>

Espíritu de Verdad
Verdadero
Dador de vida
Santo
Como paloma
Ayudador
Concede expresión
Abogado
Más fuerte que Satanás

<u>**Referencias**</u>

1 Juan 4:6 Juan 14:17; 8:44 1 Corintios 15:4; Juan 8:44 Romanos 1:4; Mateo 6:13 Mateo 3:16; Apocalipsis 12:9 Romanos 8:26;

1 Pedro 5:8 Hechos
2:4;

Marcos 9:17

Juan 14:16; Job 1:9-
11 Lucas 11:21-2

3. Jesús dijo que Satanás...

Es un enemigo: Mateo 13:39
Es malvado: Mateo 13:38
Es el principe de este mundo: Juan 12:31; 14:30
Es un mentiroso y el padre de la mentira: Juan 8:44
Es un asesino: Juan 8:44
Cayó del cielo: Lucas 10:18
Tiene un reino: Mateo 12:26
Siembra cizaña entre el trigo: Mateo 13:38-39
Arrebata la Palabra de Dios de los oidores: Mateo 13:19: Marcos 4:15; Lucas 8:12
Ató a una mujer por 18 años: Lucas 13:16
Deseaba tener a Pedro: Lucas 22:31
Tiene ángeles: Mateo 25:41
Está preparado para el fuego eterno: Mateo 25:41

4. Al estudiar esta lección sobre Satanás, chas identificado áreas en las cuales el enemigo está activo en tu vida? Te ha enganado y mentido? ¿Se ha arrastrado subrepticiamente a tu vida para destruirte y robarte el gozo, la paz, o tu testimonio cristiano? Es importante determinar esto, porque las áreas en las cuales Satanás esta activo en tu vida son campos de batalla en los cuales aplicarás las estrategias que aprenderás en este curso.

5. Satanás es comparado a una vibora o serpiente en el mundo natural. Considera la aplicación espiritual de los principios naturales siguientes:

El **veneno** de las serpientes ponzoñosas cae dentro de tres categorias:

- Neurotóxico: que afecta los nervios.
- Hemotóxico: que afectan la sangre.
- Cardiotóxico: que afectan el corazón.

Satanás también afecta a tus nervios (coraje), tu corazón (ataca tu adoración y servicio a Dios), y trata de evitar la obra de la sangre de Jesús (salvación, liberación, sanidad) en tu vida.

Las serpientes se protegen a sí mismas mediante:

Disfraz: algunas serpientes son muy dificiles de ver porque lucen como el polvo o los árboles en los cuales se encuentran.

Imitación: algunas serpientes se protegen mediante la imitación. Un ejemplo de ello es la vibora de árbol africana que se congela" y coloca su cuello como una rama en un árbol.

Tamano aumentado: la vibora aspiradora se protege a sí misma inflándose para hacerse más grande tanto como sea posible.

Sonidos atemorizantes: algunas serpientes silban o cascabelean, produciendo sonidos que asustan. Tu enemigo espiritual viene disfrazado como un "ángel del luz" imita las cosas de Dios. También trata de asustarte pareciendo más grande y amenazador.

Las serpientes capturan su comida de cuatro diferentes maneras: -

- Golpe: un ataque rápido.
- Contracción: cuando la serpiente se envuelve alrededor del objetivo y lentamente exprime su vida.

- Arrojando peso sobre la presa para vencerla.
- Mordiendo y manteniendo al objetivo en sus colmillos mientras el veneno lo paraliza. Algunas veces los dientes de la serpiente se rompen en la batalla, pero las serpientes están constantemente desarrollando nuevos dientes. La parte más peligrosa de la serpiente es su boca. Posee suficiente veneno para paralizar y luego devorar a su presa.

¿Ves como estos métodos son paralelos a aquellos usados en los ataques de Satanás? A veces ataca con golpes rápidos y mortales. Otras veces oprime tu vida espiritual con las preocupaciones del mundo y enredos pecaminosos. Siempre está tratando de

"lanzarte sus cargas" para atemorizarte, y ama mantenerte bajo yugo mientras te paraliza con su veneno.

Las serpientes localizan su presa levantando polvo sobre su lengua la cual lleva Información al cerebro. Si permaneces tranquilo una serpiente no puede localizarte. Satanás te ve mejor cuando el polvo se revuelve y estas corriendo en confusión y temor. Cuando el polvo se asienta y te levantas contra el sin temor, justo como la serpiente, él no puede golpearte. Esta es la razón por la cual la Biblia dice "permaneced firmes "... "mantente de pie".

En una situación de pánico, una serpiente disparará todo su veneno a una vez quedando indefensa por un tiempo hasta producir más veneno. Es posible que esto sea lo que ocurrió en la tentación en el desierto cuando Jesús uso la Palabra de Dios contra los ataques de Satanás y lo llevó a "apartarse de él por un tiempo".

Aquí están algunas maneras de evitar la mordida de serpiente en el mundo natural. Téngase en cuenta que ellas también son aplicables al mundo espiritual:

a) Reconocer a las serpientes venenosas (conocer a tu enemigo).

b) Usar ropa protectora (tu armadura espiritual).

c) Evitar el territorio de serpientes (no ir a áreas de conocida tentación o de actividad satánica).

d) Tener un amigo contigo (esto ilustra la importancia de ser parte del cuerpo de Cristo).

e) Evitar caminar después del anochecer o en áreas oscuras. Las serpientes evitan la luz directa del sol (como creyentes ya no caminamos como hijos de oscuridad sino como hijos de luz).

f) No coloques tus manos o tus pies en lugares en los cuales no puedes ver (guarda tus sentidos humanos).

g) No te sientes sin mirar alrededor cuidadosamente (objetivos estáticos son más fáciles de herir que objetivos móviles).

h) No salgas de tu camino para matar a una serpiente. Miles de personas son mordidas cada ano porque tratan de matarlas sin conocimiento de sus hábitos o hábitats (hemos de resistir al enemigo cuando lo encontramos, no andar buscándolo).

i) Saber qué hacer en caso de mordida (guerra defensiva).

En caso de mordida, la primer cosa que se hace en el mundo natural es hacer un corte en forma de cruz (+) sobre cada marca de colmillo y luego succionar el veneno. Qué ilustración de la obra de la cruz de Jesucristo en libertarnos del "veneno" del pecado.

Tenemos autoridad sobre las serpientes. En Génesis 3, Dios pronunció una maldición sobre la serpiente (Satanás). Dijo que su cabeza seria herida por la simiente de la mujer (Jesús) y que el talón de la simiente (Jesús) sería herido por la serpiente.

La "herida" en el talón" de Jesús nos habla de la presión resultante de herir la cabeza de Satanás en la cruz del Calvario. Cuando Jesús hirió la cabeza de Satanás, fue como cercenar la cabeza de una serpiente venenosa en el mundo natural. La cabeza de una serpiente puede ser separada de su cuerpo, pero puede morder por horas después de ello. El corazón puede mantenerse latiendo por dos dias y el cuerpo de la serpiente puede continuar moviéndose.

<u>1 Timoteo</u>
1 Τιμόθεο
"Dios exhorta a sus ministros"

1 Timoteo en varias versiones:
1 2 3 4 5 6

Tiempo de Lectura: 0:15 / Contione: 6 capítulos, 113 versículos y 2.269 palabras.

Contenidos

1 Estructura de 1 Timoteo.
2 Autor y fecha
3 Contexto Histórico de 1 Timoteo
4 Los Falsos Maestros en 1 y 2 Timoteo
5 Retos de Interpretación
6 Temas históricos y teológicos
7 Vista Panorámica de 1 Timoteo
8 Conexiones
9 Carácter de Dios en 1 Timoteo
10 Principales Doctrinas de 1 Timoteo
11 Apuntes de 1 Timoteo

MÉTODO CRITICO

1) ¿QUIÉN ESCRIBIÓ EL LIBRO? El apóstol Pablo la escribió poco después de ser liberado de su encarcelamiento en Roma, probablemente alrededor de los años 63-65 d. C

2) ¿CUÁNDO FUE ESCRITO? 63-65 d.C.

3) ¿A QUIÉN FUE ESCRITO? Pablo le escribió a Timoteo, aconsejándole en cómo dirigir a la iglesia en Éfeso. Los falsos maestros amenazaban con socavar la obra alll, y Timoteo Timoteo, amigo querido de Pablo, se hallaba en una situación

dificil necesitando estimulo y consejo en cómo guiar a la.

4) ¿DE DONDE FUE ESCRITO? Laodicea que es metrópoli de Frigia Pacatiana

MÉTODO HISTÓRICO

1) ¿CUÁL ES EL TRASFONDO HISTÓRICO DEL LIBRO?

Timoteo en Éfeso, fue dejado por Pablo, para corregir errores de falsas doctrinas influenciadas por el gnosticismo del culto a la diosa diana que reinaba en Efesios, y estaba infiltrándose en la iglesia de Efeso. En Efeso la iglesia funcionaba en las casas, y se levantaron maestros contradiciendo los principios evangélicos, y hasta la humanidad de Jesús. Y este era el principal trabajo de Timoteo, un joven misionero entrenado y discipulado por Pablo. Lo que más se notaba era la supremacía de la mujer sobre la autoridad del hombre. Y cambiaron las enseñanzas para defender y apoyar esto de la mujer en autoridad sobre el hombre.

Primera de Timoteo fue escrita después que Pablo fue liberado de la prisión, probablemente alrededor del 64 d.C. La segunda de Timoteo, la última epistola escrita por Pablo, fue enviada desde la prisión de Roma, en donde Pablo estaba aguardando su ejecución. Timoteo, quien era de padre griego y de madre hebrea, se habla convertido bajo el ministerio de Pablo. Más tarde llegó a ser el pastor de la iglesia de Efeso. Pablo le escribe como un padre espiritual al joven pastor, instruyéndole en asuntos de doctrina y de conducta. Esta es una de las epistolas pastorales de Pablo, llamada así por haber sido dirigida a un individuo en lugar de una congregación

2) ¿SI ES UNA EPISTOLA CUANDO FUE FUNDADA LA IGLESIA? En el segundo viaje misionero de Pablo, cuando dejó a Priscila y Aquila

(Hechos 18:8). y llega también Apolos, y se reúne con ellos. Luego Pablo llega a Éfeso (Hechos 19). y aqui hizo su obra más grande. 54-57 d.c.

3) ¿DE QUIÉN ESTÁ COMPUESTA LA IGLESIA? De gentiles y judíos, contaminados con la doctrina falsa de Diana.

4) ¿CUÁLES SON SUS FUERZAS Y SUS DEBILIDADES? Fuerza, tenian buen fundamento, por Pablo, Aquila, Priscila y Apolos. Pablo hizo su más grande trabajo en Efeso/Debilidad, eran las falsas doctrinas y maestros, provenientes del culto a Diana; y la iglesia estaba contaminándose con su doctrina.

MÉTODO LITERARIO
1) ¿QUE GENERO DE LITERATURA ES EL LIBRO? Literatura Epistolatoria.

MÉTODO PANORÁMICO
1) ¿CUÁL ES LA IDEA PRINCIPAL DEL LIBRO? Animar a Timoteo, y alertarlo en contra de los falsos maestros y sus enseñanzas. Dándole también consejos prácticos para la organización de la iglesia, Pablo animandolo y expresando su amor.

2) ¿CUÁL FUE LA RAZÓN PRINCIPAL POR LA CUAL SE ESCRIBIÓ ESTE LIBRO? Parar la influencia de las enseñanzas del culto a Diana, que reinaba en Efesios. Y animar y alentar a Timoteo.

PALABRAS CLAVE EN 1 TIMOTEO (RV1960): enseñar, fe, doctrina, piedad, buenas obras.

TEMAS: Sana doctrina, obispos y diáconos, viudas.

RECIPIENTES: Timoteo, el compañero más joven de Pablo por muchos años, y la iglesia de Efeso (la bendición en 6:21 está en plural).

OCASIÓN: Pablo ha dejado a Timoteo a cargo de una situación muy difícil en la iglesia do Efeso, donde unos falsos maestros (probablemente ancianos locales) estan desviando a algunas iglesias que están en los hogares; ante esto, Pablo escribe a toda la iglesia por medio de Timoteo con el propósito de apoyar y fortalecer a Timoteo para detener a estos ancianos y a algunas viudas jóvenes que los han seguido.

ENFASIS: La verdad del Evangelio como la misericordia de Dios mostrada a las personas, las calificaciones de carácter de los dirigentes en la iglesia; las enseñanzas especulativas, el ascetismo y el amor a la controversia y al dinero descalifican a una persona para ser lider en la iglesia; Timoteo, por medio de aferrarse al evangelio, debe ejemplificar el carácter cristiano y el liderazgo genuino.

CARACTERÍSTICAS PARTICULARES: Primera de Timoteo es una carta personal y un manual de administración y disciplina para la iglesia.

CÓMO LEER 1 TIMOTEO: Mientras que la interpretación de un solista puede ser asombrosa, existe una riqueza única expresada en la sinfonia de varios artistas e instrumentos fluyendo en unidad bajo un director principal. Cada uno de nosotros tiene un instrumento que tocar. ¡Unidos en la iglesia creamos una increible expresión de quién es Dios cuando tocamos en armonia los unos con los otros! Lo que estás a punto de loer os parecido al manual de un director de orquesta. Este resume las pautas para el funcionamiento de la iglesia, ofreciendo ayuda práctica a los creyentes en sus relaciones entre ellos, con los líderes y el mundo a su alrededor. Pablo escribió a su amado amigo que lo había acompañado en muchas empresas misioneras. Sus instrucciones para la iglesia están intercaladas con directivas personales y palabras de animo para su protegido Timoteo. Esta combinación resulta en un fabuloso manual para discipulado corporativo y personal. Esta sabiduria práctica y esencial debe entenderse en el contexto de la situación concreta a la que Pablo se dirigió. Tal vez te preguntes repetidamente: «¿Qué cosas en

Efeso motivaron a Pablo a escribir esta carta?». Busca los principios básicos. Puede serte útil imaginar que estás escuchando una conversación a escondidas entre un experimentado ministro y su joven colega. Aunque los problemas especificos y las soluciones concretas nunca serán idénticos, los principios del evangelio nunca cambian.

<u>TÍTULO:</u> Esta es la primera de dos cartas inspiradas que Pablo le escribió a su amado hijo en la fe. Timoteo recibió su nombre, el cual quiere decir "uno que honra a Dios", de su madre (Eunice) y su abuela (Loila), judías devotas que se convirtieron en creyentes en el Señor Jesucristo (2Ti 1:5) y le enseñaron a Timoteo las Escrituras del AT desde su niñez (2Ti 3:15). SU adre era griego (Hch 16:1) y pudo haber muerto antes de que Timoteo conociera a Pablo. Timoteo era de Listra (Hch 16:1-3), una ciudad en la provincia romana de Galacia (parte de Turquía moderna). Pablo llevó a Timoteo a Cristo (1:2, 18; 1Co 4:17; 2Ti 1:2), sin duda alguna durante su ministerio en Listra en su primer viaje misionero (Hch 14:6-23). Cuando el volvió a visitar Listra en su segundo viaje misionero, Pablo escogió a Timoteo para que lo acompañara (Hch 16:13). Aunque Timoteo era muy joven (probablemente casi veinte años o a principios de sus años veinte, debido a que alrededor de quince años más tarde Pablo se refirió a él como a un joven, (4:12), el tenia una reputación piadosa (Hch 16:2). Timoteo iba a ser el discipulo, amigo y colaborador de Pablo por el resto de la vida del apóstol, ministrando con el en Berea (Hch 17:14). ATonas (Hch 17:15), Corinto (Hch 18:5; 2Co 1:19), y acompañándolo en su viaje a Jerusalén (Hch 20:4).

El estuvo con Pablo en su primer encarcelamiento romano y fue a Filipos (2:19-23) después de la liberación del apóstol. Además, Pablo frecuentemente menciona a Timoteo en sus epistolas (Ro 16:21: 2Co 1:1: Fil 1:1: Col 1:1; 1Ts 1:1; 2TS 1:1; Flm 1). Muchas veces Pablo envió a Timoteo a Iglesias como su representante (1Co 4:17; 16:10; Fil 2:19; 1Ts 3:2). y 1 Timoteo lo muestra en otra tarea, sirviendo como pastor de la iglesia en Efeso (1:3). De acuerdo a Hebreos 13:23, Timoteo fue encarcelado en algún lugar y liberado.

Estructura de 1 Timoteo

Titulo: "Animando a un Evangelista Joven"

Versículo Clave: 1:3 "Como te rogué que te quedases en Efeso, cuando fui a Macedonia, para que mandases a algunos que no enseñen diferente doctrina"

1:1 Pablo a Timoteo	PABLO A TIMOTEO	PIEDAD EN LA IGLESIA
1:3 Te rogué que te quedases en Eloso		
1:8 La ley es buena		
1:12 Me tuvo por fiel		
1:18 Este mandamiento te encargo 20		
2:1 Exhorto ante todo	MUJERES Y LÍDERES	
2:8 Quiero pues		
3:1 Si alguno anhela obispado		
3:8 Los Diáconos		
3:14 Iré pronto a verte		
4:1 En los postreros tiempos	SÉ EJEMPLO	PIEDAD EN TU VIDA
4:6 Buen ministro		

4:11 Ninguno tenga en poco tu juventud 16		
5:1 No reprendas al anciano	RELACIONES	
5:3 Honra a las viudas		
5:9 Viuda no menor		
5:17 Los ancianos		
5:23 Ya no bebas agua		
5:24 Lo pecados de algunos		
6:1 Yugo de la osclavitud	LA SANA DOCTRINA	
6:3 Si alguno enseña otra cosa		
6:11 Mas tú huye		
6:17 A los ricos		
6:20 Oh Timoteo 21		

Autor y fecha

Muchos críticos modernistas se deleitan en atacar las afirmaciones claras de las Escrituras y, sin ninguna bueno razón, niegan que Pablo escribió las epístolas pastorales (1, 2 Ti., Tit.). Ignorando el testimonio de las cartas mismas (1:1; 2 Ti 1:1; Tito 1:1) y el de la iglesia primitiva (el cual es tan fuerte para las epistolas pastorales como para cualquier otra de las epistolas de Pablo, a excepción de Ro. y 1 Co.), estos críticos mantienen que en el segundo siglo, un seguidor devoto de Pablo escribió las epistolas pastorales. Como prueba, ofrece cinco líneas de supuesta evidencia:

1. Las referencias históricas en las epistolas pastorales no pueden ser armonizadas con la cronologia de la vida de Pablo en Hechos.
2 La falsa enseñanza descrita en las epístolas es el gnosticismo plenamente desarrollado del siglo segundo.
3. La estructura organizacional de la iglesia en las epístolas pastorales es la del segundo siglo, y está demasiado desarrollada para el día de Pablo.
4. Las epistolas pastorales no contienen los grandes temas de la teología de Pablo.
5. El vocabulario griego de las epistolas pastorales contiene muchas palabras que no se encuentran en las otras cartas de Pablo, ni en el resto del NT.

Mientras que no es necesario dignificar tales ataques sin validez, algunas por parte de incrédulos con una respuesta, ocasionalmente tal respuesta ilumina. Por esta razón, en respuesta a los argumentos de los críticos, puede señalarse que:

1. Esta contención de incompatibilidad histórica es válida únicamente si Pablo nunca fue liberado del encarcelamiento romano mencionado en Hechos. Pero fue liberado, debido a que Hechos no registra la ejecución de Pablo y Pablo mismo esperaba ser liberado (Fil 1:19, 25, 26; 2:24; Film 22). Los acontecimientos históricos en las epistolas pastorales no encajan en la cronologia de Hechos porque sucedieron después del cierre de la narración de Hechos la cual termina con el primer encarcelamiento de Pablo en Roma.

2. Mientras que hay semejanzas entre la herejía de las epistolas pastorales y el gnosticismo del segundo siglo (vea la introducción a Colosenses: Contexto Histórico), también hay diferencias importantes. A diferencia del gnosticismo del siglo segundo, los falsos maestros de las

epistolas pastorales aún estaban dentro de la iglesia (1:3-7) y su enseñanza estaba basada en legalismo judaico (1:7; Tito 1:10, 14; 3:9).

3. La estructura organizacional de la iglesia mencionada en las epistolas pastorales es, de hecho, consecuente con la que Pablo estableció (Hch 14:23; Fil 1:1).

4. Las epístolas pastorales mencionan los temas centrales de la teologia de Pablo, incluyendo la inspiración de las Escrituras (2Ti 3:15-17); elección (2Ti 1:9; Tito 1:1, 2); salvación (Tit 3:5-7): la deidad de Cristo (Tit 2:13); Su obra como mediador (2:5; y expiación sustituta (2:6).

5. Los temas a tratar en las epistolas pastorales requirieron un vocabulario diferente del que Pablo uso en otras epistolas. Ciertamente un pastor hay día usarla un vocabulario diferente en una carta personal a un colega pastor, en comparación al que usarla en una obra de teologia sistemática.

La idea de que un "impostor plo escribio las epistolas pastorales enfrenta diferentes dificultades:

1. La Iglesia primitivo no aprobaba tales prácticas y seguramente habria expuesto esto como una artimaña, si de hechos hubiera habido una (2Ts 2:1, 2; 3:17).
2 ¿Por qué falsificar tres cartas que incluyen un material similar y no doctrina desviada?
3. Si fuera una falsificación. ¿por qué no inventar un itinerario para Pablo que hubiera armonizado con Hochos?
4. ¿Habria colocado un seguidor devoto de Pablo, que vivió más tarde, las palabras de 1:13, 15 en la boca de su maestro?
5. ¿Por qué incluiría advertencias en contra de los engañadores (2Ti 3:13; Tit 1:10), si él mismo era uno?

La evidencia parece ser clara de que Pablo escribió 1 Timoteo y Tito poco después de su liberación de su primer encarcelamiento romano (62-64 d.C). y 2 Timoteo desde la prisión durante su segundo encarcelamiento romano (66-67 d.c.), poco antes de su muerte.

Contexto Histórico de 1 Timoteo

Después de haber sido liberado de su primer encarcelamiento romano (Hch 28:30), Pablo visitó de nuevo varias de las ciudades en las que él había ministrado, incluyendo Éfeso. Dejando a Timoteo ahi para enfrentar problemas que habían surgido en la iglesia en asia, tales como falsa doctrina (1:3-7; 4:1-3; 6:3-5), desorden en la adoración (2:1-15), la necesidad de lideres calificados (3:1-14). materialismo (6:6-19). Pablo prosiguió a Macedonia desde donde le escribió a Timoteo esta carta para ayudarlo a llevar a cabo su tarea en la iglesia (3:14, 15).

Los Falsos Maestros en 1 y 2 Timoteo 1.

1. Sus características:
Mentirosos, hipócritas, tienen cauterizada la conciencia, envanecidos, nada saben, corruptos de entendimiento, privados de la verdad, siempre están aprendiendo y nunca pueden llegar al conocimiento de la verdad, resisten a la verdad, reprobos en cuanto a la fe, malos hombres, engañadores, engañados

2. Su concepto de dinero:
Toman la piedad como fuente de ganancia, quieren enriquecerse, caen en muchas codicias necias y dañosas, aman y codician el dinero

3. Sus palabras:
Vana palabraria, no entienden ni lo que hablan ni lo que afirman, profanas pláticas sobre cosas vanas, argumentos de la falsamente llamada ciencia, contienden sobre palabras, profanas y vanas

palabrerías, cuestiones necias e insensatas, su palabra curcome como gangrena

4. Sus enseñanzas:

Diferente doctrina, fábulas y genealogias interminables, se creen doctores de la ley pero no la usan legitimamente, prohiben casarse, mandan abstenerse de alimentos, fábulas profonas y de viojas. no conforman a sanas palabras y doctrina piadosa, dicen que la resurrección ya se efectuó

5. La fuente de falsas enseñanzas:

Espiritus engañadores, doctrinas de demonios, están en el lazo del diablo, están cautivos a voluntad del diablo

6. La manera en que llegaron a ser falsos maestros:

Desecharon la fe y buena conciencia, naufragaron en cuanto a la fe, escucharon a demonios y sus engaños, se desviaron de la fe y la verdad

7. La manera en que afectan a otros:

Acarrean disputas, causan envidias, pleitos, blasfemias, malas sospechas, trastornan la fe de algunos, engendran contiendas, se meten en las casas y llevan cautivas a las mujercillas

8. El remedio para combatiries:

Mandando que no enseien diferente doctrina, militando la buena milicia, entregando a falsos maestros a Satanás, obispos y diáconos piadosos, desechando fábulas, siendo un buen ejemplo, exhortando, recordando, predicando, reprendiendo, peleando la buena batalla de la fe, encargando la sana doctrina a hombres fieles e idóneos para que enseñen a otros, evitando profanas y vanas palabrerias y cuestiones necias e insensatas, corrigiendo con mansedumbre, usando la Escritura para enseñar, redarguir, corregir e instruir

<u>**Retos de Interpretación**</u>

- Hay desacuerdos de la identidad de los falsos maestros (1:3) y las genealogias (1:4) involucradas en su enseñanza.
- Lo que quiere decir ser "entregado a Satanás" (1:20) también ha sido una fuente de debate. .
- La carta contiene pasajes clave en el debate de la extensión de la expiación (2:4-6; 4:10)
- La enseñanza de Pablo del papel de las mujeres (2:9-15) ha generado mucha discusión, particularmente de su declaración de que no deben de asumir papeles de liderazgo en la iglesia (2:11, 12).
- Como las mujeres pueden salvarse criando hijos (2:15) también ha confundido a muchos.
- El hechos de que si el requisito de ser el "marido de una sola mujer excluye a hombres divorciados o no casados de ser ancianos, ha sido disputado, como si Pablo se refiere a esposas de diáconos o a diaconisas (3:11)
- Aquellos que creen que los cristianos pueden perder su salvación citan ol 4:1 como apoyo para su posición.
- Hay una pregunta acerca de la identidad de las viudas en el 5:3-16 son mujeres necesitada a quienes la Ialesia les ministra, o un orden de mujeres ancianas ministrando a la iglesia?
- ¿El doble honor que se les debe dar a los ancianos que gobleman bien (5:17, 18) se refiere a respeto o a dinero?

<u>**Temas históricos y teológicos**</u>

Primera de Timoteo es una carta práctica que contiene instrucciones pastorales de Pablo a Timoteo (3:14, 15). Debido que Timoteo estaba bien versado en la teologia de Pablo, el apóstol no tenía necesidad de darle instrucción doctrinal extensiva. No obstante, esta epístola expresa muchas verdades teológicas importantes, tales como:

1. La función apropiada de la ley (1:5-11)
2. La salvación (1:14-16; 2:4-6)
3. Los atributos de Dios (1:17)
4. La caída (2:13, 14)
5. La persona de Cristo (3:16;
6:15, 16) 6. Elección (6:12)
7. La Segunda venida de Cristo (6:14, 15)

Vista Panorámica de 1 Timoteo

Cuatro de las cartas de Pablo fueron escritas a personas 1 y 2 Timoteo, Tito y Filemón. El destinatario de esta carta es mencionado por nombre en tres de las cuatro cartas. ¿Quién es este hombre que figuró tan prominentemente en la vida y ministerio del apóstol Pablo? Timoteo vivia en Listra (Hch 16:1), pueblo en la pequeña provincia romana de Licaonia, ahora parte de Turquía. Su madre Eunice era judia (Hch 16:1). devotamente religiosa que había llegado a ser seguidora de Jesucristo (2 TI 1:5). Su abuela Loida también era creyente (2 Ti 1:5). Su padre era griego, pero no hay mención de su conversión al cristianismo (Hch 16:1, 3). Durante su niñez, a Timoteo le habían enseñado el Antiguo Testamento (2 Ti 3:15), y puede haber venido a la fe salvadora en Cristo por el ministerio de Pablo en Listra (1:2, 18; 2 TI 1:2; 1 Co 4:17) durante su primer viaje misionero (Hch 14:6-7).

En el segundo viaje (Hch 16:3) Pablo llevó consigo a Timoteo a causa de su buena reputación (Hch 16:2). Timoteo fue ordenado como evangelista (4:14: 2 TI 16: 4:5) ministro en varios lugares, incluyendo Filipos, Berea, Atenas, Tesalonica, Corinto y Efeso. El estaba a cargo de la obra en Efeso cuando Pablo le escribió esta carta (1:1-3) cerca del año 64 d.c. En ese tiempo Timoteo todavía era joven (4:12) y algo frágil de salud (5:23).

Ciertos aspectos del ministerio le eran molestos, como el tratar con firmeza a la oposición (4:14-15).

No se menciona la ubicación de Pablo cuando escribió esta carta. El había sido libertado del encarcelamiento romano, enjuiciado y absuelto de los cargos en su contra (Hch 25:14-27: 26,30 32). Antes de salir de Efeso, el advirtió a los ancianos de problemas potenciales entre ellos mismos (Hch 20:30, 5:15). Himeneo, Alejandro y Fileto resultaron ser maestros falsos (1:19-20; 2 Ti 2:17; 4:14-15). Aloir el apóstol de estos problemas, planeó volver a visitar la iglesia y escribió estas instrucciones a Timoteo, antes de ir allá (3:14: 4:13).

La primera carta a Timoteo es una guía valiosa para cada lider de iglesia, ya que expone los principios por los cuales el grupo local de creyentes debe conducir ol ministerio. Después de los saludos iniciales, Pablo dedica el primer capitulo a la enseñanza acerca de la iglesia. El describe la buena instrucción (1:3-7) y revisa el propósito de la ley, la cual Timoteo había conocido desde la niñez (1:8-11). Por medio do su testimonio personal, Pablo exalta el poder de la gracia salvadora (1:12-17) y enseña a Timoteo cómo combatir errores doctrinales (1:18-20).

La administración de la iglesia se discute en los capítulos 2 y 3, tanto la calidad de la adoración (cap. 2) como el liderato (cap. 3). La oración debe tener prioridad en la adoración pública (2:1-7), y el papel del hombre y de la mujer son descritos (2:8-15). Los requisitos para el servicio, tanto de los obispos (3:1-7) como de los diáconos (3:816) son enumerados. La protección de la iglesia es el tema del capitulo 4. Pablo traza la apostasía predicha (4:1-5) y define la mejor defensa contra ella: una vida piadosa y santa (4:6-10) y la perseverancia fiel en el ministerio (4:11-16). Los capítulos 5 y 6 tratan de las responsabilidades de la iglesia tanto en el bienestar de la gente (cap. 5) como en la advertencia sobre los peligros (cap. 6). Pablo insta por un honor apropiado para las personas de cualquier edad o sexo (5:1-2); las viudas (5:3–16) y los líderes (5:17-25).

Los peligros que se deben evitar incluyen la falta de respeto en el lugar de trabajo (6:1-2), indiferencia a la verdad (6:3-8), imprudente exhibicionismo de las riquezas (6:9-10, 17-19) y la desobediencia que conduce a compromisos (6:11-16).

En los saludos finales, Pablo otra vez alude a la gracia. El desea que todo lider de la iglesia sepa que la gracia abundante de Dios es el fundamento para la organización y el ministerio de las iglesias locales para la gloria de Cristo (1:14). Es un principio que se ha probado y ha demostrado ser válido por dos mil anos. Hernández, E. A., & Lockman Foundation (La Habra, C. (2003). Biblia de estudio: LBLA. (1 TI). La Habra, CA: Editorial Fundación, Casa Editorial para La Fundacion Biblica Lockman.

Conexiones

Existe una relación interesante entre el libro de 1 Timoteo y el Antiguo Testamento, y es la cita de Pablo sobre las bases para considerar a los ancianos de la iglesia como dignos de "doble honor y merecedores de respeto en el caso en que fueran acusados de mala conducta (1 Timoteo 5:17-19). Deuteronomio 24:15 y Levitico 19:13 hablan de la necesidad de pagar al trabajador lo que se ha ganado y de hacerlo puntualmente. Parte de la Ley Mosaica demandaba que dos o tres testigos eran necesarios para levantar una acusación contra un hombre (Deuteronomio 19:15). Los judíos cristianos en las iglesias que Timoteo pastoreaba, debían estar bien conscientes de estas referencias al Antiguo Testamento.

Carácter de Dios en 1 Timoteo

1. Dios es eterno: 1.17
2. Dios es inmortal: 1.17; 6.16
3. Dios es invisible: 1.17
4. Dios es paciente: 1.16

5. Dios es misericordioso: 1.2, 13

6. Dios cumple sus promesas: 4.8

7. Dios es uno: 2.5

8. Dios es sabio: 1.17

Cristo en 1 Timoteo

La primera carta de Pablo a Timoteo describe a la persona de Cristo como «manifestado en carne, justificado en el Espíritu, visto de los angeles, predicado a los gentiles, creído en el mundo, recibido arriba en gloria» (3.16). Pablo también habla de las acciones de Cristo como rescate y Salvador de la humanidad (2.6: 4.10). Pablo le recuerda a Timoteo que ha de mantener la fe en Cristo (1.14) y pelear «la buena batalla de la fe» (6.12)

Principales Doctrinas de 1 Timoteo 1

1. **Salvación**: solo a través de Jesucristo (1.14-16; 2.4-6; Gn 3.15; Sal 3.8; 37.39; Is 45.21, 22; 49.6: 59.16; 63.9; Lc 1.69; Jn 1.1-18; 6.35, 48; 8.12; 10.7, 9; 10.11-14; 11.25; 14.6; 17.3; Hch 4.12; 16.31; Ro 5.8; 10.9; Ef 2.8; 5.23; 2 Ti 1.10; He 2.10; 5.9; 1 P 1.5; 1 Jn 1.1-4).

2. **La caida**: el pecado entró en toda la humanidad por la desobediencia de los dos primeros seres humanos (2.13, 14; Gn 3.6. 11. 12: 6,5; Job 15.14; 25.4: Sal 51.5; Is 48.8; Jer 16.12; Mt 15.19; Ro 5.12, 15, 19; 2 Co 11.3). La persona de Cristo: Cristo es plenamente Dios y plenamente hombre (3.16; 6.15, 16; Is 7.14; Mt 4.11; Jn 1.14; Ro 1.3, 4; Hch 1,9; 1 Jn 4.2, 3; 5.6).

3. **La elección**: antes del inicio de los tiempos Dios conocía ya la vida y el futuro de sus hijos (6.12; Dt 7.6; Mt 20.16; Jn 6.44; 13.18; 15.16; Hch 22.14; Ef 1.4; 1 Ts 1.4; Tit 1.1).

4. **La segunda venida de Cristo**: el regreso de Cristo marcará el juicio para toda la humanidad (6.14, 15, Sal 50.3, 4; Dn 7.13; Mt 24.36: 25.31; Mr 13.32; Jn 14.3; 1 Co 1.8; 1 Ts 1.10; 2.19; 3.13; 4.16; 5.23; Têt 2.13; 2P 3.12; Jud 1.14; Ap 1.7).

Pregunta: "¿Qué puedo hacer cuando estoy bajo un ataque espiritual?"

Respuesta: Lo primero que se hace cuando creemos que podemos estar bajo un ataque espiritual, es determinar lo mejor que podamos, si lo que estamos viviendo es realmente un ataque espiritual de fuerzas demoníacas, o simplemente los efectos de vivir en un mundo maldecido por el pecado. Algunas personas atribuyen cada pecado, cada conflicto y cada problema, a los demonios que creen que hay que echar fuera. El apóstol Pablo instruye a los cristianos a librar una guerra contra el pecado en si mismos (Romanos 6) y librar la guerra contra el maligno (Efesios 6:10-18). Pero ya sea que estemos realmente bajo un ataque espiritual de fuerzas demoniacas, o simplemente luchando contra el mal en nosotros mismos y que habita en el mundo, cl plan de batalla es el mismo.

La clave para el plan de batalla se encuentra en Efesios 6:10-18. Pablo comienza diciendo que debemos ser fortalecidos en el señor y en el poder de su fuerza, no en nuestro propio poder, que no es rival para el diablo y sus fuerzas. Después, Pablo nos exhorta a que nos coloquemos la armadura de Dios, que es la única manera de tomar una postura contra los ataques espirituales. En nuestra propia fuerza y poder, no tenemos ninguna posibilidad de derrotar a las fuerzas espirituales del maldad en las regiones celestes" (v. 12). Sólo la "armadura completa de Dios nos equipara para resistir un ataque espiritual. Sólo podemos ser fuertes en el poder del señor: es la armadura de Dios que nos protege, y nuestra lucha es contra las fuerzas espirituales de maldad en el mundo.

Efesios 6:13-18 da una descripción de la armadura espiritual que Dios nos da, y la buena nueva es que estas cosas están fácilmente disponibles para todos los que pertenecen a Cristo. Debemos estar firmes con el cinturón de la verdad, aseguramos la coraza de la justicia, calzar nuestros pies con el evangelio de la paz, sostener el escudo de la fe, colocarnos el yelmo de la salvación, y blandir la espada del Espíritu, que es la palabra de Dios, También se nos dice que "oremos en todo tiempo en el espíritu con toda oración y súplica...." (Efesios 6:18). ¿Qué representan todas estas partes de la armadura espiritual en la guerra espiritual? Vamos a hablar la verdad contra las mentiras de Satanás. Vamos a descansar en el hecho de que somos declarados justos por causa del sacrificio que Cristo hizo por nosotros. Vamos a proclamar el evangelio, no importa cuánta resistencia recibamos. No debemos vacilar en nuestra fe, no importa cuán feroz sea el ataque que recibamos. Nuestra última defensa es la seguridad que tenemos de nuestra salvación, una seguridad que ninguna fuerza espiritual puede arrebatar. Nuestra arma ofensiva es la palabra de Dios, no nuestras propias opiniones y sentimientos. Por último, vamos a seguir el ejemplo de Jesus en reconocer que algunas victorias espirituales sólo son posibles a través de la oración.

Jesús es nuestro mejor ejemplo cuando se trata de repeler ataques espirituales. Observe cómo Jesús manejó los ataques directos de Satanás cuando fue tentado por él en el desierto (Mateo 4:1-11). Cada tentación tuvo una respuesta igual, con las palabras "escrito está" y una versiculo de las escrituras. Jesús sabia que la palabra del Dios viviente es el arma más poderosa contra las tentaciones del diablo. Si Jesús mismo usó la palabra para contrarrestar al diablo, nos atrevemos a usar algo menos que eso?

El mayor ejemplo de cómo no participar en la guerra espiritual, son los siete hijos de Esceva, un sacerdote judío. que iban de un lado para el otro echando fuera espiritus malos intentando invocar el nombre del seilor Jesús sobre los que estaban poseidos por el demonio. Un dia el espíritu maligno les respondió, "Pero respondiendo el espiritu malo, dijo: A Jesús conozco, y sé quién es Pablo; pero vosotros, quiénes sois? Y el hombre en quien estaba e espiritu malo, saltando sobre ellos y dominándolos, pudo más que ellos, de tal manera que huyero de aquella casa desnudos y heridos" (Hechos 19:15-16). Los siete hijos de Esceva estaban usando el nombre de Jesús, pero por causa de que no tenia una relación con Jesús, sus palabras crannulas de cualquier poder o autoridad. No se estaban apoyando en Jesús como su setor y salvador, y no estaban empleando la palabra de Dios en su guma espiritual. Como resultado, ellos recibieron una humillante palia. Que podemos aprender de su mal ejemplo y que realicemos la guerra espiritual como la biblia lo indica.

ENTRENAMIENTO BÁSICO

PREPARÁNDONOS PARA LA GUERRA

En el mundo natural ningún soldado es enviado a la batalla sin recibir primero entrenamiento básico. Este entrenamiento lo prepara para entrar en la zona de batalla.

Jesús separó la cabeza de la "serpiente" en el Calvario, pero la serpiente todavía tiene vida. Está todavía activo en el mundo hoy y todavia tiene poder. Pero Satanás no tiene autoridad. La única autoridad que tiene en tu vida es la que tu le das y el poder y la autoridad dentro de ti (Jesús) es mayor que su poder.

CAPÍTULO SEIS

LAS FUERZAS ESPIRITUALES DEL MAL: LOS DEMONIOS

<u>**OBJETIVOS:**</u>

- Al concluir este capitulo serás capaz de:
- Escribir el versiculo llave de memoria
- Señalar el origen de los demonios.
- Explicar su posición original
- Identificar su esfera de actividad. •
- Identificar los atributos de los demonios.
- Explicar cómo las fuerzas de los demonios están organizadas.
- Resumir las actividades de los demonios.

<u>**VERSICULO LLAVE DE LAS CLÁUSULAS DE LA GUERRA:**</u>

"Pero el Espiritu dice claramente que, en los últimos tiempos, algunos apostatarán de la fe, escuchando a espiritus enganadores y a doctrinas de demonios" (1 Timoteo 4:1).

<u>INTRODUCCIÓN</u>

En los capitulos previos aprendiste sobre Satanás. En este capitulo aprenderás sobre las tropas", conocidas como demonios, que están bajo el comando de Satanás. Algunos ignoran el asunto de los demonios completamente. Otros tienen un interés compulsivo en ellos. Tú no debes minimizar el poder de los espiritus demoníacos en el mundo de hoy, pero tampoco debes estar tan preocupado con ellos que veas demonios en todas las cosas que suceden y en todos alrededor. Debes tener un simple, literal y biblico acercamiento al tema de los demonios. No estudies libros seculares sobre tales poderes del mal. Tus únicas fuentes de estudio en estas áreas deben ser la Palabra de Dios o buena literatura cristiana.

<u>**EL ORIGEN DE LOS DEMONIOS**</u>

Dios originalmente creó a todos los ángeles, algunos de los cuales después se volverían demonios:

> *"Todas las cosas por medio de él fueron hechas, y sin él nada de lo que ha sido hecho fue hecho" (Juan 1:3).*

> *"Porque en el fueron creadas todas las cosas, las que hay en los cielos y las que hay en la tierra, visibles e invisibles; sean trones sean dominios, sean principados, sean potestades; todo fue creado por medio de él y para él" (Colosenses 1:16).*

<u>**SU POSICIÓN ORIGINAL Y CADA**</u>

Los demonios eran originalmente como los otros ángeles de Dios con la misma posición y atributos al igual que los buenos angeles descritos en el capitulo cuatro de este curso. Cuando Satanás se rebelo contra Dios, una porción de los angeles participó en su rebelión Dios los expulso del cielo junto con Satanás. Ellos no fueron más seres espirituales del bien (ángeles). Se volvieron seres espirituales del mal (demonios):

> *"Entonces hubo una guerra en el cielo: Miguel y sus ángeles luchaban contra el dragón. Luchaban el dragón y sus ángeles, pero no prevalecieron ni se halló ya lugar para ellos en el cielo. Y fue lanzado fuera el gran dragón, la serpiente antigua, que se llama Diablo y Satanás, el cual engaña al mundo entero. Fue arrojado a la tierra y sus ángeles fueron arrojados con él" (Apocalipsis 12:7-9).*

Si los demonios no son angeles "caidos", entonces no tenemos otra explicación biblica para su existencia. Satanás no puede crear sus propias fuerzas, porque todas las cosas fueron creadas por Dios. Existen dos grupos de estos angeles caídos. Un grupo esta activamente opuesto a Dios y Su pueblo sobre la tierra. Otro está confinado en cadenas:

"Dios no perdonó a los angeles que pecaron, sino que los arrojo al infierno y los entregó a prisiones de oscuridad, donde están reservados para el juicio" (2 Pedro 2:4).

"Y a los angeles que no guardaron su dignidad, sino que abandonaron su propio hogar, los ha guardado bajo oscuridad, en prisiones eternas, para el juicio del gran dia" (Judas 6).

Existen demonios confinados y demonios activos. El líder de ambos grupos es Satanas, quien es llamado el Principe de los demonios (Mateo 12:24). El infierno está preparado para el Diablo y sus ángeles. Será su destino final:

"Entonces dirá (Jesus) también a los de la izquierda: Apartaos de ml, malditos, al fuego eterno preparado para el diablo y sus ángeles" (Mateo 25:41).

Cuando Jesús confronto a dos hombres poseídos por demonios, su respuesta fue:

"Y clamaron diciendo: -¿Qué tienes con nosotros, Jesús, Hijo de Dios? ¿Has venido acá para atormentarnos antes de tiempo?"(Mateo 8:29).

Los demonios en los hombres poseldos conocían que su destino final era un lugar de tormento eterno. Desde que el infierno es un lugar de tormento y fue preparado para Satanás y sus ángeles, luego, los demonios deben ser los angeles caidos.

SU ESFERA DE ACTIVIDAD

A través de toda la Biblia, los demonios son mostrados activos sobre la tierra. Desde que Satanás no es omnipresente presente en todas partes), el usa los demonios para hacer su voluntad y cumplir sus propósitos en todo el mundo. Ellos constituyen los "poderes del aire"

(Efesios 2:2) y los "poderes de la oscuridad" (Colosenses 1:13) Y están todos bajo el control de Satanás.

LOS ATRIBUTOS DE LOS DEMONIOS

En su condición original libre de pecado, los demonios tenian los mismo atributos que los ángeles del bien previamente estudiados. En su estado de maldad presente los demonios:

Son espiritus: Mateo 8:16; Lucas 10:17, 20
Pueden aparecer visiblemente: Génesis 3:1; Zacarías 3:1; Mateo 4:9-10
Pueden hablar: Marcos 5:9, 12; Lucas 8:28; Mateo 8:31
Creen: Santiago 2:19
Ejercitan su voluntad: Lucas 11:24; 8:32
Demuestran inteligencia: Marcos 1:24
Tienen emociones: Lucas 8:28; Santiago 2:19
Reconocen: Hechos 19:15
Tienen fuerza supernatural: Hechos 19:16; Marcos 5:3
Tienen presencia sobrenatural: Daniel 9:21-23
Son eternos: Mateo 25:41
Tienen su propia doctrina: 1 Timoteo 4:1-3
Son malignos: Mateo 10:1, Marcos 1:27; 3:11

LOS NOMBRES DE LOS DEMONIOS

Los demonios son llamados espíritus del mal seis veces y espíritus inmundos 23 veces en el Nuevo Testamento. Son también llamados demonios (Marcos 1:32), y ángeles del diablo (Mateo 25:41).

LA ORGANIZACIÓN DE LAS FUERZAS DEMONÍACAS

Repasemos cómo Dios organizó sus fuerzas angélicas...

> *"Porque en el fueron creadas todas las cosas, las que hay en los cielos y las que hay en la tierra, visibles e invisibles; sean tronos, sean dominios, sean principados, sean potestades; todo fue creado por medio de él y para él"(Colosenses 1:16).*

Satanás es un imitador, no un originador. El ha organizado sus demonios en una estructura similar a la de las fuerzas de Dios:

> *"Porque no tenemos lucha contra sangre y carne, sino contra principados, contra potestades, contra los gobernadores de las tinieblas de este mundo, contra huestes espirituales de maldad en las regiones celestes" (Efesios 6:12).*

Satanas ha organizado sus fuerzas en:

Principados: Satanas aparentemente dividió el mundo en principados. Un principado es el territorio de la jurisdicción de un principe Satanas ha colocado un principe sobre cada principado. El principe de Persia es mencionado en Daniel capitulo 10. Esta es la manera en que Satandis opera en el plano nacional influenciando goblemos y naciones

Potestades y gobernadores de las tinieblas de este mundo: estas dos categorias de demonios están en operación en el sistema social, politico, y cultural del mundo. Aprenderos sobre cómo tratar con estos y los espiritus sobre principados cuando estudies las estrategias espirituales para vencer el mundo en el capitulo catorce

Huestes espirituales de maldad en las regiones celestes: los lugares altos en el Antiguo Testamento eran donde se llevaba a cabo la adoración. Al as como Satanás opera en las estructuras religiosas del mundo. Aprenderás más sobre esto en el capitulo veinte al estudiar sobre las huestes espirituales en las regiones celestes

Estos grupos organizados varian en tamaño. Por ejemplo, Maria Magdalena tenia siete espiritus en su estado anterior a la beración. Lucas 8:30 nos habla de una "legion" de demonios. Una legión en el ejército romano que dominaba el mundo en el tiempo de Jesus se referia a 6.100 soldades de a pie y 725 hombres de a caballo

Estas fuerzas organizadas de demonios...

Están unidas

En el caso del hombre poseido por demonios registrado en Lucas 8:30 los demonios estaban unidos en cuanto a su propósito, que en este caso, era la posesión del hombre. Lo mismo es cierto en Mateo 12:45 y en el caso de Maria Magdalena que tenia siete demonios (Lucas 16:9). Jesús habló de la unidad de los poderes demoniacos cuando dijo:

> *Si Satanás echa fuera a Satands, contra sí mismo está dividicome, pues, permanecer su reino?" (Mateo 12:26).*

Tienen diferentes grados de maldad:

Esto es ilustrado por el demonio que dijo que regresaria con otros espiritus malignos:

> *"Cuando el espiritu impuro sale del hombre, anda por lugares secos buscando repone, pero no lo halla. Entonces dice: "Volveré a mi casa, de donde sall". Cuando llega, la halla desocupada, barrida y adornada. Entonces va y toma consigo otros siete espiritus PEORES QUE ÉLy entran y habitan alll; y el estado final de aquel hombre viene a ser peor que el primero. Así también acontecerá a esta mala generación"* (Mateo 12:43-45).

Pueden cambiar de funciones

El demonio en 1 Reyes 22:21-23 declaró que seria un espiritu de mentira. Este indica que el no lo era previamente porque dijo "sere....

Son de diferentes tipos:

La Biblia enseña que el hombre tiene un cuerpo, alma y espiritu. Existen tres clases principales de espiritus que atacan el cuerpo, el alma y el espiritu del hombre:

1. <u>Espíritus malignos o inmundos</u>: son responsables por los actos inmorales, pensamientos impuros, opresión, posesión, depresión, y otras estrategias de Satanás que estudiaremos después. Afligen la mente y la naturaleza almática del hombre (Ejemplos en Mateo 10:1;12:43; Marcos 1:23-26).

2. <u>Espíritus de dolencias</u>: estos espíritus afligen el cuerpo fisico (Ejemplo en Lucas 13:11).

3. <u>Espiritus seductores</u>: los espiritus seductores afligen la mente, el alma, y el espiritu del hombre, llevándole a creer falsas doctrinas como se indica en 1 Timoteo 4:1. Estos espiritus seducen a las personas para creer una mentira y para ser condenados al castigo eterno. Son espiritus de falsas doctrinas, sectas, falsos cristos, y falsos maestros.

LAS ACTIVIDADES DE LOS DEMONIOS

Los demonios siguen las órdenes dades por su principe, Satanás. Podemos resumir las actividades de los demonios diciendo que ellas siempre están dirigidas en contra de Dios, Su plan, y Su pueblo. Los demonios son usados por Satanás para atacar la Palabra de Dios, tu adoración a Dios, tu caminar con Dios, y tu obra para Dios.

En el capitulo ocho aprenderás detalles de la estrategia del enemigo en la guerra espiritual. Satanás usa sus demonios para llevar adelante sus estrategia alrededor de todo el mundo. Los demonios extienden el poder de Satanás al promover el engaño y la maldad. Afectan a individuos, gobiernos, naciones, y el sistema mundial. Promueven la rebelión y la calumnia tanto contra Dios como entre los hombres. Promueven la idolatría, las doctrinas falsas, y ciegan a hombres y mujeres a la verdad del Evangelio.

Los demonios atacan a los no creyentes guiándolos a cometer terribles actos de maldad, a asesinar, injuriar, cometer suicidio, etc. Afectan la mente con problemas emocionales y el cuerpo con dolencias fisicas. Los demonios atacan a los creyentes con tentaciones, desilusiones, depresión, calumniándote y creando división entre el pueblo de Dios. Convierten en su objetivo tu caminar espiritual con Dios y pelean contra la Palabra de Dios, la adoración a Dios, y tu obrar para Dios. También atacan a tu cuerpo fisico.

Los no creyentes están indefensos contra los ataques de los poderes demoníacos, pero los creyentes tienen poderosas armas espirituales y estrategias para tratar con estas poderosas fuerzas del mal. Aprenderás sobre estas armas y estrategias mientras continúes en el estudio de la guerra espiritual.

<u>INSPECCIÓN</u>

1. Escribe el versiculo de las Cláusulas de la Guerra

____

____

2. ¿Cómo se originaron los demonios?

____

____

3. ¿Cuál es su esfera de actividad?

____

____

4. Resume sus actividades.

____

____

5. Enumera tantos atributos de los demonios como puedas recordar de las discusiones de este capitulo

____

____

6. Como estan organizadas las fuerzas de los demonios?

____

____

7. ¿Cuál fue la posición original de los demonios?

____

____

8. ¿Cómo se convirtieron en demonios?

____

____

9. Da una breve definición de cada uno de los siguientes rangos de
demonios: Principados:

____

____

Potestades y gobernadores de las tinieblas:

____

____

Huestes espirituales de maldad en las regiones celestes:

____

____

(Las respuestas se encuentran al final del último capitulo de este
manual)

<u>MANTOBRAS TÁCTICAS</u>

1. Para aprender mais sobre las fuerzas espirituales del mal, estudia las
siguientes referencias biblicas sobre el tema de los demonios:

Genesis 3:1-15; 6:1-4; 41:8; 44:5
Exodo 7:8-13, 20-24; 8:6-7, 18-19; 9:11; 22:18
Levitico 17:7; 19:26, 31; 20:6, 27
Numeros 22:7; 23:23
Deuteronomio 18:9-14, 20-22; 32:17
Jueces 8:21, 26
1 Samuel 15:23; 16:14; 18:10; 28:1-15

1 Reyes 5:4; 10:20; 22:19-38
2 Reyes 9:22; 17:1721:1-9; 23: 5, 24
1 Crónicas 21:1 2 Cronicas 33:1-10
Job 1:1-12; 2:1
Salmos 78:49:91:6; 106:36-38
Isaias 3:18-19; 8:19; 14:12-17; 47:11-15
Jeremias 27:9
Ezequiel 212 21:28:11-19
Daniel 1:20; 2:2, 27, 4:6-9; 5:7, 11, 15
Oseas 4:12
Miqueas 5:12 Zacarias 3:1, 2; 10:2
Malaquias 3:5
Mateo 4:1-11, 24; 8:16, 28-34; 9:32-34; 10:1, 25; 11:18; 12:22-30; 11: 43-45; 13:19, 39; 15: 21-28: 17:14-21: 24:24: 25:41
Marcos 1:12-13, 21-28; 32, 34, 39; 3:11-12, 15, 22-30; 5: 1-20; 6: 7, 13, 7:24-30; 8:33; 9:17-29, 38-40; 13:22; 16:9, 17
Lucas 4:1-13, 33-37; 6:18; 7:21, 33; 8:2, 26-39; 9:1, 37-42, 49-50; 10:17-20; 11:14-26; 13:10-17, 32: 22:3, 31; 24:39
Juan 6:70; 7:20; 8:44, 48-49; 10:20-21: 12:31: 13:27: 14:30: 16:11: 17:15 Hechos 5:3, 16; 8:7, 9-11, 18:24; 10:38; 13:6-12; 16:16-19; 19:12-20; 26:18 Romanos 8:38-39: 16:20
1 Corintios 5:5; 7:5, 10:20-21
2 Corintios 2:11; 4:4; 6:14, 15, 17; 11:13-14; 12:7
Gálatas 1:1; 3:1; 4:8-9; 5:19-21
Efesios 1:21; 2:2; 4:26-27; 6:11, 12, 16
Colosenses 1:13: 2:15
1 Tesalonicenses 2:18; 3:5
2 Tesalonicenses 2:1-10: 3:3
1 Timoteo 1:20, 3:6; 4:1-3
2 Timoteo 1:7; 2:26; 4:18
Hebreos 2:14
Santiago 2:19; 3:15; 4:7
1 Pedro 5:8

2 Pedro 2:4, 19
1 Juan 2:13, 18; 3:8, 12; 4:1-4, 6; 5:18
Judas 1:6, 9
Apocalipsis 2:9, 13, 24; 3:9; 9:1-11, 20-21; 12:1-13; 13:1-18; 16:13-16;
18:2; 19:20; 20:1-14; 21:8

2. Estudia el registro del Antiguo Testamento de los poderes
demoniacos:
- Satanas en la forma de una serpiente es mencionado siete veces
  en Genesis 3:1-24 y en Isalas 27:1.

- Satanás es también mencionado en 1 Crónicas 21:1: 2 Samuel
  24:1: Salmos 109:6; Zacarias 3:1-2; y 14 veces en el libro de Job

- Espiritus malignos son mencionados ocho veces en el registro del
  rey Saul: 1 Samuel 16:14-23; 18:10: 19:9 .

- Espiritus mentirosos son mencionados seis veces en 1 Reyes
  22:21-23.

- Espiritus familiares son mencionados seis veces en Leviticos 20:27
  y 1 Samuel 28. •

- Espiritus religiosos y espiritus de prostitución física son
  identificados en el libro de Oseas.

- Los demonios son identificados con los dioses de las naciones
  paganas cuatro veces: Leviticos 17:7; Deuteronomio 32:17; II
  Crónicas 11:15; Salmos 106:19-39.

- Principes malignos que gobiernan naciones son identificados en
  los Salmos, los profetas, y especificamente en el libro de Daniel
  10:10-21

- Espiritus impuros perversos son mencionados dos veces: Isalas 19:14

3. Piensa sobre esto: mientras las fuerzas demoniacas son enemigos de Dios, al mismo tiempo están sujetos a su voluntad y son usados por el para derrotarlos a ellos mismos: Ver 1 Samuel 16:14; 18:10; 19:9; 1 Reyes 22:20-22; e Isaias 19:14.

ENTRENAMIENTO BÁSICO

PREPARÁNDONOS PARA LA GUERRA

En el mundo natural ningun soldado es enviado a la batalla sin recibir primero entrenamiento básico. Este entrenamiento lo prepara para entrar en la rona de batalla

1 Juan 1

Γιάννης

"Dios clarifica el amor verdadero"

1 de Juan en varias versiones

1 2 3 4 5

Tiempo de Lectura 0:15 / Contiene: 5 capitulos, 105 versiculos y 2.523 palabras.

Contenidos

1 Estructura de 1 Juan
2 Autor y fecha
3 Contexto Histórico de 1 Juan
4 "¿Qué puedo saber? & ¿Cómo puedo saberlo?"
5 Gnosticismo
6 Retos de Interpretación
7 Temas históricos y teológicos
8 Vista Panoramica de 1 Juan
9 Conexiones
10 Caracter de Dios en 1 Juan
11 Apuntes de 1 Juan

MÉTODO CRÍTICO

1) ¿QUIÉN ESCRIBIÓ ESTA CARTA Y CUANDO? El apostol Juan, probablemente en la segunda mitad de los años 80 d. C.. en la ultima etapa de su vida. Esto mismo hombre escribió también el Evangelio de Juan

2) A QUIÉN SE ESCRIBIÓ Y POR QUÉ? Juan la escribió para animar y fortalecer a los creyentes en un grupo de iglesias cerca de Efoso en la parto cesto de lo que hoy en día es el pas de Turquia.

3) DE DONDE FUE ESCRITO? Efeso (probablomonte)

<u>**MÉTODO HISTÓRICO**</u>

1) ¿CUÁL ES EL TRASFONDO HISTÓRICO DEL LIBRO?

-Las epistolas de Juan son diferentes a las otras epistolas generales. La primera es una homa doctrinal mientras que las otras dos o principalmente cartas privadas a individuos, la primera epistola tu escrita por corregir herojas y afirmar las cualidades de la vida cristiana

Fue escrita para desenmascarar a los falsos maestros, y para impiar a la iglesia de las enselaras gnóstions, eran totalmente antiarena Juan da caracteristicas de los falsos, y desmente todas sus ancianas, todo lo hablan on olamor práctico. Estaba naciendo el gnosticismo, y entrando a la iglesia, contradiciondo todo la fe Cristiana, por eso la carta.

2) SI ES UNA EPISTOLA CUANDO FUE FUNDADA LA IGLESIA? No está dirigida a una iglesia, sino a varias (Universal)

3) ¿DE QUIEN ESTA COMPUESTA LA IGLESIA? Está compuesta de cristianos maduros, judios y genes

4) ¿CUÁLES SON SUS FUERZAS Y SUS DEBILIDADES? Fuerzas: su madurez, tonian fiempo en la foJ Debilidades que enfan falsos profetas y maestros dentro de ellos.

<u>**MÉTODO LITERARIO**</u>
1) ¿QUÉ GÉNERO DE LITERATURA ES EL LIBRO? Epistolatoria

<u>**MÉTODO PANORAMICO**</u>
1) ¿CUÁL ES LA IDEA PRINCIPAL DEL LIBRO? Una carta de amor, que alerta sobre los falsos y sus doctrinas, el amor y la posición de hijos de Dios para guardarse de lo que no es de El, un llamado a permanecer en Jesús y conocer lo que el hizo por nosotros.

2) CUAL FUE LA RAZÓN PRINCIPAL POR LA CUAL SE ESCRIBIO ESTE LIBRO? Dar seguridad a los cristianos en su fe y oponerse a las falsas onsonanzas.

PALABRAS CLAVE EN 1 JUAN (RV1950) comunión, permanecer, Decado, sabor (conocer), amor, nacido de Dios, luz verdad (verdadero), escribir (escritos), diablo (maligno).

TEMAS: Encamación de Cristo, Jesús como Mesias, vivir en amor y luz.

RECIPIENTES: Una comunidad cristiana (o comunidades) bien conocida para el autor (a los cuales Rama hitos y amados", los falsos profetas salieron de entre nosotros 2:19). Tradicionalmente se ha pensado que estaban on Efeso o en sus alrededores.

OCASIÓN: La deserción de los falsos profetas y de sus seguidores, que han cuestionado la ortodoxia-la ensorianza y también la práctica de los que han permanecido fieles a los que es desde el principio
ENFASIS: Que Jesús quien vino en la carne es el Hijo de Dios; que Jesus mostró el amor de Dios por nosotros mediante su encamación y su crucifixión, que los verdaderos creyentes so aman unos a otros como ellos amo on Cristo: que los hijos de Dios no pecan habitualmente, pero cuando pecamos, recibimos perdón; que los creyentes pueden tener plena confianza en Dios que lo ama, que por confiar en Cristo ahora tenemos vida eterna.

CARACTERISTICAS PARTICULARES: Juan es el apóstol del amor, y se menciona el amor a lo largo de esta carta. Hay gran similitud entre esta carta y el Evangelio según San Juan en vocabulario, estilo e ideas principales Juan emplea afirmaciones breves y palabras sencillas, presenta contrastes agudos: luz tinieblas, verdad y error, Dios y Satanas, vida y muerte, amor y odio.

CÓMO LEER 1 JUAN: El discipulo amados, quien disfruto de una amistad Intima con Jesús en la tierra, tieno autoridad como ningún otro para aseguramos que Dios es amor. Su breve carta está saturada con reflexiones poderosas acerca del amor do Dios. El nos llame a vivir como si fueramos amados en nuestras relaciones con Dios y los hombres. ¿la dave? Conocer a Dios más y más. Una revelación Intima de su carlicter de amor es of fundamento para la transformación Juan nos dios con cuanto amor nog ama nuestro Padres y además afirma que si sabemos que seremos como el. porgun lo veremos tal como eles. Y todos los que tienen esta gran expectativa se mantendrin puros, así como eles puro (1Jn 3:1-3).

¿Cómo es la vida de un amado de Dios? Juan describe la seguridad, pureza, humildad y servicio sacrificado hacia otros que fluye como resultado de una experiencia genuina y personal con el afecto de Dios y su compromiso contigo. Juanto presenta la marvisa comunión que puedes tener con Dios teniendo la certeza que su amor perfecto expulsa todo temor (1Jn 4:10). Esto te equipara vivir correctamente al manner tu comunión con el Señor.

Juan entreteje varios elementos fundamentales; tales como luz, amor, vida, verdad y pecado; en una bella y polifacética obra de arte. Puedes inspeccionarla de cerca, o dar un paso atrás para admirarla de lejos y así verla en su totalidad. De cualquier forma, siempre verás una nueva combinación de colores y temas. Así que recibe el panorama general al leer toda la carta. Escoge una sección para estudiarla con detención. Puedes regresar una y otra vez, y siempre recibir nuevos destellos de la mente y el corazón de Dios que to inundarán con ánimo, fe y profundo afecto.

<u>**TÍTULO:**</u>

El titulo de la epistola siempre ha sido "1 Juan". Es la primera y más grande en una serie de tres epistolas que llevan el nombre del apóstol Juan. Debido a que la carta no identifica a la iglesia, el lugar, o el individuo especifico a quien fue enviada, su clasificación es de de una "epistola general". Aunque 1 Juan no exhibe algunas de las caracteristicas generales de una epistola común de ese entonces (p. ej., no hay introducción, saludos, o salutación de conclusión), su tono Intimo y contenido indican que el término "epistola" aún se aplica a ella.

Estructura de 1 Juan

Titulo: "Permaneciendo en Jesucristo

Versiculo Clave: 5:13 "Estas cosas os he escrito a vosotros que creéis en el nombre del jo de Dios, para que sepas que tendis vida tema, y para que creils en el nombre del hijo de Dios

1:1 Desde el principio	DIOS ES LUZ	
1:5 Esto es el mensaje de El 10		
2:12 Escribo a vosotros hijitos	ANDANDO EN LA LUZ EL ANTICRISTO	PERMANECIENDO
2:15 No améis al mundo		
2:18 Permaneced en El		
2:26 Los que os engarian		

2:28 Permaneced en El 29		
3:1 Cual amor a dado el Padre	HIJOS DE DIOS	
3:4 Aquel que comete pecado		
3:11 Mensaje desde el principio		
3:19 Somos de la verdad		EN ÉL
4:1 Probad los espiritus	LOS FALSOS EL AMOR	
4:7 Amémonos unos a otros		
4:13 En esto permanecernos en El 21		
5.6 Esto os Jesucristo	LA VICTORIA	
5:13 A vosotros que creáis		
5:18 Aquel nació de Dios		
5:19 Somos de Dios		EL FIN
5:20 El hijo ha venido 21		

La epistola no identifica al autor, pero el testimonio fuerte, consecuente y más antiguo de la iglesia se la asigna a Juan el discipulo y apóstol (Lc 6:13, 14). Este anonimato fuertemente afirma la identificación por parte de la iglesia primitiva de la epistola con Juan el apóstol, ya que solo alguien del estatus bien conocido y prominente de Juan como el apóstol hubiera podido escribir con tal autoridad, esperando obediencia completa de sus lectores, sin identificarse a sí mismo claramente (4:6). El era bien conocido por los lectores y de esta manera no tuvo que mencionar su nombre.

Juan y Santiago, su hermano mayor (Hch 12:2), eran conocidos como "los hijos e Zebedeo" (Mt 10:2-4), a quienes Jesús dio el nombre "Hijos del trueno" (Mr 3:17). Juan era uno de los tres asociados más intimos de Jesús (junto con Pedro y Jacobo, Mt 17:1: 26:37), siendo un testigo ocular y participante del ministerio terrenal de Jesús (1:1-4). Además de las tres opistolas, Juan también escribió el cuarto Evangelio, en el cual él se identificó a sí mismo como el discipulo "a quien Jesús amaba" y como el que se reclinó sobre el pecho de Jesús en la Última Cena (Jn 13:23; 19-26; 20:2; 21:7, 20). El también escribió el libro de Apocalipsis (Ap 1:1).

Fechar con precisión es dificil porque ninguna indicación histórica clara de fecha existe en 1 Juan, Lo más probable es que Juan compuso osta obra en la última parte del primer siglo. La tradición de la iglesia coherentemente identifica a Juan en su edad avanzada como alguien que estaba viviendo y escribiendo activamente durante este tiempo en Efeso en la región de Asia Menor. El tono de la epistola apoya esta evidencia debido a que el escritor da la fuerte impresión de que es mucho mayor que sus lectores ("Hijitos míos", 2:1, 18, 28). La epistola y el Evangelio do Juan reflejan un vocabulario y una manera de expresión similar. Tal similitud causa que muchos fechon la escritura de las epistolas do Juan ocurriendo poco después de que compuso su Evangelio. Debido a que muchos fechan el Evangelio durante la última parte del primer siglo, también prefieren una fecha similar para las epistola. Además, es muy probable que la herejía que Juan combate refleja los principios de gnosticismo el cual estaba en su primera etapa durante la última parte del último tercio del primer siglo cuando Juan estaba escribiendo activamente. Debido a que no se hace mención de la persecución bajo Domiciano, la cual comenzó alrededor del 95 a.C., pudo haber sido escrita antes de que eso comenzará. A la luz de dichos factores, una fecha razonable para 1 Juan es 90-95 d.C. Es muy probable que fue escrita desde Efeso a las iglesias de Asia Menor sobre las cuales Juan desempeñaba liderazgo apostólico

<u>Contexto Histórico de 1 Juan</u>

Aunque él estaba muy avanzado en edad cuando escribió esta epistola, Juan aún estaba activamente ministrando a iglesia. El era el único superviviente apostólico que tenia asociación íntima, habiendo sido testigo ocular, con Jesús a lo largo de su ministerio terrenal, muerte, resurrección, y ascensión. Los Padres de la iglesia (Justino, Mártin, Ireneo, Clemente de Alejandría, Eusebio) indican que después de ese tiempo, Juan vivió on Efeso on Asia Menor, llevando a cabo un programa evangelistico extensivo, supervisando a muchas de las iglesias que se hablan levantado, y conduciendo un ministerio escrito extensivo (epistolas, el Evangelio de Juan, y Apocalipsis). Un padre de la Iglesia (Papias) quien tuvo contacto directo con Juan lo describió como una "voz viva que permanecía". Como el último apóstol que quedaba, el testimonio de Juan fue altamente autoritativo entre las iglesias. Muchos diligentemente buscaron oir al que tenía experiencia de primera mano con el Señor Jesús.

Efeso (Hch 19:10) se encontraba dentro del centro intelectual de Asia Menor. Tal como había sido predicho años atrás por el apóstol Pablo

(Hch 20:28-31), falsos maestros que se habían levantado de adentro de las filas mismas de la iglesia, saturados con el clima prevaleciente de corrientes filosóficas, comenzaron a infectar a la iglesia con falsa doctrina, pervirtiend enseñanza apostólica fundamental. Estos falsos maestros promovian nuevas ideas las cuales finalmente llegaron a conocers como "gnosticismo" (de la palabra gr. "conocimiento"). Después de la batalla paulina por libertad de la ley, el gnosticismo era l herejía más peligrosa que amenazó a la iglesia primitiva durante los primeros tres siglos. Lo más probable es que Juan estab combatiendo los principios de esta terrible herejla que amenazaba destruir los fundamentos de la fe y las iglesias.

El gnosticismo, influenciado por filósofos tales como Platón, promovía un dualismo afirmando que la materia era inherentemente mala y que el espíritu era bueno. Como resultado de esta presuposición, estos falsos maestros, aunque atribuían alguna forma de deidad a Cristo, negaban su verdadera humanidad para preservarlo del mal. También decían tener conocimiento elevado, una verdad más alta conocida únicamente por aquellos que estaban en las cosas profundas. Solo los iniciados tenían el conocimiento mistico de la verdad que era más alto aún que las Escrituras.

En lugar de que la revelación divina estuviera de pie como juez sobre las ideas del hombre, las ideas del hombre juzgaban la revelación de Dios (2:15-17). La herejía incluía dos formas básicas. En primer lugar, algunos afirmaban que el cuerpo fisico de Jesús no era real, sino sólo "parecía" ser fisico (conocido como "Docetismo" de una palabra griega que quiere decir "aparecer"). Juan con fuerza afirmó la realidad física de Jesús al recordarles a sus lectores que él era un testigo ocular de El ("oldo", "visto", "palpado", "Jesucristo ha venido en came", 1:1-4; 4:2, 3). De acuerdo a la tradición más antigua (Ireneo). otra forma de esta herejía la cual Juan pudo haber atacado era guiada por un hombre llamado Cerinto, quien contendía que el "espiritu" del Cristo descendió sobre el Jesús humano en su bautismo pero lo dejó poco antes de su crucifixión. Juan escribió que el Jesús que fue bautizado al principio de su ministerio era la misma persona que fue crucificada en la cruz (5:6).

Tales posiciones herejes destruyen no solo la verdadera humanidad de Jesús, sino también la expiación, ya que Jesús no solo debió haber sido verdaderamente Dios, sino también verdaderamente el hombre (y fisicamente real) quien de hecho sufrió y murió en la cruz para ser el sacrificio aceptable y sustituto por el pecado (He 2:14-17). La posición biblica de Jesús afirma su humanidad completa como también su deidad total.

La idea gnóstica de que la materia era mala y de que solo el espiritu era lo bueno llevó a la idea de que o el cuerpo debla ser tratado ásperamente, una forma de ascetismo (Col 2:21-23), o el pecado cometido en el cuerpo no tenía relación o efecto en el espiritu de la persona. Esto llevó a algunos, especialmente a los oponentes de Juan, a concluir que el pecado cometido en el cuerpo físico no importaba; desenfreno total en inmoralidad era permisible; uno podía negar que el pecado aún existiera (1:8-10) y menospreciar la ley de Dios (3:4). Juan enfatizó la necesidad de obedecer las leyes de Dios, ya que definió el verdadero amor a Dios como obediencia a sus mandamientos (5:3).

Una falta de amor por otros creyentes caracteriza a los falsos maestros, especialmente al reaccionar en contra de cualquiera que rechaza su nueva manera de pensar (3:10-18). Ellos separaban a sus seguidores engañados de la comunión de aquellos que permanecian ficles a la enseñanza apostólica, llevando a Juan a responder que tal separación externamento manifiesta que aquellos que seguían a falsos maestros carecían de salvación genuina (2:9). Su partida dejaba a los otros creyentes, quienes permanecían fieles a la doctrina apostólica, sacudidos. Respondiendo a esta crisis, el anciano apóstol escribió para reafirmar a aquellos permaneciendo fieles y para combatir esta grave amenaza en contra de la iglesia. Debido a que la herejía está tan peligrosa y el periodo de tiempo eran tan critico para la iglesia en peligro de ser abrumada por falsa enseñanza, Juan gentilmente, amorosamento, pero con autoridad apostólica incuestionable, envió esta carta a iglesias en su esfera de influencia para detener esta plaga de falsa doctrina que se estaba esparciendo.

"¿Qué puedo saber? & ¿Cómo puedo saberlo?"

1. 2:4 "El que dice: Yo le CONOZCO, y no guarda sus mandamientos, él tal es mentirosa, y la verdad no está en 61"
¿Que puedo saber? = El que conoce a Dios
¿Cómo puedo saberlo? Por el guardar sus mandamientos
2. 2:5 "Pero el que guarda su palabra, es éste vordaderamente el amor de Dios se ha perfeccionado; por esto SABEMOS que estamos en él"
¿Que puedo sabor? - El que está o si estoy en él
¿Cómo puedo saberlo? Por el guardar su palabra
3. 2:18 "Hijitos, ya es el último tiempo; y según vosotros oistels que el anticristo viene, así ahora han surgidos muchos anticristos; por esto CONOCEMOS que es el último tiempo."
¿Que puedo saber?= Que es el último tiempo
¿Cómo puedo saberlo? Por los anticristos
4. 2:20 "Pero vosotros tenéis la unción del Santo, y CONOCÉIS todas las cosas"
¿Qué puedo saber?= Puedo saber todas las cosas
¿Cómo puedo saberlo?= Tengo la unción del Santo
5. 2:21 "No os he escrito como si ignoráis la verdad, sino porque la CONOCÉIS, y porque ninguna mentira procede de la verdad"
¿Qué puedo saber? Si conozco la verdad
¿Cómo puedo saberlo?= Ninguna mentira proviene de la verdad.

6. 2:29 "SI SABÉIS que él es justo, SABED también que todo el que hace justicia es nacido de él"

¿Qué puedo saber? Quien es nacido de Dios

¿Cómo puedo saborio? Porque hace justicia.

7. 3:1 "Mirad cuál amor nos ha dado el Padre, para que seamos llamados hijos de Dios; por esto el mundo no nos CONOCE, porque no le CONOCIÓ a el."

¿Que puedo saber? Si ol mundo conoce a Dios

¿Cómo puedo saberlo? = Si nos conoce a nosotros.

8. 3:6 "Todo aquel que permanece en él, no peca; todo aquel que peca, lo le ha visto, ni le ha CONOCIDO"

¿Que puedo saber? = Quien conoce a Dios

¿Cómo puedo saberlo? = Si peca o no

9. 3:18, 19 "Hijitos míos, no amemos de palabra ni de lengua, sino de hechos y en verdad. Y en esto CONOCEMOS que somos de la verdad, y aseguramos nuestros corazones delante de él

Gnosticismo

Una de las herejías más poligrosas de los primeros dos siglos de la iglesia fuo ol gnosticismo. El centro de su enseñanza era que el espíritu es enteramente bueno y la materia mala. De este dualismo no biblico surgieron cinco errores importantes:

1. El cuerpo humano, que es material, es malo. Debe contrastarse con Dios, que es todo espíritu y, por tanto, bueno.

2. La salvación es el escape del cuerpo, que no se alcanza por la fe en Cristo sino por un conocimiento especial (la palabra griega para definir "conocimiento" es gnosis; de ahí el Gnosticismo).

3. Se niega la verdadera humanidad de Cristo de dos maneras: 1) Algunos dicen que Cristo sólo parecía tener un cuerpo (un punto de vista llamado "docetismo", derivado de la palabra griega dokeo, "parecer"), y 2) otros que el Cristo divino se unió al hombre Jesús en el

bautismo y lo abandonó antes de que muriera (este punto es llamado "cerintianismo" cuyo nombre viene del prominente portavoz Cerinto). Este argumento forma parte del trasfondo de gran parte de 1 Juan (1:1; 2:2; 4:2-3).

4. Debido a que el cuerpo se considera malo, debe ser tratado con aspereza. Esta forma ascetica de gnosticismo también forma parte del trasfondo de la carta a los Colosenses (2:21-23).

5. Paradójicamente, este dualismo condujo al libertinaje. El razonamiento era que, ya que la materia y no el quebrantamiento de la ley de Dios (1Jn 3:4) se considera mala, la violación de la ley de Dios no tenía consecuencias morales.

El gnosticismo a que se refiere el NT era una forma antigua de la horojla, no el intrincado sistema desarrollado durante los siglos II y III. Además de ese aspecto tratado en Colosenses y en las cartas de Juan, la relación con el gnosticismo primitivo se refleja en 1, 2 Timoteo, Tito, 2 Pedro y tal vez 1 Corintios.

Retos de Interpretación

Los teólogos debaten la naturaleza precisa de las creencias de los falsos maestros en 1 Juan, porque Juan no especifica directamente sus creencias, sino que más bien combate a los herejes primordialmente a través de una reafirmación de los fundamentos de la fe. La caracteristica principal de la herejía, como se notó arriba, parece ser una negación de la encarnación, esto es, Cristo no había venido en la came. Lo más probable es que esta era una forma inicial o incipiente de gnosticismo, como fue señalado.

El intérprete también es desafiado por la rigidez de la teologia de Juan. Juan presenta los puntos básicos o fundamentos de la vida cristiana en términos absolutos, no relativos. A diferencia de Pablo, quien presentó excepciones y lidió con tanta frecuencia con las fallas de los creyentes en satisfacer el estándar divino, Juan no lidia con los puntos de "que si fracaso". Solo en el 2:1, 2 da algo de alivio de los absolutos. El rosto del libro presenta verdades en blanco y negro on lugar do sombras grises frecuentemente a través de un fuerte contraste, esto es, "uz" vs. "oscuridad" (1:5, 7; 2:8-11); verdad vs. mentiras (2:21, 22; 4:1); hijos de Dios vs. hijos de Satanás (3:10). Aquellos que dicen ser cristianos deben desplegar de manera absoluta las caracteristicas de los cristianos genuinos: sana doctrina, obediencia, y amor. Aquellos que verdaderamente han nacido de nuevo han recibido una nueva naturaleza, la cual da evidencia de sí misma. Aquellos que no despliegan las características de la nueva naturaleza no la tienen, y por lo tanto, nunca nacieron de nuevo. Los puntos no se centran (como tanto los escritos de Pablo lo hacen) en mantener comunión temporal o diaria con Dios, sino en la aplicación de pruebas básicas en la vida de uno para confirmar que la salvación verdaderamente ha ocurrido. Tales distinciones absolutas también fueron características del Evangelio de Juan.

De una manera única, Juan desafia al intérprete por su repetición de tomas similares una y otra vez para enfatizar las verdades básicas del verdadero cristianismo. Algunos han comparado la repetición de Juan a una espiral que se mueve hacia afuera., volviéndose más y más grande, esparciendo cada vez más la misma verdad sobre un área más amplia e incluyendo un mayor territorio. Otros han visto la espiral moviéndose hacia adentro, penetrando con mayor profundidad en los mismos temas mientras se expande en sus pensamientos. Sea cual sea la manera en la que uno vea el patrón de espiral, Juan usa repetición de verdades básicas como un medio para acentuar su importancia y para ayudar a sus lectores a entender y recordarlas.

Temas históricos y teológicos

A la luz de las circunstancias de la epistola, el tema general de 1 Juan es "otro llamado a los fundamentos de la fe" o "regreso a los principios básicos del cristianismo". El apóstol lidia con certezas, no opciones o conjetura. Expresa la naturaleza absoluta del cristianismo en términos muy simples; términos que son claros y precisos, sin dejar duda alguna de la naturaleza fundamental de esas verdades. Un tono cálido, conversacional, y sobre todo, amoroso ocurre, como un padre teniendo una conversación tiema, intima con sus hijos.

Primera Juan también es pastoral, escrita desde el corazón de un pastor que está preocupado por su congregación. Como un pastor, Juan comunicó s su rebaño algunos principios muy básicos, pero vitalmente esenciales, afianzándolos en los puntos básicos de la fe. El deseaba que ellos tuvieran gozo con respecto a la corteza de su fe en lugar de ser turbados por la falsa enseñanza y deserciones actuales de algunos (1:4).

No obstante, el punto de vista del libro, no solo es pastoral sino también polémico; no sólo positivo sino también negativo. Juan refuta a los desertores con san doctrina, sin exhibir tolerancia alguna hacia aquellos que pervierten la verdad divina. Él llama a aquellos que dejan la verdad "falsos profetas" (4:1), "los que os engañan" (2:26; 3:7), y "anticristos" (2:18). El identifica de manera incisiva la fuente definitiva de toda esa deserción de la sana doctrina como demoniaca (4:1-7).

La repetición constante de tres temas secundarios refuerza el tema general con respecto a la fidelidad a los elementos básicos del cristianismo:

1. Felicidad (1:4)
2. Santidad (2:1)
3. Seguridad (5:13)

Al ser fiel a lo básico, sus lectores experimentarán estos tres resultados continuamente en I vida de cada uno de ellos. Estos tres factores también revelan el ciclo clave de la verdadera espiritualidad en 1 Juan: una creencial apropiada en Jesús produce obediencia a sus mandamientos; la obediencia se manifiesta en amor a Dios y otros creyentes (3:23-24). Cuando estas tres (le sana, obediencia, amor) operan juntos, resultan en felicidad, santidad y certeza. Constituyen la evidencia, la prueba clave, de un verdadero cristiano.

Vista Panorámica de 1 Juan

Los lectores son descritos de varias maneras interesantes a través de esta primera carta del apóstol Juan. Ellos ya eran creyentes (2:19; 3:1; 5:13) en la familia de Dios (2:12-14). Conocían la verdad espiritual (2:21), aunque algunos maestros falsos hablan salido de entre ellos (2:18-19). Estaban en peligro de amar el mundo (2:15-17) y de ser indiferentes a otros cristianos necesitados (3:15-18). Después de la destrucción de Jerusalén on el año 70 d.C, Juan tuvo un ministerio extenso en Efeso y era responsable de las iglesias en otras ciudades de Asia Menor (Ap 2-3). Puesto que él no hace referencia a la terrible persecución bajo el emperador Diocleciano en el 95 d.C, la carta se escribió probablemente desde Efeso entre el 89- 91 d.C. Fue enviada a varias iglesias por las que el apóstol tenía mucha preocupación.

El apóstol Juan consideraba que los incrédulos no debían estar en la familia de Dios; así que él acentúa la doctrina de la regeneración (el nuevo nacimiento). El desea que sus lectores estón seguros de que ellos realmente están en la familia de Dios, por eso en la primera parte de la carta él resume varias confirmaciones del nuevo nacimiento (1:1-2:29). La relación de los creyentes con Cristo es mencionada (1:1-2:6), lo que implica la vida eterna (1:1-4), también la genuina comunión (1:5 10), la defensa justa por Cristo (2:1-2) y la obediencia a sus mandamientos (2:3-6). La relación de los creyentes con otros hijos de Dios (2:7-14), con sus enemigos (2:15-27) y con las cosas que El ha preparado para los creyentes eternamente (2:28-29), se muestran como confirmaciones claves de haber nacido en la familia de Dios.

Una vez que el nacimiento es confirmado, la conducta dentro de la familia de Dios necesita ser descrita (3:1-5:21). La ensoñanza práctica que Juan da en la última parte de su carta se expresa en términos de la naturaleza de Dios (3:1-24), su amor (4:1-21) y sus certezas (5:1-21), que deben expresarse por el creyente en su vida diaria. Estos aspectos de la vida del cristiano sirven como un testigo poderoso a la autenticidad de la fe cristiana.

Anticristos (2:18), mentirosos (2:22), hijos del diablo (3:10) y falsos profetas (4:1) unieron sus fuerzas en Asia Menor para engañar a los cristianos y alejarlos de la verdad (2:26; 4:6). Juan testifica de la realidad del cuerpo fisico de Cristo (1:1-4) para contrarrestar la enseñanza del docetismo, que niega que Dios pudiera tomar forma humana (4:2-3). Cerinto, un maestro falso, enseñó que "Cristo" descendió sobre Jesús en su bautismo y lo abandonó antes de su muerte, lo cual es otro error expuesto por Juan (5:6). Estos aspectos del gnosticismo incipiente eran típicos en las enseñanzas erróneas, y el escritor de esta carta los confronta

El último testigo ocular sobreviviente de la vida terrenal de Jesús, el discipulo a quien El amó (Juan 21:20, 24), menciona el amor más de cincuenta veces en esta breve carta. Ciertamente la mejor defensa contra la idolatría en la vida del creyente (5:21) es saber cuánto le afecta esto a Dios, cuyo amor insuperable el idolatra desprecia.

Conexiones

Uno de los pasajes más citados respecto al pecado, se encuentra en 1 Juan 2:16. En este pasaje, Juan describe los tres aspectos del pecado que recuerdan las primeras y más mundialmente destructoras tentaciones en toda la Escritura. El primer pecado-la desobediencia de Eva-fue el resultado de su rendición ante las mismas tres tentaciones como lo encontramos en Génesis 3.6: los deseos de la came ("bueno para comer"); los deseos de los ojos ("agradable a los ojos"); y la vanagloria de la vida ("codiciable para alcanzar la sabiduría").

Carácter de Dios en 1 Juan

1. Dios es fiel: 1.9
2. Dios es justo: 1.9
3. Dios es luz: 1.5
4. Dios es amorosa: 2.5; 3.1; 4.8-10, 12, 16, 19
5. Dios cumple sus promesas: 2.25
6. Dios es verdadero: 1.10; 5.10
7. Dios es uno: 5.7

Cristo en 1 Juan

En esta epistola Juan combate la doctrina gnóstica que negaba la humanidad de Jesucristo. Juan proclama la identidad de Jesucristo como encamación de Dios Hijo: «Este es Jesucristo, que vino mediante agua y sangre (5.6). Tal versiculo describe la auténtica vida y muerte de Cristo como Hijo del Hombre.

Apuntes de 1 Juan

Preguntas en 1 Juan	Ocasión de 1 Juan	Qué y Cómo
1 Juan en Wikipedia	Gnosticismo	EPISTOLAS CONTEXTO
Pertenecer en 1 Juan	1 Juan y Evangelio de Juan	EPISTOLAS HERMENEUTICA
Vista panorámica de 1 Juan	Bosquejo de 1 Juan	Comentario del Evangelio de Juan y 1-3 Juan
Literatura Juanina	Estructura de la Epistolas de Juan	Párrafos de 1 Juan
Contexto Histórico	Pasaje difícil de 1 Juan	¿Por qué leer 1 Juan?
Animese a leer 1 Juan		

"Después de explorar a través de la Primera Epistola de Juan de esta manera, se puede apreciar mejor los énfasis especiales de Juan al relatar la historia de Cristo en su Evangelio, esto también debe hacer que la lectura de la Segunda Epistola de Juan tenga más sentido. Toda la historia biblica se sostiene o cae por el amor de Dios manifestado por su entrada a nuestro mundo de carne y sangre, y muriendo por nosotros para redimirnos".

HAY BATALLAS QUE SE GANAN LUCHANDO, PERO...
LAS GRANDES BATALLAS SE GANAN ORANDO.
adnstc@hotmail.com

Estrategias Espirituales:

Un Manual para la Guerra Espiritual

CAPÍTULO SIETE

EL TERRITORIO DEL ENEMIGO

OBJETIVOS:

Al concluir este capitulo serás capaz de:

- Escribir el versiculo llave de memoria.
- Definir que es entendido por la palabra "mundo" y como es usado en esta leccion.
- Identificar al principe del mundo.
- Explicar la razón para el actual sistema mundial
- Describir la actitud del mundo para con los creyentes.
- Definir qué es entendido por la palabra "carne y como es usada en esta leccion
- Explicar que es entendido por los deseos de la carne".
- Explicar como se desarrolla la pasión
- Explicar los resultados de la pasión no conquistada.
- Identificar una referencia biblica que enumera las obras de la carne. .

VERSICULO LLAVE DE LAS CLÁUSULAS DE LA GUERRA:

"No améis al mundo ni las cosas que están en el mundo. Si alguno ama al mundo, el amor del Padre no está en él, porque nada de lo que hay en el mundo-los deseos de la carne, les deseos de los ojos y la vanagloria de la vida- proviene del Padre, sino del mundo" (1 Juan 2:15-16).

Existe solamente un enemigo, pero como has aprendido en las lecciones anteriores él obra mediante una poderosa fuerza de demonios. Como e versiculo llave de este Capitulo revela, Satanás no solamente usa los demonios sino que también obra a través de las fuerzas malignas de la carne y al mundo

"No améis al mundo ni las cosas que estan en el mundo. Si alguno ama al mundo, el amor del Padre no está en él porque nada de lo que hay en el mundo-los deseos de la carne, los deseos de los ojos y la vanagloria de la vida- proviene del Padre, sino del mundo" (1 Juan 2:15-16).

El propósito de este capitulo es identificar y diertir las fuerzas del mal del enemigo conocidas como el mundo y la carne. Cuidado Estas entrando en terrenos hostiles. El mundo y la corne son territorio enemigo.

PARTE UNO: EL MUNDO

La palabra "mundo" tiene diferentes significados en la Escritura. Puede significar la tierra o el universo en el orden fisico. Es usado para referirse a los gentiles que son todas las otras naciones a excepción de la nación judía.

Pero la palabra "mundo también es usada para referirse a la presente condición de los asuntos humanos en oposición a Dios. Es el sistema que actúa en el mundo habitado, un sistema que es opuesto a Dios y al Setor Jesucristo. Este es el significado que es usado en esta lección. El mundo ese grupo corporativo de individuos centrados en la carne que componen la raza humana. Came, en este contexto, no se está refiriendo a la care actual de tu cuerpo. Es un término que describe la naturaleza maligna del hombre la cual está en voluntaria rebelión contra Dios.

Como tu enemigo, el mundo es la totalidad del sistema organizado social, económica, materialmente y de filosofias religiosas que tienen su expresión mediante organizaciones, personalidades, y gobiernos. No es un gobierno especifice, organización o persona, sino el sistema mundial sobre la cual estas están basadas. El sistema mundial es una extensión de la carnalidad del hombre. Provee una atmósfera, ambiente, y un sistema que promueve los pecados de la carne. Rodea el hombre con aquello que apela a sus deseos carnales.

EL PRÍNCIPE DEL MUNDO:

Satanás es el principe o gobernante del sistema mundial:

> *"Ahora es el juicio de este mundo; ahora el principe de este mundo será echado fuera" (Juan 12:31).*

> *"No hablaré ya mucho con vosotros, porque viene el principe de este mundo y el nada tiene en mi (Juan 14:30).*

Satanás es también llamado el dios de este mundo:

> *"Esto es, entre los incrédulos, a quienes el dios de este mundo les cegó el entendimiento... (2 Corintios 4:4).*

Los reinos del mundo están en el presente influenciados por Satanás. Están guiados por filosofias y principios satánicos. Están centrados en la carne y gobernados por la carne:

Otra vez lo llevó el diablo a un monte muy alto y le mostró todos los reinos del mundo y la gloria de ellos, y le dijo: -Todo esto te dare, si postrado me adoras" (Mateo 4:8-9).

Algun dia ellos serán los reinos de nuestro Señor:

"El séptimo angel tocó la trompeta, y hube grandes voces en el cielo, que decian: Los reinos del mundo han venido a ser de nuestro Señor y de su Cristo, y él reinará por los siglos de los siglos" (Apocalipsis 11:15).

LA RAZÓN PARA LA CONDICIÓN DEL MUNDO:

El pecado es la razón para la presente condición del mundo. Cuando Adán y
Eva fueron originariamente creados por Dios, se les dio dominio sobre el mundo. Esto significaba que tenien control sobre el mundo, para guiar sus sistemas y habitantes conforme al plan de Dios. Cuando pecaron contra Dios, ellos perdieron ese dominio (Génesis 1-3).

Cuando Jesús fue crucificado por los pecados del género humano y resucitado de la muerte, el reclamó el mundo. Pronunció juicio contra las fuerzas espirituales del mal:

"Y despojo a los principados y las autoridades y los exhibió publicamente, triunfando sobre ellos en la crur (Colosenses 2:15).

Aunque Jesús reclamó al mundo del poder del enemigo, Satantis todavía no ha reconocido ese redamo. Satanás todavia está trabajando en el mundo con sus poderes demoniacos. Satanás no reconocer los reclamos de Jesús sobre los reinos del mundo hasta que el conflicto final sobre el cual estudiarás en el último capitulo de este curso.

La presente situación es similar a las condiciones militares que frecuentemente ocurren en el mundo natural. Un poder politico o militar tomará control sobre una nación pero sus reclamos no serán reconocidos por las tropas rebeldes dentro de esa nación. Las tropas rebeldes continúan querreando por todo el país. Tratan de tomar posesión del territorio no legitimamente suyo y sojuzgar a los ciudadanos. Frecuentemente usan tácticas de terror para alcanzar sus propósitos.

La situación en el mundo espiritual es similar. Jesús reclamó control sobre el mundo, el enemigo, y sus fuerzas de maldad. Pero las tropas rebeldes de Satanás todavia guerrean por todo el mundo. Tratan de tomar posesión que no es legítimamente suyo e Influenciar a hombres y mujeres al mal. Esta batalla, que es nuestra "guerra espiritual" continuará hasta el conflicto final.

LA ESTRUCTURA DEL MUNDO:

La estructura del mundo está en directa oposición a Dios, Su plan, propósitos y pueblo:

EL SISTEMA MUNDIAL DEL MAL:

El presente sistema mundial es maligno:

> ***"El cual se dio a sí mismo por nuestros pecados para librarnos del presente siglo malo, conforme a la voluntad de nuestro Dios y Padre" (Gálatas 1:4).***

El sistema mundial está sin Dios:

> *"... sin esperanza y sin Dios en el mundo (Efesios 2:12).*

Existe mucho engario en el mundo para seducir a los creyentes a convertirse en parte del mundo:

> *"Muchos enganadores han salido por el mundo..." (2 Juan 7).*

El mundo ya está juzgado y bajo condenación por Dios:

> *"Pero slende fugados, MONTROS Castigados por el Señor para que no seamos condenados con el mundo" (1 Corintios 11:32).*

LOS PRINCIPIOS DEL MUNDO:

Los "principios del mundo" se refieren a los principios elementales que gobiernan el mundo. Llevan al yugo espiritual:

> *"Asi también nosotros, cuando éramos mitos estabamos en esclavitud bajo los rudimentos del mundo" (Gálatas 4:3).*

LOS RUDIMENTOS DEL MUNDO:

Estas son las regulaciones sobre las cuales la estructura mundial descansa. Son diferentes de los principios sobre los cuales Dios estructura Su reino:

> *"Si habéis muerto con Cristo en cuanto a los rudimentos del mundo, por que, como si vivierals en el mundo, os somethis a preceptes (Colosenses 2:20).*

EL ESPÍRITU DEL MUNDO:

El espiritu del mundo está en directa oposición al Espiritu Santo:

> *"Y nosotros no hemos recibido el espíritu del mundo, sino el Espiritu que proviene de Dios, para que sepamos lo que Dios nos ha concedido" (1 Corintios 2:12).*

LA FILOSOFÍA DEL MUNDO:

Las filosofias son principios de conocimiento. Las filosofios mundanas no están basadas en Cristo:

> *"Mirad que nadie os engalie por medio de filosofías y huecas sutilezas basadas en las tradiciones de los hombres, conforme a los elementos del mundo, y no según Cristo (Colosenses 2:8).*

LA SABIDURIA DEL MUNDO:

La sabiduria mundana no es la sabiduria de Dios:

> *"La sabiduria de este mundo es insensatez ante Dios..." (1 Corintios 3:19).*

LA CORRIENTE DEL MUNDO:

La "corriente del mundo es el ciclo del mundo presente, su rutina, la forma en la cual el opera:

> *"En los cuales anduvistels en otro tiempo, siguiendo la corriente de este mundo, conforme al principe de la potestad del aire, el espiritu que ahora opera en los hijos de desobediencia (Efesios 212).*

<u>**LAS VOCES DEL MUNDO:**</u>

Las muchas voces del mundo son contrarias a la voz de Dios:

> *"Tantas clases de Adiomas hay seguramente en el mundo, y ninguno de ellos carece de significado" (1 Corintios 14:10).*

<u>**LA PAZ DEL MUNDO:**</u>

La paz del mundo es temporaria, frágil, y algunas veces enganosa:

> *"La paz os dejo, mi par os doy yo no es la doy como el mundo la da. No se turbe vuestro corazón, ni tenga miedo" (Juan 14:27).*

<u>**LA TRISTEZA DEL MUNDO:**</u>

> *"La tristeza santa difiere de aquella del mundo: "La tristeza que es según Dios produce arrepentimiento para salvación, de lo cual no hay que arrepentirse pero la tristeza del mundo produce muerte" (2 Corintios 7:10).*

<u>**LA ACTITUD DEL MUNDO:**</u>

El mundo odia a Dios:

> *"... No sabéis que la amistad del mundo es enemistad contra Dios? Cualquiera, pues, que quiera ser amigo del mundo, se constituye enemigo de Dios" (Santiago 4:4).*

El mundo odia a los creyentes:

> *"Si el mundo os odia, sabed que a mi me ha odiado antes que a vosotros. Si fuerals del mundo, el mundo amaria lo suyo; pero*

porque no sols del mundo, antes yo os elegi del mundo, por eso el mundo os odia (Juan 15:18-19).

Desde que el mundo está conformado de individuos centrado en la carne que odian a los creyentes, necesitamos aprender mais sobre esta fuerza poderosa llamada "came

PARTE DOS: LA CARNE

El mundo es una fuerza social maligna de Satanás que obra desde el exterior para atacar a los creyentes. Es la organización corporativa de individuos carnales. La carne es una fuerza que opera dentro del creyente. El mismo espiritu carnal" que opera en el mundo operará en tu vida si le permites hacerlo. La palabra "came" como es usada en la Escritura puede referirse al actual cuerpo de hombre o bestia. Pero esto no es de lo que estamos hablando cuando usamos la palabra "carne" en esta lección,

La Biblia también usa la palabra "carne" para describir la naturaleza básica de pecado del hombre. La came es el centro de la voluntaria provocación y rebellion contra Dios:

> *"Y yo sé que en mi, este es, en mi carne, no mora el bien: porque querer el bien está en mi, pero no el hacerlo. Porque no hago el bien que quiero, sino el mal que no quiero, eso hago. Y sl hago lo que no quiero, ya no lo hago yo, sino el pecado que mora en mi (Romanas 7:18-20).*

La carne es una fuerza compulsiva Interior que se expresa a sí misma en rebellón mediante el pecado. Este es el significado de la carne que usamos en esta lección. Las palabras carnal" y "viejo hombre" son también usadas para describir la naturaleza carnal del hombre. Todos los hombres tienen esta naturaleza básica, pecadora y carnal:

"Por tanto, como el pecado entró en el mundo por un hombre y por el pecado la muerte, asi la muerte pasó a todos los hombres, por cuanto todos pecaron" (Romanos 5:12).

"Por cuanto todos pecaron y estan destituidos de la gloria de Dios" (Romanos 3:23).

LAS PASIONES (DESEOS) DE LA CARNE:

"Digo, pues: Andad en el Espiritu, y no satisfagáis los deseos de la carne" (Gálatas 5:16).

¿Qué es la pasión de la carne? Primero definamos la palabra "pasión". Pasión es un fuerte deseo, emociones del alma, la tendencia natural del hombre hacia el mal. La Biblia advierte que no debemos desear las cosas del mal:

"Estas cosas sucedieron como ejemplos para nosotros, para que no codiciemos cosas malas, como ellos codiciaron" (1 Corintios 10:6).

Desear las cosas del mal que complacerán a tu naturaleza carnal es lo que se llama "pasiones de la came". Es como Satanás ataca desde adentro. Es como una guerra civil dentro de una nación, con tu espiritu y tu came guerreando una contra otra.

COMO SE DESARROLLA LA PASIÓN:

La pasión, o deseo pecaminoso, primero entra por medio de los sentidos naturales. El ojo ve algo malvado o el oldo oye algo maligno. Un toque, saborear, o incluso un aspirar pueden incluso fomentar la pasión. Esta es la manera en la cual Satanas usa el ambiente del mundo para tentar a la carne. Estos sentidos naturales disparan un pensamiento maligno o un deseo en la mente. Esto es pasión. El pensamiento lascivo es lo que te tienta a hacer el mal:

> *"Cuando alguno es tentado no diga que es tentado de parte de Dios, porque Dios no puede ser tentado por el mal ni él tienta a nadie, sino que cada uno es tentado, cuando de su propia pasión es atralde y seducido" (Santiago 1:13-14).*

Recuerda, Dios nunca te tienta. Eres tentado cuando eres atraido por tus propias pasiones pecaminosas y carnales. Pero no tienes que rendirte a esta tentación. Dios siempre provee una via de escape:

> *"No os ha sobrevenido ninguna prueba que no sea humana: pero fiel es Dios, que no os dejará ser probados más de lo que podels resistir, sino que dará también funtamente con la prueba la salida, para que podáis soportarla" (1 Corintios 10:13).*

Desde que la mente es usada para tentar a la carne, Pablo advierte:

> *"Por cuanto los designios de la carne son enemistad contra Dios, porque no se sujetan a la Ley de Dios, ni tampoco pueden y los que viven según la carne no pueden agradar a Dios (Romanos 8:7-8).*

Aprenderás luego cómo la mente es uno de los principales campos de batalla en la guerra espiritual.

LOS RESULTADOS DE LA PASIÓN:

Si te rindes a la pasión, viene la tentación, y si te rindes a la tentación, resulta en pecado que lleva a la muerte:

"Entonces la pasión, después que ha concebido, da a luz el pecado y el pecado, siendo consumado, da a luz la muerte" *(Santiago 1:15).*

El mundo es corrupto debido a la pasión:

"... habiendo huido de la corrupción que hay en el mundo a causa de las pasiones"(2 Pedro 1:4).

Tu carne es corrupta debido a la pasión:

"En cuanto la pasada manera de vivir, despojaos del viejo hombre, que está corrompido por los deseos engafiosos" *(Efesios 4:22).*

<u>LA RELACIÓN DEL ESPÍRITU CON LA CARNE:</u>

"Porque el deseo de la carne es contra el Espiritu y el del Espiritu es contra la carne y estos se oponen entre sl, para que no hagáis lo que quisierais (Gálatas 5:17).

Cuando eres salvo y lleno del Espiritu Santo, el Espiritu habita en tu espiritu. El Espiritu Santo en tu espiritu se opone a la pasión de la carne. Tu carne lucha contra tu espiritu y el Espiritu de Dios dentro de ti. La carne te seduce a las pasiones carnales. Este es el por qué tú con frecuencia no puedes vivir en la manera que deseas.

Pablo describe esta batalla entre el espiritu y la carne en Romanos capitulo 7. lee el Capitulo entero en tu Biblia. El resurne la batalla:

"Así que, queriendo yo hacer el blen, hallo esta ley: que el mal está en mi, pues según el hombre Interior, me deleito en la ley de Dios pero veo otra ley en mis miembros, que se rebela contra la

ley de mi mente, y que me lleva cautive a la ley del pecado que esta en mis miembros" (Romanos 7:21-23).

<u>**LAS OBRAS DE LA CARNE:**</u>

Las pasiones de la carne, si no son conquistadas, llevan a obras malignas de la carne que resultan en muerte spiritual:

"Manifiestas son las obras de la carne, que son adulterio, fornicación, inmundicia, lujuria, idolatria, hechicerías, enemistades, pleitos, celos, iras, contiendas, divisiones, herejías, envidias, homicidios, borracheras, ergías, y cosas semejantes a estas. En cuanto a esto, os advierto, como ya os he dicho antes, que los que practican tales cosas no heredaran el reino de Dios" *(Gálatas 5:19-21).*

Esta lista puede ser dividida en cuatro categorias de pecados:

<u>Pecados de adoración:</u> idolatria y brujeria.

<u>Pecados sexuales:</u> adulterio, fornicación, inmundicia, y lascivia.

<u>Pecados personales:</u> borracheras y rebeliones.

<u>Pecados de relación:</u> odios, discordia, celos, ira, rivalidades, disensiones, sectarismos, envidias, asesinatos.

Cada una de estas obras pecaminosas son definidas en detalle en el curso del Instituto Internacional Tiempo de Cosecha"Ministerio del Espiritu Santo". Son opuestas al fruto del Espíritu Santo que deberá ser desarrollado en las vidas de los creyentes.

<u>**FUERZAS PODEROSAS DEL MAL**</u>

El mundo y la care se combinan con Satanás y sus demonios para guerrear contra los creyentes. Estas son las fuerzas espirituales del mal. En las siguientes lecciones aprenderás las estrategias de la guerra espiritual para combatir las poderosas fuerzas espirituales del mal.

<u>**INSPECCION**</u>

1. Escribe el versículo llave de las Cláusulas de la Guerra

____

____

2. ¿Qué se entiende por la palabra "carne" como es usada en esta lección?

____

____

3. ¿Qué se entiende por la palabra "mundo" como es usada en esta lección?

____

____

4. ¿Quién es el principe de este mundo?

____

____

5. Resume las características del presente sistema mundial.

____

____

6. ¿Cuál es la razón para la condición pecaminosa del sistema mundial actual?

____

____

7. ¿Cuál es la actitud del mundo hacia los creyentes?

____

____

8. ¿Qué se entiende por "pasión de la carne"?

____

____

9. ¿Cómo se desarrolla la pasión?

____

____

10. ¿Qué pasa si no controlas la pasión?

____

____

11. Da una referencia biblica que identifique las obras de la carne.

____

____

(Las respuestas se encuentran al final del último capítulo en este manual).

MANIOBRAS TÁCTICAS

1. Estudia adicionalmente sobre las obras de la carne en Gálatas 5:19-21.

2. Contrasta a estas obras malignas el fruto del Espíritu en Gálatas 6:22-23.

3. Lee Juan 1:1-15 y capitulo 3. Observa el gran amor de Dios por el mundo a pesar de su condición pecaminosa y camal. ¿Qué hizo Dios para mostrar su amor? ¿Cuál fue la respuesta del mundo?

4. Estudia adicionalmente sobre la tentación

- Satanás es llamado el tentador: Mateo 4:3; 1 Tesalonicenses 3:15
- Dios no tienta a los hombres a hacer el mal: Santiago 1:13-14
- Eres tentado por:
    I. Hombres: Mateo 16:1; 19:3; 22:35; Marcos 8:11; 10:2; Lucas 11:16; Juan 8:6 W
    II. Satanas: Mateo 4:1; Marcos 1:13; Lucas 4:2: 1 Corintios 7:5 .
    III. Tus pasiones: Santiago 1:13-14
    IV. Riquezas: 1 Timoteo 6:9
- Has de orar para que no caigas en la tentación: Mateo 26:41; Lucas 11:4; Marcas 14:38; 22:46
- Jesús fue tentado, pero no pecó: Hebreos 2:18; 4:15
- Eres bendecido si resistes la tentación: Santiago 1:12
- Dios puede liberarte de la tentación: Hebreos 4:15; 11 Pedro 2:9; 1 Corintios 10:13
- La tentación trae pesar (Santiago 1:2), pero debes considerar cada tentación un gozo (1 Pedro 1:6).

5. ¿Estás experimentando pasión que te ha quiado a la tentación y luego al pecado? Sigue la estrategia en 1 Juan 1:8-9,

6. Es dentro del contexto del describir la guerra entre el Espíritu Santo y la carne que Pablo identifica las obras de la carne que batallan dentro de los creyentes. Ver Gálatas 5:16-26.

ENTRENAMIENTO BÁSICO

PREPARÁNDONOS PARA LA GUERRA

En el mundo natural ningun soldado es enviado a la batalla sin recibir primero entrenamiento básico. Este entrenamiento lo prepara para entrar en la rona de batalla

1 Pedro
1 Πέτρου
"Dios recompensa la perseverancia"

1 Pedro en varias versiones:

1 2 3 4 5

Tiempo de Lectura= 0:15 / Contiene: 5 capitulos, 105 versículos y 2.482 palabras.

Contenidos

1 Estructura de 1 Pedro
2 Autor y fecha
3 Contexto Histórico de 1 Pedro
4 Preguntando a los "para" en 1
5 Retos de Interpretación
6 Temas históricos y teológicos
7 Vista Panorámica de 1 Pedro
8 Conexiones
9 Importancia en la Biblia
10 Carácter de Dios en 1 Pedro
11 Apuntes de 1 Pedro

MÉTODO CRÍTICO

primera mitad de los años 60 d. C., Pedro, uno de los doce discipulos originales, escribió esta carta desde Roma para los creyentes esparcidos por todas las regiones de Asia Menor, actualmente Turquia. Pedro observó que las crecientes dificultades y persecuciones generaron dudas en algunos cristianos, que se preguntaban si Dios los habla Pedro abandonado. El les escribió para animarlos, al darles esperanza y sentido en medio de su sufrimiento.

1) ¿QUIEN ESCRIBIÓ EL LIBRO?
En algún momento durante la

2) ¿CUÁNDO FUE ESCRITO? 60 d.c.

3) ¿A QUIÉN FUE ESCRITO? Expatriados en Ponto, Galacia, Capadocia, Asia y Bitinia

4) DE DONDE FUE ESCRITO? Roma. (Babilonia)

MÉTODO HISTÓRICO

1) ¿CUÁL ES EL TRASFONDO HISTÓRICO DEL LIBRO? Bajo la persecución de Narón a los cristianos, empezó en Roma luego por el ejemplo de Neron se estimularon los enemigos de los cristianos, y en todos lados los perseguían, la iglesia ya tiene unos 35 anos, y estaba pasando en toda la iglesia de la época (5:9). Nerón 54-68, elecuto a Pablo posible por esta época, esta epistola nace poco antes del martirio de Pedro mismo. Otra de las opistolas generales. 1 Pedro fue enviada a los cristianos del Asia Menor. Es principalmente una exhortación a permanecer firmes en la persecución. El escritor de la epistola fue el apóstol Pedro. Fue escrita probablemente durante los años 62-69 d.C.

2) ¿SI ES UNA EPISTOLA CUANDO FUE FUNDADA LA IGLESIA? Son varias iglesias, unas o casi todas fundadas por Pablo, y unas cuantos frutos de Pentecostes.

3) ¿DE QUIÉN ESTÁ COMPUESTA LA IGLESIA? Está compuesta de judios y gentiles

4) ¿CUÁLES SON SUS FUERZAS Y SUS DEBILIDADES? Fuerza: unas iglesias ya maduras y formadas. Debilidades: afectadas por la persecución.

MÉTODO LITERARIO
1) ¿QUÉ GÉNERO DE LITERATURA ES EL LIBRO? Literatura Epistolatoria.

<u>**MÉTODO PANORÁMICO**</u>

1) ¿CUÁL ES LA IDEA PRINCIPAL DEL LIBRO? El ejemplo y él sacrificio de Jesús.
2) ¿CUÁL FUE LA RAZÓN PRINCIPAL POR LA CUAL SE ESCRIBIO ESTE LIBRO? Animar y exhortar a una iglesia perseguida.

<u>**PALABRAS CLAVE EN 1 PEDRO (RV1960);**</u> prueba (padecer, padecimiento, sufrir, sufrimientos, afligidos), gracia, gloria, salvación, Jesucristo, Dios, Espiritu Santo, llamar, elegido (escogido), santo.

<u>**TEMAS:**</u> Esperanza, sufrimiento, santidad, humildad, sumisión.

<u>**RECIPIENTES:**</u> Mayormente creyentes gentiles (1:14, 18; 2:9, 10): 4:3, 4) en las cinco provincias del cuadrante noroeste de Asia Menor (la modema Turquía), llamados expatriados (extranjeros) - con un juego de palabras sobre la diaspora judía (exiliados) -en el mundo.

<u>**OCASION:**</u> Probablemente preocupación por un ataque persecución local que algunos creyentes nuevos (2.2, 3) estaban experimentando, como resultado directo de su fe en Cristo.

<u>**ENFASIS.**</u> El sufrimiento por causa de la justicia no debe sorprendernos: los creyentes deben someterse al sufrimiento injusto de la manera que Cristo lo hizo, Cristo sufrió por nosotros para libramos del pecado, el pueblo de Dios debe vivir rectamente todo el tiempo, pero especialmente frente a la hostilidad; nuestra esperanza para el futuro está basada en la certeza de la resurrección de Cristo.

<u>**CARACTERÍSTICAS PARTICULARES:**</u> Pedro empleó varias imágenes que eran muy especiales para él porque Jesús las había usada cuando le reveló ciertas verdades a Pedro. El nombre de Pedro (que significa

"piedra") se lo dio Jesús. La concepción de Pedro de la Ialesia, una casa espiritual compuesta de piedra vivas edificadas sobre Cristo como fundamento, vino de Cristo Jesús animó a Pedro a cuidar de la iglesia así como lo hace el pastor con las ovejas. Por eso no es extraño ver a Pedro usar piedras vivas (2:5-9). pastores y ovejas (2:25; 5:2, 4) para describir la Iglesia.

CÓMO LEER 1 PEDRO:

¿Dónde encuentras esperanza en tiempos de crisis? ¿Dónde puedes encontrar fuerzas para seguir adelante en tiempos difíciles? ¿Qué te hará crecer en fe cuando las dificultados abundan? ¿Cuál es la respuesta? Jesús! A través de lo que Él hizo te ha sido entregada una nueva identidad. Ahora le perteneces a Dios, y eres parte de un pueblo elegido... sacerdotes del Rey. una nación santa, posesión exclusiva de Dios.» (1Pe 2:9).

Pero, ¿qué pasa con los momentos difíciles? Dios puede y va a usar dificultades para hacernos más fuertes. Descubre cómo la fe, refinada por el sufrimiento, puede ayudarte a ver al Señor más claramento y a conocerlo más intimamente. Las palabras en esta carta nos animan a permanecer firmes en medio de la dificultad.

Sin embargo, Pedro no se quedó ahí. No se trata solo de sobrevivir. A medida que aprendemos a abrazar nuestra identidad de realeza, podemos ver el reino de Dios crecer, aun frente a la adversidad. Pedro nos insta a adoptar una actitud activa en medio de dificultades, y amostrar a otros la bondad de Dios, pues él los ha llamado a salir de la oscuridad y entrar en su luz maravillosa.> (1Pe 2:9).

TITULO:

La carta siempre ha sido identificada (como la mayoría de las epistolas generales lo son, tales como Santiago, Juan y Judas) con el nombre del autor, Pedro, y con la notación de que era su primera carta inspirada.

<u>**Estructura de 1 Pedro**</u>

Titulo: "A los perseguidos por Cristo"

Versiculo Clave: 4:13 "Sino gozaos por cuanto sois participantes de los padecimientos de Cristo para que también en la revelación de su gloria os gocéis con gran alegría"

1:1 Pedro a expatriados	Una Esperanza viva	
1:1 Una Esperanza viva		
1:10 Profetas indagaron		Doctrina
1:13 Vuestro entendimiento	Obediencia en verdad	
1:22 Obediencia a la verdad		
2:1 Desechando loda malicia		
2:4 Acercándonos a el		
2:9 Linaje escogido		
2:11 Deseos camales	Someteos	
2:13 Sometros a toda institución		
2:18 Criados estad sujetos		
3:1 Mujeres estad sujetas		Práctica
3:7 Maridos igualmente		
3:8 Un mismo sentir	Dispuestos a todo	
3:13 ¿Quién si seguis el bien?		
4:1 Cristo padeció por nosotros		

4:7 El fin se acerca		
4:12 No sorprendáis de pruebas		
5:1 Ruego a los ancianos	Apacentad Saludos	
5:6 Humillaos bajo Dios		
5:12 Silvano		

Autor y fecha

El versículo de apertura de la epístola dice que fue escrita por Pedro, quien claramente fue el lider entre los apóstoles de Cristo. Los escritores del evangelio enfatizan este hecho I colocar su nombre a la cabeza de cada lista de los apóstoles (Mt 10, Mr 3; Lc 6; Hch 1), e incluyendo más información acerca de él en los cuatro Evangelios que de cualquier otra persona fuera de Cristo. Originalmente conocido como Simón (gr.) o Simeón (heb.), Marcos 1:16: Juan 1:40. 41. Pedro era el hijo de Jonas (Mt 16:17) quien también era conocido como Juan (Jn 1:42), y un miembro de una familia de pescadores que vivían en Betsaida y más tarde en Capernaum. Andrés, el hermano do Pedro, lo trajo a Cristo (Jn 1:40-42). El era casado, y su esposa aparentemente lo acompañaba en su ministeno (Mr 1:29-31; 1 Co 9:5).

Pedro fue llamado a seguir a Cristo a principios del ministerio de Señor (Mr 1:16, 17), y más establicido al apostolado (Mt 10:2; Mr 3:14-16). Cristo lo renombró Pedro (gr.), o Cefas (aram.), ambas palabras quieren decir "piedra" o "roca" (Jn 1:42). EL Señor claramente escogió a Pedro para dar lecciones especiales a lo largo de los Evangelios (Mt 10; 16:13-21; 17:1-9; 24:1-7; 26:31-33; Jn 6:6; 21:3-7, 15-16). El era el vocero de los doce, expresando sus pensamientos y preguntas como también los suyos. Sus triunfos y debilidades están narrados en los Evangelios y e Hechos 1-12.

Después de la resurrección y ascension, Pedro inició el plan para escoger a un reemplazo para Judas (Hch 1:15). Después de la venida del Espiritu Santo (Hch 2:1-4). ol fue capacitado para convertirse en el principal predicador del evangelio desde el dia de Pentecostés en adelante (Hch 2-12). El también llevó a cabo milagros notables en los primeros dias de la iglesia (Hch 3-9), y abrió la puerta del evangelio a los samaritanos (Hch 8) y a los gontiles (Hch 10). De acuerdo a la tradición, Pedro tuvo que ver a su esposa siondo crucificada, pero la alento con las palabras: "Recuerda al Serior. Cuando llego el momento que el fuera crucificado, se dice que el rogó y dijo que no era digno de ser crucificado como su Señor, sino que más bien de ser crucificado de cabeza (67-68 d. C.), lo cual la tradición dice que lo fue.

Debido a su prominencia única, no habla carencia de documentos falsos en la iglesia primitiva que falsamento decian sor escritos por Pedro. No obstante, el hecho de que el apóstol Pedro es el autor de 1 Pedro, es cierto. El material en esta carta lleva el reflejo definitivo de sus mensajes en el libro de los Hechos. La carta enseña, por ejemplo, que Cristo es la Piedra rechazada por el edificador (2:7.8; Hch 4:10, 11). y que Cristo no es parcial (1:17: Hch 10:34). Pedro le enseña a sus lectores a vestirse de humildad" (5:5), un eco del momento en el que el Señor se cio con una toalla y lavó los pies de los discípulos (Jn 13:3-5). Hy otras afirmaciones en I carta similares a los dichos de Cristo (4:14; 5:7,8). Además, el autor dice haber sido testigo de los sufrimientos de Cristo (5:1; 3:18: 4:1). Por si estas evidencias internas fuoran poco, es digno de notarse que los primeros cristianos universalmente reconocieron esta carta como la obra de Pedro.
La única duda significativa que surge acerca del hecho de que Pedro es el autor emana del estilo más bien clásico de grego empleado en la carta. Algunos han argumentado que Pedro, siendo un pescador sin letras" (Hch 4:13), no podria haber escrito en griego sofisticado, especialmente a la luz del estilo menos clásico de griego empleado en

la escritura de 2 Pedro. No obstante, este argumento no está sin una buena respuesta. En primer lugar, el hecho de que Pedro fuera "sin letras" no quiere decir que era analfabeta, sino que nada más carecia de preparación académica, rabinico en las Escrituras. Además, aunque el arameo pudo haber sido el idioma primordial de Pedro, el griego habría sido una segunda lengua hablada ampliamente en Palestina. También es aparente que por lo menos algunos de los autores del NT, aunque no estaban muy preparados academicamente, podrían leer el griego del AT de la Septuaginta.

Más allá de estas evidencias de la capacidad de Pedro en griego, Pedro también explicó (5:12) que el escribió esta carta "por conducto de Silvano". también conocido como Silas. Es probable que Silvano haya sido el mensajero designado para llevar la carta a sus lectores originales. Pero más se encuentra implicito por esta afirmación en que Pedro está reconociendo que Silvano sirvió como su secretario o amanuense. El dictado era común en el mundo romano antiguo (Pablo y Tercio; Ro 16:22). y los secretarios frecuentemente podían ayudar con la sintaxis y la gramática. Entonces. Pedro, bajo la superintendencia del Espíritu Santo de Dios, dictó la carta a Silvano, mientras que Silvano, quien también era un profeta (Hch 15:32), pudo haber ayudado en algo de la composición del griego más clásico.

Los más probable es que Primera de Pedro fue escrita poco antes o poco después de julio, 64 d.C. cuando la ciudad de Roma ardia, de esta manera una fecha de escritura de 64-65 d.c.

Contexto Histórico de 1 Pedro

Cuando la gludad de Roma ardia, los romanos creyeron que su emperador, Nerón, había prendido fuego a la ciudad, probablemente por su increible deseo perverso por construir. Para poder construir mas, el tenia que destruir lo que ya existia.

Los romanos estaban totalmente devastados. Su cultura, en un sentido, desapareció con la cludad. Todos los elementos religiosos de su vida fueron destruidos, sus grandes templos, reliquias, y aún los idolos de su casa fueron quemados. Esto tuvo grandes implicaciones religiosas porque los hacia cree que sus deidades habían sido incapaces de lidiar con esta conflagración y también fueron victimas de ella. Las personas estaban si casa y sin esperanza. Muchos hablan muerto, Su resentimiento amargo era severo, y Neron se dio cuenta de que tenia que rodirigir la hostilidad.

El chivo expiatorio del emperador fueron los cristianos, quienes ya eran odiados porque estaban asociados con los judíos, y porque eran vistos como personas que eran hostiles a la cultura romana, Nerón esparció esta idea rapidamento de que los cristianos hablan prendido fuego a la ciudad. Como resultado, una intensa persecución en contra de los cristianos comenzó, y pronto se esparcio a lo largo del Imperio Romano, tocando lugares al N de las montañas Tauro, tales como Ponto, Galacia, Capodocia, Asia, y Bitinia (1:1), e impactando a los cristianos, a quienes Pedro llama "peregrinos". Estos peregrinos", quienes probablemente eran gentiles, en su mayoria (1:14, 18; 2:9, 10:4:3), posiblemente llevados a Cristo por Pablo y sus asociados, y establecidos en las enseñanzas de Pablo, necesitaban fortalecimiento espiritual por sus sufrimientos. De esta manera el apóstol Pedro, bajo la inspiración del Espíritu Santo, escribió esta epístola para fortalecerlos

Pedro escribió que el estaba en "Babilonia" cuando escribió la carta (5:13). Tres lugares se han sugerido para esta "Babilonia". En primer lugar, una guardia romana en la parte norte de Egipto so llamaba Babilonia, pero ese lugar era demasiado oscuro, y no hay razones para pensar que Pedro llegó a estar alli. En segundo lugar, Babilonia antigua en Mesopotamia es una posibilidad; pero seria muy poco probable que Pedro, Marcos, y Silvano estuvieron en este lugar que más bien era pequeño y distante al mismo tiempo. En tercer lugar. "Babilonia" es un alias para Roma; quizás una palabra código para Roma. En tiempos de persecución, los escritores eran más cuidadosos de lo normal para no poner en peligro a los cristianos al identificarlos. De acuerdo a algunas tradiciones, Pedro siguió a Santiago y a Pablo y murió como mártir cerca de Roma alrededor de dos años después de que escribió esta carta, y así podemos ver que él había escrito esta epistola cerca del fin de su vida, probablemente mientras se estaba quedando en la ciudad imperial. El no quiso que la carta fuera encontrada y que la iglesia fuera perseguida, por esa razón pudo haber escondido su lugar bajo la palabra código, "Babilonia', la cual aptamente encaja debido a la idolatria de la ciudad (Ap 17, 18).

Preguntando a los "para" en 1 Pedro

1:2 Santificados para que?: Para obedecer

1:3¿Nos hizo nacer de nuevo para que?: Para una esperanza viva.

¿Porque es viva?: Por la resurrección de Jesucristo.

1:4=¿Para quién? : Para vosotros.

1:5= ¿Fe para que? : Para alcanzar la salvación.

1:5= Para cuando? : Para ser manifestada en el tiempo postrero.

1:6,7= ¿Pruebas para que?: Para someter a prueba vuestra fe.

1:22 Purificando las almas en obediencia a la verdad por el Espiritu para que? : Para el amor fraternal no fingido.

2:2= ¿La leche espiritual para que?: Para que por ella crezcáis.

2:55 Casa y sacerdocio para que?: Para ofrecer sacrificios a Dios.

2:9= 2Linaje y sacerdocio santo para que? : Para que anuncióis.

2:12= ¿Manera de vivir para que?: Para que lo que murmuren, glorifiquen a Dios.

2:20,21= Para que fuimos llamados?: Para sufrir haciendo lo bueno.

2:21= ¿El ejemplo de Cristo para que?: Para que sigais sus pisadas

2:24= ¿Llevó nuestros pecados para que? : Para que estando muertos al pecado vivamos a la justicia

3:1Mujeres sujetas para que?: Para que los que no crean sean ganados

3:7= ¿Dando honor a la mujer para que?: Para que vuestras oraciones no tengan tropiezo.

3:9= ¿Fuisteis llamados para que?: Para que hederéis bendición.

3:15 Estad siempre preparados para que? : Para presentar defensa a la fe.

3:16 Buena conciencia para que?: Para que sean avergonzados por la buena conducta.

3:18= ¿Para qué Cristo padeció? : Para llevamos a Dios.

4:16- ¿Para qué predicó a los muertos? : Para que sean juzgados según hombres y vivan según Dios.

4:11= Ministrar conforme al poder de Dios para que?: Para que en todo sea Dios glorificado.

4:13= ¿Para qué gozarse ahora?: Para gozarse también en la revelación de su gloria.

Retos de Interpretación

• Primera de Pedro 3:18-22 permanece como unos de los textos mas dificiles del NT de traducir y despúes interpretar. Por ejemplo, ¿acaso "Espiritu" en el 3:18 se refiere al Espiritu Santo, o al Espíritu de Cristo? ¿Predicó Cristo a través de Noé antes del diluvio, o predicó El mismo después de la crucifixión (3:19)? ¿Estaba compuesta la audiencia de esta predicación de humanos en el dia de Noé o demonios en el abismo (3:19)? Enseria el 3:20, 21 regeneración bautismal (salvación), o salvación por fe únicamente en Cristo?

Temas históricos y teológicos

• Debido a que los creyentes a quienes se dirige esta carta estaban sufriendo persecución que se incrementaba más y más (1:6; 2:12, 19-21; 3:9, 13-18; 4:1, 12-16, 19), el propósito de esta carta era enseñarles como vivir victoriosamente en medio de esa hostilidad: 1) sin perder la esperanza; 2) sin amargarse: 3) mientras confiaban en su Señor, y 4) mientras esperaban su Segunda Venida. Pedro deseo impresionar en sus lectores que al llevar una vida obediente, victoriosa bajo aflicción, un cristiano de hecho puede evangelizar a su mundo hostil (1:14; 2:1, 12, 15; 3:1-6, 13-17; 4:2; 5:8,9).

• Los creyentes constantemente están expuestos a un sistema del mundo energizado por Satanás y sus demonios. Sus esfuerzos consisten en desacreditar a la iglesia y destruir su credibilidad e integridad. Una

3. ¿Cual debe ser la actitud de un empleado cristiano a un jefe hostil (2:18)

4. ¿Cómo debe una dama cristiana conducirse? (3:3, 4)

5. ¿Cómo puede una esposa creyente ganar a su marido incrédulo? (3:1, 2)

Vista Panorámica de 1 Pedro

Pedro (que significa "piedra"), el escritor de esta carta (1:1), fue nombrado asi por Jesús cuando su hermano Andrés se lo presentó (Jn 1:40 42). El era nativo de Betsaida (Jn 1:44), una pequeña aldea pesquera en la costa del norte del Mar de Galilea. Después vivió en Capernaum (Mt 8:5, 14) donde el trabajo como pescador. Lo que queda de su casa, donde Jesús a menudo se hospedó, puede verse hoy en dia. La suegra de Pedro fue sanada por Jesús (Mr 1:29-31). Fue un testigo ocular de los sufrimientos de Cristo (5:1). y la tradición dice que el fue crucificado con la cabeza hacia abajo en un lugar no muy distante de Roma en el año 67 o 68 d.C. El experimento en carne propia muchas de las formas de sufrimiento acerca de las cuales escribió.

Pedro indica que está escribiendo desde Roma, porque saluda desde Babilonia, lo que probablemente era una palabra en clave para Roma. Es claro que Marcos, quien estaba con Pedro cuando el escribió (5:13). habia estado en Roma durante el primer encarcelamiento del apóstol (Col. 4:10). Nerón incendió a Roma en julio del 64 d.C.. y culpó a los cri por actos escandalosos, acelerando así su persecución. Pedro escribió esta estimulante carta a fines del 64 o a principios del 65 d.C. y fue llevada por Silvano (5:12). El asunto clave, dirigido en una manera oportuna, es ¿Cómo deben portarse los cristianos en medio de la inmerecida animosidad contra ellos?

manera en la que estos espiritus operan es encontrando a cristianos cuya vida no es coherente con la Palabra de Dios, y después desfilarlos frente a incrédulos para mostrar lo falso que la iglesia es. No obstante, los cristianos deben de permanecer firmes en contra del enemigo y callar a los críticos por el poder de una vida santa.

• En esta epistola, Pedro es más bien efusivo al recitar dos categorias de verdad. La primera categoria es positiva e incluye una larga lista de bendiciones otorgadas a los cristianos. Conforme habla de la identidad de los cristianos y lo que quiere decir conocer a Cristo, Pedro menciona un privilegio y bendición, uno tras otro. Tejido en esta lista de privilegios está el catálogo del sufrimiento. Los cristianos, aunque extremadamente privilegiados, tambien deben saber que el mundo los tratará injustamente. Su ciudadanía está en el cielo y son extranjeros en un mundo hostil, energizado por Satanás. De esta manera la vida cristiana puede ser resumida como un llamado a la victoria y gloria a través del camino del sufrimiento. Entonces, la pregunta básica que Pedro responde en esta epístola es: ¿Cómo deben los cristianos lidiar con la enemistad? La respuesta incluye verdades prácticas y se enfoca en Jesucristo como el modelo de uno que mantuvo una actitud triunfal en medio de la hostilidad.

• Primera Pedro también responde a otras preguntas prácticas acerca de la vida cristiana tales como:

1. Necesitan los cristianos un sacerdote para interceder ante Dios por ellos? (25-9)

2. cual debe ser la actitud del cristianos para con el gobierno secular y la desobediencia civil? (2:13-17)

Los recipientes de la carta eran principalmente cristianos desterrados y dispersados a través de cinco provincias (1:1) en lo que hoy es Turquía. Aunque algunos convertidos judios pueden haber estado entre los primeros lectores, parece claro que la mayoria eran gentiles. Son descritos como que vivian en ignorancia espiritual antes de su conversión (1:14), sumidos en tinieblas y sin identidad como pueblo (2:9-10) e involucrados en conducta inmoral (4:3-5).

La experiencia cristiana de la gente a quien Pedro escribió era una mezcla de bendición y sufrimiento. Había la posibilidad del sufrimiento por hacer el mal (2:20; 4:15), cosa que no debe ocurrir en un creyente. También habría sufrimiento según la voluntad de Dios (4:19). Tal sufrimiento era de esperarse (4:12) y se debería resistir pacientemente (2:20), sin venganza (3:9). pero con gozo (4:13). Los creyentes no deben tener problema con ese tipo de pruebas (3:14), sino que deben considerar las muchas bendiciones que resultan de ellos (1:6-7:2:19-20, 3:14; 4:14). Pedro les recuerda a sus lectores que Cristo sutnio (1:11:2:21, 23, 5:1) y propo isto sufrió (1:11: 2:21. 23: 5:1) y proporcionó un ejemplo do cómo triunfar sobre tales situaciones (2:21; 4:1-2). Usando siete palabras diferentes para sufrimiento, el apóstol Pedro comienza su carta en una manera emotiva, recordándole a sus lectores de su propia confianza y experiencia (1:3–2:10). Esta confianza se basa en lo que Dios le ha proporcionado a cada cravente. La conducta correcta de los cristianos en el sufrimiento es algo crucial (2:11-12) puede ser aplicado en la comunidad (2:13-25), la familia (3:1-12), e incluso hacia adversarios que atacan la conducta (3:13-17) y el carácter de los creyentes (4:1-6). La conducta deseada esta ilustrada ampliamente por el sufrimiento de Cristo (2:21-25; 3:18-22). Los cristianos deben servirse el uno al otro al usar sus dones espirituales (4:7-11) y alentarse entre si con actitudes sanas (4:1219). Los líderes espirituales son desafiados a edificar a los suyos (5:1-5) y la guerra espiritual debe ser emprendida para mutua protección (5:6-11).

Con un saludo de paz, tanto en la apertura (1:1-2) como en las observaciones finales (5:12 14), la carta de Pedro proporciona recursos necesarios para los creyentes que resisten pruebas por amor de la fe en Cristo; y es una fuente perpetua de estímulo a cada generación de cristianos.

Conexiones

La familiaridad de Pedro con la ley del Antiguo Testamento y los profetas, le permitían explicar varios pasajes del Antiguo Testamento a la luz de la vida y la obra del Mesias, Jesucristo. En 1 Pedro 1:16, él cita Levitico 11:44 "Sed santos, porque yo soy santo." Pero él lo parafrasea explicando que la santidad no es alcanzada por guardar la ley, sino por la gracia otorgada a todos los que creen en Cristo (v. 13). Más adelante, Pedro explica la referencia a la "piedra angular on Isaias 28:16 y el Salmo 118:22 como Cristo, quien fue rechazado por los judios a causa de su desobediencia e incredulidad. Las referencias adicionales al Antiguo Testamento, incluyen la ausencia de pecado en Cristo (1 Pedro 2:22 / Isaías 53:9) y exhortaciones para vivir santamente a través del poder de Dios que da bendición (1 Pedro 3:10-12Salmos 34:12-16; 1 Pedro 5:5 Proverbios 3:34).

Importancia en la Biblia

A pesar de la adversidad que sus lectores enfrentan, Pedro no los exhorta a separarse de los demás. Mas bien, los llama a empeñarse en la sociedad, haciendo el bien en medio de los incrédulos que los han rechazado (por ejemplo 2.11-3.7). En esto, les enseña a acudir a la gracia de Dios y a todo lo que esta implica (5.12). El mensaje de la epistola es la conducta cristiana en medio de una sociedad hostil.

1. Dios es accesible: 1.17; 3.18
2. Dios es fiel: 4.19
3. Dios es santo: 1.15, 16
4. Dios es justo: 1.17
5. Dios os paciente: 3.20
6. Dios es misericordioso: 1.3
7. Dios es recto: 2.23

Cristo en 1 Pedro

Debido a que los cristianos a los que está dirigida 1 Pedro vivian bajo una terrible persecución, Pedro les instruye a identificarse con los sufrimientos de Cristo (1.10–12: 2.24: 4.12, 13), Primera de Pedro equilibra osto mensaje con recordatorios de las numerosas bendiciones derramadas sobre los cristianos por su perseverancia (1.13-16). Cristo sigue siendo la sosperanza viva del creyente en un mundo hostil (1.3, 4).

<u>**Apuntes de 1 Pedro**</u>

Los "para" en 1 Pedro	Preguntas en 1 de Pedro	1 Pedro en Wikipedia
Vista panorámica de 1 Pedro	Párrafos de 1 Pedro	EPISTOLAS CONTEXTO
Ocasión de 1 Pedro	Lugar de escritura	EPISTOLAS HERMENEUTICA
Estructura de 1 Pedro	Comentario de Marcos, I y II Pedro	Bosquejo de 1 Pedro
Contexto Histórico de 1 Pedro	¿Por qué leer 1 Pedro?	Pasajes dificiles de 1 Pedro
Líderes Eclesiásticos	Animese a leer 1 Pedro	

"Puesto que la mayoría de los libros del Nuevo Testamento están preocupados por la manera en que el pueblo de Dios vive sus relaciones unos a otros, es importante para la historia bíblica tener un libro que se enfoque especialmente en que seamos como Cristo (repitiendo su historia, como fue) en nuestra respuesta al sufrimiento que viene como el resultado de la hostilidad de los no cristianos"

CAPÍTULO OCHO

ESTRATEGIA DEL ENEMIGO

OBJETIVOS:

Al concluir este capítulo serás capaz de:

- Escribir el versículo llave de memoria.
- Resumir la estrategia del enemigo en relación con Dios.
- Resumir la estrategia del enemigo en relación con las naciones.
- Resumir la estrategia del enemigo en relación con los no creyentes.
- Resumir la estrategia del enemigo en relación con los creyentes.

VERSÍCULO LLAVE DE LAS CLÁUSULAS DE LA GUERRA:

> *"Sed sobrios y velad, porque vuestro adversario el diablo, como león rugiente, anda alrededor buscando a quien devorar. Resistidio firmes en la fe, sablendo que los mismos padecimientos se van cumpliendo en vuestros hermanos en todo el mundo" (1 Pedro 5:8-9).*

INTRODUCCIÓN

Esta lección presenta una visión general de las estrategias de nuestro enemigo, Satanás. En la próxima lección, se te dará un panorama del "Plan de Batalla" de Dios. En lecciones posteriores, después de que hayas sido armado con tus armas espirituales, se te darán más contra-estrategias específicas para vencer todos los planes malignos del enemigo. Pero primero, tú necesitas entender la estrategia general del enemigo en relación con Dios, las naciones, no creyentes, y los creyentes.

EL ENEMIGO Y DIOS

El pecado original de Satanás fue que el quería ser como Dios, de tal manera que su poder presente y actividades están dirigidas primordialmente contra Dios. Todas sus otras actividades y su misma naturaleza son vistas como ramificaciones de su rebelde ambición original.

Por ejemplo, el ataque de Satanás sobre el primer hombre y la primera mujer, Adán y Eva, fue realmente un ataque al carácter y el control de Dios (ver Génesis 3:1-5). Satanás también indujo a Caín a asesinar a Abel en oposición a Dios (ver 1 Juan 3:10- 12). Puedes estudiar cada ataque de Satanás registrado en la Escritura y descubrirás que es un ataque contra Dios y Sus actividades y naturaleza.

Satanás están en oposición directa a Dios en cada actividad y característica de naturaleza. Por ejemplo, Dios es amor mientras Satanás es odioso y promueve el odio (1 Juan 3:7-15). Dios es vida y crea vida mientras que Satanás promueve la muerte y la destrucción (Hebreos 2:14).

Satanás no solamente se opone a Dios y Su naturaleza, sino que también se opone al programa de Dios. Niega la existencia de Dios (Salmos 14:1-3), promueve mentiras (Efesios 2:2; 2 Tesalonicenses 2:8-11); y está detrás de falsas religiones, lo oculto, y cultos con sus falsas doctrinas y prácticas. El sistema religioso de Satanás resulta en falsos maestros, profetas, y "cristos". Estudiarás más sobre esto después, cuando estudies "Maldad Espiritual en los Lugares Altos".

Satanás alcanzará el climax de su rebelión contra Dios y Sus planes durante el tiempo de la "Batalla Final" abordado en el último capitulo de este curso. Al final, Satanás y sus huestes de poderes demoníacos serán puestos bajo el control del único y verdadero Dios viviente.

<u>**EL ENEMIGO Y LAS NACIONES**</u>

Satanás es llamado el "dios de este mundo" lo cual incluye los hombres que no son creyentes y los ángeles demoníacos (2 Corintios 4:4). Él ofreció a Jesús las naciones durante la tentación de Cristo, y nuestro Señor no disputó la legitimidad del ofrecimiento. Él simplemente resistió rebelarse contra Dios al someterse al modo de Satanás de obtener el gobierno (Mateo 4:8-10).

Satanás usa sus demonios para influenciar y engañar a las naciones, gulando a los líderes y al pueblo lejos de Dios. Esta es la razón por la cual hay crueles dictadores y sistemas politicos non santos en muchas naciones. También explica las guerras y divisiones entre las naciones.

Satanás especialmente influencia líderes en contra de la Iglesia y el pueblo escogido de Dios, Israel. También opera mediante gobiernos para evitar la difusión del Evangelio.

Durante el período de la Tribulación Satanás dirigirá los asuntos de un grupo de diez naciones mediante el Anticristo. Después de la segunda venida de Cristo, Satanás será atado por mil años para que no engañe más a las naciones" (Apocalipsis 20:3). Después de su liberación, engañará a las naciones una última vez para reunirlas contra Jerusalén y contra Dios (Apocalipsis 20:7-10). Pero en el final, cada reino de la tierra y el reino de Satanás se volverán los Reinos de nuestro Señor y Salvador, Jesucristo. EL

<u>**ENEMIGO Y LOS NO CREYENTES**</u>

El enemigo tiene una muy poderosa estrategia operando contra los no creyentes. Clega sus mentes al Evangello (2 Corintios 4:3-4) y arrebata la verdad del Evangelio cuando lo escuchan de tal manera que ninguna respuesta ocurra (Lucas 8:12). Como consecuencia, el Evangelio suena tonto e Irrelevante a aquellos que están perdidos en pecado (1 Corintios 1:18).

Satanás también atrapa a los no creyentes en falsas religiones (1 Timoteo 4:1-3) y los lleva a caminar conforme al "curso del mundo" el cual es la filosofía del siglo. Tal filosofía puede variar de generación a generación y de cultura a cultura, pero es siempre antropocéntrica y promovedora de la criatura en lugar de teocéntrica. Satanás está constantemente sembrando las semillas de la rebelión (pecado) en los corazones y mentes de los no creyentes.

Uno de los propósitos del Espíritu Santo es batallar contra Satanás por las almas de los no creyentes. El Espiritu Santo obra para redargüir a los hombres y mujeres de su pecaminosa rebellón contra Dios (Juan 16:7-11).

EL ENEMIGO Y LOS CREYENTES

Cuándo aceptas a Jesucristo como Salvador, ciertamente no significa que la batalla ha terminado! Has ganado una confrontación mayor cuando eres salvo, pero en realidad, tu Intensa batalla sólo ha comenzado.

Aprenderás muchas estrategias específicas de Satanás en la medida que continúas estudiando este curso y te armas de tus armas espirituales y movilizas para entrar en el territorio enemigo. Pero todos estos ataques pueden ser resumidos en cuatro áreas principales. En la vida de un creyente Satanás ataca:

LA PALABRA DE DIOS:

Satanás te llevará a cuestionar la Palabra de Dios y añadirá, quitará o distorsionará las Escrituras. Recuerda que estas cosas estuvieron presentes en la misma tentación de Eva. Este es el por qué es importante estudiar y entender la Palabra de Dios de tal manera que no serás engañado por estos ataques.

TU ADORACIÓN:

La rebellón original de Satanás incluía su deseo de ser adorado, por lo cual especialmente hace uno de sus blancos la adoración de los creyentes. Tratará de impedir que adores o guiarte a una falsa o carnal adoración.

TU CAMINAR CON DIOS:

Satanás ataca tu caminar personal con Dios. Te acusa y calumnia, te tienta para comprometerte en las obras de la carne, para estar ocupado con el mundo, y para conflar en tu propia y humana sabiduría y fuerza. Si Satanás puede ganar territorio en tu caminar personal con Dios, será más fácil para él derrotarte en tu próxima área que es...

TU TRABAJO PARA DIOS:

Satanás también ataca tu trabajo para Dios. Tratará de disuadirte de hacer la voluntad de Dios mediante la persecución, el desastre, el desánimo, falta de oración, y por el estar ocupado con las cosas del mundo. Satanás también trata de afectar tu trabajo para Dios Infiltrándose en la Iglesia con falsos maestros y discípulos (2 Corintios 11:13-15; 2 Pedro 2:1-19; Mateo 13:38-39).

Mientras Dios siembra buena semilla a través de tu ministerio, el enemigo siembra cizañas que son "hijos del maligno". Él promueve la división dentro del Cuerpo de Cristo tratando de afectar el obrar de Dios y Sus propósitos en tu vida y ministerio.

ENTONCES... ¿QUÉ PUEDES HACER?

Las estrategias de Satanás ciertamente son variadas y poderosas en la medida que obra contra Dios, las naciones, los no creyentes, y los creyentes.

Habiendo pasado las cuatro últimas lecciones estudiando al enemigo, las fuerzas espirituales del mal, el territorio del enemigo, y estrategia, puedes estar un poco sobrecogido a estas alturas. Pero como aprenderás en el próximo capítulo, Dios tiene un "plan de batalla" mucho más grande y más poderoso que cualquier proyecto del enemigo.

Ahora estás listo para estudiar el plan y luego armarte de tus armas espirituales y movilizarte para la batalla.

<u>INSPECCIÓN</u>

1. Escribe el versículo llave de las Cláusulas de la Guerra.

____

____

2. Resume la estrategia del enemigo en relación con Dios.

____

____

3. Resume la estrategia del enemigo en relación con las naciones.

____

____

4. Resume la estrategia del enemigo en relación con los no creyentes.

____

____

5. Resume la estrategia del enemigo en relación con los creyentes.

____

____

(Las respuestas se encuentran al final del último capítulo de este manual).

<h1 style="text-align:center"><u>MANIOBRAS TÁCTICAS</u></h1>

1. Analiza la nación en la cual vives. ¿Qué estrategias del enemigo ves operativas en tu nación?

2. Analiza no creyentes alrededor de ti por los cuales estás orando. ¿Ha el enemigo cegado sus ojos al Evangelio? ¿Está arrebatando el mensaje del Evangelio presentado a ellos? ¿Están siendo adoctrinados en falsas religiones? ¿Están ellos viviendo en el "curso del mundo" y en su estilo de vida? Convierte a estos asuntos en tema de oración.

3. Ten en cuenta las cuatro acusaciones de Satanás:

- Acusa a Dios delante del creyente: Génesis 3:1-5

- Acusa al creyente delante de Dios: Job 1-2; Apocalipsis 12:9-10

- Acusa al creyente delante de su propla conciencia: Jeremías 31:34; Romanos 8:33-39.

- Acusa al creyente mediante otros creyentes: Mateo 16:13-23; Romanos 8: 33-39

4. Piensa en tu propia vida. En el espacio que se provee debajo, analiza cómo Satanás te ha atacado en relación con la Palabra de Dios, tu adoración, tu caminar con Dios, o tu obra para con Dios.

<u>La Palabra de Dios:</u>

____

____

<u>Adoración a Dios:</u>

____

____

<u>Caminar con Dios:</u>

____

____

Obrar para Dios:

En las siguientes lecciones aprenderás estrategias específicas para ganar batallas en cada una de estas áreas.

Los 3 enemigos del cristiano

Santiago 4:1-7

1.- La carne

2.- El mundo

3.- Satanás

Santiago 4:1-2:

Las pasiones,

la codicia. La carne

Gálatas 5:19-21:

Adulterio, iras, fornicación, contiendas, inmundicia, disensiones, lascivia, herejías, idolatría, envidias, hechicerías, homicidios, enemistades, borracheras, pleitos. orgias. celos,

"El cinturón de la verdad"

Efesios 6:14

El cinturón es el primer elemento que se menciona de este equipo. Es muy apropiado hacerlo así, porque el soldado podía tener todos los demás elementos, pero al carecer del cinturón no se sentía bien vestido ni armado.

El cinturón no era un simple adorno para el soldado, sino una parte esencial de su armadura.

Ceñido alrededor de la cintura, servía para sujetar la coraza y como sostén de la espada, y especialmente para mantener otras partes del equipo en su lugar.

La verdad, como se menciona aquí, se refiere a la confianza completa que se puede encontrar en un cristiano. Cuando la vida de un creyente está manchada por la mentira y la falsedad, inutiliza aquello que mantiene juntas las demás piezas de la armadura.

<u>"El escudo de la fe"</u>
<u>Efesios 6:16</u>

El escudo era una pieza fundamental en las armaduras de los soldados de infantería.

Llevada a la vida del cristiano, se refiere a la protección que brinda la fe de todas las tentaciones, maldades, sugestiones, del enemigo. Hebreos 11 es una maravillosa exposición sobre el escudo de la fe.

Satanás el diablo

"Vuestro adversario el diablo, como león rugiente, anda alrededor buscando a quien devorar". 1a Pedro 5:8

Satanás ataca directamente al corazón del cristiano a través del orgullo.

Expresiones como "a mi manera", "yo creo", "el resultado de mi esfuerzo etc., reflejan un corazón envanecido y que no da la gloria a Dios.

<u>**El mundo**</u>

<u>1a Juan 2:16:</u>

Los deseos de la carne,

Los deseos de los ojos,

La vanagloria de la vida.

<u>El proceso por el cual nos hacemos amigos del mundo:</u>

1°- La amistad del mundo.

2°- La aprobación del mundo.

3°- El amor al mundo.

4°- La conformidad con el mundo.

5°- La condenación con el mundo.

La Armadura de Dios

Efesios 6:10-18

Ceñidos vuestros lomos con la verdad, la coraza de justicia, calzados los pies con el apresto del evangelio de la paz, el escudo de la fe,

el yelmo de la salvación,

la espada del Espíritu, que es la palabra de Dios.

Satanás el diablo

"Someteos, pues, a Dios; resistid al diablo,

Y huirá de vosotros" Santiago 4:7

"La coraza de justicia"

Efesios 6:14

Habla de aquellos actos justos practicados por el creyente.

La coraza se usaba para proteger el corazón y otros órganos vitales del soldado. Aquellos actos injustos cometidos por el cristiano le roban de esta protección vital, y ponen a merced de Satanás su corazón. Ver Hebreos 10:22, 13:9; Santiago 1:16, 4:8; 1a Juan 3:19-22.

"El calzado de la paz"

Efesios 6:15

El soldado romano usaba sandalias que iban bien sujetas por tiras de cuero al pie y al tobillo, y las suelas llevaban clavos. Esto le daba a él un asiento firme en tiempo de lucha.

Se refiere a la seguridad y confianza que vienen por conocer las grandes verdades doctrinales del evangelio. Ver 1" Pedro 3:15; Efesios 4:14.

"El yelmo de la salvación"

Efesios 6:17

El yelmo protegía la cabeza y el cerebro,.

Esta parte, al igual que las sandalias, se refiere a la asimilación de las

grandes verdades bíblicas, a fin de que nuestros ojos no sean cegados, nuestros oídos cerrados y nuestras mentes confundidas por los ataques de la carne, del mundo y del diablo.

"La espada del Espíritu"

Efesios 6:17

Ésta es la única arma ofensiva que aparece entre las distintas partes de la armadura. Las demás son defensivas en naturaleza.

Se identifica la espada del Espiritu como la Palabra de Dios.

La Palabra de Dios es el arma que tiene el cristiano para atacar de frente a la carne, al mundo y a Satanás.

Las bendiciones, las promesas, los consejos, las amonestaciones, la victoria prometida, son el filo con que podemos atacar la inseguridad, las tentaciones, la depresión, la ansiedad, etc..

Ver Hebreos 4:12.

Cómo vencer a estos tres enemigos

1o- Someterse a Dios. Santiago 4:7.

2°- Acercarse a Dios. Santiago 4:8.

3°- Humillarse ante Dios. Santiago 4:9,10.

4°- Debes darte cuenta de que la victoria ya es tuya.

CAPÍTULO NUEVE

EL PLAN DE DIOS PARA LA BATALLA

OBJETIVOS:

Al concluir este capítulo serás capaz de:

- Escribir el versiculo llave de memoria.

- Identificar el propósito de Dios.

- Identificar el propósito por el cual Jesús vino al mundo.

- Explicar los seis puntos del plan de batalla de la guerra espiritual.

VERSÍCULO LLAVE DE LAS CLÁUSULAS DE LA GUERRA:

> *"El que practica el pecado es del diablo, porque el diablo peca desde el principio. Para esto apareció el Hijo de Dios, para deshacer las obras del diablo" (1 Juan 3:8).*

INTRODUCCIÓN

Este capítulo presenta la batalla básica de la guerra espiritual. Es una estrategia que descansa en el entendimiento de los propósitos de nuestra guerra y está basada en la comunicación con nuestro Comandante en Jefe por la oración, ayuno, y la escrita Palabra de Dios.

Cuando no entiendes los propósitos de Dios y plan, puedes ser tentado a desanimarte en los conflictos de la vida. Esta es la razón por la cual muchos soldados cristianos fracasan en la guerra: no entienden el propósito divino detrás de la batalla:

> *"Y ahora os digo: Apartaos de estos hombres y dejadlos, porque si este consejo o esta obra es de los hombres, se desvanecerá; pero si es de Dios, no la podréis destruir; no seáis tal vez hallados luchando contra Dios" (Hechos 5:38-39).*

EL PROPÓSITO DE LA GUERRA

Desde el principio del tiempo, cada una de las batallas naturales que han sido libradas siempre ha tenido un propósito por el cual se libraba. Antes de que examinemos el plan de Dios para la batalla, es importante que entendamos el propósito de la guerra espiritual. Esto involucra entender los propósitos de Dios el Padre y de Jesucristo el Hijo.

EL PROPÓSITO DE DIOS:

Es el propósito de Dios que...

> *"De reunir todas las cosas en Cristo, en el cumplimiento de los tiempos establecidos, así las que están en los cielos como las que están en la tierra" (Efesios 1:10).*

Desde el principio del tiempo, Satanás ha peleado en contra del cumplimiento de este propósito. Tu propia guerra en el mundo espiritual está relacionada con este propósito de Dios. Satanás combate para atraer tu corazón, mente, espíritu, y alma a él en lugar del Señor Jesucristo.

Dios obra en ti para cumplir Su propósito:

> *"Porque Dios es el que en vosotros produce así el querer como el hacer, por su buena voluntad" (Filipenses 2:13).*

Dios también obra a través de tu vida para cumplir Sus propósitos:

> *"Ni tampoco presentéis vuestros miembros al pecado como Instrumentos de iniquidad, sino presentaos vosotros mismos a Dios como vivos de entre los muertos, y vuestros miembros a Dios como instrumentos de justicia" (Romanos 6:13).*

Cuando te rindes a ti mismo para convertirte en "instrumento de justicia de Dios", colocas tu vida y ministerio en armonía con Sus propósitos y plan. Al hacer esto, te conviertes en un blanco del enemigo de Dios, Satanás.

EL PROPÓSITO DE JESÚS:

Jesús dijo:

> *"El que practica el pecado es del diablo, porque el diablo peca desde el principio. Para esto apareció el Hijo de Dios, para deshacer las obras del diablo" (1 Juan 3:8).*

La razón por la cual Jesús vino al mundo fue destruir las obras de Satanás. Esto inmediatamente lo colocó en oposición al enemigo:

> *"El ladrón no viene sino para hurtar, matar y destruir; yo he venido para que tengan vida, y para que la tengan en abundancia" (Juan 10:10).*

Desde el principio de Su ministerio terrenal, Jesús se dedicó a la destrucción de las obras de Satanás:

- Reveló el yugo del pecado (Juan 8:34).
- Perdonó pecados (Mateo 9:1-8; Marcos 2:1-12, 17; Lucas 4:17-32).
- Remarcó la condición del corazón en lugar del engaño de la apariencia exterior (Mateo 15:16-20; Marcos 7:20-23; Lucas 6:45; 11:39).
- Sanó al enfermo (Mateo 11:5). Levantó a personas de entre los muertos (Marcos 5:35-43; Lucas 8:49-56; Juan 11).
- Liberó a personas de los poderes demoníacos (Mateo 8:16).

En resumen, destruyó las obras de Satanás en los corazones, almas, mentes, y cuerpos de hombres y mujeres:

> *"Los ciegos ven, los cojos andan, los leprosos son limpiados, los sordos oyen, los muertos son resucitados y a los pobres es anunciado el evangelio" (Mateo 11:5).*

Jesús no solamente destruyó las obras de Satanás, también expuso las engañosas estrategias del enemigo:

- Enseñó que los engaños de Satanás se incrementarian durante los últimos días en la tierra (Mateo 24-25; Marcos 13; Lucas 17:22-37; 21:8-36).
- Advirtió sobre Satanás que era capaz de destruir el alma (Mateo 10:28).
- Habló sobre la necesidad de atar al hombre fuerte (Satanás) antes de quitarle sus bienes (Mateo 12:26-30; Marcos 3:23-27; Lucas 11:17-24).
- Reveló cómo Satanás trata de evitar que la Palabra de Dios sea efectiva en los corazones de los hombres y mujeres (Mateo 13:38; Marcos 4:15; Lucas 8:12). Expuso a aquellos que no eran correctos con Dios como siendo de su "padre, el diablo" (Juan 8:44-47).
- Reveló a Satanás como el "príncipe del mundo" (Juan 14:30).

LA GRAN DIVISIÓN

Aunque Jesús vino para traer la paz de Dios (Juan 14:27; Filipenses 4:7), y la paz con Dios (Romanos 5:1), Su venida también trajo división:

"No penséis que he venido a traer paz a la tierra; no he venido a traer paz, sino espada, porque he venido a poner en enemistad al hombre contra su padre, a la hija contra su madre y a la nuera contra su suegra. Así que los enemigos del hombre serán los de su casa" (Mateo 10:34-36).

Jesús dividió a todos los hombres en dos campos de batalla. No es posible ser neutral:

"Ninguno puede servir a dos señores, porque odiará al uno y amará al otro, o estimará al uno y menospreciará al otro. No podéis servir a Dios y a las riquezas" (Mateo 6:24).

"El que no es conmigo, contra mí es..." (Lucas 11:23).

Jesús habló de esta gran división en la historia de los dos caminos, uno que era estrecho y otra que era ancho. Advirtió sobre el engaño del camino ancho de Satanás el cual muchos tomaron (Mateo 7:13-14). Mediante la historia del rico y Lázaro (Lucas 16:19-31), Jesús removió el velo entre la vida y la muerte. Les permitió a los hombres ver el resultado final de escoger el camino equivocado.

Debido a que Él expuso y destruyó las obras del diablo, Jesús estuvo bajo ataque durante toda Su vida en la tierra. El enemigo constantemente trató de destruirlo o de evitar que cumpliera con la misión para la cual vino al mundo. En el momento en el que nació, hubo un primer intento contra Su vida. Durante Su ministerio público hubo diferentes conspiraciones en contra de Su vida y al menos un intento que fue abortado. Encontró la oposición de los poderes demoníacos, los líderes religiosos, Sus propios seguidores, y Satanás.

Cuando te alineas con el plan y propósitos de Jesús al aceptarlo como tu Salvador, te conviertes en parte del ejército que guerrea contra Satanás. Los propósitos de Jesús se convierten en tus propósitos y esto te coloca en una posición táctica de directa oposición al enemigo.

EL PLAN DE BATALLA

Existen muchas estrategias bíblicas diferentes que pueden ser usadas en la guerra espiritual, pero el plan básico de batalla para los creyentes es revelado al observar cómo Jesús trató con el enemigo. El plan básico de batalla para la guerra espiritual está basado en seis puntos principales. Estos son:

- La Palabra de Dios.
- Delegación de poder y autoridad.
- Oración.
- Ayuno.
- Las llaves del Reino.

- El Nombre de Jesús.

<u>LA PALABRA DE DIOS</u>

Una confrontación directa entre Jesús y Satanás vino durante un período especial de tentación por el enemigo. En este encuentro, una de las porciones principales de nuestro plan de batalla espiritual fue revelado. Antes de proceder con esta lección, lee los registros de esta tentación en Mateo 4:1-11, Marcos 1:12-13, y Lucas 4:1-13.

Primero Satanás trató de que Jesús convirtiera piedras en pan. El poder de Jesús el cual convirtió agua en vino seguramente podría haber convertido piedras en pan. Pero hacer esto en esta situación habría sido actuar independientemente de Dios y usar Su poder para beneficio personal.

Luego Satanás trató que Jesús se arrojara del pináculo del Templo. Ten en cuenta que Satanás dijo "Arrójate". Satanás no podía arrojarlo, porque el poder de Satanás es un poder limitado.

Satanás puede persuadirte a pecar, pero él no puede arrojarte. Como has aprendido, cada hombre es tentado cuando de sus propios deseos es atraído. Él no es forzado, sino seducido. En esta tentación, Satanás usó la Palabra de Dios para fundamentar su apelación, pero no la aplicó correctamente (Mateo 4:6). Aplicación errónea de la Palabra de Dios es una de las estrategias fundamentales de Satanás.

En las dos primeras tentaciones Satanás dijo "SI tú eres el Hijo de Dios", haz estas cosas. Para Jesús haber obedecido habría sido la admisión que la verificación por el Padre de Su vínculo de Hijo era inadecuada. Dios ya había hablado desde el cielo confirmando esta relación (Mateo 3:17). Satanás siempre centra sus ataques en tu relación con Dios. La tentación final fue un intento de recibir adoración. En respuesta, Satanás le entregaría a Jesús todos los reino del mundo.

En estas tres situaciones de tentación puedes ver las fuerzas del mal del mundo, la carne y el diablo batallando contra Jesús. Jesús confrontó las tentaciones de Satanás con la Palabra de Dios. La Biblia es una muy importante arma espiritual y parte de la armadura de Dios la cual estudiarás luego. Es llamada "la espada del Espiritu". La Palabra de Dios es el único manual divinamente inspirado para la guerra espiritual. Otros libros son útiles solamente en la medida que están en armonía con la Palabra de Dios.

Al confrontar las tentaciones de Satanás, Jesús usó la Palabra de Dios,. Jesús citó escrituras específicas aplicables a la batalla inmediata. No citó pasajes de cronología o historia del Antiguo Testamento. Jesús dijo "está escrito...". Cuando usas Escrituras específicas, asegúrate que están en balance con el resto de la Palabra de Dios. Deben ser vistas en su contexto y aplicadas en armonía con la totalidad de la Palabra revelada de Dios.

En vistas a usar la Palabra de Dios efectivamente en la guerra espiritual, debes conocer la Palabra de Dios. Debes estudiar, meditar, y memorizarla. Muchas derrotas en la vida vienen porque no conocemos la Palabra de Dios:

> *"Entonces respondiendo Jesús, les dijo: Erráis, ignorando las Escrituras y el poder de Dios" (Mateo 22:29).*

La Palabra de Dios es nuestro manual de guerra y revela el plan espiritual de Dios para la batalla.

PODER DELEGADO Y AUTORIDAD

La segunda parte del plan de batalla está basada en el poder y autoridad sobre Satanás el cual Jesús delegó a Sus seguidores:

> *"Reuniendo a sus doce discípulos, les dio poder y autoridad sobre todos los demonios y para sanar enfermedades" (Lucas 9:1).*

Autoridad y poder son dos cosas diferentes. Considera el ejemplo de un policía. Él tiene una insignia y un uniforme los cuales son símbolos de su autoridad. Su autoridad viene a causa de su posición en el gobierno. Pero puesto que no todas las personas respetan esa autoridad, el policía también lleva un arma. El arma es su poder.

Tu autoridad sobre el enemigo viene mediante Jesucristo y tu posición en Él como creyente. Tu poder sobre el enemigo viene mediante el Espíritu Santo:

> *"Ciertamente, yo enviaré la promesa de mi Padre sobre vosotros; pero quedaos vosotros en la ciudad de Jerusalén hasta que seáis investidos de poder desde lo alto" (Lucas 24:49).*

Como el policía, debes tener tanto autoridad como poder para ser efectivos. Algunos creyentes reciben autoridad mediante la experiencia del nuevo nacimiento y su posición en Cristo pero nunca siguen adelante para recibir el poder del Espíritu Santo, el cual ha de ser combinado con la autoridad para una guerra efectiva.

El poder que Jesús dio es poder para propósitos específicos. Estos incluyen:

PODER SOBRE EL ENEMIGO:

> *"Reuniendo a sus doce discípulos, les dio poder y autoridad sobre todos los demonios y para sanar enfermedades" (Lucas 9:1).*

PODER SOBRE EL PECADO:

> *"Y al decir esto, sopló y les dijo: -Recibid el Espíritu Santo.23 A quienes perdonéis los pecados, les serán perdonados, y a quienes se los retengáis, les serán retenidos" (Juan 20:22-23).*

<u>**PODER PARA EXTENDER EL EVANGELIO:**</u>

"Pero recibiréis poder cuando haya venido sobre vosotros el Espíritu Santo, y me seréis testigos en Jerusalén, en toda Judea, en Samaria y hasta lo último de la tierra" (Hechos 1:8).

<u>**ORACIÓN**</u>

Oración es la tercer parte del plan básico de batalla. Aquí esta una detallada referencia para asistirte en el estudio sobre la oración:

<u>**LA DEFINICIÓN DE ORACIÓN:**</u>

La oración es comunión con Dios. Toma diferentes formas pero básicamente ocurre cuando un hombre habla con Dios y Dios habla con el hombre. La oración es descrita como:

Invocación del nombre del Señor: Génesis 12:8.
Clamor a Dios: Salmos 27:7, 34:6.
Acercarse a Dios: Salmos 73:28, Hebreos 10:22.
Buscar: Salmos 5:3.
Levantar el alma: Salmos 25:1.
Levantar el corazón: Lamentaciones 3:41.
Derramar el corazón: Salmos 62:8.
Derramar el alma: I Samuel 1:15.
Clamar al cielo: 2Crónicas 32:20.
Implorar al Señor: Éxodo 32:11.
Buscar a Dios: Job 8:5.
Buscar el rostro del Señor: Salmos 27:8.
Hacer súplicas: Job 8:5, Jeremías 36:7.

<u>**LA VIDA DE ORACIÓN DE JESÚS:**</u>

La oración fue una estrategia importante del Señor Jesús:

<u>**Niveles de oración:**</u>

Hay tres niveles de intensidad en la oración: Pedir, buscar, y golpear:

> ***"Pedid, y se os dará; buscad, y hallaréis; llamad, y se os abrirá,
> porque todo aquel que pide, recibe; y el que busca, halla; y al
> que llama, se le abrirá" (Mateo 7:7-8).***

Pedir es el primer nivel de oración. Es simplemente presentar un
pedido a Dios y recibir una inmediata respuesta. En orden a recibir, la
condición es pedir:

> ***"... pero no tenéis lo que deseáis, porque no pedís" (Santiago
> 4:2).***

Tenemos la poderosa arma espiritual de la oración, pero muchos no la
usan. Ellos no piden, y por causa de esto no reciben.

Buscar es un nivel más profundo de oración. Este es el nivel de oración
en el que las respuestas no son tan inmediatas como en el nivel de
pedir. Los 120 se reunieron en el aposento alto donde continuaron" en
oración como un ejemplo de buscar. Estos hombres y mujeres
buscaban el cumplimiento de la promesa del Espiritu Santo y
continuaron "buscando" hasta que la respuesta vino (Hechos 1-2).

Golpear es aún un nivel más profundo. Es oración persistente cuando
las respuestas se retrasan en llegar. Es ilustrado por la parábola de
Jesús dicha en Lucas 11:5-10. el nivel de golpear es el nivel más intenso
de la guerra espiritual en oración. Esta ilustrado por la persistencia de
Daniel que continuo golpeando a pesar del hecho que no veía
resultados visibles ya que Satanás estorbaba en la respuesta de Dios
(Daniel 10).

<u>**TIPOS DE ORACIÓN:**</u>

Hay varios tipos de oración ilustrados en el modelo de oración dado por
el Señor (Mateo 6:9-13). Los tipos de oración incluye:

<u>Jesús hizo de la oración una prioridad:</u>

- Oró en cualquier momento del día o de la noche: Lucas 6:12-13
- Tuvo prioridad sobre el comer: Juan 4:31-32.
- Tuvo prioridad sobre los negocios: Juan 4:31-32.

<u>La oración acompañó cada evento de importancia:</u>

- En Su bautismo: Lucas 3:21-22.
- Durante su primer viaje ministerial: Marcos 1:35, Lucas 5:16.
- Antes de la elección de los discípulos: Lucas 6:12-13.
- Antes y después de la alimentación de los 5.000: Mateo 14:19, 23; Marcos 6:41, 46; Juan 6:11, 14-15.
- Después de la alimentación de los 4.000: Mateo 15:36; Marcos 8:6,7.
- Antes de la confesión de Pedro: Lucas 9:18.
- Antes de la transfiguración: Lucas 9:28, 29.
- Al regreso de los 70: Mateo 11:25; Lucas 10:21.
- En la tumba de Lázaro: Juan 11:41-42.
- En la bendición de los niños: Mateo 19:13.
- A la llegada de ciertos griegos: Juan 12:27-28.
- Ante de la hora de Su mayor angustia: Mateo 26:26-27; Marcos 14:22-23; Lucas 22:17-19.
- Por Pedro: Lucas 22:32.
- Por la venida del Espíritu Santo: Juan 14:1-6. En el camino a Emaús: Lucas 24:30-31. Antes de Su ascensión: Lucas 24:50-53.
- Por Sus seguidores: Juan 17.
- La oración que Jesús enseñó está registrada en Mateo 6:9-13.

<u>TIPOS DE ORACIÓN:</u>

Pablo exhorta a los creyentes a orar siempre con "toda oración" (Efesios 6:18). Otra traducción de la Biblia dice "orando con todo tipo de oración" (traducción Goodpseed). Esto se refiere a los varios niveles y tipos de oración.

3. Petición:

Las oraciones de petición son pedidos. Los pedidos deben ser hechos conforme a la voluntad de Dios revelada en Su Palabra escrita. Las peticiones pueden estar en el nivel de pedir, buscar o golpear. Súplica es otra palabra para éste tipo de oración. La palabra súplica significa "implorar a Dios o apelar ardientemente a Él por una necesidad".

4. Arrepentimiento y confesión:

Una oración de confesión es arrepentirse y pedir perdón por el pecado:

> ***"Si confesamos nuestros pecados, él es fiel y justo para perdonar nuestros pecados y limpiarnos de toda maldad" (1 Juan 1:9).***

5. Intercesión:

Intercesión es oración por otros. Un intercesor es aquél que toma el lugar de otro o pide por el caso de otro. La Biblia registra que en un tiempo Dios miró a la tierra y vio que no había intercesor:

> ***"Vio que no había nadie y se maravilló que no hubiera quien se interpusiese; y lo salvó su brazo y lo afirmó su misma justicia" (Isaías 59:16).***

Cuando Dios vio que no había intercesor Él suplió la necesidad. Él envió a Jesús:

> ***"Pues hay un solo Dios, y un solo mediador entre Dios y los hombres: Jesucristo hombre" (1 Timoteo 2:5).***

> ***"...Cristo es el que murió; más aun, el que también resucitó, el que además está a la diestra de Dios, el que también intercede por nosotros" (Romanos 8:34).***

> ***"Por eso puede también salvar perpetuamente a los que por él se acercan a Dios, viviendo siempre para interceder por ellos. " (Hebreos 7:25).***

1. Alabanza y adoración:

Entras en la presencia de Dios con alabanza y adoración:

> *"Entrad por sus puertas con acción de gracias, por sus atrios con alabanza. ¡Alabadlo, bendecid su nombre!" (Salmos 100:4).*

Adoración es rendir honra y devoción. Alabanza es acción de gracias y una declaración de gratitud no sólo por lo que Dios ha hecho sino por lo que Él es. Has de adorar a Dios en espíritu y verdad:

> *"Pero la hora viene, y ahora es, cuando los verdaderos adoradores adorarán al Padre en espíritu y en verdad, porque también el Padre tales adoradores busca que lo adoren. Dios es Espíritu, y los que lo adoran, en espíritu y en verdad es necesario que lo adoren" (Juan 4:23-24).*

La alabanza y la adoración pueden ser con:
Cantos: Salmos 9:2,11; 40:3; Marcos 14;26
Alabanza audible: Salmos 103:1.
Gritos: Salmos 47:1.
Levantamiento de manos. Salmos 63:4; 134:2; 1 Timoteo 2:8.
Aplausos: Salmos 47:1.
Instrumentos musicales: Salmos 150:3-5.
Puestas en pie: 2 Crónicas 20:19
Postración: Salmos 95:6.
Arrodillamiento: Salmos 95:6.
Acostamiento: Salmo 149:5.
El guerrero de Dios en el mundo del espíritu es mostrado con...

> *"Exalten a Dios con sus gargantas y con espadas de dos filos en sus manos" (Salmos 149:6).*

2. Compromiso:

Ésta es oración comprometiendo tu vida y voluntad a Dios. Incluye oraciones de consagración y dedicación.

"Hijitos míos, estas cosas os escribo para que no pequéis. Pero si alguno ha pecado, abogado tenemos para con el Padre, a Jesucristo, el justo" (1 Juan 2:1).

Un abogado en una corte de justicia es un asistente legal o un consejero que pide por la causa de otro. La intercesión en la guerra espiritual es orar a Dios a favor de otra persona. Algunas veces esta intercesión es con entendimiento. Intercedes en tu propia lengua nativa:

"Exhorto ante todo, a que se hagan rogativas, oraciones, peticiones y acciones de gracias por todos los hombres, por los reyes y por todos los que tienen autoridad..." (1 Timoteo 2:1- 2).

En otras ocasiones, la intercesión es hecha por el Espíritu Santo. Puede ser con gemidos resultantes de una pesada carga espiritual. Puede ser en una lengua desconocida. Puede ser intercesión por otro o el Espíritu Santo intercediendo por ti. Cuando esto sucede, el Espíritu Santo habla por medio de ti orando directamente a Dios y conforme a la voluntad de Dios. Tú no entiendes este tipo de intercesión:

"De igual manera, el Espíritu nos ayuda en nuestra debilidad, pues qué hemos de pedir como conviene, no lo sabemos, pero el Espíritu mismo intercede por nosotros con gemidos indecibles" (Romanos 8:26).

Este es el nivel más profundo de oración intercesora y el más efectivo en la guerra espiritual.

EL MODELO DE ORACIÓN:

Durante el ministerio terrenal de Jesús Sus discípulos una vez vinieron a Él con un pedido interesante: Mateo 17121

"... uno de sus discípulos le dijo: -Señor, enséñanos a orar, como también Juan enseñó a sus discípulos" (Lucas 11:1).

Los discípulos no preguntaron sobre cómo predicar o realizar milagros. No buscaron lecciones sobre cómo construir relaciones más duraderas. No inquirieron sobre la sanidad física. Pidieron que se les enseñara cómo orar.

¿Qué produjo este deseo? Fue el efecto visible de la oración en la vida y ministerio de Jesús. Los discípulos habían presenciado los poderosos resultados de esta estrategia espiritual en acción.

Lee el modelo de oración y observa los varios tipos de oración que hemos discutido

Padre nuestro que estás en el cielo, Santificado sea tu nombre. Venga tu reino.
Hágase tu voluntad, como en el cielo así también en la tierra.
Compromiso
El pan nuestro de cada día, dánoslo hoy.
Y perdónanos nuestras deudas, como también nosotros
Perdonamos a nuestros deudores.

Y no nos metas en tentación, Mas libranos del mal;
Porque tuyo es el reino, y el poder, Y la gloria, por todos los siglos. Amén. (Mateo 6:9-13).
Alabanza y adoración
Petición
Confesión e intercesión
Petición
Alabanza Y adoración

<u>CÓMO ORAR:</u>

Busca cada una de las siguientes referencias en tu Biblia para aprender cómo debes orar:

- La oración es para ser hecha a Dios: Salmos 5:2
- La repetición vana está prohibida pero la repetición sincera no: Mateo 6:7; Daniel 6:10; Lucas 11:5-13; 18:1-8.
- Pecas al negarte orar por otros: 1 Samuel 12:23.

- Orar con entendimiento (en una lengua conocida): Efesios 6:18.
- Orar en el Espíritu: Romanos 8:26; Judas 20.
- Orar conforme a la voluntad de Dios: 1 Juan 5:14-15.
- Orar en secreto: Mateo 6:6.
- Se busca más calidad que cantidad. La oración no es exitosa a causa del "mucho hablar": Mateo 6:7.
- Orar siempre: Lucas 21:36; Efesios 6:18.
- Orar continuamente: Romanos 12:12.
- Orar sin cesar: 1 Tesalonicenses 5:17.
- Ora al Padre en el nombre de Jesús: Juan 15:16.
- Con una actitud atenta: 1 Pedro 4:7.
- Conforme al ejemplo del modelo de oración: Mateo 6:9-13.
- Orar con un espíritu perdonador: Marcos 11:25.
- Orar con humildad: Mateo 6:7.
- Algunas veces se acompaña la oración con el ayuno: Mateo 17:21.
- Orar fervientemente: Santiago 5:16; Colosenses 4:12. Orar con sumisión a Dios: Lucas 22:42.
- Usar las estrategias de atar y desatar en oración: Mateo 16:19.

POR QUÉ DEBES ORAR:

- Por la paz de Jerusalén: Salmos 122:6.
- Obreros en la cosecha: Mateo 9:38.
- Que no entres en tentación: Lucas 22:40-46.
- Por aquellos que te maldicen y vituperan (tus enemigos): Lucas 6:28.
- Por todos los santos: Efesios 6:18.
- El enfermo: Santiago 5:14.
- Unos por otros (llevando las cargas de otros): Santiago 5:16.
- Por todos los hombres, reyes, y aquellos en autoridad: 1 Timoteo 2:1-4.
- Por las necesidades diarias: Mateo 6:11.

- Por sabiduría: Santiago 1:5.
- Por sanidad: Santiago 5:14-15.
- Por perdón: Mateo 6:12.
- Para que se haga la voluntad de Dios y que Su reino sea establecido: Mateo 6:10.
- Por ayuda en la aflicción: Santiago 5:13.

ORAR LAS PROMESAS:

> *"Pedís, pero no recibís, porque pedís mal, para gastar en vuestros deleites" (Santiago 4:3).*

Dios responde a la oración conforme a Sus promesas. Cuando no pides sobre la base de estas promesas, tu oración no es respondida. Es similar a la manera en la que un padre se relaciona con sus hijos. Ningún padre se compromete en darle a sus jóvenes cualquier cosa que quieran o pidan. El deja claro que hará ciertas cosas y no otras. Dentro de estos limites el padre responde los pedidos de sus hijos.

De la misma manera es con Dios. Él ha dado promesas y ellas constituyen la base apropiada para la oración. Aprendamos qué Dios ha prometido y oremos conforme a las promesas de Dios. Una manera de hacer esto es ir por la Biblia y marcar todas las promesas que Dios ha hecho. Usa tu Biblia en la medida que oras y basa tus oraciones sobre estas promesas.

OBSTÁCULOS A LA ORACIÓN:

- Pecado de cualquier tipo: Isaías 59:1-2; Salmos 66:18; Isaías 1:15; Proverbios 28:9.
- Ídolos en el corazón: Ezequiel 14:1-3.
- Un espíritu no perdonador: Marcos 11:25; Mateo 5:23.
- Egoísmo, motivos equivocados: Proverbios 21:13; Santiago 4:3.
- Hambre de poder, oraciones manipuladoras: Santiago 4:2-3.
- Malos tratos de la pareja matrimonial: 1 Pedro 3:7.
- Auto justificación: Lucas 18:10-14.

- Incredulidad: Santiago 1:6-7.
- No permanecer en Cristo y en Su Palabra: Juan 15:7.
- Falta de compasión: Proverbios 21:13.
- Hipocresía, orgullo, repeticiones sin sentido: Mateo 6:5; Job 35:12-13.
- Por no pedir conforme a la voluntad de Dios: Santiago 4:2-3.
- Por no pedir en el nombre de Jesús: Juan 16:24.
- Estorbos de demonios satánicos: Daniel 10:10-13; Efesios 6:12. Por no buscar primero el Reino: es solamente cuando buscas el Reino de Dios que se te prometen las "otras cosas": Mateo 6:33.
- Dios tiene un propósito mayor al negar tu pedido: 2 Corintios 12:8-9.
- Cuando no sabes orar como debes, la oración es obstaculizada. Este es el por qué es importante permitirle al Espíritu Santo orar a través de ti: Romanos 8:26.

<u>CUÁNDO NO ORAR:</u>

Es importante aprender a esperar delante del Señor en oración por Su guía y dirección antes de actuar. Pero es igualmente importante saber cuándo no orar. Cuando Dios te llama a la acción, debes actuar, no continuar orando.

Por ejemplo, las aguas amargas de Mara cuando Moisés clamó al Señor, Dios le mostró exactamente qué hacer para endulzar las aguas. No había necesidad de esperar adicionalmente en el Señor en oración. Moisés había de actuar sobre la base de los que Dios le había revelado. Lo mismo fue cierto de Josué cuando ora en motivo de la terrible derrota de Israel en Hai. Dios reveló que había pecado entre el pueblo de Israel. El le dijo a Josué...

> *"-ILevántate! ¿Por qué te postras así sobre tu rostro? Israel ha pecado... Levántate, santifica al pueblo" (Josué 7:10,12,13).*

No era el tiempo de orar. Era el tiempo de actuar en la dirección dada en oración. Algunas personas usan la oración como una excusa para evitar comprometerse y actuar en función de lo que Dios les ha dicho que hagan.

Otros continúan orando cuando Dios ya ha respondido, pero no les gusta la respuesta. Repasa la historia de Balaam en Números 22. Ten en cuenta especialmente los versículos 18-19. Balaam no tenía derecho de ir a Dios con el mismo asunto porque Dios le había claramente prohibido tener algo que ver con él (ver verso 12).

AYUNO

El ayuno es la cuarta parte de nuestro plan de batalla. Es combinado con oración para librar una guerra efectiva en el mundo del espíritu.

LA DEFINICIÓN DEL AYUNO:

Ayuno, en su definición más simple, es no comer.

TIPOS DE AYUNO:

De acuerdo con la Biblia hay dos tipos de ayunos. El ayuno total es cuando no comes o bebes en absoluto. Un ejemplo de esto es encontrado en Hechos 9:9. El ayuno parcial es el caso de una dieta restringida. Un ejemplo está en Daniel 10:3.

AYUNO PÚBLICO Y PRIVADO:

El ayuno es un asunto personal entre Dios y un individuo. Es para ser hecho en privado y no es motivo de jactancia:

> *"Cuando ayunéis, no pongáis cara triste, como los hipócritas que desfiguran sus rostros para mostrar a los hombres que ayunan; de cierto os digo que ya tienen su recompensa. Pero tú, cuando ayunes, unge tu cabeza y lava tu rostro, para no mostrar a los hombres que ayunas, sino a tu Padre que está en secreto; y tu*

Padre, que ve en lo secreto, te recompensará en público" (Mateo 6:16-18).

Los líderes pueden llamar a un ayuno público y solicitar que la iglesia toda ayune:

"¡Tocad trompeta en Sion, proclamad ayuno, convocad asamblea" (Joel 2:15).

<u>**LOS PROPÓSITOS DE AYUNAR:**</u>

Hay propósitos espirituales definidos para el ayuno. Es importante que entiendas esto, puesto que si ayunas por los motivos equivocados será inefectivo.

Estudia cada una de las siguientes referencias relacionadas con los propósitos del ayuno. Revelan el gran poder del ayuno en la guerra espiritual. Ayunas:

- Para humillarte a ti mismo: Salmos 35:13; 69:10.
- Para arrepentirte del pecado: Joel 2:12.
- Por revelación: Daniel 9:2; 3:21-22.
- Para soltar ligaduras de maldad, levantar yugos pesados, liberar a los oprimidos, y romper todo yugo: Isaías 58:6.
- Para alimentar al hambriento, tanto física como espiritualmente: Isaías 58:7.
- Para ser escuchado por Dios: 2 Samuel 12:16, 22; Jonás 3:5, 10.

El ayunar no cambia a Dios. Te cambia a ti. Dios se relaciona contigo sobre la base de tu relación con Él. Cuando tú cambias, entonces la manera en la que Dios trata contigo es afectada. No ayunas para cambiar a Dios, porque Dios no cambia. Pero ayunar cambia cómo Él trata contigo. Lee el libro de Jonás como un ejemplo de cómo esto pasó en la ciudad de Ninive.

<u>**DURACIÓN DEL AYUNO:**</u>

Cuánto tú ayunas depende de lo que Dios habla dentro de tu espíritu. Él puede guiarte a ayunar un corto o un largo período de tiempo. ¿Recuerdas la historia de Esaú y Jacob? Jacob estaba originalmente haciendo una comida para sí mismo pero se negó a sí mismo en vistas a obtener el derecho de primogenitura. ¡ Cuánto mejor si Esaú hubiese ayunado esa comida!

<u>**LAS LLAVES DEL REINO**</u>

Jesús dio a los creyentes las llaves del Reino. Esas llaves incluyen el poder para atar y desatar y ellas son la quinta parte de nuestro plan básico de batalla:

> ***"Y a ti te daré las llaves del reino de los cielos: todo lo que ates en la tierra será atado en los cielos, y todo lo que desates en la tierra será desatado en los cielos" (Mateo 16:19).***

Jesús enseñó la importancia de atar a los espíritus demoníacos antes de expulsarlos. Pero el principio de atar y desatar es más que echar fuera demonios. Puedes atar el poder del enemigo para obrar en tu vida, hogar, comunidad, e iglesia. Puedes desatar a hombres y mujeres del yugo del pecado, depresión, y el desánimo del enemigo.

El principio de atar y desatar es una importante estrategia para vencer el poder del enemigo. Es una llave al Reino de Dios. En cada situación que confrontas... cada problema, cada desafio... hay una llave espiritual. Esa llave es el ejercicio del principio de atar y desatar. Cuando reconoces qué atar y qué desatar y actúas sobre la base de este descubrimiento, el enemigo será derrotado.

<u>**EL NOMBRE DE JESÚS**</u>

La parte final del plan básico de batalla se encuentra en el nombre de Jesús. La Palabra de Dios es para ser aplicada en Su Nombre, oramos, ayunas, y usamos nuestro poder delegado y autoridad y las llaves del Reino en Su nombre:

> *"Si algo pedís en mi nombre, yo lo haré" (Juan 14:14).*

> *"En aquel día no me preguntaréis nada. De cierto, de cierto os digo que todo cuanto pidáis al Padre en mi nombre, os lo dará" (Juan 16:23).*

> *"Estas señales seguirán a los que creen: EN MI NOMBRE echarán fuera demonios, hablarán nuevas lenguas, tomarán serpientes en las manos y, aunque beban cosa mortífera, no les hará daño; sobre los enfermos pondrán sus manos, y sanarán" (Marcos 16:17-18).*

> *"Jesús se acercó y les habló diciendo: Toda potestad me es dada en el cielo y en la tierra. Por tanto, id y haced discípulos a todas las naciones, bautizándolos en el nombre del Padre, del Hijo y del Espiritu Santo, y enseñándoles que guarden todas las cosas que os he mandado. Y yo estoy con vosotros todos los días, hasta el fin del mundo. Amén" (Mateo 28:18-20).*

Has de enseñar, bautizar, hechas fuera demonios, sanar el enfermo, y vencer cada poder del enemigo mediante el nombre de Jesús. Es más poderoso que cualquier otro nombre:

> *"Sobre todo principado y autoridad, poder y señorío, y sobre todo nombre que se nombra, no solo en este siglo, sino también en el venidero" (Efesios 1:21).*

> *"Por eso Dios también lo exaltó sobre todas las cosas y le dio un nombre que es sobre todo nombre, para que en el nombre de Jesús se doble toda rodilla de los que están en los cielos, en la tierra y debajo de la tierra; y toda lengua confiese que Jesucristo es el Señor, para gloria de Dios Padre" (Filipenses 2:9-11).*

<u>**UNA ESTRATEGIA GANADORA**</u>

Jesús enfrentó cada tentación del enemigo que nosotros enfrentamos pero ÉL venció estas tentaciones sin pecar. Puesto que Él entró en la arena de la guerra espiritual, Él entiende tus batallas y te fortalece:

> *"No tenemos un sumo sacerdote que no pueda compadecerse de nuestras debilidades, sino uno que fue tentado en todo según nuestra semejanza, pero sin pecado" (Hebreos 4:15).*

Puesto que emergió victorioso, tú también puedes ser un vencedor:

> *"Pues en cuanto él mismo padeció siendo tentado, es poderoso para socorrer a los que son tentados" (Hebreos 2:18).*

Lee la historia de la muerte y resurrección de Jesús en Mateo 26-28; Marcos 14-16; Lucas 22-24; Juan 18-21. La muerte y resurrección de Jesucristo fue la mayor confrontación que alguna vez ocurrió entre el poder de Satanás y el poder de Dios.

Mediante la muerte de Jesús, Satanás pensó que había destruido el plan de Dios. Él había matado al único Hijo de Dios. Había destruido el Rey que había de reinar sobre el Reino de Dios. Pero Jesús dijo:

> *"¿Acaso piensas que no puedo ahora orar a mi Padre, y que él no me daría más de doce legiones de ángeles? ¿Pero cómo entonces se cumplirían las Escrituras, de que es necesario que así se haga?" (Mateo 26:53-54).*

> *"Respondió Jesús: -Mi Reino no es de este mundo; si mi Reino fuera de este mundo, mis servidores pelearían para que yo no fuera entregado a los judíos; pero ml Reino no es de aquí" (Juan 18:36).*

> *"Respondió Jesús: -Ninguna autoridad tendrías contra mí si no te fuera dada de arriba; por tanto, el que a ti me ha entregado, mayor pecado tiene" (Juan 19:11).*

Jesús no murió porque Su poder fuera menor que el del enemigo. Su muerte no terminó el plan para el Reino de Dios. No era el tiempo para que SU Reino visible se estableciera en el mundo.

La muerte de Jesús cumplió el plan de Dios. Los hombres ahora pueden ser salvos del yugo del pecado y de la pena de la "muerte segunda" (separación eterna de Dios por causa del pecado).

A pesar de lo grande que fue, la salvación del pecado no fue la única victoria ganada por Jesús mediante Su muerte en la cruz. Mediante Su muerte y resurrección, Jesús derrotó todo el poder del enemigo:

> *"Por lo cual dice: Subiendo a lo alto [fue resucitado], llevó cautiva la cautividad, y dio dones a los hombres. Y eso de que «subló», ¿qué es, sino que también había descendido primero a las partes más bajas de la tierra? El que descendió es el mismo que también subió por encima de todos los cielos para llenarlo todo" (Efesios 4:8-10).*

> *"y despojó a los principados y a las autoridades y los exhibió públicamente, triunfando sobre ellos en la cruz" (Colosenses 2:15).*

Jesús derrotó cada poder del enemigo, incluyendo la muerte. También juzgó a Satanás:

> *"Ahora es el juicio de este mundo; ahora el príncipe de este mundo [Satanás] será echado fuera" (Juan 12:31).*

Jesús hizo un camino de salvación. Jesús derrotó a la muerte y a los principados y los poderes del enemigo. Restauró al hombre el dominio sobre todas las cosas. Pronunció juicio sobre Satanás el cual será cumplido en el futuro.

Como has aprendido, la presente situación es similar a las condiciones que han existido en ciertos países en el mundo natural. Los poderes de las fuerzas rebeldes serán derrotadas por el gobierno. El líder rebelde será bajo juicio, pero aún está libre. Las fuerzas de resistencia bajo su dirección todavía pelean en la tierra.

Jesús ha conquistado a Satanás y pronunció Su juicio. Pero Satanás está todavía libre y sus fuerzas de poderes demoníacos, la carne, y el mundo están todavía guerreando en la tierra. Tratan de controlar territorio que es legitimamente del Conquistador. Tratan de cegar a los hombres al hecho que Satanás ha sido derrotado y que está bajo Juicio. Tratan de controlar los hogares, iglesias, y las naciones.

Allí es donde la guerra del creyente entra en foco. Jesús ha derrotado al enemigo pero Satanás permanece libre en el mundo. Es nuestro objetivo abrir los ojos de los hombres y mujeres a su engaño y retomar el control del territorio que es legitimamente nuestro. Tu batalla personal continuará hasta que el juicio sobre Satanás sea ejecutado o hasta que partas para estar con Jesús mediante la muerte, lo que venga primero:

> *"Para que la multiforme sabiduría de Dios sea ahora dada a conocer por medio de la iglesia a los principados y potestades en los lugares celestiales" (Efesios 3:10).*

VENCEDORES, NO VÍCTIMAS

Mediante Jesús, eres un vencedor sobre el enemigo en lugar de una víctima del enemigo:

> **"y sometió todas las cosas debajo de sus pies, y lo dio por cabeza sobre todas las cosas a la iglesia, la cual es su cuerpo, la plenitud de Aquel que todo lo llena en todo" (Efesios 1:22- 23).**

Todas las cosas están "bajo los pies" de Jesús. Esto significa que Él las ha conquistado. Él es la cabeza de la Iglesia, y nosotros somos el cuerpo. Está declarado que todas las cosas están bajo Sus pies, que significa bajo Su cuerpo, la Iglesia. Significa esto que somos vencedores, no víctimas. Puedes ser guardado del poder del Satanás. Jesús mismo oró para que seamos guardados del poder del enemigo:

> *"No ruego que los quites del mundo, sino que los guardes del mal. Pero no ruego solamente por estos, sino también por los que han de creer en mi por la palabra de ellos" (Juan 17:15,20).*

Eres un conquistador, no mediante tu propio poder, sino mediante el poder de uno Mayor:

> *"Antes, en todas estas cosas somos más que vencedores por medio de aquel que nos amó" (Romanos 8:37).*

Cuando la batalla espiritual se vuelve dura, sólo recuerda que la Biblia asegura que los propósitos de Dios serán cumplidos:

> *"Jehová de los ejércitos juró diciendo: Ciertamente se hará de la manera que lo he pensado; se confirmará como lo he determinado" (Isaías 14:24).*

> *"Este es el plan acordado contra toda la tierra, y esta es la mano extendida contra todas las naciones. Porque Jehová de los ejércitos lo ha determinado, ¿y quién lo impedirá? Y su mano extendida, ¿quién la hará retroceder?" (Isaías 14:26-27).*

El Señor de las Huestes tiene un propósito, y ninguna fuerza del mundo, carne, demonios, Infierno o Satanás en persona lo anulará. El plan básico de batalla que has estudiado en esta lección asegurará tu victoria espiritual! Ahora que entiendes el plan, estás listo para ser movilizado para la guerra y armado para la acción. Comenzarás este proceso en el próximo capítulo.

<u>INSPECCIÓN</u>

1. Escribe el versículo llave de las Cláusulas de la Guerra.

____

____

2. ¿Cuál es el propósito de Dios?

____

____

3. ¿Por qué propósitos vino Jesús al mundo?

____

____

4. ¿Cuál es el plan de seis puntos de Dios para la guerra espiritual?

____

____

____

____

(Las respuestas se encuentran al final del último capítulo de este manual)

<u>MANIOBRAS TÁCTICAS</u>

1. En esta lección aprendiste de la importancia de la Palabra de Dios en la guerra espiritual. Instituto Internacional Tiempo de Cosecha ofrece dos cursos que incrementarán tu habilidad para conocer y usar la Palabra de Dios. Escribe por información sobre "Métodos Creativos de Estudio Biblico" y "Estudio Básico de la Biblia".

2. En esta lección aprendiste que Jesús vino para destruir las obras de Satanás. Lee más sobre los propósitos de Jesús en los siguientes versos:

Lucas 4:18-19; 4:43; 19:10: 24:46-49; Juan 6:38; 9:4; 12:46; 18:37. lee la declaración del propósito de Dios y como se relaciona con Jesús: Juan 3:16-18; Efesios 1:9-10.

3. Jesús tuvo varios encuentros con espíritus demoníacos. Pero los espíritus demoníacos y la tentación de Satanás no fueron las únicas batallas que Jesús peleó. Satanás también usó a los hombres que estaban cerca de Jesús para pelear en contra de Él:

PEDRO:

Simón Pedro fue uno de los doce discípulos escogidos por Jesús, aunque algunas veces Pedro fue usado por Satanás para batallar contra Jesús. Cuando Jesús había revelado Su muerte futura, Pedro comenzó a reconvenirle por decir tales cosas (Marcos 8:32). Jesús dijo a Pedro...

> *"Pero él, volviéndose y mirando a los discípulos, reprendió a Pedro, diciendo: -¡Quitate de delante de mi, Satanás!, Porque no pones la mira en las cosas de Dios, sino en las de los hombres" (Marcos 8:33).*

Jesús no quería decir que Pedro fuera Satanás, sino más bien que Pedro estaba siendo usado por Satanás en ese momento particular.

Una de las principales estrategias de Satanás es usar a aquellos cercanos a ti para tratar de apartarte de hacer la voluntad de Dios. Como Jesús, debes poner sus persuasiones detrás de ti. ¿Está Satanás usando a alguien cercano a ti para tratar de apartarte de hacer la voluntad de Dios?

Tiempo después, cuando Pedro prometió lealtad al Señor, Jesús le dijo:

> *"Dijo también el Señor: -Simón, Simón, Satanás os ha pedido para zarandearos como a trigo; pero yo he rogado por ti, para que tu fe no falte; y tú, una vez vuelto, confirma a tus hermanos" (Lucas 22:31-32).*

Jesús sabia que cuando el tiempo de la crucifixión se aproximara Pedro lo negaría. Él vio cómo el enemigo deseaba quitar toda cosa buena de la vida de Pedro. Pero Jesús también pudo ver el gran potencial en Pedro. Él sabía que un día emergería como un gran lider de la iglesia primitiva.

JUDAS:

Judas fue uno de los doce discípulos originales escogidos por Jesús. Jesús sabía desde el principio cómo el enemigo usaría a este hombre:

> ***"Jesús les respondió: -¿No os he escogido yo a vosotros los doce, y uno de vosotros es diablo? Hablaba de Judas Iscariote hijo de Simón, porque él era el que lo iba a entregar, y era uno de los doce" (Juan 6:70-71).***

Lee de la traición de Jesús por Judas en Mateo 26:20-25, y Juan 13:21-30. ¿Ha usado Satanás a cercanos para traicionarte y herirte? Como Jesús, no puedes permitir que eso te desanime del propósito que el Señor a determinado para ti.

4. Lee Malaquías 1:13. El profeta señala que en su tiempo algunos estaban tan aburridos de sus observancias religiosas que dijeron, "he aquí, qué hartazgo". ¿Quizás esta gente nunca aprendió cómo adorar?

Estudia más sobre la adoración: Salmos 5:7; 22:27; 29:2; 45:11; 66:4; 86:9; 95:6; 96:9; 97:7; 99:5,9; Éxodo 34:14; 1 Crónicas 16:29; Mateo 15:9; Marcos 7:7; Juan 4:23-24; Filipenses 3:3.

El curso del Instituto Internacional Tiempo de Cosecha llamado "Metodologías de Movilización contiene información adicional sobre la materia de la adoración.

5. Estudia más sobre la alabanza en el libro de los Salmos. Marca la palabra "alabanza" cada vez que aparece en los Salmos, luego regresa y estudia todos los versos que has marcado.

6. Aquí hay más hechos sobre la oración:

Las Respuestas A La Oración Están Garantizadas:

Inmediatamente en ciertos tiempos: Isaías 65:24; Daniel 9:21-23

Tardía en ciertos tiempos: Lucas 18:7

En algunos tiempos, diferente a nuestros deseos: 2 Corintios 12:8-9

Más allá de nuestras expectativas: Jeremías 33:3; Efesios 3:20

Diferentes Posturas Pueden Ser Usadas En La Oración:

Parado: 1 Reyes 8:22; Marcos 11:25

Postrado: Salmos 95:6

Arrodillado: 11 Crónicas 6:13; Salmos 95:6; Lucas 22:41; Hechos 20:36

Postrados sobre el rostro: Números 16:22; Josué 5:14; 1 Crónicas 21:16; Mateo 26:39

Con las manos extendidas: Isaías 1:15; 11 Crónicas 6:13

Con las manos levantadas: Salmos 28:2; Lamentaciones 2:19; 1 Timoteo 2:8

Problemas Comunes Que Necesitas Vencer En Vistas A Orar:

Falta de tiempo

Distracciones

Cansancio

Falta de deseo

Organizando Las Fuerzas De Oración:

La oración es una de las más poderosas armas de la guerra espiritual. El Nuevo Testamente revela la siguiente estructura para organizar las fuerzas de oración para librar la guerra más efectivamente:

Oración personal: la oración ha de hacerse individualmente en privado: Mateo 6:6 Dos orando juntos: la oración de dos juntos es la más pequeña unidad de oración corporativa: Mateo 18:19

Grupos pequeños: las células de grupos pequeños de más de dos individuos reunidos en oración. Hay un gran poder cuando dos o tres personas se reúnen para este propósito: Mateo 18:20

Oración congregacional total: la iglesia entera debería reunirse en tiempos de oración corporativa: Hechos 1:14-15

Promesas De Oración:

Estudia las siguientes promesas relacionadas con la oración: ellas revelan el gran poder de esta arma en la guerra espiritual:

- El Padre sabe lo que necesitas incluso antes de que lo pidas: Mateo 6:8
- SI dos se ponen de acuerdo en oración, la misma será respondida: Mateo 18:19
- Todas las cosas son posibles con Dios: Mateo 19:26; Lucas 18:27
- La oración combinada con fe es efectiva: Mateo 21:22; Marcos 11:24
- La oración ferviente del justo puede mucho: Santiago 5:16
- Si pides en el nombre de Jesús, será hecho: Juan 14:14

7. Estudia adicionalmente sobre ayunar:

- Ayunar es una de las cosas que nos aprueba como ministros de Dios: 2 Corintios 6:3-10

- La oración acompañada de ayuno fue usada al organizar la Iglesia:
- Hechos 14:23 Hemos de "darnos a nosotros mismos" al ayuno: 1 Corintios 7:5

8. Jesús dijo que tendrías poder para pisar "serpientes y escorpiones". En el capítulo cinco estudiaste los paralelos naturales y espirituales de una serpiente. Aquí hay algunos hechos sobre los escorpiones que pueden ser aplicados espiritualmente:

Los escorpiones evitan a otros. Un escorpión peleará hasta la muerte. Sujetará a su presa, la aplastará y luego Inyectará veneno mortal de su aguijón. Si eres aguijoneado por un escorpión, puedes experimentar dolor, dificultades del hablar, cansancio, debilidad, e insensibilidad.

Los escorpiones viven en lugares oscuros y mueren cuando son expuestos al calor (a la Juz). Primero el escorplón tratará de escapar, luego comenzará a golpear con su cola. En el mundo natural, las hormigas guerreras son el principal enemigo del escorpión.

¿Puedes aplicar estas verdades espiritualmente como hicimos con los hechos vinculados a las serpientes en el capítulo cinco?

MOVILIZACIÓN

SERVICIO MILITAR ACTIVO

EN EL EJÉRCITO DE DIOS

"Movilizarse" significa ponerse en un estado de alerta para el servicio militar activo. "Movilización" es el proceso de ser desplegado como parte de las fuerzas espirituales del ejército de Dios.

HAY BATALLAS QUE SE GANAN LUCHANDO, PERO...
LAS GRANDES BATALLAS SE GANAN ORANDO.
adnstc@hotmail.com

ENTRENAMIENTO BÁSICO

PREPARÁNDONOS PARA LA GUERRA

En el mundo natural ningun soldado es enviado a la batalla sin recibir primero entrenamiento básico. Este entrenamiento lo prepara para entrar en la rona de batalla

CAPÍTULO DIEZ

GUERRA OFENSIVA Y DEFENSIVA

<u>OBJETIVOS:</u>

Al concluir este capítulo serás capaz de:

- Escribir el versículo llave de memoria.
- Definir "guerra ofensiva". Definir "guerra defensiva".
- Identificar el factor común en la guerra ofensiva y defensiva.
- Resumir el rol del Espíritu Santo en la guerra ofensiva y defensiva.
- Usar el ejemplo natural del combatir para explicar las estrategias de la guerra ofensiva y defensiva.

<u>VERSÍCULO LLAVE DE LAS CLÁUSULAS DE LA GUERRA:</u>

"Ni deis lugar al diablo" (Efesios 4:27).

<u>INTRODUCCIÓN</u>

Existen dos tipos de guerra en el mundo natural: ofensiva y defensiva. La Biblia también enseña tanto estrategias espirituales ofensivas como defensivas. Debes aprender a pelear tanto ofensiva como defensivamente. La única otra opción es la deserción, lo cual es inaceptable.

Esta lección provee una introducción a la guerra tanto ofensiva como a la defensiva. Los siguientes dos capítulos examinan en detalle tus armas espirituales ofensivas y defensivas.

<u>GUERRA DEFENSIVA</u>

La guerra defensiva es librada para defender territorio. Es guerra que espera por el ataque del enemigo, y luego golpea sus fuerzas en respuesta defensiva. El defensor debe responder a su oponente y sus decisiones son forzadas por el atacante. Este tipo de guerra no avanza sobre el territorio enemigo. Defiende territorio ya poseído. Es importante, sin embargo, puesto que las fuerzas de maldad están constantemente atacándote como creyente. Si no sabes como defenderte a ti mismo, te convertirás en una víctima de estos ataques.

GUERRA OFENSIVA

La guerra ofensiva es guerra agresiva. No es una guerra de esperar y responder en defensa. Es guerra que toma la iniciativa del ataque. El enemigo es identificado, su estrategia reconocida, y se llevan a cabo avances ofensivos contra él en el mundo del espíritu. En la guerra ofensiva el atacante tiene la ventaja de tomar las decisiones primero. La guerra ofensiva gana territorio en lugar de defenderlo.

Los avances ofensivos son el único tipo de guerra espiritual que alcanzará al mundo. con el evangelio de Jesucristo. No podemos permanecer en nuestros hogares confortables e iglesias y practicar estrategias defensivas solamente. El ejército de Dios debe avanzar dentro del territorio del enemigo. Debe ir contra las fortalezas de Satanás con el poder del mensaje del evangelio. Debemos librar batallas espirituales ofensivas.

EL FACTOR COMÚN

Existe una cosa en común entre la guerra ofensiva y la defensiva. Ambas involucran la acción personal por parte del creyente. En la guerra natural, las armas no utilizadas no infringen bajas sobre el enemigo ni ganan guerras. Lo mismo es cierto en el mundo del espiritu. Tus armas espirituales son afectadas por tu voluntad para usarlas. Es cierto que Dios da el poder para la batalla, pero tú tienes una responsabilidad personal tanto en las estrategias espirituales ofensivas y defensivas.

En las batallas del Antiguo Testamento, Dios luchó por y con Su pueblo, Israel. Pero primero, ellos tenían que posicionarse en el campo de batalla. Cuando Dios ve un arma espiritual que está siendo usada en Su nombre y un hombre o una mujer en el campo de batalla atreviéndose a lograr lo imposible, el Señor de los Ejércitos se mueve a la acción.

Lee la historia de Eliseo en 11 Reyes 13:14-19. En este pasaje en el que se usa el arco y la flecha, existen algunos paralelos espirituales que te ayudarán a entender tu parte en la guerra:

1. DEMOSTRAR TU INTENCIÓN DE PELEAR:

Eliseo le dijo al rey Joás, "toma un arco y flechas". Pablo dijo, "toma la espada del Espíritu" y declara la guerra. Al tomar tus armas ofensivas y defensivas estás demostrando tu intención de pelear.

2. PON TUS MANOS EN EL ARMA:

Eliseo le dijo al rey que pusiera sus manos sobre el arco, luego Eliseo puso sus manos sobre las manos del rey. La estrategia para la victoria es tus manos sobre las armas, y Su mano sobre las tuyas.

3. ABRIR LA VENTANA:

Abrir la ventana del lugar en el cual el enemigo es victorioso. El enemigo de Israel estaba hacia el este, por lo tanto Eliseo le dijo al rey que abriera la ventana hacia el oriente. Dios quiere que tú abras las "ventanas" de cada área de tu vida para exponer los fracasos, la derrota, y el yugo del enemigo.

4. DISPARAR:

Eliseo le dijo al rey "tira" y el rey tiró. Luego Eliseo dijo, "saeta de salvación del Señor y saeta de salvación contra Siria". La ventana abierta no es suficiente. El arma en tu mano no es suficiente. Incluso la mano del Señor sobre tu mano no ganará la batalla.

Debes seguir el mandamiento del Señor de los Ejércitos de "DISPARAR!". Esta es tu parte en la batalla... usar el arma que está en tu mano que es gulada por la mano del Señor.

5. CONOCER EL OBJETIVO: Eliseo le dijo al rey que tomara las flechas y que las golpeara contra el suelo como un símbolo de su victoria contra Siria. El rey hizo de esa manera, pero él "golpeó tres veces y se detuvo". Eliseo le dijo que puesto que él limitó a Dios al golpear la tierra solamente tres veces, su victoria militar sería limitada. Esto sucedió porque el rey no entendió el objetivo de la batalla. Eliseo había dicho que el Señor quería consumir totalmente al enemigo (Versículo 17). Al golpear el suelo solamente tres veces, el rey resolvió alcanzar sólo una victoria parcial.

El objetivo del Señor para ti es la victoria total en cada área de tu vida y ministerio. Si fracasas en entender este objetivo entonces tu victoria será limitada.

6. GANAR PRIMERO EN LA CÁMARA SECRETA:

Lo que sucedió entre Eliseo y el rey Joás en la cámara secreta aquel día determinó el resultado de la batalla con Siria. Es lo que sucede en la "cámara" secreta con el Señor lo que determina tus victorias en las batallas actuales de la vida.

ENGAÑOS DE SATANÁS

Básico tanto a la guerra ofensiva como defensiva es el conocimiento de las estrategias de Satanás:

> *"Para que Satanás no saque ventaja alguna sobre nosotros, pues no ignoramos sus maquinaciones" (2 Corintios 2:11).*

La palabra "maquinaciones" significa planes, proyectos, complots o planes solapados de carácter maligno. Satanás puede ganar ventaja sobre ti cuando eres ignorante de sus engaños y fracasas en responder en batalla ofensiva o defensiva.

EL MINISTERIO DEL ESPÍRITU SANTO

Antes en este curso aprendiste de una fuerza espiritual del bien conocida como Espíritu Santo. El Espíritu Santo es importante tanto en la guerra ofensiva como defensiva. El Espíritu Santo conoce las estrategias de Satanás e intercede por los creyentes comprometidos en la batalla:

> *"De igual manera, el Espíritu nos ayuda en nuestra debilidad, pues qué hemos de pedir como conviene, no lo sabemos, pero el Espíritu mismo intercede por nosotros con gemidos indecibles. Pero el que escudriña los corazones sabe cuál es la intención del Espíritu, porque conforme a la voluntad de Dios intercede por los santos" (Romanos 8:26-27).*

El Espiritu Santo da poder para reclamar territorio enemigo:

> *"Pero recibiréis poder cuando haya venido sobre vosotros el Espíritu Santo, y me seréis testigos en Jerusalén, en toda Judea, en Samaria y hasta lo último de la tierra" (Hechos 1:8).*

Los dones del Espiritu Santo son armas valiosas en la batalla ofensiva y defensiva. Los dones de palabra de conocimiento y palabra de sabiduría proveen revelación sobrenatural para la batalla espiritual. El don de discernimiento de espíritus revela los engaños del enemigo.

Los dones especiales de pastor, profeta, apóstol, evangelista y maestro nos asisten al equiparnos para la batalla. Los dones parlantes del Espiritu Santo proveen instrucciones especiales de parte de Dios y los dones de servicio del Espíritu capacitan al ejército de Dios para avanzar espiritualmente.

COMBATIR: UN PARALELO NATURAL DE LA VERDAD ESPIRITUAL

Uno de los versos más poderosos sobre el combate espiritual ofensivo es...

"Porque no tenemos lucha contra sangre y carne, sino contra principados, contra potestades, contra los gobernadores de las tinieblas de este mundo, contra huestes espirituales de maldad en las regiones celestes" (Efesios 6:12).

La elección de Dios de la palabra "lucha" es significativo. Luchar es un paralelo natural de una gran verdad espiritual. La lucha en el mundo natural es un deporte de competición de dominio en fuerza. Combatir significa "contender en batalla por poder sobre el enemigo". Considera estos hechos sobre combatir en el mundo natural para aplicar en tu guerra espiritual:

1. PREPARACIÓN Y ENTRENAMIENTO:

Un contrincante en el mundo natural debe entrenar para ser exitoso en su competencia. Debe practicar el combate. Debe tener una dieta apropiada. Debe aprender las reglas de la batalla y ellas deben ser cuidadosamente seguidas para ganar el juego.

Un creyente debe aprender las reglas de la guerra espiritual en vistas a ser victorioso. Una dieta "apropiada" de la Palabra de Dios y oración es necesaria para el combate espiritual exitoso. A semejanza del combate en el plano natural, habilidad es ganada mediante la práctica.

El propósito principal del entrenamiento en el mundo natural es preparar al contrincante para alcanzar el pico de eficiencia mientras se experimenta la menor cantidad de fatiga. Esto es cierto también en el mundo del espiritu. Algunas personas fácilmente y son derrotadas espiritualmente porque no están apropiadamente entrenados para la guerra espiritual. se cansan

2. LA NATURALEZA DEL COMBATE:

Los campeonatos individuales de combate no son deportes de equipo. Cuando un contrincante se cansa no hay un miembro sustituto del equipo para enviar. El combatir involucra contacto intimo, personal, cara a cara con el oponente.

Lo mismo es cierto en el mundo del espiritu. Los creyentes están involucrados en combate intimo, cara a cara con el enemigo. Ningún otro creyente puede tomar tu lugar en el combate espiritual. No hay "tiempos fuera" en el combate como en otros deportes. No existen los "tiempos fuera" en el mundo espiritual tampoco. Satanás nunca descansa de esta guerra. El creyente nunca debe estar fuera de guardia.

3. LAS ESTRATEGIAS:

Existen tanto estrategias defensivas como ofensivas en el combate natural las cuales son aplicables en el mundo espiritual. Distraer es una técnica usada en el combate. Distraer evita la confrontación con un oponente. Se pierden puntos por distraer. Tú también "pierdes puntos" cuando te "distraes" espiritualmente y no combates agresivamente a tu enemigo. Algunos creyentes pasan sus vidas enteras distraídos de la confrontación con el enemigo. Nunca combaten agresivamente y ganan la victoria.

4. ALTERAR EL BALANCE:

Otra estrategia importante en el combate natural es alterar el balance del oponente. Una vez que el balance del oponente ha sido destruido, es mantenido combatiendo para recobrarlo.

La Biblia habla mucho de la importancia del balance o "moderación". Una de las estrategias de Satanás en el reino espiritual es tratar de alterar el balance. Muchos cultos han resultado como causa de un impropio balance sobre asuntos doctrinales. Hogares, congregaciones, e incluso naciones han sido derrotadas a causa de un balance inapropiado por énfasis equivocado o falta de énfasis en ciertas áreas.

Existen dos tipos de balance involucrados en el combate: balance físico y mental. Antes que el balance físico pueda ser destruido, el balance mental debe primero ser atacado. Para lograr esto, se usa una estrategia de sorpresa. Se inicia un movimiento distractivo y de sorpresa. Mientras el combatiente se centra en esto, la técnica pensada se aplica. Al llevar a un oponente a creer que algún movimiento se está procurando. El tratará de evitar el peligro imaginado y lo dejará abierto al verdadero ataque.

Cuán cierto es esto en el mundo espiritual! Satanás altera el balance mediante la estrategia de la sorpresa. Él altera tu balance mental mediante ataques distractivos y mientras estás temeroso centrado en esto, lanza su verdadero asalto en otra área de tu vida.

5. ANTICIPACIÓN:

La anticipación es importante en el combate natural. Un combatiente que puede discernir cuando un movimiento en particular es realizado es frecuentemente capaz de bloquear o enfrentar el ataque. Cuando el movimiento pensado es realizado no es tan probable que sea exitoso desde que ha sido anticipado y el combatiente está preparado.

Lo mismo es cierto en el mundo del espiritu. Si no eres ignorante de los engaños de Satanás y anticipas sus estrategias entonces estás preparado. No eres movido del balance cuando el ataque ocurre.

6. IMPACIENTAR:

Existen movimientos en el combate que son realizados para "impacientar a un oponente, para tentarlo y seducirlo a llevar a cabo un movimiento que debilitará su posición. En el mundo espiritual Satanás está constantemente tentándote a realizar movimientos que debilitarán tu posición espiritual.

En el combate natural, los movimientos son planeados para colocar a un oponente en una posición que lo deje abierto al ataque. Se crean circunstancias a propósito para lograr esto y tomar ventaja de la posición de debilidad del enemigo en el momento que ocurre.

Espiritualmente, Satanás también crea situaciones que te dejan abierto al ataque. Luego inmediatamente toma ventaja de tu débil posición. Pero debes recordar que al combatir es Satanás el que posee la posición de mayor debilidad. El poder dentro de ti es mayor que su poder. Ya ha recibido el golpe final debilitante por parte del Señor Jesucristo. Pero tú debes ejercer la ventaja que te fue dada por el Señor en vistas a ganar el combate.

7. ATAQUE Y CONTRAATAQUE:

En el combate natural, cada movimiento que haces te coloca en la posición de recibir una respuesta de parte del enemigo. Lo mismo es cierto del mundo del espíritu. Cuando haces un movimiento para Dios, Satanás siempre contraatacará con un movimiento de su parte.

8. MOVILIDAD

En el combate, un oponente móvil es considerado peligroso. Ésta es la razón por la cual quieres derribar a tu enemigo. En el mundo espiritual Satanás es un oponente móvil. Él anda como un león que busca a quien devorar. Debes estar en guardia por su constante movilidad. Satanás también reconoce la efectividad de tu movilidad. El quiere evitar que tomes movimientos para Dios. Éste es el por qué él trata de derribarte espiritualmente.

9. RECUPERACIÓN

Un error en el combate resulta en una acción de la cual puede aprovecharse el oponente. ¡Cuán cierto espiritualmente! Cualquier error que comentes en la batalla espiritual es rápidamente aprovechado por el enemigo. Es importante a la hora de combatir aprender a recuperarse de una caída. Es necesario ser capaz de convertir a la posición inferior en una ventaja. Existen movimientos de escape y retroceso que posibilitarán esto.

En el combate espiritual puedes experimentar algunas veces caídas y ser temporalmente derribado por el enemigo. Pero no tienes por qué permanecer en esta posición. Dios te ha dado estrategias en Su Palabra las cuales, si las sigues, convertirán tu desventaja en una ventaja. Él ha provisto estrategias para el escape y la retirada espiritual a semejanza de las usadas en el combate natural.

La vida de José es un excelente ejemplo de esto. Él tuvo las desventajas de haber sido vendido a la esclavitud y puesto en prisión. Pero convirtió las desventajas en ventajas. Al final, triunfó sobre el enemigo.

Hay otros movimientos en el combate que resultan en derribar al enemigo por atrás, arrastrando, y empujándolo. ¿Puedes reconocer movimientos similares del enemigo espiritualmente?

10. EL OBJETIVO

El objetivo de pelear en el mundo natural es el de derrotar el oponente al causar su caída al suelo. Esto resulta de una serie de movimientos estratégicos y/o derribar al oponente.

Satanás constantemente está peleando en contra de los creyentes y tratando de derribarlos. Su objetivo es provocar la caída de los creyentes, "empujándolos" y atrapándolos en el yugo del pecado. Su objetivo es destruir tus puntos de apoyo, tal como el combatiente hace con su oponente en el mundo natural. El objetivo es postrarte espiritualmente.

11. ASIGNACIÓN DE PUNTOS

La victoria en las competencias naturales viene mediante un proceso de asignación de puntos por los jueces. El contrincante con el puntaje más alto debido a la mayor cantidad de movimientos estratégicos gana el juego.

Tu enemigo espiritual ya ha sido juzgado. Satanás fue derrotado por el movimiento más eficaz en toda la historia, la muerte y resurrección de Jesucristo. Tú combates contra un enemigo que ya ha sido juzgado como un perdedor en el juego. A causa de esto no necesitas estar temeroso de su poder o estrategias en el combate en el cual estás involucrado. No tienes que caer por el yugo del pecado. Puedes permanecer confiado en el combate de la guerra espiritual y resistirle firme en la fe.

12. ACTITUD MENTAL

La actitud mental es muy importante en el combate. En un estudio sobre la materia, las siguientes actitudes aparecieron necesarias para la competencia en el mundo natural. Estas actitudes son también verdaderas en el reino espiritual:

Deseo: desear y querer ganar no es suficiente. El contrincante debe tener un ardiente deseo de ganar. El deseo es una emoción que trasciende todo lo demás en la vida.

Persistencia: un esfuerzo constante se requiere en el combate. Un combatiente no aceptará la derrota.

Propósito: el combatiente debe tener la voluntad de ganar. Ganar es el objetivo y el propósito. Para alcanzar este objetivo el no sólo debe saber que es el amo de la situación, sino que también debe permitir al enemigo saberlo.

<u>INSPECCIÓN</u>

1. Escribe el versículo llave de las Cláusulas de la Guerra.

____

____

2. ¿Qué es guerra defensiva?

____

____

3. ¿Qué es guerra ofensiva?

____

____

4. ¿Qué factor común existe en la guerra espiritual ofensiva y defensiva?

____

____

5. Resume el rol del Espíritu Santo en la guerra ofensiva y defensiva.

____

____

6. Resume lo que aprendiste sobre guerra ofensiva y defensiva del ejemplo natural del combate.

____

____

____

(Las respuestas se encuentran al final del último capítulo de este manual)

MANIOBRAS TÁCTICAS

1. No has de confiar en las "carrozas" (armas naturales) de los hombres: Salmos 20:7. pero Dios tiene carrozas "espirituales". Lee al respecto en los Salmos 68:17; 104:3; Isaías 19:1; y I1 Reyes 2:11.

2. Necesitas librar tanto guerra ofensiva como defensiva porque Satanás es un destructor: Juan 10:10; 1 Corintios 10:10; Mateo 10:28.

- Si obedeces al Señor, Él no permitirá al destructor entrar: Éxodo 12:23.

- Dios te guarda de la destrucción de Satanás: Salmos 17:4.

- Satanás es tu adversario, aquél contra quien combates: 1 Pedro 5:8. No has de darle el lugar para hablar en contra de ti: 1 Timoteo 5:14. Si obedeces a Dios Él será enemigo de tus adversarios: Éxodo 23:22.

3. No tienes que ser derrotado por Satanás. Estudia las siguientes referencias:

PUEDES PERSEGUIR AL ENEMIGO: Levitico 26: 7-8; Deuteronomio 32:30; Josué 23:10.

PUEDES TENER LA VICTORIA: Deuteronomio 7:21; 1 Crónicas 29:11; Salmos 5:11; 18:29; 24:8; 91:1; Isaías 49:19; 1 Corintios 15:57; 1 Juan 5:4.

EL SEÑOR ES TU FORTALEZA: 2 Samuel 22:2; Salmos 18:2; 31:3; 71:3; 91:2; 144:2; Jeremías 16:19.

TIENES DOMINIO SOBRE EL ENEMIGO: Salmos 8:6; 49:14; 72:8; 119:133; Daniel 7:27; Efesios 1:21.

LA SEGURIDAD VIENE DEL SEÑOR: Proverbios 18:10; 21:31; 29:25. Lee el Salmos 91, el Salmo de la seguridad.

DIOS TE LIBERA DE LA ANGUSTIA: Salmos 25:17; 107:6, 13; 19:28.

PUEDES CAPTURAR LOS PENSAMIENTOS DEL ENEMIGO: 2 Corintios 10:5.

DIOS DESATA LAS LIGADURAS DEL ENEMIGO: Salmos 116:16; Romanos 8:15-21; Gálatas 5:1.

4. Cuando Pablo habla de la batalla, está hablando de pelear con el enemigo y no con Dios como fue el caso de Jacob. Está seguro que cuando combates no es Dios el que está luchando contra ti para romper el espíritu de autosuficiencia en vistas a transformarte de "Jacob" en "Israel".

5. Revisa el capítulo tres de este manual y enumera las funciones del Espíritu Santo tanto en la guerra ofensiva y defensiva:

Ministerio del Espíritu Santo

En la guerra ofensiva   **En la guerra defensiva**

ENTRENAMIENTO BÁSICO

PREPARÁNDONOS PARA LA GUERRA

En el mundo natural ningun soldado es enviado a la batalla sin recibir primero entrenamiento básico. Este entrenamiento lo prepara para entrar en la rona de batalla

CAPÍTULO ONCE

ARMAS DEFENSIVAS

<u>OBJETIVOS:</u>

Al concluir este capítulo serás capaz de:

- Escribir el versículo llave de memoria.
- Describir tus armas defensivas espirituales.
- Dar una referencia de la Escritura que enumera la armadura de Dios.
- Identificar cada pieza de la armadura de Dios.
- Explicar la función de cada pieza de la armadura.

<u>VERSÍCULO LLAVE DE LAS CLÁUSULAS DE LA GUERRA:</u>

"Vestíos de toda la armadura de Dios, para que podáis estar firmes contra las asechanzas del diablo" (Efesios 6:11).

<u>INTRODUCCIÓN</u>

Has aprendido que la gran batalla espiritual en la cual estás comprometido no puede ser peleada con armas naturales. Debe ser peleada tanto ofensivamente como defensivamente con armas espirituales. Ya has estudiado el "Plan de Dios para la Batalla" en el capitulo nueve. Aprendiste que la estrategia básica incluye:

- La Palabra de Dios.
- Poder delegado y autoridad.
- Oración.
- Ayuno.
- Llaves del Reino.
- El nombre de Jesús.

En adición a estas estrategias básicas de batalla, la Biblia revela que dispones de todo un arsenal de armas espirituales. En este capítulo aprenderás sobre tus armas espirituales defensivas. En la próxima lección estudiarás las armas ofensivas.

ESTRATEGIAS DEFENSIVAS

La Biblia enseña las siguientes acciones defensivas que deben ser tomadas por el creyente:

SOMETERSE Y RESISTIR:

> ***"Someteos, pues, a Dios; resistid al diablo, y huirá de vosotros" (Santiago 4:7).***

Nota el orden en este verso: primero someterse, luego resistir. Muchas personas omiten el primer paso de someterse y tratan de resistir al diablo, sólo para descubrir que no funciona. La derrota resulta cuando actúas independientemente de Dios. Es el humilde, no el arrogante y auto-confiado, el que derrota al enemigo. Serás capaz de resistir a Satanás solamente si te rindes a Dios. "Resistir" significa "permanecer firme contra y oponerse al enemigo en cada punto". La Escritura no nos enseña a andar buscando demonios, sino a resistirlos cuando se nos aproximan.

RESISTIR FIRMEMENTE EN LA FE:

> **"Sed sobrios y velad, porque vuestro adversario el diablo, como león rugiente, anda alrededor buscando a quien devorar. Resistidlo firmes en la fe, sabiendo que los mismos padecimientos se van cumpliendo en vuestros hermanos en todo el mundo" (1 Pedro 5:8-9).**

Resistir "en la fe" significa resistir en la autoridad de la Palabra de Dios.

NO DAR LUGAR:

No dar lugar a Satanás para operar en tu vida:

> ***"Ni deis lugar al diablo" (Efesios 4:27).***

RECUPERARTE TÚ MISMO:

Debes recuperarte tú mismo de las trampas de Satanás aplicando estrategias bíblicas:

> *"Y escapen del lazo del diablo, en que están cautivos a voluntad de él" (2 Timoteo 2:26).*

ABSTENERSE DE LOS DESEOS DE LA CARNE:

"Abstenerse" significa guardarte de algo y rehusar hacerlo:

> *"Amados, yo os ruego como a extranjeros y peregrinos, que os abstengáis de los deseos carnales que batallan contra el alma" (1 Pedro 2:11).*

> *"La voluntad de Dios es vuestra santificación: que os apartéis de fornicación" (1 Tesalonicenses 4:3).*

> *"Absteneos de toda especie de mal" (1 Tesalonicenses 5:22).*

ESQUIVAR:

"Esquivar" significa evitar o volverse de. Debes evitar cada cosa malvada relacionada con el enemigo.

> *"Pero evita profanas y vanas palabrerías, porque conducirán más y más a la impiedad" (2 Timoteo 2:16).*

PERMANECER:

> *"Por tanto, tomad toda la armadura de Dios, para que podáis resistir en el día malo y, habiendo acabado todo, estar firmes. Estad, pues, firmes, ceñida vuestra cintura con la verdad, vestidos con la coraza de justicia" (Efesios 6:13-14).*

Cuando "mantienes tu territorio" estás defendiendo lo que es legitimamente tuyo.

ESTAR ALERTA:

"Así que vosotros, amados, sabiéndolo de antemano, guardaos, no sea que arrastrados por el error de los inicuos caigáis de vuestra firmeza" (2 Pedro 3:17).

PROBAR LOS ESPÍRITUS:

Probar los espíritus evita el engaño.

"Amados, no creáis a todo espíritu, sino probad los espíritus si son de Dios, porque muchos falsos profetas han salido por el mundo" (1 Juan 4:1).

"Probar" significa "examinar". No estás obrando con incredulidad cuando pruebas los "espíritus" de aquellos con quienes entras en contacto o en operación alrededor de ti. Si son verdaderos, pasarán el examen.

EVITAR LOS FALSOS MAESTROS:

Cuando recibes falsos maestros dentro de tu casa te conviertes en participe de su maldad. Defiende tu hogar de ataques del enemigo.

"Si alguno viene a vosotros y no trae esta doctrina, no lo recibáis en casa ni le digáis: ¡Bienvenido!, Porque el que le dice: ¡Bienvenido! Participa en sus malas obras" (2 Juan 10- 11).

HACER A UN LADO:

Has de hacer a un lado asuntos mundanos que pueden evitar que seas un buen soldado. "Hacer a un lado" es una acción defensiva que debes tomar.

"Tú, pues, sufre penalidades como buen soldado de Jesucristo. Ninguno que milita se enreda en los negocios de la vida, a fin de agradar a aquel que lo tomó por soldado" (2 Timoteo 2:3-4).

"Por tanto, nosotros también, teniendo en derredor nuestro tan grande nube de testigos, despojémonos de todo peso y del pecado que nos asedia, y corramos con paciencia la carrera que tenemos por delante" (Hebreos 12:1).

"Por lo cual, desechando toda Inmundicia y abundancia de malicia, recibid con mansedumbre la palabra implantada, la cual puede salvar vuestras almas" (Santiago 1:21).

<u>DESPOJARSE DE TODA MALDAD:</u>

Estudia Efesios 4:17-32. El "despojarse" de todo comportamiento maligno listado allí es guerra defensiva.

<u>PONERSE LA ARMADURA DE DIOS:</u>

"Vestíos de toda la armadura de Dios, para que podáis estar firmes contra las asechanzas del diablo" (Efesios 6:11).

"Ponerse" indica una acción que tú debes tomar. La descripción básica de la armadura de Dios es dada en Efesios 6:10-17. Lee este pasaje en tu Biblia.

Pablo introduce la materia de la guerra enfatizando que la batalla no es natural y que las armas naturales son inefectivas. Las batallas espirituales deben ser peleadas con armas espirituales. Pablo describe la armadura a ser usada en la guerra espiritual.

"Por tanto, tomad toda la armadura de Dios, para que podáis resistir en el día malo y, habiendo acabado todo, estar firmes. Estad, pues, firmes, ceñida vuestra cintura con la verdad, vestidos con la coraza de justicia y calzados los pies con el celo por anunciar el evangelio de la paz. Sobre todo, tomad el escudo de la fe, con que podáis apagar todos los dardos de fuego del maligno. Tomad el yelmo de la salvación, y la espada del Espíritu, que es la palabra de Dios" (Efesios 6:13-17).

El propósito de la armadura es ser capaz de permanecer en contra de los ardides (engaños, astucias, maldades) del enemigo, Satanás. Es tu responsabilidad ponerte la armadura:

> **"Vestíos de toda la armadura de Dios, para que podáis estar firmes contra las asechanzas del diablo" (Efesios 6:11).**

> **"Al contrario, vestíos del Señor Jesucristo y no satisfagáis los deseos de la carne" (Romanos 13:14).**

> **"La noche está avanzada y se acerca el día. Desechemos, pues, las obras de las tinieblas y vistámonos las armas de la luz" (Romanos 13:12).**

La frase "ponerse" significa "ponerse una vez y por todas". Tu armadura espiritual no es como una uniforme atlético que te pones en el tiempo de juego. Te pones la armadura una vez para siempre y la dejas puesta el resto de tu vida. A semejanza de un soldado en el campo de batalla que no se quita su armadura, no dejarás tu armadura hasta que vayas a estar con el Señor. Si no tienes puesta tu armadura en todos los tiempos, eres vulnerable al enemigo. Es sabio chequear con frecuencia que cada pieza de tu armadura espiritual está todavía en lugar.

La primera división de la armadura cubre tres cosas que ya has hecho en el pasado. "Habiéndose puesto" indica algo que tú YA has hecho si eres un creyente.

- Ceñida vuestra cintura con la verdad (verso 14).
- Revestidos con la coraza de la justicia (verso 14).
- Calzados los pies con el apresto del evangelio de la paz (verso 15).

La segunda división incluye cosas que han de ponerse en el presente:
- Tomar el escudo de la fe (verso 16).
- Tomar el yelmo de la salvación (verso 17).
- Tomar la espada del Espíritu (verso 17).

La coraza:

En el mundo natural, la coraza cubre la parte superior del cuerpo del guerrero para proteger sus órganos vitales tales como el corazón, pulmones, etc. La coraza espiritual de la justicia no se refiere a tu justicia, sino a la cobertura de la justicia de Cristo:

> *"Y ser hallado en él, no teniendo mi propia justicia, que se basa en la Ley, sino la que se adquiere por la fe en Cristo, la justicia que procede de Dios y se basa en la fe" (Filipenses 3:9).*

No te mantienes en tus propios méritos. Te sostienes en Cristo. No puedes enfrentar al enemigo sin la protección de la justicia de Cristo:

> *"En palabra de verdad, en poder de Dios y con armas de justicia a diestra y a siniestra" (2 Corintios 6:7).*

La justicia de Cristo protege tu "órganos vitales" espirituales de los ataques de Satanás y de la impiedad. La coraza de justicia debe ser abrochada sobre el cinto de la verdad.

Los zapatos:

Existen diferentes tipos de zapatos para diferentes propósitos. Algunos son para caminar, otras para actividades deportivas especificas. Los zapatos del soldado son de otro tipo... son zapatos designados para la guerra. Un soldado que no es capaz de avanzar en el campo de batalla es incapaz en la guerra.

"Y calzados los pies con el apresto del evangelio de la paz" indica una actitud de alerta para avanzar en el reino espiritual. Estos zapatos espirituales protegen tu voluntad de la tentación del enemigo que te guiaría en caminos equivocados. Indican tu disposición para hacer toda buena obra y para difundir el evangelio en todas las naciones. Estos zapatos espirituales te capacitarán también para "mantenerte" contra el enemigo como Pablo nos anima a hacer (Efesios 6:14).

En Efesios 6:11 Pablo enfatiza el ponerse TODA la armadura de Dios. Algunos de nosotros estamos preocupados más con una pieza de la armadura de Dios hasta el punto que las otras son olvidadas. Debes tener puesta toda la armadura o puedes encontrarte a ti mismo un experto en el uso de la "espada del Espiritu" y así todo derrotado porque olvidaste el escudo de la fe.

El cinto:

La primera pieza de la armadura en abrocharse es el cinturón o cinto de la verdad. En el mundo natural, un traje de armadura era atado al cinto el cual sostenía las otras piezas de la armadura en lugar. La verdad de la Palabra de Dios es el cinto espiritual al cual todas las otras piezas de la armadura se atan. El primer ataque de Satanás sobre el hombre fue en relación con la verdad:

> *"La mujer respondió a la serpiente: -Del fruto de los árboles del huerto podemos comer, pero del fruto del árbol que está en medio del huerto dijo Dios: No comeréis de él, ni lo tocaréis, para que no muráis. Entonces la serpiente dijo a la mujer: -No moriréis" (Génesis 3:2-4).*

La verdad te protegerá de las mentiras y errores doctrinales del enemigo. La verdad es la que ciñe tu armadura espiritual. Has de tener tus lomos (tus órganos vitales espirituales) cubiertos con la verdad:

> *"Estad, pues, firmes, ceñida vuestra cintura con la verdad" (Efesios 6:14).*

¿Qué es la verdad?

- Jesús dijo, "Yo soy la verdad". Juan 14:6.
- El Espíritu Santo es el "Espíritu de Verdad". Juan 14:17.
- Dios es verdad. Romanos 3:4.
- La Palabra de Dios es verdad. Salmos 119:151.
- El Evangelio es verdad. Colosenses 1:5.

<u>**El escudo:**</u>

En el mundo natural, el escudo era usado para proveer protección al cuerpo entero del guerrero. Tu escudo espiritual es llamado el "escudo de la fe".

Hay varios tipos de fe mencionadas en la Biblia. Hay fe de salvación, el don de la fe, y el fruto espiritual de fe. Pero la palabra "fe" cuando es usada en relación con el "escudo de la fe" habla de fe defensiva. Esta fe es una firme confianza en Dios que protege todo tu ser. Te protege de los misiles de duda e incredulidad enviados por el enemigo. Este escudo de fe es una confianza en Dios que desvia todos los dardos del enemigo de su objetivo.

El escudo de la fe es una constante aplicación de la Palabra de Dios a los asuntos de la vida. Es una fe que te capacita para vencer a las fuerzas malignas del mundo:

> *"Porque todo lo que es nacido de Dios vence al mundo; y esta es la victoria que ha vencido al mundo, nuestra fe" (1 Juan 5:4).*

Combinada con el amor de Dios, la fe es más efectiva:

> **"Pero nosotros, que somos del día, seamos sobrios, habiéndonos vestido con la coraza de la fe y del amor, y con la esperanza de salvación como casco" (1 Tesalonicenses 5:8).**

Es fe basada en la verdad:

> *"Con sus plumas te cubrirá y debajo de sus alas estarás seguro; escudo y protección es su verdad" (Salmos 91:4).*

Es fe basada en la salvación:

> *"Me diste asimismo el escudo de tu salvación; tu diestra me sustentó y tu benignidad me ha engrandecido" (Salmos 18:35).*

Sin fe, no tienes entendimiento de la verdad. Sin fe no puedes recibir salvación. Sin fe no puedes ir con el evangelio de la paz. Sin fe no puedes reclamar la justicia de Cristo y usar efectivamente la espada del Espíritu que es la Palabra de Dios.

La fe no es una suposición o una idea. Es un hecho basado sobre la Palabra de Dios. Puedes incrementar tu fe al escuchar la Palabra de Dios (Romanos 10:17), actuando sobre tu fe presente (Romanos 1:17), y por buscar a Dios (Hebreos 12:2).

El velmo:

El yelmo de la salvación no es algo que te pones cuando eres salvo. Recuerda, estamos tratando con armaduras espirituales aquí, y se supone que eres un creyente y un miembro del ejército de Dios antes que comiences a ponerte la armadura.

El yelmo de la salvación representa una mente regenerada. Representa un pensamiento de vida transformado y renovado. Aprenderás luego en este curso que batalla por el control de la mente. Una mente Satanás desesperadamente indisciplinada hace del guerrero cristiano una presa fácil de los engaños pecaminosos del enemigo.

Pablo habla del yelmo como de la "esperanza de la salvación" en 1 Tesalonicenses 5:8. La salvación, cuando es apropiadamente experimentada y entendida, protege tu mente. La salvación abraza el pasado, el presente y el futuro. Has sido salvado de la pena y culpa del pecado pasado. Eres salvo del poder del pecado en el presente. La "esperanza de la salvación" se refiere a la salvación en el tiempo futuro. Es la salvación final de la presencia del pecado cuando Jesús regrese. Las esperanza de esta salvación futura fortalece tu mente contra los ataques de Satanás. Tienes una esperanza confiada en el futuro porque Dios está obrando Su propósito:

"Él nos dio a conocer el misterio de su voluntad, según su beneplácito, el cual se había propuesto en sí mismo, de reunir todas las cosas en Cristo, en el cumplimiento de los tiempos establecidos, así las que están en los cielos como las que están en la tierra" (Efesios 1:9-10).

La espada del Espíritu:

La "espada del Espíritu" es la Palabra de Dios. Es tanto un arma ofensiva como defensiva. Ya aprendiste cómo Jesús usó la Palabra en defensa contra los ataques de Satanás. En la próxima lección aprenderás cómo esta arma es usada ofensivamente.

Oración:

Después de describir la armadura del soldado cristiano, Pablo comenta:

> *"Orad en todo tiempo con toda oración y súplica en el Espíritu, y velad en ello con toda perseverancia y súplica por todos los santos" (Efesios 6:18).*

Como aprendiste cuando estudiaste el "Plan de Dios para la Batalla", la oración y su práctica asociada del ayuno son también poderosas armas espirituales. Estas dos armas espirituales pueden ser usadas tanto ofensiva como defensivamente.

Revisa el resumen de la armadura de Dios y sus propósitos en la página siguiente....

LA ARMADURA DE DIOS (Efesios 6:10-18)

VERDAD (cinturón)
Te protege de... ENGAÑO
Espada del Espiritu
        JUSTICIA (coraza)
        Te protege de...
        IMPIEDAD ·
                PAZ (zapatos)
                Te protege de....
                CONFUSIÓN
                        FE (escudo)
                        Te protege de....
                        INCREDULIDAD
                                SALVACIÓN (yelmo)
                                Te protege de...
                                ESCLAVITUD

- El cinturón o cinto de la verdad protege del engaño de Satanás que puede llevar a la injusticia (pecado).
- La coraza de la justicia protege de la impiedad (pecado) que lleva a la confusión.
- Los pies con el apresto del evangelio de la paz te protege de la confusión espiritual que desemboca en la incredulidad.
- El escudo de la fe protege contra la incredulidad que lleva a la esclavitud. El yelmo de la salvación protege contra la esclavitud.
- La espada del Espíritu, la Palabra de Dios, es usada tanto como un arma ofensiva como defensiva.
- Nótese la progresión descendente de uno no protegido por la armadura de Dios. El engaño lleva a la impiedad (pecado) la cual siempre resulta en confusión. Confusión resulta en incredulidad, e incredulidad siempre resulta en yugo espiritual.

3. Es importante que tengas experiencia usando tu armadura espiritual. En 1 Samuel 17 lee sobre lo que sucedió cuando David trató de usar armadura con la cual no estaba familiarizado.

4. Dios usa armadura espiritual para protegerte de tus enemigos: Salmos 35:1-3.

David tenía mucho que decir sobre sus enemigos: Salmos 5:8; 6:10; 8:2; 9:3; 11:2; 15:5; 17:9; 18:3, 17, 20, 34, 37; 27:2; 30:1; 31:23; 44:5-6; 56:9; 60:12; 61:3; 95:6;108:13.

Lee lo que Dios dice sobre tus enemigos: Éxodo 15:6; Mateo 10:36; 13:39; Lucas 1:11; 10:19; Hechos 2:35; 1 Corintios 15:25-26; Colosenses 1:21.

5. Dios es tu escudo. Ver Génesis 15:1; Salmos 3:3; 5:12; 28:7; 33:20; 59:11; 84:9, 11; 115:9-11; 119:114; 144:2. maldad

6. Lee Éxodo 17. Israel estaba bajo ataque y Dios le dijo a Moisés que extendiera su vara. Previamente Moisés había usado su cayado como una vara de pastor y para proveer agua para el pueblo de Dios. Ahora, por primera vez, extiende su vara para resistir a los principados y poderes de las huestes de espíritus de responsables por el ataque amalecita. Existe una gran lección espiritual en esta historia. Los líderes del pueblo de Dios no son solamente responsables por pastorear, alimentar, y dar de beber al rebaño, sino que también cuando un ataque del enemigo viene es su responsabilidad usar el "cayado de Dios" para defender al pueblo de Dios.

7. ¿Cómo respondes a los dardos de Satanás? Piensa sobre cómo usarías el escudo de la fe para defenderte de cada uno de estos ataques. Registra tus respuestas para usarlas en el siguiente ataque:

1. Escribe el versículo llave de las Cláusulas de la Guerra

____

____.

2. Resume lo que aprendiste de tus armas espirituales defensivas:

____

____.

3. Da una referencia bíblica que enumere la armadura de Dios.

____

____.

4. Enumera cada pieza de la armadura de Dios y define brevemente su función.

____

____.

Pieza de armadura   Función

________________________   ________________________

________________________   ________________________

________________________   ________________________

(Las respuestas se encuentran al final del último capítulo de este manual).

MANIOBRAS TÁCTICAS

1. Lee Salmos 45:3 e Isaías 59:17. Ambos pasajes describen a Dios poniéndose armaduras espirituales. ¿Qué dos piezas de armadura que se pone Dios no están incluidas en nuestra armadura espiritual? (Isaías 59:17).

2. David menciona la armadura espiritual cuando recuerda cómo Dios lo ayudó en la batalla. Estudia Salmos 18:29-50.

Egoismo:

Codicia:

Orgullo:

Duda:

Temor:

Depresión:

Falta de ánimo:

Lujuria:

Avaricia:

Odio:

8. Examínate tú mismo: ¿Está toda tu armadura espiritual en su lugar?

9. Estudia cómo el Señor es presentado como un escudo en el libro de los Salmos:

- Es escudo alrededor: Salmos 5:12
- Es escudo de salvación: Salmos 18:35
- Es escudo personal: Salmos 3:3
- Es escudo a aquellos que confían en Él: Salmos 18:30
- Su escudo es un regalo: Salmos 18:35
- Él es un escudo probado: Salmos 28:7
- Él es un escudo de confianza: Salmos 144:2
- Es un escudo victorioso: Salmos 59:11
- Es un escudo protector: Salmos 84:11
- Es un escudo ungido: Salmos 84:9
- Es un escudo de refugio: Salmos 119:114
- Es un escudo de ayuda: Salmos 116:11
- Su verdad es nuestro escudo: Salmos 91:4

HAY BATALLAS QUE SE
GANAN LUCHANDO, PERO...
LAS GRANDES BATALLAS
SE GANAN ORANDO.
adnstc@hotmail.com

Jeremías

ירמיהו

"Dios revela su corazón"

Jeremías en varias versiones:

1 2 3 4 5 6 7 8 9 10 11 12 13 14 15 16 17 18 19 20 21 22 23 24 25 26 27 28 29 30 31 32 33 34 35 36 37 38 39 40 41 42 43 44 45 46 47 48 49 50 51 52

Tiempo de Lectura 3:55/ Contiene: 52 capítulos, 1.364 versículos y 42.659 palabras.

MÉTODO CRÍTICO

1) ¿QUIÉN ESCRIBIÓ EL LIBRO? Jeremías dictó a Baruc su secretario.

2) ¿CUÁNDO FUE ESCRITO? 604 a 580 a.C.

3) ¿A QUIÉN FUE ESCRITO? Judá

MÉTODO HISTÓRICO

1)¿CUÁL ES EL TRASFONDO HISTÓRICO DEL LIBRO? El profeta Jeremías vivió un una época triste en la historia del pueblo hebreo. Durante esta época, el pueblo del reino del sur, o Judá, fue llevado por Nabucodonosor a la cautividad en Babilonia, aunque Jeremías quedó en Jerusalén. Él escribió con autoridad en cuanto a la seguridad del juicio de Dios sobre un pueblo pecaminoso como también de la grandeza del amor divino.

MÉTODO LITERARIO

1) ¿QUE GENERO DE LITERATURA ES EL LIBRO? Profecía, no cronológica, Drama (con una carta en una de sus partes) MÉTODO PANORÁMICO 1)

¿CUÁL ES LA IDEA PRINCIPAL DEL LIBRO? El desarrollo y cumplimiento de varias profecías, a Israel y a naciones vecinas. La misericordia de Dios hacia Israel, sus justos juicios; y su plan de restauración. Mostrando a Dios marcando el ciclo de los acontecimientos de la historia; con el cumplimiento exacto de cada profecía, tomando la idea telescópica.

2) ¿CUÁL FUE LA RAZÓN PRINCIPAL POR LA CUAL SE ESCRIBIÓ ESTE LIBRO? Anuncio de Juicios a Israel y a naciones vecinas.

PALABRAS CLAVE EN JEREMIAS (RV1960) escuchar (oir), volver (volverse, convertirse, arrepentirse). ramera, adulterio (s), maldad (malvado, iniquidad, pecado), corazón, abandonar, sanar (sanidad), pacto

ÉNFASIS: La infidelidad de Judá a Dios terminará en su destrucción; si cumplen las promesas de Deuteronomio, Dios tiene deparado un futuro radiante para su pueblo: un tiempo de restauración y un nuevo pacto; el corazón de Jehová para con su pueblo revelado por medio del corazón de Jeremías.

CARACTERÍSTICAS PARTICULARES: Este libro es una combinación de historia, poesía y biografia. Jeremías a menudo utiliza el simbolismo para comunicar su mensaje.

CÓMO LEER JEREMÍAS ¿Alguna vez has luchado entre saber y hacer la voluntad de Dios? No eres el único. La travesia de obediencia de Jeremías revela los desafíos que vivió al buscar entender y cumplir los propósitos de Dios para su vida. Aun después que tomó la decisión de obedecer a Dios, muchas presiones y persecuciones lo llevaron a preguntarse si había hecho lo correcto. En el proceso, Jeremías luchó con algunas de las preguntas más difíciles de la vida, interrogantes que nosotros también podemos enfrentar. Leer Jeremias nos da la oportunidad de adquirir conocimiento y perspectiva acerca de lo que significa servir a Dios aún en tiempos dificiles. Nos ayuda a descubrir sabiduría práctica para cada día, mientras buscamos seguir a Dios en medio de la oposición.

Jeremias comparte con nosotros gran parte de su historia, más que la mayoría de los profetas. Su transparencia nos ayuda a ver no solo sus desafios, sino también sus sentimientos acerca de estas experiencias. Él se identificó con el corazón quebrantado de Dios para con su pueblo, y a su vez, Dios se indentificó con el sufrimiento de Jeremías. Esto dificulta reconocer quién está hablando en ciertos momentos. ¿Qué están describiendo las palabras, las emociones de Dios, las de Jeremías, o de ambos?

Jeremias advirtió a Judá acerca del futuro juicio de Dios con discursos apasionados, a menudo bañados de lágrimas. Estas palabras fueron dificiles de decir, pero nunca fueron declaradas con dureza. Evidencian el dolor de Dios, mientras Él trató incansablemente de alcanzar a un pueblo rebelde y fue forzado a traer juicio sobre sus persistentes pecados. Esta es la razón por la cual aun en medio de una destrucción inminente descubrimos promesas de esperanza acerca de la redención futura de Juda.

Jeremias, al igual que muchos profetas del Antiguo Testamento, no se enfocó tanto en predecir el futuro sino en predicar a sus contemporáneos, tratando de llevarlos de regreso a una relación de amor con Dios. Los profetas sirvieron como comentaristas culturales, recordando a su sociedad los estándares del pacto (Deu 27-30). Estos advertieron al pueblo del juicio próximo con la esperanza de que quizá se arrepintieran y aprovecharan la misericordia de Dios. Los profetas entendieron que la interacción de la justicia y la misericordia de Dios está diseñada para atraer a las personas de regreso a una relación de pacto con Él mismo.

Aunque este pensamiento es la base de toda la tradición profética, tal vez es más claramente demostrado en el encuentro de Jeremías con Dios en la casa del alfarero (Jer 18:1-12). Dios le explica a Jeremías que cuando Él habla de juicio, no es una situación irrevocable. Él siempre habla de juicio con la esperanza de que el pueblo se vuelva y cumpla con las condiciones que le permitan a Él demostrar misericordia. Este es el principio: Dios siempre hace justicia, pero Él siempre está buscando cada oportunidad para mostrar misericordia.

Después de haber visto cómo este principio funcionó en la historia de su propio pueblo rebelde, Jeremías reflexionaría en cómo la misericordia de Dios trasciende su propio juicio. Él escribió, «¡El fiel amor del Señor nunca se acaba! Sus misericordias jamás terminan. Grande es su fidelidad; sus misericordias son nuevas cada mañana... Aunque trae dolor, también muestra compasión debido a la grandeza de su amor inagotable. Pues él no se complace en herir a la gente o en causarles dolor.» (Lam 3:22-23, 32-33).

TÍTULO: Este libro deriva su titulo del autor humano, quien comienza con "las palabras de Jeremias..." (1:1). Jeremías relata más de su propia vida que cualquier otro profeta, contando de su ministerio, las reacciones de sus auditorios, sus pruebas y sus sentimientos personales. Su nombre quiere decir: "Jehová arroja", en el sentido de establecer un cimiento, o: "Jehová establece, coloca, o envia".

Siete otros Jeremías aparecen en las Escrituras (2R 23:31; 1Cr 5:24; 1Cr 12:4; 1Cr 12:10; 1Cr 12:13; Neh 10:2; Neh 12:1), y Jeremías el profeta es nombrado por lo menos nueve veces fuera de su libro (2Cr 35:25; 36:12; 36:21, 22; Dn 9:2; Esd 1:1; Mt 2:17; 16:14; 27:9). El Antiguo y Nuevo Testamento citan a Jeremias por lo menos siete veces: (1) Dn 9:2 (25:11, 12; 29:10); (2) Mt 2:18 (31:15); (3) Mt 27:9 (18:2; 19:2, 11; 32:6-9); (4) 1Co 1:31 (9:24); (5) 2Co 10:17 (9:24); (6) He 8:8-12 (31:31-34); y (7) He 10:16-17 (31:33, 34)

1. Arrepentimiento. Jeremías llamó al pueblo de Dios a arrepentirse y a regresar a Dios para evitar el juicio divino (p.ej 7:1-15). El pueblo respondió de forma negativa (5:20-25; 8:4-7), y, como consecuencia algunos de los oráculos declararon que el juicio venidero era seguro, sin posibilidad de arrepentimiento (6:16-21).

2. Juicio. Jeremias anunció que la rebelión al pacto de Judá traería juicio (11:1-13:27). El profeta señaló que el pueblo había quebrantado el pacto con su idolatría (2:11; 7:30; 9:13-14; 10:1-16; 16:10-13; 22:9; 29:10; 44:2-3, 8, 17-19, 25), con sus intentos de salvarse a sí mismo mediante alianzas militares (2:36) y con su injusticia y violaciones éticas (7:5-11; 9:3-11; 17:19-27: 21:11-22:30). Su pecado no quedará sin castigo (5:20-29).

3. Restauración. La visión profética de Jeremías extendió más allá el juicio, a la restauración, Jeremías 30:1.-33:26 (llamado el "libro de la consolación") describe un nuevo pacto (31:31-33). Infinitamente mejor que aquellos que lo habían precedido. Aunque estos oráculos de salvación lograrán un cumplimiento preliminar con la derrota de Babilonia y el regreso del pueblo en 538 a.C., Jesús mismo finalmente cumpliría el nuevo pacto (1Co 11:25; 2Co 3:6; Heb 9:15; 12:24).

<u>**Estructura de Jeremías**</u>

<u>**Titulo:**</u> "Profeta identificado con el corazón de Dios"

Versículo Clave: 1:10

"Mira que te he puesto en este dia sobre naciones y sobre reinos, para arrancar y para destruir, para arruinar y para derribar, para edificar y para plantar"

1. ej 7:1-15). El pueblo respondió de forma negativa (5:20-25; 8:4-7). y, como consecuencia algunos de los áculos declararon que el juicio venidero era seguro, sin posibilidad de arrepentimiento (6:16-21).

2. Juicio. Jeremías anunció que la rebelión al pacto de Judá traería juicio (11:1-13:27). El profeta señaló que el pueblo había quebrantado el pacto con su idolatría (2:11; 7:30; 9:13-14; 10:1-16; 16:10-13; 22:9:29:10; 44:2-3, 8, 17-19, 25), con sus intentos de salvarse a sí mismo mediante alianzas militares (2:36) y con su injusticia y violaciones éticas (7:5-11; 9:3-11; 17:19-27: 21:11-22:30). Su pecado no quedará sin castigo (5:20-29).

3. Restauración. La visión profética de Jeremías extendió más allá el juicio, a la restauración. Jeremías 30:1-33:26 (llamado el "libro de la consolación") describe un nuevo pacto (31:31-33). Infinitamente mejor qu aquellos que lo habían precedido. Aunque estos oráculos de salvación lograrán un cumplimiento preliminar con la derrota de Babilonia y el regreso del pueblo en 538 a.C., Jesús mismo finalmente cumpliría el nuevo pacto (1Co 11:25; 2Co 3:6; Heb 9:15; 12:24).

Estructura de Jeremías

Titulo: "Profeta identificado con el corazón de Dios"

Versículo Clave: 1:10

"Mira que te he puesto en este dia sobre naciones y sobre reinos, para arrancar y para destruir, para arruinar y para derribar, para edificar y para plantar"

1:1 Llamamiento y misión de Jeremías		
2:1 Jehová y apostasía de Israel	APOSTASÍA DE RE ISRAEL	
3:6 Jehová exhorta al arrepentimiento		
4:5 Judá amenazada de invasión		
5:1 Impiedad de Jerusalén y Judá		
6:1 Juicio contra Jerusalén y Judá		
7:1 Mejorad/Castigo por rebelión	DIOS LLAMA AL CAMBIO	
8:18 Lamento sobre Judá t Jerusalén		
10:1 Falsos dioses y Jehová		

11:1 Pacto violado complot contra Jeremías		
12:1 Jeremías y Dios		
13:1 Señales y Juda a Averie Cautivero		
14:1 Mensaje de la sequía	CONSECUENCIAS FUTURAS	
15:1 Ira de Dios contra Judá		
16:1 Juicio de Jehová contra Judá		
17:1 Corazón- Día de reposo		
18:1 El alfarero y oración Jeremías		JUICIOS JUSTOS PARA ARRANCAR JUICIO Y DESTRUIR
19:1 Señal de la vasija rota		
20:1 Profecía Pasur y lamento Jeremías	PROFECÍAS EN JUICIO Y PARA JUICIO	
21:1 Jerusalén será destruida		

22:1 Profecías Reyes de Judá	*379*	
23:1 Regreso y falsos profetas		
24:1 Señal higos buenos y malos		
25:1 70 años desolación y naciones		
26:1 Jeremías amenazado de muerte		
27:1 Señal de los yugos		
28:1 Falsa profecía de Hananías		
29:1 Carta Jeremías a cautivos		
30:1 Cautivos volverán, Nuevo Pacto	RESTAURACIÓN FUTURA	
32:1 Jeremías compra heredad Hanameel		

49:1 Profecía sobre naciones	
50:1 Profecía sobre Babilonia	
51:1 Juicios contra Babilonia	
52:1 Sedequias, Jerusalén y Joaquin	

Autor y fecha

Jeremías quien sirvió como sacerdote y también como profeta, fue el hijo de un sacerdote llamado Hilcías (no el sumo sacerdote de 2 R 22:8 quien descubrió el Libro de la Ley). Él era de la pequeña villa de Anatot (1:1), llamada hoy día Anata, a unos 4,8 km al NE de Jerusalén en la porción de tierra que la tribu de Benjamin heredo. Cómo una lección visual a Judá, Jeremías permaneció soltero (16:1-4). Él fue asistido en el ministerio por un escriba llamado Baruc, a quien Jeremías dictaba y quien copiaba y tenía custodia sobre los escritos compilados de los mensajes del profeta (36:4, 32; 45:1). Jeremías ha sido conocido como "el profeta que lloraba" (9:1; 13:17; 14:17), viviendo una vida de conflicto debido a sus predicciones de juicio por parte de los babilonios invasores. Él fue amenazado, juzgado por su vida, colocado en un cepo, forzado a huir de Joacin, públicamente humillado por un falso profeta y arrojado a una cisterna.

Jeremías tuvo un ministerio dirigido en la mayoría de los casos a su propio pueblo en Judá, pero que en ocasiones se expandió a otras naciones. Apeló a sus compatriotas a que se arrepintieran y evitaran el juicio de Dios por medio de un invasor (caps. 7, 26). Una vez que la invasión se hizo realidad después de que Judá rehusó arrepentirse, él les rogó que no resistieran al conquistador babilonio para prevenir la destrucción total (cap. 27). También llamó a los delegados de otras naciones a que dieran oído a su consejo y se sometieran a Babilonia (cap. 27) y predijo juicios de Dios sobre varias naciones (25:12-38, caps 46-51).

La fecha de su ministerio, el cual cubrió cinco décadas, va desde el año 13 del rey de Judá, Josías, notado ---14.0 1007 hasta más allá de la calda de laminalda an an de Dahilania anal 50011--20 7) Bauman, 40, 52). Después del 586 a.C., Jeremías fue forzado a ir con un remanente que huía de Judá a Egipto (Jer 43, 44). Posiblemente estuvo ministrando en el 570 a.C. (44:30). Una nota rabínica dice que cuando Babilonia invadió Egipto en el 568/67 a.C. Jeremias fue llevado cautivo a Babilonia. El pudo haber vivido hasta el punto de escribir la escena de conclusión del libro alrededor del 561 a.C. en Babilonia, cuando el rey de Judá Joaquín, cautivo en Babilonia desde 597 a.C., se le permitieron libertades en sus últimos días (52:31-34). Jeremías, sí aún estaba vivo para ese entonces, tenía entre 85 a 90 años de edad.

Contexto Histórico de Jeremías

Los detalles de contexto de los tiempos de Jeremías son mostrados en 2 Reyes 22-25 y 2 Crónicas 34-36. Los mensajes de Jeremias muestran cuadros de: 1) el pecado de su pueblo; 2) el invasor a quión Dios enviará; 3) los rigores del sitio; y 4) las calamidades de destrucción. El mensaje de Jeremías de juicio inevitable por idolatría y otros pecados fue predicado en un período de cuarenta años (alrededor del 627-586 a.C. y más allá de esa fecha). Su profecía se llevó a cabo durante los reinados de los últimos cinco reyes de Judá (Josias 640-609 a.C., Joacaz 609 a.C., Joacin 609-598 a.C., Joaquín 598-597 a.C. y Sedequías 597-586 a.C.)

La condición espiritual de Judá se caracterizaba por la adoración abierta de idolos (cap 2). El rey Acaz, precedido por su hijo Ezequías mucho antes de Jeremias en los dias de Isaías, había establecido un sistema de sacrificios de niños al dios Moloc en el Valle de Hinom afuera de

Jerusalén (735-715 a.C.) Ezequías guió reformas y limpieza (Is 36:7), pero su hijo Manasés continuó promoviendo el sacrificio de niños junto con la idolatria abierta, la cual continuó hasta el tiempo de Jeremías (7:31; 19:5; 32:35). Muchos también adoraron a la "reina del cielo" (7:18; 44:19). Las reformas de Josias que llegaron a su punto culminante en el 622 a.C., forzaron una reprensión de las peores prácticas de manera extema, pero el cáncer mortal del pecado era profundo y volvió a florecer rápidamente una vez más después de un avivamiento superficial. La falta de sinceridad religiosa, la deshonestidad, adulterio, injusticia, tiranía en contra de los necesitados y la calumnia prevaleciente como la norma, no la excepción.

Políticamente, importantes acontecimientos ocurrieron en los días de Jeremías. Asiria vio su poder desvanecerse gradualmente; después Asurbanipal murió en el 626 a.C. Asiria se volvió tan débil que en el 612 a.C. su aparente capital invencible, Ninive, fue destruida (Nahum). El Imperio Neobabilonio bajo Nabopolasar (625-605 a.C.) se convirtió en la potencia militar con victorias sobre Asiria (612 a.C.), Egipto (609-605 a.C.), e Israel en tres fases (605 a.C., como en Daniel 1; 597 a.C., como en 2 Reyes 24:10-16; y 586 a.C., como en Jeremías 39, 40, 52).

Mientras que Joel y Miqueas habían profetizado antes del juicio de Judá, durante el reinado de Josías, los principales profetas de Dios fueron Jeremías, Habacuc, y Sofonías. Más adelante, contemporáneos de Jeremías, Ezequiel y Daniel, jugaron papeles proféticos prominentes.

Situación de Jeremías

- Esfuerzo final de Dios para salvar a Jerusalén.
- Jeremías vivió unos 100 años después de Isaías.
- Isaías había salvado a Jerusalén de Asiria.
- Jeremias quiso salvarla de Babilonia, pero no puedo.

Jeremias fue llamado al oficio profético en 626 a.C. Jerusalén fue parcialmente destruida, 606 a.C. y nuevamente en 597 a.C.; incendiada y asolada definitivamente, 586 a.C. Jeremías vivió durante terribles 40 años, el "ocaso de la monarquía" y "estertores de muerte de la nación"; una figura solitaria, patética, el último mensajero de Dios a la Ciudad Santa ya incurable y fanáticamente apegada a los idolos, clamando sin cesar que si ella se arrepentía Dios la salvaría de Babilonia.

La Situación Interna

El reino del norte había caído, y gran parte de Judá. Había sufrido una derrota tras otra, hasta que solamente quedaba Jerusalén, que persistia en ignorar las repetidas amonestaciones de los profetas, y se endurecía en su idolatría y en su maldad. Estaba a punto de darse la hora del juicio.

La Situación Internacional

Disputaban la supremacía mundial Asiria, Babilonia y Egipto. Desde hacia 300 años Asiria, en el valle superior del Eufrates y con Ninive por capital, había regido el mundo, pero ahora se debilitaba.

Babilonia, en el sur del mismo valle, se fortaleza. Egipto, 500 Km. al suroeste, en el valle del Nilo, y que mil años antes había sido potencia mundial y luego había decaído, se volvía ambicioso de nuevo.

Como a mediados del ministerio de Jeremías, Babilonia triunfó. Quebrantando el poderio de Asiria en 607 a.C., y dos años después aplastó a Egipto en la batalla de Carquemis, 605 a.C. Rigió al mundo durante 70 años, los mismos 70 del cautiverio de los judíos.

El Mensaje de Jeremías.

Desde el comienzo, 20 años antes de que el conflicto se decidiera, Jeremías insistió incesantemente en que Babilonia triunfaría. A través de todas sus quejas amargas e incesantes contra la maldad de Judá, recurren a cada momento estas ideas:

1. Judá será destruida por la Babilonia victoriosa.

2. Si Judá se aparta de su maldad, de alguna manera Dios la salvará de ser destruida por Babilonia.

3. Más adelante, cuando ya no parece quedar esperanza del arrepentimiento de Judá, si tan solamente por vía de conveniencia política se somete a Babilonia, Judá se salvará de ser destruida.

4. Destruida Judá, se recuperará sin embargo, y aún regirá al mundo.

5. Babilonia, destructora de Juda, será destruida ella misma, para no volver a levantarse jamás.

La Osadia de Jeremias

Incesantemente, Jeremias aconsejó a Jerusalén a que se rindiera al rey de Babilonia; tanto, que sus enemigos le acusaban de ser traidor. Nabucodonosor quiso premiarlo por haber así aconsejado a su pueblo, no solamente perdonándole la vida, sino también ofreciéndole cualquier honor que quisiera aceptar, aun un puesto honroso en la corte de Babilonia (39:12). Sin embargo Jeremias clamaba una y otra vez, que al destruir al pueblo de Dios el rey de Babilonia cometia un crimen nefando por el cual Babilonia sería después asolada para siempre (caps. 50, 51).

<u>Hallazgo arqueológico confirma la Biblia</u>

Recientemente, el Museo Británico anunció el descubrimiento de una extraordinaria y muy significativa inscripción cuneiforme entre su gran colección de tablillas mesopotámicas. Muchos aclaman este hallazgo como otra asombrosa prueba de la veracidad del Antiguo Testamento, y sin duda que lo es.

Mientras buscaba informes financieros entre algunos documentos babilónicos, Michael Jursa, profesor visitante de Viena, se topó con el nombre de un funcionario de la corte del rey Nabucodonosor de

Babilonia. Este nombre tambien figura en el libro de Jeremias como uno de los oficiales del rey, aunque al deletrearse es un poco diferente.

La tablilla, de más de 2500 años de antigüedad, estuvo en la colección del museo desde 1920, pero se ignoraba su importancia. Ahora se sabe que identifica a Nabu-shamrussu-ukin como el jefe eunuco de Nabucodonosor. Esto corresponde al nombre hebreo Nebo Sarsequin mencionado en Jeremías 39:3 (Nueva Versión Internacional). En realidad, esta nueva información ayuda a resolver un problema de traducción en el versiculo. La mayoría de las Biblias no contienen este nombre de manera explicita. Por ejemplo, la versión Reina-Valera menciona los nombres en Jeremias 39:3 como "Nergal-sarezer, Samgar-nebo, Sarsequim el Rabsaris, Nergal-sarezer el Rabmag".

Aquí, Samgar ha sido identificado como el nombre de un lugar relacionado con Nergal-sarezer en vez de formar parte de un nombre compuesto con Nebo, que lo sigue en esta versión. Pero en algunas traducciones más actuales, el nombre aparece como Nebo Sarsequin. Y de hecho este nuevo descubrimiento confirma que efectivamente es el nombre correcto de uno de los oficiales principales del rey Nabucodonosor. Los detractores de la Biblia que alegan que el libro de Jeremías es un relato ficticio escrito siglos después del periodo babilonio, se ven en serios apuros para explicar la exactitud con que se registraron los nombres de personas extranjeras de relativamente poca importancia.

Una de las dificultades que desde hace mucho tiempo han enfrentado los críticos de la Biblia tiene que ver con las numerosas menciones de nombres aparentemente insignificantes, insertados aquí y allá. Algunos especulan que fueron agregados sólo para que los relatos parecieran auténticos. Otros sugieren que ciertos personajes importantes de historias posteriores fueron incluidos solapadamente en algunos relatos antiguos para cumplir una función poética. De ser así, ¿cómo se explica la alusión a alguien como Nebo Sarsequin, una figura de poca monta de un país extranjero y que tiene un nombre difícil que nunca vuelve a ser mencionado, y que resulta ser correcto? Es obvio que el autor del libro de Jeremías estaba muy familiarizado con los detalles de los tiempos en que escribió y que se preocupó de ser preciso.

La conclusión lógica es que este libro fue indudablemente escrito por Jeremías en tiempos de la conquista de Judá por parte de los babilonios, bajo Nabucodonosor. Este descubrimiento es solamente el más reciente de muchos hallazgos arqueológicos que confirman la exactitud del libro de Jeremías. Una reciente excavación en Jerusalén dejó al descubierto una bula, que es un grabado en arcilla endurecida, con la impresión del sello que lleva el nombre de Jucal hijo de Selemías, hijo de Sevi. Esta persona, un funcionario de la corte del rey Sedequías, es mencionado en Jeremías 37:3 y 38:1-4.

Otra bula, encontrada a corta distancia de la ya mencionada, tiene grabado el nombre de Gemarías hijo de Safán, el escriba real (36:10). Y antes de ésta, se encontraron dos notables bulas que llevan el nombre del escriba de Jeremías, Baruc hijo de Nerías.

Todas estas personas existieron de verdad, como lo atestigua Jeremías. Estos hechos demuestran que el libro de Jeremías relata historia verdadera, al igual que todo el resto de la Biblia. BN

Jeromias Jeremias Caracteristicas Literarias

Jeremías es el autor que escribe el libro más largo de la Biblia, es por lo tanto, la pieza literaria en contener más palabras, aunque muchos de sus capitulos se escribieron en prosas (caps. 7; 11; 16; 19; 21; 24-29; 32-45), incluye el apéndice (cap. 52). La gran mayoría de las secciones de la obra son predominantemente poéticas de la más alta calidad del A.T, según Luis Alfonso Schokel. Hay muchos pasajes de esta obra que son joyas imposible de reproducir (p.ej., 2:13, 26-28; 7:4, 11, 34; 8:20, 22;

9:23-24; 10:6-7, 10, 12-13; 13:23; 15:20:17:5-9; 20:13; 30:7, 22; 31:3; 15, 29-30, 31-34; 33:3; 51:10).

La repetición poética fue utilizada por Jeremias con gran destreza (véase, p.ej., 4:23-26; 51:20-23). Jeremías combinaba la poesía con fragmentos largos de narrativa descriptiva y autobiografia. También utilizó los criptogramas (25:26; 51:1, 41). En ciertas ocasiones las interpolaciones, citas textuales, son típicas del estilo de Jeremías.

Al igual que su contemporáneo Ezequiel, Jeremias es prolifico en el uso de símbolos para comunicar su mensaje, como en el caso del cinturón inservible (13:1-11); la vasija de barro maltratada (19:1-12); un yugo destruido (cap.27); las grandes rocas (43:8-13). Este valor dado a uso didáctico de los símbolos también se ve en la manera en que el Señor le ordena a Jeremías abstenerse de casarse y tener hijos (16:1-4); no entrar a la casa donde había un funeral, un festín (16:5-9) y comprar un terreno en su pueblo natal, Anatot (32:6-15). De esta misma manera el Señor utilizó ayudas visuales para darle mensajes claros a Jeremias: la arcilla (18:1-10); dos canastas de higos (cap. 24).

(Biblia de Estudio NVI. p.1165)

Gobernantes y Profetas de la época de Jeremías

Varias preguntas surgen, tales como:

1. ¿Cómo puede uno explicar que Dios prohíba la oración por los judíos (7:16) y que diga que aun la mediación de Moisés y Samuel no podrían evitar el juicio (15:1)?

2. ¿Llevó a cabo Jeremias un viaje de varios cientos de kilómetros al río Eufrates o enterró su cinto cerca 13:4-7?

3. ¿Cómo pudo él pronunciar cosas tan severas acerca del hombre que anunció su nacimiento (20:14- 18)?

4. ¿Se relaciona la maldición sobre la linea real de Jeconías a Cristo (22:30)?

5. ¿Cómo debe uno de interpretar las promesas del regreso de Israel a su antigua tierra (caps.30-33)?

6. ¿Cómo cumplirá Dios el nuevo pacto con relación a Israel y la iglesia (31:31-34)?

- Un reto frecuente es entender los mensajes del profeta en su contexto de tiempo correcto, ya que el libro de Jeremias no siempre es cronológico, sino en orden cambiante, moviéndose de atrás para adelante y viceversa en el tiempo para tener un efecto temático. En contraste, Ezequiel, normalmente coloca su material en orden cronológico.

Temas históricos y teológicos

El tema principal de Jeremías es el juicio sobre Judá (caps. 1-29) con restauración en el reino mesiánico futuro (23:3-8; 30-33). Mientras que Isaías enfocó muchos capítulos a una gloria futura para Israel (Is. 40-66), Jeremías dio mucho menos espacio a este tema. Debido a que el juicio de Dios era inminente él se concentró en problemas de la actualidad mientras buscó volver a la nación de regreso del punto en el que no podía regresar.

Un tema secundario es la disposición de Dios a liberar y bendecir a la nación solo si el pueblo se arrepentía. Aunque este es un énfasis frecuente, es mostrado de una manera muy vivida en la casa del alfarero (18:1-11). Otro enfoque es el plan de Dios para la vida de Jeremías, tanto en su proclamación del mensaje de Dios como en su compromiso para cumplir toda su voluntad (1:5-19; 15:19-21). Otros temas incluyen:

1. El anhelo de Dios porque Israel sea tiema para con Él, como en los días del primer amor (2:1-3)

2. Las lagrimas de siervo de Jeremías, como "el profeta que lloraba" (9:1; 14:17)

3. La relación íntima que Dios tenía con Israel y que Él anhelaba mantener (13:11) 14

4. Sufrimiento, como en las pruebas de Jeremias (11:18-23; 20:1-18) y la suficiencia de Dios en todo problema (20:11-13)

5. El papel vital que la Palabra de Dios puede jugar en la vida (15:16)

6. El lugar de la fe al esperar restauración del Dios para quien nada es demasiado dificil (Cap. 32, especialmente v v.17, 27)

7. Oración por la coordinación de la voluntad de Dios con la acción de Dios para restaurar a Israel a su tierra (33:3, 6-18)

Vista Panorámica de Jeremías

Jeremias, cuyo nombre significa "el Señor levanta," es el profeta del Nuevo Pacto (30:1-33:25). En el tiempo de Dios este pacto se cumplirá a favor de Israel. Será escrito en el corazón (31:33), a veces considerada la parte donde la persona toma las decisiones. Jeremías, el escritor del libro (1:1), durante su ministerio con frecuencia hizo un contraste entre el glorioso futuro de Israel y su desobediencia a Dios. A través de asuntos y ocurrencias de la vida diaria, Dios hacía que Jeremías viera significados simbólicos. El vio los planes de Dios para la nación en el florecer de un almendro (1:11-12), en una olla hirviente (1:13-16), en un alfarero a su rueda (18:1-4) y en una cisterna (38:6-13). El impacto de muchos de sus sermones fue aumentando por el uso de demostraciones objetivas, tal como ponerse un cinturón arruinado (13:1-11), el romper vasijas (19:10-11) y el uso de un yugo (27:1-22). En su "sermón del templo (7:1-8:3 y 26:1-24), Jeremias indicó que la fe sólo debe ponerse en Dios y no en objetos externos, ni siquiera en el templo mismo.

De los profetas del Antiguo Testamento, Jeremías es quien da más detalles personales. El comparte sus pensamientos y emociones profundas. Al comienzo del libro dice que es de los sacerdotes (1:1). Siendo sacerdote, amaba a Jerusalén y al templo, y si se perdieran, sería una doble tragedia para él. Frecuentemente Jeremias fue perseguido por las instituciones oficiales de Jerusalén, e incluso por su propia familia. En medio de todas estas dificultades Jeremías estaba consciente de la protección y guía de Dios.

Jeremías vivió durante un tiempo de realineamiento del poder mundial; en su tiempo cayó el imperio de Asiria, Egipto dejó de ser un gran poder y Babilonia ascendió como imperio. Durante su ministerio los reyes de Judá frecuentemente confiaron en negociaciones y acuerdos internacionales en lugar de en Dios. Al comienzo, Jeremias aprobó las reformas religiosas del rey Josias, pero pronto llegó a ser aparente que a pesar del avivamiento exterior el pueblo experimentó muy poco cambio espiritual.

Los capitulos 1-25 de Jeremías contienen sus primeras profecías contra Judá; del 26-45 son biográficos. Los capitulos 46-51 son oráculos contra los gentiles; el 52 proporciona información adicional (cp. 2 R 24:18-25:30) donde se nota el momento histórico de Jeremías. La siguiente gráfica presenta unos reyes y la fecha de sus mandatos.

El libro de Jeremias es citado con frecuencia en el Nuevo Testamento (cp. 31:15 con Mt 2:17; 7:11; cp. 31:31-34 con Mt 21:13; Mr 11:17; Lc 19:46; Ro 11:27; He 8:8-13). Jeremias advierte que el pecado trae juicio. El es conocido como el "profeta llorón."

Las calamidades que él fue inspirado a predecir quebrantaban su propio corazón. En medio de la penumbra.

33:1 Restauración de Jerusalén		
34:1 Jeremías Sedequías pacto siervos	LLAMADO A OBEDIENCIA	MISERICORDIA PARA EDIFICAR Y PLANTAR
35:1 Obediencia de los Recabilitas		
36:1 El Rey quema el rollo		
37:1 Jeremías Jencarcelamiento y		
39:1 Caída de Jerusalén		
40:1 Jeremías y Gedalis	ISRAEL ENDURECIDA	
42:1 Mensaje de Johanán		
43:1 Israel y Egipto		
45:1 Mensaje a Baruc		
46:1 Profecias acerca de Egipto	PROFECÍAS A NACIONES	
47:1 Profecía sobre los Filisteos		
48:1 Profecía sobre Moab		

Referencias Proféticas

Jeremías 23:5-6 presenta una profecía de la venida del Mesías, Jesucristo. El profeta Lo describe como un Renuevo de la casa de David (v.5; Mateo 1), el Rey que reinaría en sabiduría y justicia (v.5, Apocalipsis 11:15). Es Cristo, quien finalmente será reconocido por Israel como su Mesías verdadero, como el que proporcionará la salvación para Sus escogidos.(v.6; Romanos 11:26)

Importancia en la Biblia

El mayor aporte teológico de Jeremías fue su concepto del nuevo PACTO (31.31-34). Era necesario un nuevo pacto entre Dios y su pueblo porque este último había violado el anterior. Se necesitaba un pacto nuevo, un pacto de gracia y perdón escrito en el corazón humano, más que un pacto legal grabado en piedra.

Jeremias veía en lontananza el amanecer de una era de gracia en la persona de Jesucristo. Desde ese día ‹no enseñará más ninguno a su prójimo, ni ninguno a su hermano, diciendo: Conoce a Jehová; porque todos me conocerán, desde el más pequeño de ellos hasta el más grande, dice Jehová; porque perdonaré la maldad de ellos, y no me acordaré más de su pecado» (31.34). Tan importante es Jeremías 31.31-34 en la teología bíblica que es el pasaje más largo del Antiguo Testamento que se cita en el Nuevo Testamento (Heb 8.8-12).

El Carácter de Dios en Jeremías

1. Dios llena el cielo y la tierra: 23:24
2. Dios es bueno: 31:12, 14; 33:9, 11
3. Dios es santo: 23:9
4. Dios es justo: 9:24; 32:19; 50:7
5. Dios es bondadoso: 31:3
6. Dios es paciente: 15:15; 44:22
7. Dios es amoroso: 31:3
8. Dios es misericordioso: 3:12; 33:11

9. Dios es omnipresente: 23:23
10. Dios es potente: 5:22; 10:12; 20:11; 37:27
11. Dios cumple sus promesas: 31:33; 33:14
12. Dios es justo: 9:24; 12:21
13. Dios es soberano: 5:22, 24; 7:1-15; 10:12-16; 14:22; 17:5-10; 18:5-10; 25:15-38: 27:5-8; 31:1-3; 42:1-2 51:15-19
14. Dios es verdadero 10-10
15. Dios no tiene igual: 10:6
16. Dios es sabio: 10:7, 12; 32:10
17. Dios se aira: 3:12, 13; 4:8; 7:19, 20; 10:10; 18:7, 8; 30:11; 31:18-20; 44:3

Cristo en Jeremías

La imagen de Cristo está entrelazada con las profecías de Jeremías siempre. Cristo como "fuente de agua viva" (2:13; Jn 4:14) se erige en marcado contraste con el juicio que cae sobre la nación de Judá que no se arrepiente. Jeremias también muestra a Cristo como "bálsamo de Galaad" (8:22), el buen Pastor (23:4), [vastago justo" (23:5), "el Señor nuestra salvación" (23:6) y David el rey (30:9)

Apuntes de Jeremías

1. Libro de Jeremias

2. Preguntas en Jeremías

3. Estructura de Jeremías

4. Las pruebas de Jeremias

5. Jeremías y su situación

6. Juicio contra Naciones

7. Características Literarias

8. Retos de Interpretación

9. Los Profetas

El libro de Jeremias es un constante recordatorio de la fidelidad de Dios a su palabra en el libro de Deuteronomio, de que sus elegidos sufrirán la maldición del exilio por su infidelidad a Jehová, pero serán restaurados más tarde con la esperanza de un nuevo pacto, el cual fue cumplido por medio de Jesucristo, el "Retoño justo" de David (Jer 23:5).

"Porque Esdras había preparado su corazón para inquirir (Observación) la ley de Jehová y para cumplirla (Aplicación), y para enseñar (Interpretación) en Israel sus estatutos y decretos".

Esdras 7:10

CAPÍTULO DOCE

ARMAS OFENSIVAS

<u>OBJETIVOS</u>:

Al concluir este capitulo serás capaz de:

- Escribir el versículo llave de memoria.
- Identificar tus armas ofensivas.

<u>VERSÍCULO LLAVE DE LAS CLÁUSULAS DE LA GUERRA:</u>

"Abrió Jehová su tesoro y sacó los Instrumentos de su furor; porque esta es obra de Jehová, Dios de los ejércitos..." (Jeremías 50:25).

<u>INTRODUCCIÓN</u>

Ahora que has aprendido cómo defenderte espiritualmente tú mismo, también debes aprender cómo librar guerra ofensiva que te ayudará a avanzar dentro del territorio de Satanás. Con armas ofensivas, serás capaz de reclamar nuevo territorio en la medida que difundes el Evangelio y traes libertad a aquellos que estaban en el yugo del enemigo.

Para "pelear una buena batalla" es evidente que debes tomar una acción ofensiva:

"Este mandamiento, hijo Timoteo, te encargo, para que, conforme a las profecías que se hicieron antes en cuanto a ti, milites por ellas la buena milicia" (1 Timoteo 1:18).

"Pelea la buena batalla de la fe, echa mano de la vida eterna, a la cual asimismo fuiste llamado, habiendo hecho la buena profesión delante de muchos testigos" (1 Timoteo 6:12).

Debes pelear esta batalla inteligentemente con propósito:

"Así que yo de esta manera corro, no como a la ventura; de esta manera peleo, no como quien golpea el aire" (1 Corintios 9:26).

Conocer tus armas ofensivas puede darte la habilidad de pelear con propósito en lugar de con inseguridad.

<u>**ESTRATEGIAS OFENSIVAS**</u>

Aquí están las armas que usas para librar guerra espiritual ofensiva:

<u>**ORACIÓN**</u>:

Ya estudiaste al ayuno y a la oración como parte del "Plan de Dios para la Batalla" en el capítulo diez y como un arma defensiva en la última lección. Pero orar es también una poderosa arma ofensiva. Cuando la usas para librar guerra ofensiva tú no tan sólo oras por lo que quieres, por tus necesidades y problemas. Intercedes por personas, lideres, y naciones, derribando fortalezas de Satanás y sus fuerzas demoníacas.

Todos los cristianos han de interceder, pero existe un llamado especial a la intercesión para algunos. Este poderoso ministerio trae al intercesor delante del Señor para librar poderosas batallas en el reino invisible.

El valor de la alabanza y la adoración fue también mencionado en el capitulo diez. La alabanza y la adoración son poderosas armas ofensivas. En 11 Crónicas 20 cuando Israel enfrentó un poderoso enemigo, comenzaron a cantar y alabar a Dios y El preparó una emboscada para derrotar su enemigo. Cuando tú alabas y adoras a Dios, tú estás preparando "emboscadas" en el mundo del espíritu.

<u>**LA ESPADA DEL ESPÍRITU:**</u>

> *"Por tanto, TOMAD toda la armadura de Dios, para que podáis resistir en el día malo y, habiendo acabado todo, estar firmes" bts (Efesios 6:13).*

"Tomar algo es agarrarlo, asirlo, llevarlo hacia ti. Tomarse dela armadura de Dios implica una acción ofensiva de parte del creyente.

Estudiaste sobre las partes defensivas de la armadura en la última lección. Estas incluyen el cinto de la justicia, la coraza de justicia, el yelmo de la salvación, el calzado de apresto de la paz, y la espada del Espíritu.

La "espada del Espíritu", la cual es la Palabra de Dios, es un arma que puede ser usada tanto de forma ofensiva como defensiva. La Palabra es un arma defensiva cuando la usas para defenderte en contra de los ataques de Satanás. Es ofensiva cuando la usas para reclamar territorio para el Señor al compartir el mensaje del Evangelio y llevar liberación a otros.

Hay dos palabras diferentes usadas en la Escritura para la "Palabra de Dios". Una palabra es "logos" que se refiere a la expresión total de Dios. Esta se refiere a la completa revelación de lo que Dios ha dicho. La segunda palabra, "rema", se refiere a un dicho específico de Dios que tiene aplicación especial a una situación específica. Esta es la palabra usada en este pasaje de "la espada del Espiritu", la Palabra de Dios.

Recordarás que Jesús usó dichos específicos ("rema") de Dios, aplicados a la inmediata tentación. Ser capaz de hacer esto implica familiaridad con la total Palabra de Dios.

Si has de usar Escrituras específicas aplicables a batallas inmediatas, debes tener conocimientos de la revelación total de Dios.

<u>**LA MENTE DE CRISTO:**</u>

> *"Puesto que Cristo ha padecido por nosotros en la carne, vosotros también ARMAOS del mismo pensamiento, pues quien ha padecido en la carne, terminó con el pecado" (1 Pedro 4:1).*

> *"HAYA PUES EN VOSOTROS ESTE SENTIR que hubo también en Cristo Jesús (Filipenses 2:5).*

"Haya pues" significa permitir. Has de armarte tú mismo con la misma mente que Jesús tuvo, una mente preparada para librar guerra agresiva:

> *"... Para esto apareció el Hijo de Dios, para deshacer las obras del diablo" (1 Juan 3:8).*

Debes "dejar" o permitir que esta mente se desarrolle. Debes tomar acción agresiva para "armarte tú mismo" con una actitud mental similar:

> *"No os conforméis a este mundo, sino transformaos por medio de la renovación de comprobéis cuál es la buena voluntad de Dios, agradable y vuestro entendimiento, para que perfecta" (Romanos 12:2).*

Ser "transformado" significa experimentar un cambio completo el cual se expresará en el carácter y la conducta. Renovar y armar tu mente a la semejanza de Cristo resulta en tal transformación.

<u>**DERRIBANDO:**</u>

El objetivo de la guerra ofensiva es destruir las fortalezas del enemigo:

> *"Porque las armas de nuestra milicia no son carnales, sino PODEROSAS EN DIOS PARA LA DESTRUCCIÓN DE FORTALEZAS, DERRIBANDO argumentos y toda altivez que se levanta contra el conocimiento de Dios, y llevando cautivo todo pensamiento a la obediencia a Cristo" (2 Corintios 10:4-5).*

"Destruir" significa derribar por el esfuerzo o fuerza. "Derribar" significa tirar o arrojar violentamente. Se te ha dicho que debes desechar las obras de las tinieblas (Romanos 13:12) y expulsar poderes demoníacos (Mateo 10:8).

Cuando derribas las fortalezas de Satanás estás librando guerra ofensiva. No estás esperando defenderte contra un ataque de Satanás sino que estás atacando las fortalezas del poder del enemigo.

<u>**ATAR Y DESATAR**</u>:

Tienes el poder para atar a las fuerzas del mal y desatar las fuerzas del bien:

> *"y a ti te daré las llaves del reino de los cielos: todo lo que ates en la tierra será atado en los cielos, y todo lo que desates en la tierra será desatado en los cielos" (Mateo 16:19).*

Mediante la delegación de poder y autoridad de parte de Jesús, puedes atar y desatar fuerzas espirituales. Ten en cuenta que esta arma opera junta: es atando y desatando. Cuando atas algo, debes desatar también algo. Por ejemplo, si atas el espiritu de mentira debes desatar el espíritu de verdad para operar en su lugar.

LA SANGRE DE JESÚS:

Cuando Jesús murió en la cruz del Calvario, nos desató del dominio del pecado y del poder del enemigo. Su sangre asegura nuestro acceso a Dios y nos libera del yugo de Satanás. La Palabra de Dios indica que "ellos (los creyentes) le han vencido (Satanás) por medio de la sangre del Cordero (Jesucristo)" (Apocalipsis 12:11). Salvación, sanidad, y liberación están todas disponibles a causa de la sangre de Jesús. Su sangre te capacita para librar guerra ofensiva por las almas de hombres y mujeres y traer liberación y sanidad en el nombre de Jesús. Tu poder para "derrotar" al enemigo se debe a la "sangre del Cordero".

TU TESTIMONIO:

Apocalipsis 12:11 indica que el enemigo es derrotado testimonio". La palabra "testimonio" significa "evidencia o registro" como la que es por la palabra de su usada en un caso legal en una corte de ley.

Recordarás que Jesús frecuentemente mandaba a las personas que habían sido liberadas ir y decirles a otros lo que Dios había hecho por ellos. En la medida que tú "testificas" o das evidencia del poder de Dios en tu vida, libras guerra espiritual ofensiva. Para ser efectivo, tu testimonio debe estar basado en el testimonio de la Palabra de Dios, tal como un abogado en una corte basa sus argumentos en la ley del territorio.

EL NOMBRE DE JESÚS:

Ya has aprendido que el nombre de Jesús es parte del plan básico de Dios para la batalla. El nombre de Jesús es una poderosa arma ofensiva también. Jesús dijo que "en Mi nombre echarán fuera demonios, sanarán a los enfermos, y derrotarán a todos los poderes del enemigo (Marcos 16:17).

Revisa los varios nombres de Jesús en las páginas 38-40 de este manual para ver cómo muchos de Sus nombres reflejan acción ofensiva en contra del enemigo. También lee a través del libro de los Hechos y atiende a los milagros hechos "en Su nombre".

El nombre de Jesús no es una frase mágica con la cual concluimos nuestras oraciones. Es un símbolo de la autoridad y el poder que Él nos ha dado.

Es mejor estar autorizado primero a usar Su poder y autoridad antes de comenzar directamente a usar Sus nombres para batallar contra los poderes satánicos. Revisa la historia en Hechos 19:13-17 y observa lo que sucedió a los hijos de Esceva.

INSPECCIÓN

1. Escribe el versículo llave de las Cláusulas de la Guerra.

____

____

2. Resume lo que has aprendido acerca de las armas ofensivas:

____

____

(Las respuestas se encuentran al final del último capitulo de este manual).

MANIOBRAS TÁCTICAS

1. Estudia estas referencias sobre la acción ofensiva de "sacar":

Mateo 5:29-30; 7:5; 8:16; Marcos 16:17; Romanos 13:12; 2 Corintios 10:5; 1 Pedro 5:7.

2. Estudia estas referencias sobre la acción ofensiva de "desechar":

Romanos 13:12, 14; 1 Corintios 5:13; 13:11; Gálatas 3:27; Efesios 4:22-24; 6:11; Colosenses 3:8-14.

3. Estudia estas referencias sobre la acción ofensiva de "tomar":

1 Corintios 3:10; 8:9; 10:12; Gálatas 5:15; Efesios 6:13, 17; 1 Timoteo 4:16; Hebreos 3:12.

4. Como aprendiste en este capítulo, debes participar en la guerra agresiva para vencer al enemigo. Debes "dejar"o permitir ciertas cosas en tu vida espiritual si has de ser victorioso. Estudia las siguientes referencias y completa el gráfico registrando lo que la Biblia dice que has de "dejar"o permitir en tu vida:

Referencias   Lo que hemos de "permitir"

Mateo 5:16

Juan 4:1, 27

Romanos 13:1, 12-13

Romanos 14:5, 13, 16, 19

1 Corintios 3:18-21

1 Corintios 10:8-9

2 Corintios 7:1

2 Corintios 10:17

Gálatas 5:26

Efesios 4:26-31

Efesios 5:3, 6, 33

Filipenses 1:27

Filipenses 2:3, 5

Filipenses 3:15-16

Filipenses 4:5-6

Colosenses 3:15-16

Colosenses 4:6

1 Tesalonicenses 5:6-8

11 Timoteo 2:19

Hebreos 4:1, 14, 16

Hebreos 6:1

Hebreos 10:22-24   ______________________________

Hebreos 12:1   ______________________________

Hebreos 13:1, 5, 15   ______________________________

Santiago 1:5-9   ______________________________

Santiago 3:13   ______________________________

Santiago 4:9   ______________________________

Santiago 5:13   ______________________________

1 Pedro 3:3-4, 10-11   ______________________________

1 Pedro 4:11, 15, 16, 19   ______________________________

1 Juan 2:24   ______________________________

1 Juan 3:7, 18   ______________________________

1 Juan 4:7   ______________________________

ENTRENAMIENTO BÁSICO

PREPARÁNDONOS PARA LA GUERRA

En el mundo natural ningun soldado es enviado a la batalla sin recibir primero entrenamiento básico. Este entrenamiento lo prepara para entrar en la rona de batalla

HAY BATALLAS QUE SE GANAN LUCHANDO, PERO...
LAS GRANDES BATALLAS SE GANAN ORANDO.
adnstc@hotmail.com

CAPÍTULO TRECE

PARALELOS NATURALES DE LA GUERRA ESPIRITUAL

OBJETIVO:

Al concluir este capítulo serás capaz de:

- Escribir el versículo llave de memoria.
- Explicar por qué la "guerra" es usada para explicar el conflicto entre el bien y el mal.
- Resumir los principios naturales de la guerra aplicables a la guerra espiritual.
- Aplicar principios naturales de la guerra en el reino espiritual.

VERSÍCULO LLAVE DE LAS CLÁUSULAS DE LA GUERRA:

"Este mandamiento, hijo Timoteo, te encargo, para que, conforme a las profecías que se hicieron antes en cuanto a ti, milites por ellas la buena milicia (1 Timoteo 1:18).

INTRODUCCIÓN

La Iglesia primitiva vio su experiencia espiritual en términos de una guerra. La protección es descripta como la "armadura de Dios". La Palabra de Dios es comparada con una "espada". Los ataques de Satanás son dardos y la fe es la "buena batalla". A los creyentes se les dice que peleen "la buena batalla".

¿Por qué Dios escogió el ejemplo de la guerra natural para describir lo que está sucediendo en el mundo del espíritu entre las fuerzas del bien y del mal? La respuesta se encuentra en un principio bíblico básico: principios naturales de la verdad espiritual. Dios usa los principios naturales para explicar lo que está sucediendo en el mundo del espíritu. Podemos entender lo que vemos en el mundo natural. Cuando se trazan paralelos entre algo en el mundo natural el mundo espiritual, entonces podemos entender lo espiritual mediante lo natural.

Jesús utilizó este principio con frecuencia. Él usó el ejemplo de la cosecha natural para ilustrar la gran cosecha espiritual a la cual estaba llamando obreros. Existen muchos paralelos entre la cosecha natural y la cosecha en el mundo espiritual.

Lo mismo es cierto en relación con la guerra. Existen muchos principios de la guerra natural que han sido estudiados y aplicados por expertos en la guerra física. Estos principios naturales son aplicables en el mundo espiritual. Este capítulo presenta principios de la guerra natural y los aplica en el reino espiritual. Revela por qué Dios usa la guerra natural para describir la guerra espiritual en la cual los creyentes están comprometidos.

PARALELOS NATURALES DE LA GUERRA ESPIRITUAL

Aquí están los principios naturales de la guerra que son paralelos en la batalla espiritual:

LA DEFINICIÓN DE GUERRA:

Una simple definición de guerra en el mundo natural es "un acto de fuerza que busca obligar a nuestro enemigo a hacer nuestra voluntad". Esta definición es también aplicable en el mundo espiritual. Satanás está constantemente usando las fuerzas del mal para obligarte a hacer su voluntad.

UN ESTILO DE VIDA GUERRERO:

Cuando una nación está en guerra, el estilo de vida de esa nación se ve afectado. Los hombres abandonan sus trabajos para pelear por su nación. Pasan horas en preparación y entrenamiento. Se retiran fondos de la economía para ayudar en la batalla. Los residentes están alertas a la invasión y guardias extras se colocan en las fronteras nacionales.

En el mundo espiritual muchos creyentes están totalmente desprevenidos de la guerra que se está realizando alrededor de ellos y no han adoptado un estilo de vida guerrero. Las congregaciones tienen programas y fiestas pero no tienen un plan de batalla. Viven en el lujo y la tranquilidad mientras el enemigo está reclamando las almas de incontables hombres y mujeres sin Jesucristo. Miembros de la congregación están desanimados, deprimidos, y viven en pecados de la carne. Son víctimas de una guerra que ni siquiera saben que existe.

Debes entender: ¡Estamos en guerra! Debemos adoptar un estilo de vida guerrero en el mundo del espiritu. La guerra espiritual debe convertirse en el centro de nuestras vidas. Debemos pasar tiempo en preparación y entrenamiento. Debemos aprender de y poner en uso nuestras armas espirituales.

Debemos dedicar riqueza material para extender el mensaje del evangelio para reclamar naciones que están siendo amenazadas por Satanás. Deberíamos estar alertas a la invasión del enemigo y colocar guardias extras en las fronteras de nuestro corazón, mente, lengua, alma, espíritu, hogar, comunidad, e iglesia. Estamos en guerra, y nuestro estilo de vida en el plano del espíritu debe reflejarlo.

EL OBJETIVO DE LA GUERRA:

El objetivo principal de la guerra en el mundo natural es la victoria sobre el enemigo. Este es también el objetivo principal en el mundo espiritual. Para lograr la victoria en el mundo natural, existen muchos objetivos de corto plazo que deben alcanzarse. Las batallas individuales deben ser ganadas y reclamarse territorios. Cada una de estas batallas individuales contribuye al objetivo final de la victoria.

Lo mismo es cierto en el mundo espiritual. Nuestro objetivo a largo plazo es la victoria sobre el enemigo. Pero debemos convertir este objetivo de largo plazo en objetivos más específicos. Debemos conocer los objetivos que Dios tiene para nosotros en la guerra espiritual en nuestra familia, congregaciones, comunidad, y nación. Debemos identificar el territorio específico que nos fue asignado para la conquista.

Cada soldado en un ejército natural tiene una posición diferente y responsabilidad en la batalla. Lo mismo es verdad en el mundo espiritual. Debes identificar objetivos personales lo cuales contribuirán al objetivo general de la victoria. El comandante de la batalla asigna objetivos a los soldados en el mundo natural. Dios es tu comandante en la batalla espiritual y Él ha establecido objetivos espirituales específicos para ti como un soldado cristiano.

ENTRENAMIENTO BÁSICO:

Conocer los objetivos para la guerra no es suficiente. Un soldado debe recibir entrenamiento básico en cómo alcanzar estos objetivos. En el mundo natural este entrenamiento incluye aprender sobre el enemigo, sus tácticas, cómo utilizar las armas de guerra, y el plan de batalla.

En el mundo espiritual los creyentes generalmente entran en el campo de batalla sin este entrenamiento básico. No entienden las tácticas del enemigo. No están alertados de sus armas espirituales y sobre cómo usarlas y no han estudiado el plan de batalla (la Palabra escrita de Dios).

En el mundo natural, enviar un soldado al campo de batalla sin el entrenamiento básicos resulta en la derrota. Lo mismo es cierto en el mundo del espíritu. Debes ser entrenado en guerra espiritual si has de experimentar la victoria. Cuando un soldado entra en el entrenamiento básico en el mundo natural, él deja la vida civil atrás. No está más comprometido con los asuntos civiles sino que está comprometido con el ejército en el cual está enlistado.

En el reino espiritual, en orden a pelear una buena batalla no debemos estar comprometidos en los asuntos de la vida. No somos ciudadanos civiles de este mundo presente. Somos guerreros del Reino de Dios:

> *"Tú, pues, sufre penalidades como buen soldado de Jesucristo.4 Ninguno que milita se enreda en los negocios de la vida, a fin de agradar a aquel que lo tomó por soldado" (2 Timoteo 2:3-4).*

PROPAGANDA:

Las naciones enemigas siempre difunden propaganda falsa (información) sobre cada una. Satanás también inyecta falsa propaganda en tu mente si tú se lo permites. Aprenderás más sobre esto cuando estudies "La Batalla en la Mente" en el capítulo 15.

PROPUESTAS DIPLOMÁTICAS:

Una de las estrategias de las naciones en guerra es debilitar al enemigo mediante propuestas diplomáticas. Estas son sugerencias de compromiso. Mediante tales propuestas cada nación trata de ganar ventaja sobre la otra. En la batalla espiritual, Satanás trata de lograr que los creyentes se envuelvan en el pecado. Él sabe que semejante "diplomacia" resultará en debilidad espiritual.

INTELIGENCIA:

Cuando las naciones están en guerra, existe siempre una intrincada organización de inteligencia. Cada lado tiene fuerzas de inteligencia dedicadas a reunir información del otro. Las fuerzas de inteligencia reúnen y analizan toda la información disponible sobre el enemigo. Comunican lo que han aprendido a los soldados comprometidos en el combate.

En la guerra espiritual tu conocimiento sobre el enemigo y sus tácticas son vitales para la victoria. La Biblia es tu "manual de inteligencia" que revela información sobre el enemigo. En la medida que aprendes de las estrategias de Satanás y las estrategias biblicas de enfrentamiento, debes comunicar éstas a otros soldados cristianos. Satanás también reúne información sobre ti también. Aprende sobre tus puntos débiles y los convierte en objetivos de ataques ofensivos.

GUERRA OFENSIVA Y DEFENSIVA:

Los ejércitos en el mundo natural usan tanto estrategias ofensivas como defensivas. Como has aprendido, la guerra ofensiva es un avance agresivo contra el enemigo. Guerra defensiva es cuando el enemigo ataca y tú debes defender tu territorio.

Has aprendido que paralelos de la guerra tanto ofensiva como defensiva existen en el mundo espiritual. Cuando Satanás ataca debes usar guerra espiritual defensiva. Cuando estás reclamando nuevo territorio para Dios, tal como cuando compartes el evangelio con aquellos que nunca lo han escuchado todavía, estás llevando adelante guerra ofensiva. Estás reclamando nuevo territorio en el nombre del Señor Jesucristo.

Un gran general en el mundo natural una vez le dijo a sus tropas "no vamos a cavar trincheras y esperar por el enemigo que venga a dispararnos. Vamos a movernos adelante, y movernos rápido" (una trinchera es un agujero en el suelo en el cual un soldado puede esconderse). El general dijo cuando cavas una trinchera, cavas una tumba. Cuando estás en ese agujero y disparas al enemigo, él sabe tu localización exacta... nos mantendremos moviéndonos y el enemigo siempre golpeará donde estuvimos y no donde estamos" este general no creía en la defensa. Su teoría era que si el enemigo estaba constantemente bajo ataque, no habría ninguna necesidad de defenderse. El se dio cuanta que la fuerza moviéndose en guerra ofensiva tenia ventaja sobre las fuerzas de defensa. Él dijo, "pelearemos en nuestros términos y

ganaremos".

En la guerra espiritual, el que entiende el objetivo de la guerra como la derrota del enemigo no será fácilmente reducido a una posición defensiva. Para ganar victoria total, frentes ofensivos son necesarios.

ARMAS:

En cada guerra hay armas que son usadas. Pueden ser armas simples como los son la lanza o arco y flecha, o pueden ser armas complejas como un sistema de misiles. El soldado debe conocer qué armas están disponibles para el uso y cómo usarlas. Algunas armas están específicamente designadas para la guerra defensiva mientras que otras lo son para la guerra ofensiva.

Esto es también verdadero en el mundo espiritual. Como un soldado cristiano debes estar enterado de tus armas espirituales y saber cómo usarlas. Como has aprendido, hay armas espirituales tanto ofensivas como defensivas. La diferencia es que tus armas son armas espirituales. Nunca trates de usar inefectivas armas naturales para pelear batallas espirituales.

ATAQUES SORPRESA:

Terrorismo, sabotaje, y emboscadas son todos ataques sorpresa y son métodos usados por los ejércitos naturales en guerra. Estos métodos tienen dos cosas en común: primero, son métodos violentos ofensivos. Segundo todos tienen un elemento de sorpresa. El objetivo al cual tales asaltos son dirigidos es a atrapar desprevenidos y no preparados. La confusión y la derrota resultan frecuentemente.

Como los terroristas que sabotean y emboscan, Satanás también usa los métodos de ataques violentos, ofensivos y sorpresas. Te atacará cuando menos lo esperes en áreas de tu vida que no estén protegidas. No asumas que el enemigo te proveerá con advertencias de sus ataques. Esto no sucede en el mundo de la guerra natural. Ni sucederá en el mundo espiritual.

BATALLAS DECISIVAS:

En cada guerra hay "batallas decisivas". Éstas son batallas que determinan el resultado de toda la guerra. Las batallas decisivas son importantes por el territorio que está envuelto en la batalla. Si un ejército gana control de cierto territorio estratégico él puede ganar control de los territorios circundantes. En la guerra espiritual éstas son también batallas decisivas. Por ejemplo, si fallas en la batalla de la mente y lengua ello afectará tu alma, espíritu, corazón, y posiblemente todo tu cuerpo.

En el mundo natural, la mayor concentración de tropas es enviada a una batalla decisiva. En el mundo espiritual esto también debe ser cierto. Se requiere de la concentración de tus recursos espirituales en las ubicaciones estratégicas para una guerra exitosa. Esto también es cierto en términos de la difusión del evangelio. Hay tiempos en los cuales la cosecha espiritual es cosechada en áreas geográficas llave del mundo y las fuerzas evangelísticas deben ser concentradas en ese campo.

Desdichadamente, esto no siempre es así. La mayor concentración de ministros en el presente está en los Estados Unidos de América en los cuales hay una iglesia en cada comunidad y programas de radio y televisión cristianos fácilmente accesibles a cada hogar. En las restantes naciones del mundo está la mayor concentración de población y hay muchos grupos que están más allá del testimonio cristiano efectivo.

Hay muy pocos ministros entrenados allí para alcanzarlos. El enemigo está montando batallas decisivas en muchas de estas naciones, combatiendo por los corazones, mentes, y almas de hombres y mujeres. Mientras tanto, nuestras fuerzas espirituales están concentradas en cualquier otro lado.

COMUNICACIÓN:

La comunicación es muy importante en el mundo natural. Las tropas deben ser capaces de comunicarse con su comandante para recibir instrucciones y aliento. El enemigo tratará de estorbar la comunicación entre las tropas del frente y su líder, sabiendo que esto resultará en fracaso en el campo de batalla.

En la guerra espiritual, Satanás trata de destruir tus líneas de comunicación. Tratará de evitar que ores y que leas la Palabra de Dios, ya que éstas proveen de instrucción y aliento en la guerra espiritual. Si estás tan ocupado en la guerra que dejas de lado la comunicación con el Comandante, puedes ser fácilmente derrotado. El ministerio cristiano es un medio legítimo de combatir con el enemigo. Pero si careces de poder espiritual, deja de ser efectivo. Tu poder en las líneas de frente viene de la comunicación con el Comandante de la batalla. Debes constantemente recibir Sus instrucciones y aliento mediante la oración y el estudio de Su Palabra.

OBJETIVOS:

En la guerra en el mundo natural existen dos tipos de objetivos: objetivos móviles (tales como los botes, aviones, tanques, o tropas) y objetivos estacionarios (tales como los depósitos de armas, los cuarteles de tropas, etc.). Los objetivos móviles son la mayor amenaza en la guerra natural porque son ofensivos. Están en movimiento para conquistar territorio.

En el mundo espiritual, Satanás está más preocupado sobre los objetivos móviles. Convierte en blanco al hombre y la mujer que agresivamente se está moviendo en el campo de batalla de la guerra espiritual para conquistar las fuerzas enemigas. Satanás atacará objetivos estacionarios también (creyentes que no están involucrados en guerra ofensiva). Pero recuerda, cuando estás en el mover de Dios, eres un objetivo principal para Satanás. Quiere derrotar tus avances para reclamar las armas de los hombres cautivos y mujeres dentro de su territorio.

ATAQUES Y CONTRAATAQUES:

En la guerra natural cuando una parte ataca, la otra contraataca. Un contraataque es un intento de detener a las fuerzas del enemigo de avanzar y recuperar territorio perdido. Satanás contraataca cada movimiento ofensivo realizado por los creyentes. Cuando decides orar más, leer la Palabra de Dios, o entrar en un ministerio, él inmediatamente dispondrá un contraataque para evitar que avances. Si estás advertido de esta estrategia de contraataque estarás preparado y no estarás fuera de guardia.

En términos militares, hay básicamente tres formas de ataque. Ataques similares son lanzados por el enemigo en el reino espiritual.

1. **Ataque frontal:** éstos son ataques frontales directos. Las tentaciones de Satanás son como un asalto frontal en el mundo natural. Estos ataques espirituales directos deben ser confrontados resistiendo a Satanás lo que le provoca huir.

2. **Un sitio o asedio:** un sitio o asedio en el mundo natural es cuando el enemigo toma control de territorio que no le pertenece. El yugo espiritual es similar a un sitio o asedio en el mundo natural. El enemigo penetra a través de tus muros y parte de tu vida es puesta bajo su

control. El no posee el área, pero evita que funciones propiamente para la gloria de Dios. La manera de lidiar con el asedio espiritual o sitio es usando los poderes de atar y desatar aprendidos en este curso. El enemigo debe ser atado y el área de la vida bajo su control desatada de su poder.

3. **Invasión y ocupación:** cuando un enemigo invade en el mundo natural, él ocupa y controla un territorio. Esto es similar a la posesión demoníaca en el mundo del espíritu. Los persona no salva o la que ha recaído está bajo el control de un espíritu maligno el cual ha entrado para poseerla. La manera de tratar con este tipo de ataque es atar al enemigo y expulsarlo.

MOVILIDAD:

En orden a ser efectivos en la guerra natural, un ejército debe ser móvil. Las fuerza deben ser capaces de moverse al lugar en el cual la acción ofensiva se toma. Si so atrapadas y mantenidas inmóviles por el enemigo, son inefectivas.

La movilidad es un requisito en el mundo natural si has de llevar adelante las órdene de "ir a todo el mundo y predicar el evangelio. ¿Eres un soldado cristiano que esta inmovilizado por el enemigo o estás activo persiguiendo el mandamiento de avanza con el mensaje del evangelio?

Un soldado no se pone una armadura y toma sus armas tan sólo para sentarse confortablemente en casa en frente de un fuego. Él no solamente se prepara para la batalla, va al campo de batalla. Algunos soldados cristianos se preparan para la batalla, pero nunca dejan la seguridad de su hogar o congregación para ir al campo de batalla. La guerra está sucediendo en las calles de nuestras ciudades. Está sucediendo en las villas todavía no alcanzadas con el mensaje del evangelio. No importa qué tan preparados estamos espiritualmente, nunca ganaremos la batalla a menos que seamos capaces de movernos para el Señor Jesucristo.

Un soldado no gana habilidades como guerrero estudiando solamente los libros sobre la guerra. Avanza en las habilidades mediante la experiencia en el campo de batalla. Estudiar de tu manual de guerra espiritual (la Biblia) es importante, pero la batalla jamás será ganada a menos que pongas en práctica lo que has aprendido. Habilidad en la guerra espiritual viene mediante la experiencia y la aplicación, así como sucede en el mundo natural.

COOPERACIÓN:

La guerra es un esfuerzo de equipo. Los soldados deben cooperar unos con otros en su esfuerzo por derrotar al enemigo. Deben estar bajo la dirección de un comandante. Se mueven adelante como un frente unido. No combaten en su propio nombre, sino en nombre de su país. Los creyentes deben aprender a cooperar en la arena de la guerra espiritual. En lugar de pelearnos unos con otros, necesitamos concentrarnos en el ataque contra el enemigo.

En el mundo natural cuando un soldado es herido, sus amigos hacen todos los esfuerzos para rescatarlo. Cuando las tropas avanzan, se mueven como una unidad. No dejan a los débiles detrás, sino que los colocan en el centro junto con guerreros fuertes delante y detrás hasta que el débil se ha recuperado de sus heridas.

El ejército cristiano tiene la tendencia de disparar a sus propios heridos. Cuando un creyente cae en una batalla chismorreamos sobre él o lo abandonamos. En su lugar, debiéramos rescatar a estos heridos espirituales y rodearlos con nuestra fuerza. Las fuerzas de Dios deberían avanzar como un frente unido, no como un grupo desordenado con guerreros heridos que caen y mueren por el costado.

No estamos peleando en nuestro nombre propio. Estamos peleando en el nombre del Señor Jesucristo. No estamos peleando para nuestro propio provecho. Estamos peleando a favor de nuestra nación espiritual, el Reino de Dios.

OBEDIENCIA:

Un soldado en el campo de batalla en el mundo natural no hace lo que le place. Sigue órdenes del comandante. Se requiere obediencia total. No hay nada de mayor importancia en la guerra que la obediencia. Lo mismo es verdadero en el reino espiritual. Si has de ser efectivo en la guerra espiritual, debes seguir las instrucciones de tu Comandante. Debes estar en total obediencia a Él.

VALOR:

Un gran general en el mundo natural una vez dijo "si estás temeroso de ser disparado, ya estás batido antes de comenzar... temer mata más personas que la muerte". No temas al fracaso en la guerra espiritual. Si estás temeroso de ser herido por el enemigo, estás derrotado antes de comenzar.

El valiente general también dijo "nunca puede haber derrota si el hombre rehúsa aceptar la derrota. Las guerras están perdidas en la mente antes que estén perdidas en el campo. Ninguna nación fue jamás derrotada hasta que la gente aceptó la derrota".

A semejanza del mundo natural, no puede haber derrota si rehúsas aceptarla. Las batallas espirituales son perdidas en la mente primero. Rehúsa aceptar la derrota en tu mente.

CONQUISTANDO EL LIDERAZGO:

Un importante general frecuentemente expresaba su deseo personal de combatir al mayor lider enemigo y que el vencedor de la batalla personal decidiera la guerra. Esto también ha sido ya hecho en el reino espiritual por nuestro Comandante. Mediante Su muerte y resurrección, Jesús conquistó el poder del enemigo. El resultado final de la guerra ya está revelado en la Palabra de Dios. Pero las fuerzas rebeldes de resistencia están todavía en la tierra. Jesús conquistó el liderazgo, pero a nosotros nos es dado el objetivo de derrotar a los focos de resistencia.

COMPROMISO:

Al hablar sobre el compromiso un famoso general dijo:

"Somos gente con suerte. ¡Estamos en guerra! Tenemos la oportunidad de pelear y morir por algo. Muchas personas nunca tienen esa oportunidad. Piensen en todas esas pobres personas que conocen que han vivido y muerto por nada... vidas enteras desperdiciadas en nada más que en comer, dormir, e ir a trabajar...".

Como creyentes, estamos en guerra en el mundo del espíritu. Tenemos la oportunidad de pelear y morir por algo. No tenemos que pasar nuestras vidas en la monótona rutina de comer, dormir y trabajar. Peleamos para un Reino que no tendrá fin. Peleamos para un Comandante que ya ha conquistado a las fuerzas del enemigo. Nuestra victoria está asegurada. Tenemos algo por lo que vale la pena vivir, pelear, y si somos llamado a ello, también morir por ello.

1. Escribe el versículo llave de las Cláusulas de la Guerra.

____

____

2. ¿Por qué es el ejemplo de la guerra usado para describir el conflicto entre las fuerzas espirituales del bien y del mal?

____

____

3. Resume lo que aprendiste en este capítulo relacionado con los principios de la guerra natural que son aplicables a la guerra espiritual.

Definición de guerra.
Estilo de vida guerrero.
El objetivo de la guerra.
Entrenamiento básico.
Propaganda.
Propuestas diplomáticas.
Inteligencia.
Guerra ofensiva y defensiva.
Armas.
Ataques sorpresas.
Batallas decisivas. Comunicación. Blancos.
Ataques y contraataques.
Movilidad.
Cooperación.
Obediencia.
Valor.
Conquistar al liderazgo.
Compromiso.

(Las respuestas se encuentran al final del último capítulo de este manual).

<u>MANIOBRAS TÁCTICAS</u>

1. Para aprender más de los objetivos de la guerra en el mundo espiritual, lee Mateo 28:18-20, Marcos 16:15-18; Hechos 1:8; Efesios 3:9-11 y Colosenses 1:24-29. Encuentra las respuestas a estas preguntas:

- ¿Quién ha asignado nuestros objetivos?
- ¿Cuáles son los objetivos que nos han sido asignados como iglesia local?
- ¿Cuáles son los objetivos asignados a ti personalmente?

2. No es suficiente con aprender principios naturales de la guerra paralelos a aquellos del mundo espiritual. Debes aplicar estos principios en tus propias batallas espirituales. Conocimiento sin aplicación de ese conocimiento es inefectivo.

Revisa lo que has aprendido en este capitulo, luego escribe un párrafo resumiendo cómo planeas aplicar lo que has aprendido sobre los principios naturales a tus batallas espirituales.

____

____

____

____

____

____

____

INVASIÓN

ENTRANDO EN LA ZONA DE COMBATE...

Durante una invasión en el mundo natural, un ejercito entra en la zona de combate para conquistar sus enemigos y reclamar territorio. El entrenamiento básico es inútil a menos que lo aprendido sea puesto en acción. Incluso un ejército movilizado equipado con armas no es efectivo si permanece inactivo en los flancos. Para ser efectivo en la guerra, debes entrar en la zona de combate.

Romanos

Ρωμαϊκός

"Dios defiende su justicia"

Romanos en varias versiones:

1 2 3 4 5 6 7 8 9 10 11 12 13 14 15 16

Tiempo de Lectura= 1:00 / Contiene: 16 capítulos, 433 versículos y 9.447 palabras

Contenidos

1 Estructura de Romanos

2 Autor y fecha

3 Contexto Histórico de Romanos

4 Caracteristicas de Romanos.

5 "Las preguntas en el libro de Romanos"

6 Expresiones Claves de la Salvación en Romanos

7 Retos de Interpretación

8 Temas históricos y teológicos

9 Vista Panorámica de Romanos
10 Conexiones

11 Importancia en la Biblia 12 Apuntes de Romanos

MÉTODO CRÍTICO

1) ¿QUIEN ESCRIBIÓ EL LIBRO? Pablo

2) ¿CUÁNDO FUE ESCRITO? 57-58 d.C.

3) A QUIEN FUE ESCRITO? Cristianos en Roma.

4) ¿DE DONDE FUE ESCRITO? desde Corintio MÉTODO HISTÓRICO

1) ¿CUÁL ES EL TRASFONDO HISTÓRICO DEL LIBRO?

Dos mil años antes de Cristo se fundó la ciudad, muchas historias acerca de su origen; Mitologia, la historia de Rómulo y Romelo criados por una loba en el origen de la ciudad. Situada al borde del río Tibet,

510 a.C. comenzó la República Romana, Augusto César fue el primer Cesar. Era el centro del mundo, eje económico, politico, de todo el mundo de la época, un imperio; llena de gran lujo y de gran pobreza.

En el tiempo de Pablo habla un millón de personas, 20 a 30 mil judios, como 20 sinagogas. Los cristianos muy numerosos, ¿cómo llega el Cristianismo?, no estás claro. En el libro en el 1:8 dice: que ya habían cristianos y que eran famosos en el mundo. En 12:4-8, cargos en la iglesia, ósea una iglesia establecidas. En esa época habia muchos esclavos en Roma, los libertinos eran el grupo de esclavos que consiguió la libertad, y estos grupos estaban en la iglesia. Pablo estaba en Corinto en el año 58 d.C. cuando escribió esta carta a los cristianos que vivían en la capital del imperio, Roma. Considerado por muchos el escrito más importante de Pablo, Romanos es también uno de los libros más importantes de la Biblia. Su tema principal es la justificación por la fe. Habla una controversia que estaba dividiendo a los cristianos judíos y gentiles. Algunos pensaban tener el primer lugar con respecto a los gentiles. Pablo señala que Dios es justo. Siendo que "todos pecaron" (tanto judios como gentiles), los judíos no son superiores ante los ojos de Dios.

2) SI ES UNA EPISTOLA CUANDO FUE FUNDADA LA IGLESIA? No se sabe en realidad cuando. Posiblemente después del día de Pentecostés; algunos de Roma estuvieron en el dia de Pentecostés.

3) ¿DE QUIEN ESTÁ COMPUESTA LA IGLESIA? de Judios y Gentiles

4) ¿CUÁLES SON SUS FUERZAS Y SUS DEBILIDADES? Fuerzas, iglesias maduras, alcanzando a otros, en medio de persecución/ Debilidades, problemas de división entre los judíos y los gentiles

<u>**MÉTODO LITERARIO**</u>

1) ¿QUÉ GÉNERO DE LITERATURA ES EL LIBRO? Literatura Discursiva y Lógica

<u>**MÉTODO PANORÁMICO**</u>

1) ¿CUÁL ES LA IDEA PRINCIPAL DEL LIBRO? Es la obra maestra de Pablo, la esencia de su fe, es una joya de literatura. La idea es, lo que en realidad es la salvación en Cristo, y lo que somos en él **"el justo por la fe vivirá"**

2) ¿CUÁL FUE LA RAZÓN PRINCIPAL POR LA CUAL SE ESCRIBIÓ ESTE LIBRO? Por causa de los problemas de división que existian entre los judíos y los gentiles, Pablo explica la fe en Jesús en esencia, y que somos uno en El.

<u>**PALABRAS CLAVE EN ROMANOS (RV1960):**</u> verdad, gracia, fe, ley, justificar, ira, juzgar, condenar, evangelio, creer, pecado, gentiles, Dios, Jesucristo, Espiritu.

<u>**TEMAS:**</u> Justicia, ley, pecado, justificación, santificación.

<u>**RECIPIENTES:**</u> La iglesia en Roma, que no fue fundada por Pablo ni bajo

su jurisdicción, aunque él saluda a cuando menos veintiséis personas conocidas de él (16:3-16).

<u>**OCASIÓN:**</u> Una combinación de tres factores:

1) La propuesta visita de Febe a Roma (16:1, 2; que empezaría la iglesia en la casa de los antiguos amigos Priscila y Aquila, 16:3-5);

2) La propia visita anticipada de Pablo a Roma y el deceso de que ellos lo ayuden con su propuesta misión a España (15:17-29).

3) Información (aparentemente traída por visitantes) acerca de la tensión entre judíos y gentiles que había allí.

<u>**ENFASIS:**</u> Judíos y gentiles juntos como el pueblo de Dios; el papel de los judíos en la salvación de Dios mediante Cristo; la salvación por gracia solamente; recibida mediante la fe en Cristo Jesús y afectada por el Espíritu; el fracaso de la ley y el éxito del Espiritu al producir justícia verdadera; la necesidad de ser transformado en el mente (por el Espiritu) para vivir en unidad como pueblo de Dios en el presente.

<u>**CARACTERÍSTICAS PARTICULARES:**</u> Pablo escribe a los romanos una declaración organizada y cuidadosa de su fe, no tiene la forma tipica de na carta. Sin embargo, al final de la carta emplea un tiempo considerable para saludar a la gente en Roma.

Estructura de Romanos

Titulo: "Libres de culpa por fe"

Versiculo Clave: 1:16,17 "Porque no me avergüenzo del evangelio porque es poder de Dios para salvación a todo aquel que cree: al judío primeramente y también al Griego. Porque en el evangelio la justicia de Dios se revela por fe y para fe como está escrito: mas el justo por la fe vivirá".

1:1 Justicia de Los Hombres 32	JUSTICIA E INJUSTICIA	SALVACIÓN
2:1 Juicios de Dios 29		
3:21 Justificados por la fe 4:25	CULPABILIDAD	
5:1 Justificados por misericordia 21		
6:1 Plantados en su muerte 23	REDENCIÓN	
7:1 ¿La ley es pecado? 25		
8:1 Ninguna Condenación 39		
9:1 Israelitas la adopción 33	ISRAEL	
10:1 Ley de Moisés 21		
11:1 Israel 36		
12:1 Renovación de entendimiento 13:14	AMOR SIN FINGIMIENTOS	DEBERES CRISTIANOS
14:1 No nos 23		
juzguemos 15:1 Recibios unos a otros 33		
16:1 Saludos y apartaos 27	SALUDOS	

Autor y fecha

Nadie disputa que el apóstol Pablo escribió Romanos. Al igual que el primer rey de Israel (Saúl era el nombre hebreo de Pablo; Pablo su nombre en griego), Pablo era de la tribu de Benjamin, (Fil 3:5). El también era un ciudadano romano (Hch 16:37; 22:25). Pablo nació alrededor del tiempo del nacimiento de Cristo, en Tarso (Hch 9:11), una ciudad importante (Hch 21:39) en la provincia romana de Cilicia, localizada en Asia Menor (Turquia moderna). Él pasó parte de los primeros años de su vida en Jerusalén como un alumno del celebrado rabino Gamaliel (Hch 22:3). Al igual que su padre antes que él, Pablo era un fariseo (Hch 23:6), un miembro de la secta judía más estricta (Fil 3:5).

Milagrosamente convertido mientras iba camino a Damasco (33-34 d.C.) para arrestar a cristianos en esa ciudad, Pablo inmediatamente comenzó a proclamar el mensaje del evangelio (Hch 9:20). Después de haber escapado con mucha dificultad de que le quitaran la vida en Damasco (Hch 9:23-25; 2Co 11:32, 33) Pablo pasó tres años en Arabia Nabatea, al sureste del Mar Muerto (Gá 1:17, 18). Durante ese tiempo recibió gran parte de su doctrina como revelación directa de Dios (Gá 1:11, 12).

Más que cualquier otro individuo, Pablo fue responsable por el esparcimiento del cristianismo a lo largo del Imperio Romano. E hizo tres viajes misioneros por gran parte del mundo mediterráneo, predicando incansablemente el evangelio que él en un tiempo buscó destruir (Hch 26:9). Después de que regresó a Jerusalén llevando una ofrenda para los necesitados en la iglesia ahi, fue falsamente acusado por algunos judíos (Hch 21:27-29), salvajemente golpeado por una multitud enfurecida (Hch 21:30, 31), y arrestado por los romanos. Aunque los gobernantes romanos, Félix y Festo, como también Herodes

Agripa, no lo encontraron culpable de ningún crimen, la presión de los líderes judíos mantuvo a Pablo bajo custodia romana. Después de dos años, al apóstol usó su derecho como ciudadano romano y apeló su caso a César. Después de un turbulento viaje (Hch 27, 28), incluyendo una tormenta violenta de dos semanas en el mar, que culminó en un naufragio, Pablo llegó a Roma. Eventualmente soltado por un breve período de ministerio, fue arrestado una vez más y murió como un mártir en Roma alrededor del 65-67 d.C. (2 Ti 4:6).

Aunque fisicamente no era impresionante (2 Co 10:10; Gá 4:14), Pablo poseyó una fortaleza interna que le fue otorgada a él a través del poder del Espiritu Santo (Fil 4:13). La gracia de Dios probó ser suficiente en proveer para toda necesidad que tuvo (2Co 12:9, 10), capacitando a este noble siervo de Cristo para terminar exitosamente su carrera espiritual (2Ti 4:7).

Pablo escribió Romanos desde Corinto, como las referencias a Febe (Ro 16:1, Cencrea era el Puerto de Corinto), Gayo (Ro 16:23), y Erasto (Ro 16:23), quienes estaban asociados con Corinto, indican. El apóstol escribió la carta hacia el cierre de su tercer viaje misionero (lo más probable es que fue en el 56 d.C.), conforme se preparaba para partir a Palestina con una ofrenda para los creyentes pobres en la iglesia en Jerusalén (Ro 15:25). A Febe se le dio gran responsabilidad de entregar esta carta a los creyentes romanos (16:1, 2).

Contexto Histórico de Romanos

Roma era la capital y la ciudad más importante del Imperio Romano. Fue fundada en el 753 a.C. pero no es mencionada en las Escrituras, sino hasta los tiempos del NT. Roma está localizada a lo largo de las cuencas del río Tiber, alrededor de veinticuatro km del Mar Mediterráneo. Hasta que un puerto artificial fue construido cerca de Ostia, el principal puerto de Roma era Puteoli, a unos doscientos cuarenta km de distancia (Hech 28:13). En el día de Pablo, la ciudad tenía una población de más de un millón de personas, muchas de las cuales eran esclavas. Roma se jactaba de tener edificios colosales, tales como el Palacio del Emperador, el Circo Máximo, y el Foro, pero su belleza era manchada por los barrios en los que tantos vivían. De acuerdo a la tradición, Pablo fue martirizado afuera de Roma en la Via Ostiana durante el reinado de Nerón (54-68 d.C.).

Algunos de aquellos que se convirtieron en el día de Pentecostés probablemente fundaron la iglesia en Roma (Hch 2:10). Pablo había buscado por mucho tiempo visitar la iglesia romana, pero se le había hecho imposible hacer eso (1:13). En la providencia de Dios, la incapacidad de Pablo de visitar Roma le dio al mundo esta obra maestra inspirada de doctrina del evangelio.

El propósito primordial de Pablo al escribir Romanos fue enseñar las grandes verdades del evangelio de la gracia a creyentes que nunca hablan recibido instrucción apostólica. La carta también lo introdujo a una iglesia en donde él era personalmente desconocido, pero esperaba visitar pronto por varias razones importantes: edificar a los creyentes (1:11); predicar el evangelio (1:15); y conocer a los cristianos romanos, para que pudieran alentario a él (1:12; 15:32), orar mejor por él (15:30), y ayudarlo con su ministerio planificado en España (15:28).

A diferencia de algunas de las otras epistolas de Pablo (1, 2 Corintios, Gálatas), su propósito al escribir no era corregir teologia aberrante o reprender vida impia. La iglesia romana era doctrinalmente sana, pero, como todas las iglesias, estaba en necesidad de la instrucción doctrinal rica y práctica que esta carta provee.

<u>**Características de Romanos**</u>

1. **De todas las cartas de Pablo.** Romanos es la más sistemática. Puede leerse como un tratado teológico bien elaborado más que como una carta.

2. **Le da gran énfasis a la doctrina Cristiana.** El número y la importancia de los temas teológicos que se tratan en esta carta son excepcionales: el pecado, la gracia, la elección, la salvación, la fe, la justificación, la santificación, la redención, la muerte y la resurrección.

3. **El uso extenso de citas del A.T**. Aunque Pablo regularmente emplee citas del Antiguo Testamento en sus cartas, en Romanos estas citas sostienen el argumento (véase caps 9.11).

4. **Una preocupación intensa por Israel.** Pablo escribe de la condición actual de este pueblo, de su relación con los gentiles y de su salvación final.

(Biblia de Estudio INV. p 1789)

"Las preguntas en el libro de Romanos"

(80 Preguntas)

1. 2:3 ¿Y piensas esto, oh hombre, tú que juzgas a los que tal hacen, y haces lo mismo, que tú escaparás del juicio de Dios? **R: Retórica.**
2. 2:40 =¿O menosprecias las riquezas de su benignidad, paciencia y longanimidad, ignorando que su benignidad te guía al arrepentimiento? **R: Retórica.**
3. 2:21= ¿no te enseñas a ti mismo? **R: Retórica**
4. 2:21= ¿hurtas? **R: Retórica**
5. 2:22= ¿adulteras? **R: Retórica**
6. 2:22= ¿cometes sacrilegio? **R: Retórica**

7. 2:23= ¿con infracción de la ley deshonras a Dios? **R: Retórica**

8. 2:26= ¿no será tenida su incircuncisión como circuncisión? **R: Retórica**

9. 3:1= ¿Qué ventaja tiene, pues el judio? **R: Versiculo 2**

10. 3:1=- ¿o de qué aprovecha la circuncisión? **R: Retórica**

11. 3:3= ¿Pues que, si alguno de ellos han sido incrédulos? **R: Retórica**

12. 3:3=Su incredulidad habrá hecho nula la fidelidad de Dios? **R: Versículo 4**

13. 3:5=¿qué diremos? **R: Retórica**

14. 3:5=¿Será injusto Dios que da castigo? (Hablo como hombre) **R: Versículo 6**

15. 3:6 =¿cómo juzgará Dios al mundo? **R: Retórica**

16. 3:7 =¿por qué aún soy juzgado como pecador? **R: Retórica**

17. 3:8 =¿Y por qué no decir (como se nos calumnia, y como algunos, cuya condenación es justa, afirman que nosotros decimos): ¿Hagamos males para que vengan bienes? **R: Retórica**

18. 3:9 ¿Qué pues? **R: Retórica**

19. 3:9=Somos nosotros mejores que ellos? **R: En ninguna manera; pues ya hemos acusado a Judios y a gentiles, que todos están bajo pecado,(9)**

20. 3:27 ¿Dónde, pues está la jactancia? **R: Queda excluida (27)**

21. 3:27 ¿Por cual ley? **R: (Enfatiza la pregunta en 27)**

22. 3:27 ¿Por las de las obras? **R: No, sino por la ley de la fe (27)**

23. 3:29 ¿Es Dios solamente Dios de los judíos? **R: Retórica**

24. 3:29 ¿No es también Dios de los Gentiles? **R: Ciertamente, también de los gentiles (29)**

25. 3.31 ¿Luego por la fe invalidamos la ley? **R: En ninguna manera, sino que confirmamos la ley. (31)**

26. 4:1 ¿Qué, pues, diremos que halló Abraham, nuestro padre según la carne? **R: Retórical**

27. 4:3- ¿qué dice la Escritura? **R: Creyó Abraham a Dios, y le fue contado por justicia. (3)**

28. 4:9 ¿Es, pues, esta bienaventuranza solamente para los de la circuncisión, o también para los de la incircuncisión? R: Retórica

29. 4:10 ¿Cómo, pues, le fue contada? **R: Retórica**

30. 4:10 ¿Estando en la circuncisión, o en la incircuncisión? **R: No en la circuncisión, sino en la incircuncisión.**

31. 6:1 ¿Qué, pues diremos? **R: La siguiente pregunta (reafirmación.)**

32. 6:1 ¿Perseveraremos en el pecado para que la gracia abunde? **R: En ninguna manera**

33. 6:2 ¿cómo viviremos aún en él? **R: Retórica**

34. 6:30 no sabéis que todos los que hemos sido bautizados en Cristo Jesús, hemos sido bautizados en su muerte? **R: Versículo 4**

35. 6:15 ¿Qué pues? **R: reafirmación a la siguiente pregunta.**

36. 6:15 ¿Pecaremos porque no estamos bajo la ley, sino bajo la gracia? **R: En ninguna manera**

37. 6:16 ¿No sabéis que si os sometéis a alguien como esclavos para obedecerle, sois esclavos de aquel a quien obedecéis, sea al pecado para muerte, o sea, de la obediencia para justicia? **R: Retórica (y 17).**

38. 6:21 ¿Pero qué fruto teníais de aquellas cosas de las cuales ahora os avergonzáis? **R: Porque el fin de ellas es muerte.**

39. 7:1¿Acaso ignoráis, hermanos (pues hablo con los que conocen la ley), que la ley se enseñorea del hombre entre tanto que este vive? **R: Retórica (y 2)**

40. 7:7=¿Qué diremos pues? **R: Retórica para reafirmar**

41. 7:7 ¿La ley es pecado? **R: En ninguna manera**

42. 7:13 ¿Luego lo que es bueno, vino a ser muerte para mi? **R: En ninguna manera; sino que el pecado, para mostrarse pecado, produjo en mi la muerte por medio de lo que es bueno, a fin de que por el mandamiento el pecado llegase a ser sobremanera pecaminoso.**

43. 8:24 ¿a qué esperarlo? **R: Retórica y 25**

44. 8:31 ¿Qué, pues, diremos a esto? **R: Retórica**

45. 8:31 ¿quien contra nosotros? **R: Retórica**

46. 8:31 ¿cómo no nos dará con él todas las cosas? **R: Retórica**

47. 8:33-¿Quien acusara a los escogidos de Dios? **R: Retórica**

48. 8:34 ¿Quién es el que condenará? **R: Retórica**

49. 8:35¿Quién nos separará del amor de Cristo? **R: Retórica**

50. 8:35 Tribulación, o angustia, o persecución, o hambre, o desnudez, o peligro, o espada? **R: Retórica**

51. 9:14 ¿Qué, pues, diremos? **R: Retórica**

52. 9:14 ¿Qué hay injusticia en Dios? **R: En ninguna manera**

53. 9:19 ¿Por qué, pues, culpa? **R: Retórica**

54. 9:19¿Quién ha resistido a su voluntad? **R: Retórica**

55. 9.20¿Quien eres tu, para que alterques con Dios? **R: Retórica**

56. 9:20 ¿Dirá el vaso de barro al que lo formó: ¿Por qué me has hecho así? **R: Retórica**

57. 9:21 ¿O no tiene potestad el alfarero sobre el barro, para hacer de la misma masa un vaso para honra y otro para deshonra? **R: Retórica**

58. 9:22 al 24 ¿Y que, si Dios, queriendo mostrar su ira y hacer notorio su poder, soportó con mucha paciencia los vasos de ira preparados para destrucción, y para hacer notoria las riquezas de su gloria, las mostró para con los vasos de su misericordia que él preparó de antemano para gloria, a los que también ha llamado, esto es, a nosotros, no solo de los judíos, sino también de los gentiles? **R: Retórica**

59. 9:30 ¿Qué pues, diremos? **R: Retórica**

60. 9.32 ¿Por qué? **R: Porque iban tras ella no por fe, sino por la obras de la ley, pues tropezaron en la piedra de tropiezo,**

61. 10:14 ¿Cómo, pues, invocarán a aquel en el cual no han creido? **R: Retórica**

62. 10:14 ¿Y cómo creerán en aquel de quien no han oído? **R: Retórica**

63. 10:14 ¿Y cómo oirán sin haber quien les predique? **R: Retórica**

64. 10:15 ¿Y como predicaran si no fueren enviados? **R: Retórica**

65. 10:18 No han oido? R: Antes bien, Por toda la tierra ha salido la voz de ellos, Y hasta los fines de la tierra sus palabras.

66. 10:19 ¿No ha conocido esto Israel? **R: Retórica**

67. 11:1¿Ha desechado Dios a su pueblo? **R: En ninguna manera. Porque también yo soy israelita, de la descendencia de Abraham, de la tribu de Benjamin.**

68. 11:2, 30 no sabéis qué dice de Elías la Escritura, cómo invoca a Dios contra Israel, diciendo: Señor, a tus profetas han dado muerte, y tus altares han derribado; y sólo yo he quedado, y procuran matarme? **R: Retórica**

69. 11:4¿qué le dice la divina respuesta? R: Me he reservado siete mil hombres, que no han doblado la rodilla delante de Baal.

70. 11:7=¿Qué pues? **R: 8**

71. 11:11- ¿Han tropezado los de Israel para que cayesen? **R: En ninguna manera; pero por su transgresión vino la salvación a los gentiles, para provocarles a celos.**

72. 11:12 ¿cuánto más su plena restauración? **R: Retórica**

73. 11:15 ¿qué será su admisión, sino vida de entre los muertos? **R: Retórica**

74. 11:24 ¿cuánto más éstos, que son que son las ramas naturales, serán injertados en su propio olivo? **R: Retórica**

75. 11:35 ¿O quién le dio a él primero, para que le fuese recompensado? **R: 36**

76. 13:3¿Quieres, pues, no temer la autoridad? R: Haz lo bueno, y tendrás alabanza de ella; (y 4) 77. 14:4= ¿Tú quién eres, que juzgas al criado ajeno? **R: Retórica**

78. 14:10 ¿por qué juzgas a tu hermano? **R: Retórica**

79. 14:10 ¿por qué menosprecias a tu hermano? **R: Retórica 80. 14:22-¿Tienes tú fe? R: Tenla para contigo delante de Dios**

Expresiones Claves de la Salvación en Romanos

Pablo, en la epistola a los Romanos, intenta describir el plan de Dios de una manera concisa y clara. Al hacer eso, usa palabras griegas cuyos significados no son ampliamente conocidos hoy. Aquí hay un breve glosario de los términos claves de la salvación en este libro.

Español	Griego	Referencias	Significado
Fe	pistis	1:17; 4:9; 12:6	"creencia, confianza"; la fe es el medio por el cual los pecadores pueden experimentar y disfrutar de todas las bendiciones de la salvación. Es la confianza completa en Jesús, para la salvación del pecado y del juicio venidero.
Evangelio	evangelion	1:16; 11:28	"buenas nuevas"; Pablo usa esta palabra para referirse al mensaje

		438	maravilloso de perdón y vida eterna en Cristo.
Gracia	caris	1:5; 5:2; 12:3	"el inmerecido favor de Dios"; este término se refiere a la inexplicable dádiva de Dios de las buenas cosas (especialmente la salvación) para lo hombres indignos, que nunca podrían ganarlas. La salvación es la dádiva gratuita hecha posible por la muerte de Cristo en nuestro favor. (nuestro lugar).
Justificación	dikaiosis	4:25; 5:18	"el acto de ser declarado justo"; un término legal que usa Pablo para describir la transacción

		439	espiritual por medio de la cual Dios (el Juez) declara aceptos delante de El a aquellos que confían en Cristo y en lo que hizo por ellos en la cruz. Tal veredicto es posible sólo porque Cristo ha pagado todas las demandas de la Ley contra los pecadores.
Ley	nomos	2:12; 4:13; 7:12; 10:4; 13:8	"los mandamientos dados por Dios"; Pablo enfatiza tanto el carácter santo de la Ley como la incapacidad del hombre pecador para vivir conforme a ella. La Ley se convierte en una carga y una maldición, hasta

			que la dejamos en Cristo, quien cumple perfectamente todos sus requerimientos.
Propiciación	jilastérion	3:25	"la satisfacción de la santa ira de Dios contra el pecado"; la rebelión contra Dios resulta en la ira de Dios y debe ser enfrentada con juicio. Al morir en nuestro lugar y tomar nuestros pecados sobre El mismo, Jesús satisfizo la ira justa de Dios contra todos los que creen.
Redención	apolutrosis	3:24; 8:23	"el acto de liberar a alguien por pagar un precio"; Pablo usa este término

| | | | económico en un sentido teológico para describir como Cristo pagó el castigo requerido por Dios por nuestros pecados (es decir, la muerte) al dar su propia vida en la cruz. Cuando creemos, Jesús nos libera del pecado. |
| Justicia | dikaiosune | 3:5; 5:17; 9:30 | "el nivel de pureza de Dios" o "la veracidad y fidelidad propia de Dios"; Dios es santo, por lo tanto no puede tolerar el pecado. Es a través de Jesucristo que podemos hallar la justicia que es agradable a Dios. Cristo no sólo se lleva |

			nuestro pecado, sino que Él nos otorga su perfecta pureza.
Salvación	sotería	1:16; 10:10	"liberación"; esta palabra suele usarse en la Biblia para describir a alguien que es rescatado del daño físico. Pablo usa la palabra mayormente para denotar la liberación del pecado y sus consecuencias mortales.
Pecado	jamartia; jamartema	3:9; 5:12; 7:11; 8:2; 14:23	"perder el objetivo" o "desobedecer la ley de Dios"; Pablo suele usar variadas y diferentes palabras griegas para describir la tendencia de los humanos para

			rebelarnos contra Dios. El pecado puede ser ampliamente definido como cualquier actitud o acción que se oponga al carácter o la voluntad de Dios. El pecado es lo que trae la muerte; es decir, la separación de Dios.

Retos de Interpretaciónabecal (10)

• Como la obra doctrinal preeminente en el NT, Romanos naturalmente contiene varios pasajes dificiles. La discusión de Pablo de la perpetuación del pecado de Adán (5:12-21) es uno de los pasajes teológicos más profundos de las Escrituras. La naturaleza de la humanidad con Adán, y como su pecado fue transferido a la raza humana siempre ha sido el tema de debate intenso.

• Estudiantes de la Biblia también están en desacuerdo en que 7:7-25 describe la experiencia de Pablo como un creyente o incrédulo, o es una herramienta literaria sin intención de ser autobiográfica.

Las doctrinas cercanamente relacionadas con la elección (8:28-30) y la soberanía de Dios (9:6-29) han confundido a muchos creyentes.

Otros cuestionan si los caps. 9-11 enseñan o no que Dios tiene un plan futuro para la nación de Israel.

• Algunos han ignorado la enseñanza de Pablo de la obediencia del creyente al gobierno humano (13:1-7) en el nombre de activismo cristiano, mientras que otros la han usado para defender la obediencia de esclavo a gobiernos totalitarios.

Temas históricos y teológicos

• Debido a que Romanos es primordialmente una obra de doctrina, contiene poco material histórico. Pablo usa figuras conocidas del AT tales como Abraham (cap.4), David (4:6-8), Adán (5:12-21), Sara (9:9), Rebeca (9:10), Jacob y Esaú (9:1-13), y Faraón (9:17) como ilustraciones. Él también relata algo de la historia de Israel (caps. 9-11)El capítulo 16 provee vistazos interesantes de la naturaleza e identidad de la iglesia del primer siglo y de sus miembros.

• El tema principal de Romanos es la justicia que viene de Dios: la gloriosa verdad que Dios justifica por gracia a pecadores culpables, condenados, únicamente a través de la fe en Cristo solamente. Los caps. 1-11 presentan
las verdades teológicas de esa doctrina, mientras que los caps. 12-16 detallan su manifestación práctica en la vida de los creyentes individuales y la vida de la iglesia entera. Algunos temas especificos teológicos incluyen principios de liderazgo espiritual (1:8-15); la ira de Dios en contra de la humanidad pecadora (1:18-32); principios de juicio divino (2:1-16); la universalidad del pecado (3:9-20); una exposición y defensa de la justificación por la fe solamente (3:21-4:25); la seguridad de la salvación (5:1-11); la transferencia del pecado de Adán (5:12-21);

santificación (caps. 6-8); elección soberana (cap. 9); el plan de Dios para Israel (cap. 11); dones espirituales y piedad práctica (cap. 12); la responsabilidad del creyente para con el gobierno humano (cap.13); y principios de libertad cristiana (14:1-15:12).

Vista Panorámica de Romanos

¿Cómo puede una persona estar "en relación correcta" con Dios? ¿Cómo puede una persona tener perdonado el pecado que lo separa de Dios y gozar de aceptación completa por El? Esta es una pregunta muy antigua (Job 9:2) e importante, hoy y siempre, porque Dios creó al ser humano por esa misma razón: gozar de compañerismo con El. La respuesta más completa en la Biblia se encuentra en esta carta escrita a cristianos en Roma. El apóstol Pablo (1:1) escribió esta carta en el año 57 d.C. durante una breve estancia en Corinto, Grecia (16:1-2). La ciudad imperial de Roma era el centro urbano más grande e importante en esos días, y la vida bajo la mano pesada de los emperadores romanos (Claudio 41-54 d.C. y Nerón 54-68 d.C.) era a veces opresiva. Los cristianos confrontaron la opresión al tener prohibido reunirse abiertamente para adorar. Pablo, un judío cristiano y ciudadano romano, tenía una profunda preocupación por los cristianos de Roma, y por todos los que necesitan la respuesta correcta a esta pregunta. En el saludo introductorio (1:1-15), él describe su gran deseo de ser de ayuda.

¿Hay alguna manera para estar en la correcta relación con Dios por el esfuerzo personal, ya sea por logros seculares o fervor religioso? La respuesta es un resonante ¡NO! El apóstol Pablo demuestra que ni los gentiles ni los judíos tienen mérito alguno delante de un Dios santo, ni justicia propia con la cual puedan satisfacerle (1:18-3:20).

Si alguien va a estar "en relación correcta", Dios mismo tiene que proporcionar gratuitamente la justicia necesaria, que debe recibirse por la fe (3:21-31). Abraham fue justificado o "declarado justo de esta manera: por gracia por medio de la fe (cap. 4). Ya sea que alguien haya vivido antes que la ley de Dios fuera dada por Moisés, como Abraham, o después, todos son justificados de la misma manera (cap. 5), a fin de que "la gracia reine por medio de la justicia para vida eterna, mediante Jesucristo nuestro Señor."

Puesto que estar en relación correcta con Dios proviene por medio de la fe en el don gratuito de un salvador, Jesucristo, ¿importará cómo viva un creyente? ¿"Continuaremos en pecado para que la gracia abunde?" "¡De ningún modo!", es la respuesta (6:2). Los capítulos seis y siete enseñan cómo el individuo justificado por la fe puede experimentar victoria sobre el pecado en la vida diaria. Pablo reconoce la lucha interior entre la pecaminosa naturaleza humana y la nueva naturaleza recibida por la fe (cap. 7). De inmediato, él indica que la presencia misma de la lucha es evidencia de que la obra santificadora de Dios está en acción. El creyente continuamente está siendo conformado a la semejanza de Cristo. A causa de la correcta relación con Dios, el cristiano es inmune a la condenación de Dios, a la acusación de Satanás y a la separación del amor de Cristo (cap. 8).

Muchos de los primeros lectores de esta carta eran cristianos provenientes del judaísmo, quienes se preguntarian, "¿Estas noticias libertadoras acerca de la justificación por la fe para los individuos, ya sean judíos o gentiles, nulifican las promesas de bendición de Dios a Israel?" (11:25-29). Pablo trata esta cuestión en los capítulos 9-11. La elección por Dios de Israel en el pasado, sigue firme (cap. 9). El rechazo de Cristo como el Mesías por Israel, dio oportunidad de ser salvos por medio de la fe tanto a gentiles como a judios, y llegar a ser descendientes espirituales de Abraham (cap. 10). En el plan soberano de Dios, vendrá un tiempo cuando "todo Israel será salvo" por medio del Libertador, Jesucristo (cap. 11).

La persona que está en la correcta relación con Dios (justificado por gracia por medio de la fe) tiene la responsabilidad de servir a otros en la iglesia, usando los dones que el Espiritu Santo da (cap. 12). Los cristianos deben ser ejemplo de sumisión a las autoridades públicas (cap. 13). Pablo instruye también a sus lectores a vivir en paz con creyentes cuyas convicciones puedan diferir de las suyas en las cosas donde la Biblia no es especifica (caps. 14-15:21). Después de expresar su esperanza de ver a los cristianos en Roma, quizás por primera vez (1:10-11), Pablo menciona por nombre a 34 personas (cap. 16) que lo estimularon en la extensión del evangelio: las buenas noticias acerca de cómo se puede tener una relación correcta con Dios.

Hernández, E. A., & Lockman Foundation (La Habra, C. (2003). Biblia de estudio: LBLA. (Ro). La Habra, CA: Editorial Funacion, Casa Editorial para La Fundacion Biblica Lockman.

Conexiones

Pablo utiliza a varios personajes y eventos del Antiguo Testamento como ilustraciones de las gloriosas verdades en el libro de Romanos. Abraham creyó y fue justificado por su fe, no por sus obras (Romanos 4:1-5). En Romanos 4:6-9, 6-8 Pablo se refiere a David quien reitera la misma verdad: "Bienaventurados aquellos cuyas iniquidades son perdonadas, Y cuyos pecados son cubiertos. Bienaventurado el varón a quien el Señor no inculpa de pecado." Pablo usa a Adán para explicar a los Romanos la doctrina de la herencia del pecado y usa la historia de Sara e Isaac, el hijo de la promesa, para ilustrar el principio de que los cristianos son los hijos de la promesa de la gracia divina de Dios a través de Cristo. En los capítulos 9-11, Pablo resume la historia de la nación de

Israel y declara que Dios no ha rechazado completa y definitivamente a Israel (Romanos 11:11-12), pero sí ha permitido que ellos "tropiecen" solo hasta que haya entrado la plenitud de los gentiles para salvación.

Importancia en la Biblia

Pablo tenía la intención de ir pronto a España pasando por Roma y respaldado económicamente por los romanos (15.24, 28s; cf. 1.9-15). Así que esta carta pretendía disponerlos para acoger su evangelio; o sea, su manera cristocéntrica de presentar las buenas nuevas. La carta anterior a los →→ GÁLATAS había sido un ensayo sobre el mismo tema, pero en el tono polémico que le imponían las actividades de los → JUDAIZANTES.

El tono de Romanos es más tranquilo y noble, aunque siempre enérgico y vivaz. Esta epístola, que parece ser una presentación casi sistemática, no es un simple tratado de teología. Como las demás epístolas, se origina en las necesidades de sus destinatarios. En este caso Aquila y Priscila pueden haber sido fuente de la información precisa que parece traslucirse en ciertas alusiones. Pablo, siempre fascinado en los últimos años de su apostolado por la insignificancia del Imperio Romano, intuyó quizá la importancia de la comunidad cristiana de la ciudad capital y quiso dejar con ella esta comprensible exposición de la predicación primitiva. Su tema es: «la salvación divina, aportada por el esparcimiento del evangelio, primero a los judíos y después a los gentiles>>, el poder de Dios apropiado por la fe (1.1s, 16s).

Apuntes de Romanos

449

Romanos 7 & 8 (1)	¿Qué hace el hombre?	Romanos en el Diccionario
Romanos 7 & 8 (2)	Romanos en Wikipedia	Preguntas en Romanos
Interrogando Romanos 7	Historia cronológica de Roma	Por qué se escribió Romanos
El pecado que mora en mi	Epístola a los Romanos	EPISTOLAS CONTEXTO
Ocasión de Romanos	La Iglesia de Roma	EPÍSTOLAS HERMENEUTICA
Párrafos de Romanos	Santiago y Pablo	Comentario de Romanos
Estructura de Romanos	Vista panorámica de Romanos	Cristo nuestro abogado (Finney)
Bosquejo de Romanos	Arqueología de Romanos	Estudiando Romanos
¿Por qué leer Romanos?		

"Aquí la historia de Dios llega a ser contada en su expresión teológica esencial. El amor de Dios por todos, Judíos y gentiles por igual, encuentra expresión en la muerte y resurrección de Cristo, el don del Espiritu hace que todo funcione en la vida cotidiana"

hacia él para ser conformados a su imagen, reflejada en la (aparente) debilidad y la locura de la cruz, y que 2) finalmente él vencerá a nuestro (y su) final enemigo, la muerte, por medio de la resurrección y la transformación"

CAPÍTULO CATORCE

ENTRANDO EN LA ZONA DE COMBATE: BATALLANDO CON EL MUNDO, LA CARNE, Y EL DIABLO

<u>OBJETIVOS:</u>

Al concluir este capítulo serás capaz de:

- Escribir los versículos llaves de memoria.
- Definir la palabra "estrategia".
- Definir la palabra "contra-estrategia".
- Explicar las estrategias de Satanás que combinan las fuerzas malignas del mundo con la carne.
- Identificar contra-estrategias espirituales para la victoria sobre el mundo y la carne.

<u>VERSÍCULOS LLAVES DE LAS CLÁUSULAS DE LA GUERRA:</u>

> *"Sabiendo esto, que nuestro viejo hombre fue crucificado juntamente con él, para que el cuerpo del pecado sea destruido, a fin de que no sirvamos más al pecado, porque, el que ha muerto ha sido justificado del pecado" (Romanos 6:6- 7).*

<u>INTRODUCCIÓN</u>

Has respondido al llamado a las armas y has sido incluido en el ejército de Dios. Has estudiado sobre la estrategia del enemigo y territorio. Aprendiste sobre el plan de batalla de Dios y has sido armado con armas defensivas y ofensivas. ¡Con esta lección, estás entrando en la zona de combate y comienzas a pelear!

Este capítulo es el primero en una serie que se centra en las estrategias de Satanás y las contra-estrategias bíblicas para derrotar sus engañosas tácticas. "Estrategia" es la ciencia de trazar y llevar adelante operaciones militares. Son los métodos o planes que llevan a la victoria.

<u>**ESTRATEGIAS DE SATANÁS:**</u>

Satanás ha organizado métodos que apuntan a ganar la victoria sobre los creyentes. Esto es a lo que Pablo se refiere cuando habla de las "asechanzas" del diablo:

> ***"Vestíos de toda la armadura de Dios, para que podáis estar firmes contra las asechanzas del diablo" (Efesios 6:11).***

La palabra "asechanzas significa engaños. Las "asechanzas de Satanás son sus estrategias engañosas de ataque.

<u>**LAS CONTRA-ESTRATEGIAS DE DIOS:**</u>

El creyente no es dejado indefenso en la cara del ataque enemigo. En Su Palabra escrita Dios ha provisto un manual de estrategias para la guerra espiritual:

> <u>**"Para que Satanás no saque ventaja alguna sobre nosotros, pues no ignoramos sus maquinaciones" (2 Corintios 2:11).**</u>

La palabra "maquinaciones" significa pensamientos o propósitos. La Biblia contiene contra estrategias para derrotar a todo poder del enemigo.

La palabra "enfrentar" significa "actuar en oposición a, impedir, derrotar, o frustrar". En el mundo espiritual una contra estrategia es un plan organizado y un método de oposición a Satanás. Está designado para impedir, derrotar y frustrar sus "tretas" y "maquinaciones".

Los siguientes capítulos están organizados en estrategias y contra estrategias. Las estrategias de Satanás en áreas específicas de la guerra espiritual son abordadas primero en cada capítulo. Las contra estrategias espirituales para la victoria luego se presentan. En esta lección estudiarás cómo el mundo y la carne trabajan juntas en la guerra espiritual y las contra estrategias para vencer a estas fuerzas del mal.

ESTRATEGIAS DE SATANÁS: EL MUNDO Y LA CARNE

Aprendiste en el capítulo siete que el mundo y la carne son territorio enemigo:

SATANÁS OPERA MEDIANTE EL MUNDO:

> ***"Sabemos que somos de Dios, y el mundo entero está bajo el maligno" (1 Juan 5:19).***

Satanás es el príncipe de este mundo y como su príncipe influencia en los gobiernos de las naciones. Él es descrito como "engañador de las naciones" en Apocalipsis 20:3 y 7. Daniel capítulo 10 identifica un poder demoníaco sobre la nación de Persia que estaba obrando para estorbar la oración de Daniel.

Satanás es como un león rugiente en el mundo:

> ***"Sed sobrios y velad, porque vuestro adversario el diablo, como león rugiente, anda alrededor buscando a quien devorar" (1 Pedro 5:8).***

El cuadro de un león rugiente ilustra las tácticas abiertas de terror que Satanás utiliza. Pero Satanás también es descrito como un "ángel de luz":

> ***"Y esto no es sorprendente, porque el mismo Satanás se disfraza de ángel de luz. Así que, no es extraño si también sus ministros se disfrazan de ministros de justicia; cuyo fin será conforme a sus obras" (2 Corintios 11:14-15).***

Esto describe a Satanás como seduciendo y apelando a un tipo más sutil y secreto de ataque. Así, Satanás opera tanto abiertamente como en secreto en el mundo.

Las actividades de Satanás son variadas en el mundo, pero siempre están dirigidas en contra de Dios, Su plan y Su pueblo. Satanás se opone al obrar de Dios en el mundo. Esto es bien evidente en su rebelión y caída del cielo que ya estudiaste (Ezequiel 28:12-19). Satanás se opone al obrar de Jesús en el mundo. Él está detrás del espiritu de "anticristo" del mundo:

> *"Muchos engañadores han salido por el mundo, que no confiesan que Jesucristo ha venido en carne. Quien esto hace es el engañador y el anticristo (2 Juan 7).*

Satanás también se opone al obrar del Espíritu Santo en el mundo. Uno de los propósitos del Espíritu Santo es guiar a los hombres y mujeres a la verdad de la Palabra de Dios. Satanás trata de evitar que la Palabra de Dios influencie en los corazones y vidas de los hombres y mujeres:

> *"Esto es, entre los incrédulos, a quienes el dios de este mundo les cegó el entendimiento, para que no les resplandezca la luz del evangelio de la gloria de Cristo, el cual es la imagen de Dios" (2 Corintios 4:4).*

Satanás aflige y tienta a los creyentes en el mundo:

> *"Por eso también yo, no pudiendo soportar más, envié para informarme de vuestra fe, pues temía que os hubiera tentado el tentador y que nuestro trabajo hubiera resultado en vano" (1 Tesalonicenses 3:5).*

> *"Dijo Jehová a Satanás: -Todo lo que tiene está en tu mano; solamente no pongas tu mano sobre él. Y salió Satanás de delante de Jehová" (Job 1:12).*

Satanás engaña al mundo mediante "las huestes espirituales de maldad en las regiones celestes". Así es como él opera en la estructura religiosa del mundo. Engaña mediante doctrinas falsas, ministros, maestros, apóstoles, y religiones.

Satanás también combate en contra de los creyentes que están en, pero no son de, el mundo. Puedes leer al respecto de esta guerra en Efesios 6:10-18. Satanás acusa y calumnia a los creyentes:

> *"y fue lanzado fuera el gran dragón, la serpiente antigua, que se llama Diablo y Satanás, el cual engaña al mundo entero. Fue arrojado a la tierra y sus ángeles fueron arrojados con él. Entonces of una gran voz en el cielo, que decía: Ahora ha venido la salvación, el poder y el reino de nuestro Dios y la autoridad de su Cristo, porque ha sido expulsado el acusador de nuestros hermanos, el que los acusaba delante de nuestro Dios día y noche" (Apocalipsis 12:9-10).*

Él siembra dudas en los corazones de los creyentes. Esto fue parte de la primera tentación del hombre en el jardín del Edén (ver Génesis 3:1-5).

Satanás incita la persecución de los creyentes por el mundo:

> *"No temas lo que has de padecer. El diablo echará a algunos de vosotros en la cárcel para que seáis probados..."(Apocalipsis 2:10).*

Satanás trata de evitar que el creyente sea efectivo en el servicio cristiano:

> *"Por eso quisimos ir a vosotros, yo, Pablo, ciertamente una y otra vez, pero Satanás nos estorbó" (1 Tesalonicenses 2:18).*

Satanás usa al mundo para seducir a los creyentes a pecar. Tienta mediante la atmósfera del mundo, el ambiente, y el sistema alrededor de ti. Anima al amor al mundo en tu corazón:

> *"No améis al mundo ni las cosas que están en el mundo. Si alguno ama al mundo, el amor del Padre no está en él, porque nada de lo que hay en el mundo-los deseos de la carne, los deseos de los ojos y la vanagloria de la vida- proviene del Padre, sino del mundo" (1 Juan 2:15-16).*

Satanás combate en contra de la mente, la lengua, el espíritu, el cuerpo, y los muros espirituales de los creyentes. Ataca mediante la familia y asociados, financias y circunstancias. Aprenderás más de estas especificas áreas de ataque en otros capítulos.

Los nombres de Satanás también revelan sus estrategias en el mundo. Estudiaste los nombres de Satanás en el capitulo cinco de este curso. Revisa esto y piensa sobre cómo cada nombre refleja las estrategias de Satanás en el mundo hoy.

SATANÁS OPERA MEDIANTE LA CARNE:

El cuerpo, alma, y espíritu del hombre están íntimamente relacionados. A causa de esto, Satanás accede al alma y espíritu mediante la carne. Esta estrategia es evidente en la primera tentación del hombre. Eva "VIO que el árbol era bueno para comer (GUSTO), y que era agradable a los ojos, y un árbol CODICIABLE para alcanzar la sabiduría", ella tomó de él y le dio a su esposo también (Génesis 3:6). Satanás usó los sentidos humanos y deseos para tener acceso al alma de Eva y su espíritu.

Si Satanás no puede "cegar tu mente" y apartarte de aceptar la verdad del evangelio, entonces trata de mantenerte atado a la carne después de que recibes el evangelio. Los deseos carnales combaten contra el alma:

"...que os abstengáis de los deseos carnales que batallan contra el alma" (1 Pedro 2:11).

Satanás usa la care para afectar la mente:

"Pero veo otra ley en mis miembros, que se rebela contra la ley de mi mente, y que me lleva cautivo a la ley del pecado que está en mis miembros" (Romanos 7:23).

"Mis miembros" se refiere a la carne. Satanás usa la carne para afectar al espíritu:

"Así que, amados, puesto que tenemos tales promesas, limpiémonos de toda contaminación de carne y de espíritu, perfeccionando la santidad en el temor de Dios" (2 Corintios 7:1).

Satanás usa la carne para que coseches corrupción (podredumbre, perversión) en tu vida:

"Porque el que siembra para su carne, de la carne segará corrupción" (Gálatas 6:8).

En Efesios 4 donde Pablo trata con los pecados de la carne en el contexto del viejo hombre y el nuevo hombre, él inserta esta advertencia:

"Ni dels oportunidad al diablo"(Efesios 4:27).

Esta advertencia significa que cuando cometes estos pecados de la carne, das lugar (literalmente un derecho) a Satanás en tu vida. Continua indulgencia voluntaria a los pecados carnales pueden resultar en yugo a Satanás:

"Y escapen del lazo del diablo, en que están cautivos a voluntad de él" (2 Timoteo 2:26).

<u>**SATANÁS OPERA MEDIANTE LOS DEMONIOS:**</u>

Como aprenderás luego en este curso, un nacido de nuevo no puede ser "poseído" por Satanás en la medida que permanece como un creyente genuino. Posesión por parte de Satanás involucra control del cuerpo, alma, espíritu, conducta y pensamiento. Pero si un creyente continúa practicando pecados carnales viene un tiempo cuando la práctica puede llevar de un pecado de la carne a un pecado controlado por actividad demoníaca y satánica.

<u>**CÓMO OPERAN JUNTOS**</u>

El mundo, la carne y el diablo con su demonios combinan sus fuerzas malignas para combatir en contra de los creyentes. Cada fuerza puede operar independientemente en contra de los creyentes, pero estas fuerzas están frecuentemente combinadas en su ataque sobre los creyentes.

Satanás usa al mundo, con sus ilusiones, encantos, filosofías, y sistemas mundanos, para ganar acceso a la carne. Usa la carne para ganar acceso al alma, la mente y el espíritu. Luego trata que te conformes al mundo más que a Dios.

<u>**CONTRA ESTRATEGIAS ESPIRITUALES: VENCIENDO A LA CARNE**</u>

El mundo, la carne y el diablo, ciertamente crean una zona de combate amenazadora! Pero aquí están algunas poderosas contra estrategias espirituales para vencer a estas fuerzas:

<u>**PRESENTA TU CUERPO COMO SACRIFICIO:**</u>

En las fuerzas militares del mundo natural, un hombre que se enlista para el servicio viene bajo el control completo de sus superiores. Ellos le dan instrucciones sobre cómo conducirse, cómo vestirse, y sobre cómo combatir al enemigo. Para ser efectivo en la guerra espiritual el mismo tipo de control debe ser puesto en acción:

> *"Por lo tanto, hermanos, os ruego por las misericordias de Dios que presentéis vuestros cuerpos como sacrificio vivo, santo, agradable a Dios, que es vuestro verdadero culto. No os conforméis a este mundo, sino transformaos por medio de la renovación de vuestro entendimiento, para que comprobéis cuál es la buena voluntad de Dios, agradable y perfecta" (Romanos 12:1-2).*

Debes presentarte tú mismo a Dios como un acto de tu propia voluntad. En el Antiguo Testamento cuando se daba sacrificio a Dios, la persona que lo ofrecía no tenía más control sobre él. Era dado totalmente al Señor. En lugar de conformarnos al mundo y a la carne, debes ser transformado (cambiado) mediante la renovación de tu mente. Estudiarás más sobre la batalla en la mente en el capítulo quince.

ÁRMATE A TI MISMO CON LA MENTE DE CRISTO:

La renovación de tu mente se hace al "armarte" tú mismo con la misma merite de Jesús.

> *"Puesto que Cristo ha padecido por nosotros en la carne, vosotros también armaos del mismo pensamiento, pues quien ha padecido en la carne, terminó con el pecado, para no vivir el tiempo que resta en la carne, conforme a las pasiones humanas, sino conforme a la voluntad de Dios" (1 Pedro 4:1- 2).*

DESARROLLA LA ACTITUD CORRECTA HACIA TU CARNE:

Se nos ha dicho que deberíamos "odiar incluso la ropa manchada por la carne" (Judas 23). Debes comprender que los deseos de la carne no son del Padre sino del mundo:

> *"Porque nada de lo que hay en el mundo-los deseos de la carne, los deseos de los ojos y la vanagloria de la vida- proviene del Padre, sino del mundo" (1 Juan 2:16).*

No debes tener confianza en la carne:

> *"... no teniendo confianza en la carne" (Filipenses 3:3).*

Debes entender que la vida en la care trae corrupción, mientras que la vida en el espíritu trae vida:

> *"Porque el que siembra para su carne, de la carne segará corrupción; pero el que siembra para el Espíritu, del Espíritu segará vida eterna" (Gálatas 6:8).*

DATE CUENTA QUE NO TIENES QUE ESTAR BAJO EL YUGO DE LA CARNE:

En tiempos pasados, estuviste bajo el yugo de la carne cuando eras un pecador:

> *"Entre ellos vivíamos también todos nosotros en otro tiempo, andando en los deseos de nuestra carne, haciendo la voluntad de la carne y de los pensamientos; y éramos por naturaleza hijos de ira, lo mismo que los demás" (Efesios 2:3).*

> *"Mientras vivíamos en la carne, las pasiones pecaminosas, estimuladas por la Ley, obraban en nuestros miembros llevando fruto para muerte. Pero ahora estamos libres de la Ley, por haber muerto para aquella a la que estábamos sujetos, de modo*

que sirvamos bajo el régimen nuevo del Espíritu y no bajo el régimen viejo de la letra" (Romanos 7:5-6).

Estudia Efesios capitulo 2 y Romanos 8. Descubrirás que no tienes más que estar en yugo de la carne. Tu libertad viene mediante Jesucristo:

"Porque la ley del Espíritu de vida en Cristo Jesús me ha librado de la ley del pecado y de la muerte" (Romanos 8:2).

INSTRUYE A TU CARNE A OBEDECER:

En el mundo militar, el soldado debe obedecer todas las órdenes. Pasa por el entrenamiento básico para aprender las reglas de la guerra. Se le presentan situaciones de prueba en las cuales debe poner estas estrategias en acción y aprende mediante el fracaso y el éxito. Está en entrenamiento para la guerra.

Esto también es cierto en el mundo espiritual. Debes instruir a tu carne a obedecer. Debes aprender las reglas de Dios. Mediante las pruebas que Dios permite en tu vida tendrás la oportunidad de poner estas reglas en acción:

"Amados, no os sorprendáis del fuego de la prueba que os ha sobrevenido, como si alguna cosa extraña os aconteciera" (1 Pedro 4:12).

"Dijo Jehová a Satanás: -Todo lo que tiene está en tu mano..." (Job 1:12).

En el mundo natural, un soldado aprende las respuestas correctas y equivocadas en la estrategia militar mediante repetidos ejercicios de tropa. Puedes entrenarte mediante el estudio de tu manual de guerra, la Biblia. En la medida que entrenas o ejercitas tus sentidos espirituales, aprenderás a discernir entre lo bueno y lo malo:

Debes instruir a tu care a obedecer la Palabra de Dios. No conquistas tu carne cediendo a ella. En la medida que Dios te revela áreas carnales en tu vida, debes pasar a la acción:

"... que os abstengáis de los deseos carnales que batallan contra el alma" (1 Pedro 2:11).

"Así que, amados, puesto que tenemos tales promesas, limpiémonos de toda contaminación de carne y de espiritu, perfeccionando la santidad en el temor de Dios" (2 Corintios 7:1).

"Al contrario, vestios del Señor Jesucristo y no satisfagáis los deseos de la carne" (Romanos 13:14).

Nota que Tú debes pasar a la acción. TÚ debes abstenerte de los deseos carnales. TÚ debes limpiarte a ti mismo de las inmundicias de la carne. Tú no debes hacer provisión para la carne.

DESPOJARSE EL VIEJO HOMBRE:

El "viejo hombre" se refiere a la naturaleza carnal. Pablo escribe:

"En cuanto a la pasada manera de vivir, despojaos del viejo hombre, que está corrompido por los deseos engañosos, renovaos en el espíritu de vuestra mente, y vestíos del nuevo hombre, creado según Dios en la justicia y santidad de la verdad" (Efesios 4:22-24).

MATAR LA CARNE:

La carne debe ser crucificada. No sufrirá una muerte natural. Debes crucificarla rehusando ser controlado por ella:

"Sabiendo esto, que nuestro viejo hombre fue crucificado juntamente con él, para que el cuerpo del pecado sea destruido, a fin de que no sirvamos más al pecado, porque, el que ha muerto ha sido justificado del pecado" (Romanos 6:6- 7).

"Con Cristo estoy juntamente crucificado, y ya no vivo yo, mas vive Cristo en mi; y lo que ahora vivo en la carne, lo vivo en la fe del Hijo de Dios, el cual me amó y se entregó a sí mismo por mi" (Gálatas 2:20).

"Pero los que son de Cristo han crucificado la carne con sus pasiones y deseos" (Gálatas 5:24).

CAMINAR EN EL ESPÍRITU:

Tu caminar diario (cómo tú vives) puede ser controlado por Satanás obrando mediante la carne, el mundo, o los poderes demoníacos si tú lo permites. No tienes que ser controlado por el mundo, la carne o el diablo. Puedes aprender a caminar en el Espíritu:

"Digo, pues: Andad en el Espíritu, y no satisfagáis los deseos de la carne" (Gálatas 5:16).

"Si vivimos por el Espíritu, andemos también por el Espiritu" (Gálatas 5:25).

Caminar en el Espiritu significa permitirle al Espiritu Santo de Dios controlar tu conducta y tu vida.

La carne no es más poderosa que el espíritu. Si permites al Espíritu Santo manifestar Su poder en ti, Él vivificará tu cuerpo mortal de carne. "Vivificar" significa llenar de vida.

No tienes que vivir en la muerte del pecado. Dios puede vivificar tu espíritu a una

nueva vida:

"Pero si Cristo está en vosotros, el cuerpo en verdad está muerto a causa del pecado, pero el espíritu vive a causa de la justicia. Y si el Espíritu de aquel que levantó de los muertos a Jesús está en vosotros, el que levantó de los muertos a Cristo Jesús vivificará también vuestros cuerpos mortales por su Espíritu que está en vosotros. Así que, hermanos, deudores somos, no a la carne, para que vivamos conforme a la carne, porque si vivís conforme a la carne, moriréis; pero si por el Espíritu hacéis morir las obras de la carne, viviréis. Todos los que son guiados por el Espíritu de Dios, son hijos de Dios" (Romanos 8:10-14).

Para ser guiado por el Espíritu debes tener al Espíritu Santo dentro de ti. Debes ser nacido de nuevo del Espiritu:

"Lo que nace de la carne, carne es; y lo que nace del Espíritu, espíritu es. No te maravilles de que te dije: Os es necesario nacer de nuevo" (Juan 3:6-7).

También debes ser lleno con el Espíritu Santo. Es el Espíritu Santo el que te da poder para caminar en el espíritu en lugar de en la carne. Un curso entero del Instituto Internacional Tiempo de Cosecha está dedicado al Ministerio del Espiritu Santo en la vida del creyente. Si estás estudiando los cursos del Instituto en el orden sugerido, este es el próximo curso que tomarás cuando completes este manual. No podemos enfatizar suficientemente la importancia del Espíritu Santo a la hora de vencer al mundo, la carne y el diablo. Mediante el Espíritu Santo puedes ser guiado por el Espíritu en lugar de la carne.

PERMITE A TU ESPÍRITU HABLAR POR EL ESPÍRITU SANTO:

Dios se comunica con tu espíritu mediante el Espíritu Santo:

"Todos los que son guiados por el Espíritu de Dios, son hijos de Dios" (Romanos 8:14).

El Espíritu Santo puede también comunicarse directamente con Dios desde tu espíritu:

"El que habla en lenguas no habla a los hombres, sino a Dios, pues nadie lo entiende, aunque por el Espíritu habla misterios" (1 Corintios 14:2).

Cuando hablas en un lenguaje desconocido, lo cual es la evidencia física del bautismo del Espíritu Santo (Hechos 2), tu espíritu se está comunicando directamente con Dios. Cuando esto sucede, una de las funciones importantes del Espíritu Santo es orar conforme la voluntad de Dios:

"De igual manera, el Espíritu nos ayuda en nuestra debilidad, pues qué hemos de pedir como conviene, no lo sabemos, pero el Espíritu mismo intercede por nosotros con gemidos indecibles. Pero el que escudriña los corazones sabe cuál es la intención del Espíritu, porque conforme a la voluntad de Dios intercede por los santos" (Romanos 8:26-27).

DESARROLLA EL FRUTO DEL ESPÍRITU SANTO:

En contraste con las obras de la carne, desarrolla el fruto del Espiritu Santo. Esto incluye...

"...amor, gozo, paz, paciencia, benignidad, bondad, fe, mansedumbre, templanza..." (Gálatas 5:22-23).

El fruto del Espíritu Santo se discute en detalle en el curso del Instituto Internacional Tiempo de Cosecha "Ministerio del Espiritu Santo".

NO VIVAS EN CONDENACIÓN:

Satanás usa la debilidad de la carne para hacerte vivir en condenación. Pero Pablo dijo:

"Ahora, pues, ninguna condenación hay para los que están en Cristo Jesús, los que no andan conforme a la carne, sino conforme al Espíritu" (Romanos 8:1).

Si fallas y te involucras en una conducta carnal, no permanezcas en condenación. Arrepiéntete y busca el perdón:

"Si confesamos nuestros pecados, él es fiel y justo para perdonar nuestros pecados y limpiarnos de toda maldad" (1 Juan 1:9).

CONTRA ESTRATEGIAS ESPIRITUALES: VENCIENDO AL MUNDO

Aquí hay algunas directivas para vencer al mundo:

DESARROLLA UNA ACTITUD APROPIADA HACIA EL MUNDO:

Reconoce que no eres del mundo:

"Yo les he dado tu palabra, y el mundo los odió porque no son del mundo, como tampoco yo soy del mundo. No ruego que los quites del mundo, sino que los guardes del mal. No son del mundo, como tampoco yo soy del mundo" (Juan 17:14-16).

"Si el mundo os odia, sabed que a mí me ha odiado antes que a vosotros. Si fuerais del mundo, el mundo amaría lo suyo; pero porque no sois del mundo, antes yo os elegí del mundo, por eso el mundo os odia" (Juan 15:18-19).

Entiende que experimentarás tribulación en el mundo:

"Estas cosas os he hablado para que en mí tengáis paz. En el mundo tendréis aflicción, pero confiad, yo he vencido al mundo" (Juan 16:33).

Reconoce que ganar el mundo no es más valioso que perder tu alma:

"Porque ¿de qué le aprovechará al hombre ganar todo el mundo, si pierde su alma?" (Marcos 8:36).

"Pues, ¿qué aprovecha al hombre si gana todo el mundo y se destruye o se pierde a sí mismo?" (Lucas 9:25).

Reconoce que si amas al mundo, eres un enemigo de Dios:

"No améis al mundo ni las cosas que están en el mundo. Si alguno ama al mundo, el amor del Padre no está en él, porque nada de lo que hay en el mundo-los deseos de la carne, los deseos de los ojos y la vanagloria de la vida- proviene del Padre, sino del mundo" (1 Juan 2:15-16).

"... ¿no sabéis que la amistad del mundo es enemistad contra Dios? Cualquiera, pues, que quiera ser amigo del mundo se constituye en enemigo de Dios" (Santiago 4:4).

Reconoce la naturaleza temporal del mundo:

"Y el mundo pasa, y sus deseos, pero el que hace la voluntad de Dios permanece para siempre" (1 Juan 2:17).

"... porque la apariencia de este mundo es pasajera" (1 Ninte o Corintios 7:31).

"Puesto que todas estas cosas han de ser deshechas, icómo no debéis vosotros andar en santa y piadosa manera de vivir" (2 Pedro 3:11).

<u>RECONOCE QUE NO ESTÁS BAJO EL YUGO DEL MUNDO:</u>

Como creyente, no debes estar bajo el yugo del sistema mundial. Aunque en el pasado fuiste gobernado por el mundo presente (Efesios 2:2), no estás más bajo este yugo:

"En los cuales anduvisteis en otro tiempo, siguiendo la corriente de este mundo, conforme al príncipe de la potestad del aire, el espíritu que ahora opera en los hijos de desobediencia. Entre ellos vivíamos también todos nosotros en otro tiempo, andando

en los deseos de nuestra carne, haciendo la voluntad de la carne y de los pensamientos; y éramos por naturaleza hijos de ira, lo mismo que los demás. Pero ahora en Cristo Jesús, vosotros que en otro tiempo estabais lejos, habéis sido hechos cercanos por la sangre de Cristo. Por eso, ya no sois extranjeros ni forasteros, sino conciudadanos de los santos y miembros de la familia de Dios" (Efesios 2:2-3,13,19).

Romanos 12:1-3 enseña que no necesitas ser más conforme al mundo. Puedes ser transformado (cambiado). Eres parte de un nuevo reino ahora. Eres un residente del Reino de Dios. No estás más bajo el poder del mundo:

"Y nosotros no hemos recibido el espíritu del mundo, sino el Espíritu que proviene de Dios, para que sepamos lo que Dios nos ha concedido" (1 Corintios 2:12).

Aprende más sobre tu libertad en Gálatas 4:1-7.

PROTÉGETE DEL MUNDO:

Ahora que eres libre del mundo, establece una protección contra su influencia en tu vida. No dirijas tu vida conforme los rudimentos o principios básicos del mundo:

"Mirad que nadie os engañe... conforme a los elementos del mundo, y no según Cristo" (Colosenses 2:8).

No ames al mundo:

"No améis al mundo ni las cosas que están en el mundo..." (1 Juan 2:15).

No permitas que las filosofías del mundo te perjudiquen:

"Mirad que nadie os engañe por medio de filosofías y huecas sutilezas basadas en las tradiciones de los hombres, conforme a los elementos del mundo, y no según Cristo" (Colosenses 2:8).

Niégate a los deseos mundanos:

"Y nos enseña que, renunciando a la impiedad y a los deseos mundanos, vivamos en este siglo sobria, justa y piadosamente" (Tito 2:12).

Mantente sin mancha del mundo:

"La religión pura y sin mancha delante de Dios el Padre es esta: visitar a los huérfanos y a las viudas en sus tribulaciones y guardarse sin mancha del mundo" (Santiago 1:27).

Crucifica el poder del mundo:

"Pero lejos esté de mi gloriarme, sino en la cruz de nuestro Señor Jesucristo, por quien el mundo ha sido crucificado para mí y yo para el mundo" (Gálatas 6:14).

La crucifixión no es una muerte natural. A semejanza de la carne, el poder del mundo en tu carne no sufrirá una muerte natural. Debes forzosamente crucificarlo.

<u>RECONOCE QUE PUEDES VENCER AL MUNDO:</u>

No has de ser derrotado por el mundo. No permitas que las preocupaciones del mundo destruya la obra de la Palabra en tu vida (Mateo 13:22; Marcos 4:19). Este "afanarse" en las preocupaciones del mundo es una de las estrategias del espíritu del anticristo (Daniel 7:25). Jesús dijo:

"...pero confiad, yo he vencido al mundo" (Juan 16:33).

Puedes vencer al mundo porque Jesús habita dentro de ti:

"Hijitos, vosotros sois de Dios y los habéis vencido, porque mayor es el que está en vosotros que el que está en el mundo" (1 Juan 4:4).

Puedes escapar de la corrupción del mundo:

"Por medio de estas cosas nos ha dado preciosas y grandísimas promesas, para que por ellas lleguéis a ser participantes de la naturaleza divina, habiendo huido de la corrupción que hay en el mundo a causa de las pasiones" (2 Pedro 1:4).

Vences el mundo por el nuevo nacimiento y tu fe:

"Porque todo lo que es nacido de Dios vence al mundo; y esta es la victoria que ha vencido al mundo, nuestra fe" (1 Juan 5:4).

Vences al mundo mediante la sangre de Jesús y tu testimonio:

"Ellos lo han vencido por medio de la sangre del Cordero y de la palabra del testimonio de ellos" (Apocalipsis 12:11).

ENTIENDE TU MISIÓN EN EL MUNDO:

No has de ser afectado por el mundo, pero sí has tú de afectar al mundo. El creyente debe ser una luz en un mundo de oscuridad, reflejando la gloria de Dios y compartiendo las buenas nuevas del evangelio:

"Vosotros sois la luz del mundo..." (Mateo 5:14).

El impacto de los primeros creyentes en el mundo fue tan grande que fue dicho de ellos que "pusieron al mundo de cabezas" (Hechos 17:6).

Como soldados en un ejército enviado en misión a una nación extranjera, los creyentes están en una misión especial de Dios en el mundo. Han sido instruidos:

"Y les dijo: -Id por todo el mundo y predicad el evangelio a toda criatura" (Marcos 16:15).

<u>**INSPECCIÓN**</u>

1. Escribe los versículos llaves de las Cláusulas de la Guerra.

____

____

2. Define la palabra "estrategia".

____

____

3. Define la palabra "contra-estrategia"

____

____

4. Resume lo que has aprendido de las estrategias de Satanás en el mundo y en la carne.

____

____

5. Resume las contra-estrategias dadas en este capítulo para vencer al mundo, la carne, y al diablo.

____

____

____

____

(Las respuestas se encuentran al final del último capítulo de este manual).

<u>**MANIOBRAS TÁCTICAS**</u>

1. La crucifixión fue una de las peores formas de muerte posible. Lee al respecto de la crucifixión de Jesús en Mateo 27. Esto es lo que se debe hacer espiritualmente hablando tanto al mundo como a la carne, las fuerzas espirituales del mal que están operando en contra de los creyentes.

2. Examina tu propia vida y ministerio. ¿En cuáles áreas ves los afectos del mundo? La carne? El diablo? ¿Cómo puedes aplicar lo que has aprendido en esta lección a estas áreas de problema?

3. Estudia Daniel 7:25. El afanarse con las preocupaciones del mundo es una de las principales tácticas del anticristo. Estas son las pequeñas situaciones que cansan e Irritan, las cuales Satanás construye una tras otra, hasta que eres derrotado y enredado en lo terrenal en lugar de en las cosas espirituales. ¿Está esto sucediendo en tu vida? Recuerda, los guerreros eficaces no se enredan ellos mismos en las cosas del mundo. Piensa y ora sobre cómo puedes estar menos envuelto en los asuntos del mundo.

4. La Biblia describe la vida cristiana como:

Una vida de conquista: Romanos 8:37. Una vida victoriosa: 1 Corintios 15:57. Una vida abundante: Juan 10:10. Una vida triunfante: 2 Corintios 2:14.

Una vida santa: Efesios 1:3-5; 5:25-27; 1 Pedro 1:13-16.

Estos son los ideales por los cuales tú debes continuamente reevaluar tu caminar cristiano. La Biblia registra las luchas personales de Pablo en esta área (Filipenses 3:12-17; Santiago 1:2-4; Hebreos 12:10-16).

Siempre recuerda que un cristiano es todavía un creyente incluso si está luchando con algún problema de pecado (1 Corintios 5:1-5; 11:30-

32; 1 Juan 2:1-2); el mundo (11 Timoteo 4:10); o las influencias demoníacas (Hechos 5:1-10; 1 Timoteo 5:9-15; 3:6- 7).

5. En Efesios 4:22 y 24 Pablo nos habla del viejo hombre el cual debe ser quitado, y del nuevo hombre, del cual debemos revestirnos. Lee Efesios 4:22- 6:18. Haz una lista de cosas que deben ser "quitadas". Enumera cosas de las cuales debemos "revestirnos", por ejemplo, actitudes, conductas, etc.

<u>Cosas de las cuales despojarnos</u>   **<u>Cosas de las cuales revestirnos</u>**

Estrategias Espirituales: Un Manual para la Guerra Espiritual

ENTRENAMIENTO BÁSICO

PREPARÁNDONOS PARA LA GUERRA

En el mundo natural ningun soldado es enviado a la batalla sin recibir primero entrenamiento básico. Este entrenamiento lo prepara para entrar en la rona de batalla

<u>**2 Corintios**</u>

<u>**2 Κορινθίους**</u>

<u>**"Dios defiende su ministro"**</u>

<u>2 Corintios en varias versiones:</u>

1 2 3 4 5 6 7 8 9 10 11 12 13

Tiempo de Lectura= 0:40 / Contiene: 13 capítulos, 257 versículos y 6.092 palabras.

Contenidos
1 Estructura de 2 Corintios
2 Autor y fecha
3 Contexto Histórico de 2 Corintios
4 Posición de los Falsos Maestros
5 Cualidades de un Ministros de Dios
6 Retos de Interpretación
7 Temas históricos y teológicos
8 Vista Panorámica de 2 Corintios
9 Conexiones
10 Apuntes de 2 Corintios

MÉTODO CRÍTICO

1)¿QUIÉN ESCRIBIÓ EL LIBRO? Pablo y Timoteo

2) ¿CUÁNDO FUE ESCRITO? 56 d.C.

3) ¿A QUIÉN FUE ESCRITO? a la iglesia en Corinto

4) ¿DE DÓNDE FUE ESCRITO? Desde Macedonia.

METODO HISTORICO

1) ¿CUÁL ES EL TRASFONDO HISTÓRICO DEL LIBRO?

La segunda carta a los corintios fue escrita unos pocos meses después de la primera. De parte de Tito, Pablo se habia enterado que su primera carta a los corintios había hecho que muchos de ellos se arrepintieran. Pero también se enteró que los judaizantes habían llegado allí, predicando un evangelio falso y rechazando su autoridad. Él escribió su segunda carta, no sólo para expresar su satisfacción por el arrepentimiento de ellos, pero también contra los falsos maestro y a la vez defender su apostolado

La carta es una respuesta de Pablo después de ver los resultados de la primera carta; resultados traídos por Tito, y le informó de unas cuantas cosas más. Entonces Pablo escribe esta segunda carta que se cree que son varias en una. Pablo, más que todo además de un profundo amor mostrado en esta carta, también defiende el apostolado que Dios le dio, y apunta a las malas ideas que se sembraron en la iglesia en cuanto a él y su trabajo. También hay respuesta en cuanto al caso de inmoralidad de la primera carta; el hombre se arrepintió, y esto dio mucho gozo a Pablo. También se toca el punto de sus planes de visitarlos.

2) ¿SI ES UNA EPÍSTOLA CUANDO FUE FUNDADA LA IGLESIA? La iglesia fue fundada en el segundo viaje misionero de Pablo, y estuvieron presentes en el día de Pentecostés.

3) ¿DE QUIÉN ESTÁ COMPUESTA LA IGLESIA? Está Compuesta de Gentiles, Griegos y Judíos

4) ¿CUÁLES SON SUS FUERZAS Y SUS DEBILIDADES? Fuerzas, su compromiso con Pablo a pesar que algunos se oponían a él, también que el caso de inmoralidad se arregló, la iglesia respondió a Pablo su primera carta. Debilidad, las divisiones, celos, los grupos a favor de Pablo y los contrarios.

MÉTODO LITERARIO: "Reconciliaos con Cristo

1) ¿QUÉ GÉNERO DE LITERATURA ES EL LIBRO? Literatura Epístola
MÉTODO PANORÁMICO

1) ¿CUÁL ES LA IDEA PRINCIPAL DEL LIBRO? Es la defensa del Apostolado de Pablo, corregir fallas en la iglesia, aclarar la oposición y las falsas enseñanzas, y se muestra el amor de Pablo por la iglesia.

2) ¿CUÁL FUE LA RAZÓN PRINCIPAL POR LA CUAL SE ESCRIBIÓ ESTE LIBRO? Defender el apostolado de Pablo, dar respuesta a la carta anterior, consejos, y conseguir para la ofrenda de los santos en Jerusalén

PALABRAS CLAVE DE 2 CORINTIOS (RV1960): consolar (consolación), tribulación (atribulado, aflicciones, padecer). tristeza (contristar, entrizar, entristecido), gloriarse (gloria, glorioso), confianza (confiar), recomendarse (alabar), muerte, vida, corazón, gozo (gozarse, gozoso), ministerio (ministración), gracia, Tito, Satanás (enemigo, serpiente)

Temas: Autoridad apostólica, nuevo pacto, estado intermedio, ofrenda en sacrificio.

RECIPIENTES: ver 1 Corintios.

OCASIÓN: El regreso de Tito de una visita reciente (7:5-7) y la anticipada tercera visita de Pablo a la iglesia(13:1) a la luz de:

1) la necesidad de la iglesia de tener preparada la ofrenda antes de que Pablo llegue.

2) La facilidad con que han recibido a algunos "falsos apóstoles...disfrazados como apóstoles de Cristo" (11:3).

ÉNFASIS: El ministerio cristiano como uno de servicio, reflejando el de Cristo; la mayor gloria del nuevo pacto en contraste con el antiguo; la gloria del evangelio mostrado en la debilidad de sus ministros; el evangelio como reconciliación; el dar a los pobres como una expresión de generosidad, no de obligación.

CARACTERÍSTICAS PARTICULARES: Esta es una carta autobiográfica e intensamente personal.

Estructura de 2 Corintios

Título: "Reconciliaos con Cristo"

Versículo Clave: 5:20 "Así que, somos embajadores en nombre de Cristo, como si Dios rogase por medio de nosotros;os rogamos en nombre de Cristo: reconciliaos con Dios".

1:1 Confort y aflicción	Explicando cambio de planes	Ministerio de Apostol
1:12 Contrasting Motives		
3:1 The Espiritu nuestro confidente	Pablo define su ministerio	
4:7 Ministrado por misericordia de Dios		

6:1 Separados del mundo		
7:2 Reporte de Tito		La Recolecta
8:1 Siguiendo el ejemplo de Macedonia	Colecta para los santos	
9:1 Bendición de dar		
10:1 Respondiendo a los superapóstoles	Respondiendo acusaciones	Defensensa del apostolado
11:16 Jactancia de Pablo		
12:14 Pablo planea regresar	Tercera vez	

Autor y fecha

El hecho de que el apóstol Pablo escribió Segunda de Corintios no es cuestionado; la falta de cualquier motivo para que un farsante escribiera esta altamente personal y biográfica epístola, ha llevado aún a los eruditos más críticos a afirmar a Pablo como su autor.

Varias consideraciones establecen una fecha pertinente para la escritura de esta carta. Fuentes extra bíblicas indican que julio 51 d.C. es la fecha más probable para el inicio del proconsulado de Galión (Hch 18:12) El juicio de Pablo ante él en Corinto (Hch 18:12-17) probablemente se llevó a cabo poco tiempo después de que Galión asumirá la posición. Dejando Corinto (probablemente en el 52 d.C.), Pablo navegó a Palestina (Hch 18:18), y de esta manera concluyó su segundo viaje misionero. Regresando a Efeso en su tercer viaje misionero (probablemente en el 52 d.C.), Pablo ministró ahí por unos dos y medio años (Hch 19:8, 10). El apóstol escribió 1 Corintios desde Efeso hacia el término de ese período (1Co 16:8), con mucha probabilidad en el 55 d.C. Debido a que Pablo pensó quedarse en Éfeso hasta la siguiente primavera (la referencia a Pentecostés en 1 Co 16:8), y 2 Corintios fue escrita después de que dejó Éfeso, la fecha más probable para 2 Corintios es a finales del 55 o a principios del 56 d.C.

Contexto Histórico de 2 Corintios

La asociación de Pablo con la importante ciudad comercial de Corinto comenzó en su segundo viaje misionero (Hch 18:1-18), cuando él paso dieciocho meses (Hch 18:11) ministrando ahí. Después de dejar Corinto, Pablo oyó de inmoralidad en la iglesia corintia y escribió una carta (desde entonces perdida) para confrontar ese pecado, a la cual se hace referencia en 1 Corintios 5:9. Durante su ministerio en Éfeso, él recibió más reportes de problemas en la iglesia corintia en la forma de divisiones entre ellos (1 Cor 1:11). Además, los corintios le escribieron a Pablo una carta (1 Co 7:1) pidiéndole aclaración en algunos asuntos. Pablo respondió escribiendo la carta conocida como 1 de Corintios. Planificando permanecer en Efeso por un poco más de tiempo (1 Co 16:8, 9), Pablo envió a Timoteo hacia Corinto (1 Co 4:17; 16:10, 11). Noticias llegaron al apóstol (posiblemente de Timoteo) de más dificultades en Corinto, incluyendo la llegada de los falsos apóstoles auto estilizados (11:4, 13).

Para crear la plataforma para enseñar su falso evangelio, comenzaron atacando la persona de Pablo. Tenían que convencer a las personas de que se volvieran de Pablo si es que iban a tener éxito en predicar doctrina de demonios. Dejando temporalmente la obra de Éfeso, Pablo fue inmediatamente a Corinto. La visita (conocida como "la visita dolorosa", 2:1) no tuvo éxito desde la perspectiva de Pablo; alguien en la iglesia corintia (posiblemente uno de los falsos apóstoles) aún abiertamente lo insultó (2:5-8, 10; 7:12). Entristecido por la falta de lealtad para defenderlo por parte de los corintios, buscando librarlos de más reprensión (1:23), y quizás esperando que el tiempo los hiciera volver en sí, Pablo regreso a Éfeso. Desde Éfeso, Pablo escribió lo que se conoce como la "carta severa" (2:4) y la envió con Tito a Corinto (7:5-16). Dejando Éfeso después de la vuelta iniciada por Demetrio (Hch 19:23-20:1), Pablo fue a Troas para reunirse con Tito (2:12, 13). Pero Pablo estaba tan ansioso de escuchar noticias de como los corintios habían respondido a la "carta severa" que no podía ministrar ahí aunque el Señor la había abierto la puerta (2:12; 7:5). Entonces partió para Macedonia para buscar a Tito (2:13). Para el inmenso alivio y gozo de Pablo, Tito lo recibió con las noticias de que la mayoría de los corintios se habían arrepentido de su rebelión en contra de Pablo (7:7). Siendo lo suficientemente sabio como para saber que algunas actitudes rebeldes aún se encontraban latentes bajo la superficie, y podrían volver a estallar, Pablo escribió (posiblemente desde Filipos, comparece 11:9, con Fil 4:15; también algunos de los primeros manuscritos enlistan a Filipos como el lugar en donde se escribió) a los Corintios la carta llamada 2 de Corintios. En esta carta, aunque el apóstol expresó su alivio y gozo por su arrepentimiento (7:8-16), su principal prosecución fue defender su apostolado (caps 1-7), exhortar a los corintios a reiniciar las preparaciones de la colecta para los pobres en Jerusalén (caps. 8, 9), y confrontar a los falsos apóstoles de frente (caps. 10-13). El entonces fue a Corinto, como había escrito (12:14; 13:1, 2). La participación de los corintios en la ofrenda de Jerusalén (Ro 15:26) implica que la tercera visita de Pablo a esa iglesia

tuvo éxito.

<u>**Posición de los Falsos Maestros**</u>

Podemos a través de este estudio acerca del ministerio de Pablo mezclado con su defensa, como aquellos que atacaron tanto su ministerio para poder ganar el favor de los de Corinto estaban tan lejos de la realidad de ser buenos y verdaderos ministros de Dios.

Al mismo tiempo podemos ver como una persona con tanto poder de palabra pude dañar la reputación y ministerio de otra persona.

Algunos puntos que podemos ver opuestos a Pablo y el verdadero ministro de Dios es:

1. Se metieron en el ministerio de otro.

2. Buscaron lo suyo propio y no el bienestar de la iglesia.

3. Querían ganar gloria ellos y no dársela a Dios.

4. Deseaban lucrarse con el evangelio.

5. Crejan que el sufrimiento venía por el hecho de estar mal con Dios, no conocían el verdadero evangelio de Cristo.

6. Había, envidia en sus corazones con Pablo al ver su pureza, entrega y dedicación a Dios y su obra.

Cualidades de un Ministros de Dios

1. Ama profundamente 2:4

2. Perdona y consuela a sus ofensores 2:9-10

3. Es vida para otros 2:15-16

4. Es carta abierta a todos. 3:2-3; 5:12

5. Ministra en el poder del Espiritu 3:6

6. Buen administrador de lo que Dios le da 8:19-21

7. Es generoso 8:2,5; 9:12-13

8. Es humilde 10:1; 11:7

9. Vive en el poder de Dios 13:4

10. Es sincero 3:12; 7:14

11. Tiene fe en Dios 4:13

12. Es gozoso 7:6

13. Confía en otros 7:16

14. Es honrado 8:20-21

15. Es valiente 10:2-6

16. Vive en el temor de Dios 5:11

Retos de Interpretación

El principal reto que confronta el intérprete es la relación de los caps. 10-13 con los caps. 1-9. La identidad de los oponentes de Pablo en Corinto ha producido varias interpretaciones, como también la identidad del hermano que acompañó a Tito a Corinto (8:18, 22). Sea que el ofensor mencionado en el 2:1-8 es el hombre incestuoso de 1 Corintios 5 también es incierto. Es difícil explicar la visión de Pablo (12:1-5) e identificar especificamente su "aguijón en la carne", el mensajero de Satanás enviado para abofetearlo" (12:7).

Temas históricos y teológicos

•Segunda Corintios complementa el registro histórico del trato de Pablo con la iglesia corintia registrado en Hechos y en 1 Corintios. También contiene información biográfica importante de Pablo a los largo de la epistola.

• Aunque es una carta intensamente personal, escrita por el apóstol en medio de la batalla en contra de aquellos que estaban atacando su credibilidad, 2 Corintios contiene varios temas teológicos importantes. Muestra a Dios al Padre como un consolador misericordioso (1:3; 7:6), el Creador (4:6), el que resucitó a Jesús de los muertos (4:14; cp. 13:4), y quien también resucitará a los creyentes (1:9). Jesucristo es el que sufriò (1:5), quien cumplió las promesas de Dios (1:20), quien fue el Señor proclamado (4:5), quien manifestó la gloria de Dios (4:6), y el que en su encarnación se volvió pobre por los creyentes (8:9; cp. Fil. 22:5-8). La carta muestra al Espiritu Santo como Díos (3:17, 18) y la garantía de la salvación de los creyentes (1:22; 5:5). Satanás es identificado como el "dios de este siglo" (4:4; cp. 1 Juan 5:19), un engañador (11:14), y el lider de los engañadores humanos y angélicos (11:15). Los últimos tiempos incluyendo tanto la glorificación del creyente (4:16-5:8) como su juicio (5:10). La verdad gloriosa de la soberanía de Dios en la salvación es el tema del 5:14-21, mientras que el 7:9, 10 establece la respuesta del hombre a la oferta de salvación de Dios, arrepentimiento genuino.

•Segunda Corintios también presenta el resumen más claro, más conciso en toda las Escrituras de la expiación sustituta de Cristo (5:21; cp Is. 53) y define la misión de la iglesia de proclamar la reconciliación (5:18-29). Finalmente, la naturaleza del nuevo pacto recibe su exposición más completa fuera de la carta de hebreos (3:6-17)

Vista Panorámica de 2 Corintios

La reprobación espiritual con frecuencia provoca reacciones variadas. Así sucedió en la iglesia de Corinto. Como resultado de la segunda carta del apóstol Pablo a ellos, llamada 1 Corintios (véase 1 Corintios 5:9), muchos de los creyentes corrigieron su conducta pecaminosa y comprendieron mejor las verdades cristianas básicas. Estas buenas noticias fueron traídas por Tito a su regreso de una visita a Corinto (7:6, 13 -16).

Sin embargo, no todas las noticias eran buenas. Una minoría de la gente en la iglesia no se había arrepentido, y su resentimiento contra Pablo iba en aumento (10:2; 12:21). Peor aún, los maestros falsos que se oponían a Pablo y a su evangelio de la gracia, continuaban infiltrándose en la iglesia en Corinto (11:4). Pablo habia invertido bastante tiempo en las vidas de estos creyentes. El había vivido entre ellos por 18 meses (Hch 18:11); había escrito ya a ellos más de una vez (v. Vista Panorámica de 1 Corintios) y había hecho visitas adicionales (2:1; 12:14; 13:1). Durante todo este tiempo, su amor profundo hacia ellos permanecía igual (2:4; 11:11; 12:15).

A fines del año 55 d.C. o a principios del 56, pocos meses después de haber escrito 1 Corintios, él envió esta carta a los cristianos en Corinto desde algún lugar en Macedonia (2:12-13; 7:5). Esta era la tercera o la cuarta carta que ellos habían recibido de él; dependiendo esto de si la carta "dolorosa" (2:4; 7:8) era lo que conocemos como 1 Corintios, o es alguna otra carta. El Espiritu Santo ha preservado sólo dos cartas a los Corintios en la Biblia. En esta carta, Pablo quería que sus lectores supieran que la defensa definitiva de su apostolado y autoridad, era la gracia de Dios que le fue mostrada como a un recién llegado, en comparación con los apóstoles que le precedieron (1:12). Al final de la carta Pablo prometió a los creyentes en Corinto una tercera visita (12:14; 13:1-2), visita que duró tres meses (Hch 20:2-3).

Después de sus saludos iniciales (1:1-11), Pablo explica su primer propósito: describir su ministerio a quienes en Corinto lo apoyaban (1:12 -7:16). El escribe de la integridad de su ministerio (1:12-2:17), su interés sobre lo que es superior a la ley (3:1-4:15), de lo que lo controla (4:16 -5:21), cómo es en comparación con otros (6:1-18) y su alegría por las vidas cambiadas (7:1-16). En los capítulos 8 y 9 Pablo explica su segundo propósito: completar los detalles de la colecta para los cristianos en Jerusalén que estaban en gran necesidad (v. Vista Panorámica de 1 Corintios). Este proyecto ya tenía un año (9:2) y necesitaba ser terminado.

El propósito final de Pablo en esta carta es el de defender su apostolado contra los que se le oponían. El defiende su legitimidad con relación a Dios (10:1-11:6), a él mismo (11:7-33), a su contenido sobrenatural (12:1-13) y a otras personas (12:14-13:10). Los saludos finales están expresados en 13:11-14. El apóstol Pablo revela más de sus sentimientos personales acerca del ministerio cristiano en esta carta que en cualquier otra. Hernández, E. A., & Lockman Foundation (La Habra, C. (2003). Biblia de estudio: LBLA. (2 Co). La Habra, CA: Editorial Funacion, Casa Editoral para La Fundacion Biblica Lockman.

Conexiones

A través de sus epístolas, Pablo se refiere con frecuencia a la Ley Mosaica, comparándola con la supereminente grandeza del Evangelio de Jesucristo y la salvación por la gracia. En 2 Corintios 3:4-11, Pablo contrasta la ley del Antiguo Testamento con el nuevo pacto de gracia, refiriéndose a la ley como la que "mata" mientras que el Espiritu da vida. La ley es "el ministerio de muerte grabado con letras en piedra" (v.7; Éxodo 24:12) porque conlleva solo el conocimiento del pecado y su condenación. La gloria de la ley es que refleja la gloria de Dios, pero el ministerio del Espiritu es mucho más glorioso que el ministerio de la ley. porque refleja Su misericordia, gracia y amor, al proporcionar a Cristo como el cumplimiento de la ley

CAPÍTULO QUINCE

LA BATALLA EN LA MENTE

OBJETIVOS:

Al concluir este capitulo serás capaz de:

- Escribir los versículos llaves de memoria.
- Identificar el campo principal de batalla en la guerra espiritual.
- Explicar qué se entiende por "dardos encendidos" de Satanás.
- Reconocer las estrategias mentales de Satanás para atacar la mente.
- Usar las estrategias de confrontación para apagar los "dardos encendidos" de Satanás.

<u>VERSÍCULOS LLAVES DE LAS CLÁUSULAS DE LA GUERRA:</u>

"Aunque andamos en la carne, no militamos según la carne, porque las armas de nuestra milicia no son carnales, sino poderosas en Dios para la destrucción de fortalezas, derribando argumentos y toda altivez conocimiento de Dios, y llevando cautivo todo pensamiento a la que se levanta contra el obediencia a Cristo" (2 Corintios 10:3-5).

<u>INTRODUCCIÓN</u>

Cuando Pablo advirtió a los creyentes de Corinto de no ser ignorantes de los "ardides" del diablo, la palabra griega para ardides significa "planes" y proviene de la misma palabra usada para "mente". En otras palabras, los primeros asaltos de Satanás ocurren en nuestra vida de pensamiento. La mente es el campo de batalla principal en la guerra espiritual. Cada ataque de Satanás involucra la mente humana.

Este capítulo se centra en la batalla en la mente. Discute las estrategias de Satanás y proporciona estrategias de confrontación para la victoria sobre sus ataques. La batalla por la mente se resume fácilmente:

> *"El ocuparse de la carne es muerte, pero el ocuparse del Espíritu es vida y paz, por cuanto los designios de la carne son enemistad contra Dios, porque no se sujetan a la Ley de Dios, ni tampoco pueden" (Romanos 8:6-7).*

Satanás quiere hacer tu mente carnal (pecaminosa, mundana). Dios quiere que tu mente sea espiritual.

POR QUÉ SATANÁS ATACA LA MENTE

El mayor mandamiento incluye amar a Dios con toda tu mente. Esta es una de las razones principales por las cuales Satanás pelea por tu mente:

> *"Jesús le dijo: -"Amarás al Señor tu Dios con todo tu corazón, con toda tu alma y con toda tu MENTE". Este es el primero y grande mandamiento" (Mateo 22:37-38).*

Satanás pelea por tu mente porque está íntimamente relacionada con tu corazón y tu boca:

> *"Pero lo que sale de la boca, del corazón sale; y esto contamina al hombre, porque del corazón salen los malos pensamientos..." (Mateo 15:18-19).*

Satanás pelea por tu mente porque la manera en la que piensas afecta la manera en que actúas:

> *"Porque cuales son sus pensamientos íntimos, tal es él..." (Proverbios 23:7).*

Satanás sabe que si puede controlar tu mente, puede controlar tu cuerpo, tus acciones, y si no es retado, tu espíritu.

<u>**DARDOS ENCENDIDOS DEL ENEMIGO**</u>

En los tiempos del Antiguo Testamento, los dardos encendidos eran usados como armas en la batalla. Ellos consistían de cañas huecas llenas de material que podía arder fácilmente. Se prendian fuego y luego eran disparadas mediante arcos. Eran excelentes armas contra la ciudades amuralladas de aquel tiempo porque podían ser disparadas contra los muros para encender los tejados de las casas dentro.

En Efesios 6:11-17 Pablo habla de la batalla espiritual contra Satanás. Él habla de los "dardos encendidos del maligno". El enemigo continuamente arroja violentamente "dardos encendidos" contra ti en el mundo del espíritu. La mayoría de estos "dardos" están dirigidos a tu mente.

El Apóstol Pablo advierte que no debes ser "movido fácilmente de tu modo de pensar (2 Tesalonicenses 2:2). En la traducción griega, "movido" significa "agitar, molestar, derribar, (implicado) destruir". Si puedes aferrarte de algo y sacudirlo, tienes control sobre él. Satanás quiere "sacudir" o ejercer control sobre tu mente.

<u>**LA ESTRATEGIA DE SATANÁS: BATALLAS EN LA MENTE**</u>

La mente es una de las partes más complejas y menos entendidas del cuerpo humana. Puesto que es muy compleja, Satanás tiene muchos métodos sutiles de atacar la mente. Aunque puede ser imposible listarlos a todos, la siguiente lista resume las principales estrategias de ataque que Satanás usa en la batalla por la mente:

<u>**CUESTIONAR LA AUTORIDAD DE DIOS:**</u>

La primera tentación del hombre comenzó en la mente. Comenzó con esta estrategia: cuestionar la autoridad de Dios. Satanás dijo a Eva: ¿Dios os ha dicho...? ¿Realmente Dios dijo que no podías comer del árbol del conocimiento del bien y del mal? Cuestionar a Dios y Su Palabra lleva a la duda, a la incredulidad, y al escepticismo.

ENGAÑO Y SEDUCCIÓN:

El engaño fue también parte de la estrategia del enemigo. Cuando Satanás confrontó a Eva, estaba camuflado como una hermosa serpiente. Satanás usa mentiras, cultos, y "espíritus religiosos" para engañar a millones en nuestro mundo hoy. Algunas de las estrategias que Satanás usa incluye las siguientes:

- "Puedes convertirte en dios".
- "Puedes conocer el futuro".
- "Tu futuro incluida la eternidad, está predestinada. No hay nada que puedas hacer al respecto".
- "Todos son hijos de Dios".
- "Hay más caminos al cielo además de Jesús".
- "Dios es demasiado bueno para enviar a alguien al infierno".
- "Todo lo que Dios espera de ti es que vivas una buena vida y hagas lo mejor que puedas".
- "La Biblia no debe ser tomada literalmente".
- "La Biblia contiene muchos errores".

Espíritus seductores de parte de Satanás atacan la mente para distorsionar la verdad de la Palabra de Dios:

> ***"Pero el Espiritu dice claramente que, en los últimos tiempos, algunos apostatarán de la fe, escuchando a espiritus engañadores y a doctrinas de demonios" (1 Timoteo 4:1).***

Satanás usó este ataque sobre Jesús en Lucas 4:9-12. Él trató que Jesús se arrojara de un punto alto del templo puesto que Dios ha prometido...

"Pues escrito está: A sus ángeles mandará acerca de ti, que te guarden, y En las manos te sostendrán, para que no tropieces con tu pie en piedra" (Lucas 4:10-11).

<u>**LA CARNE:**</u>

Anteriormente estudiaste sobre la carne como una fuerza espiritual del mal. Satanás usa la carne para combatir contra la mente:

"Pero veo otra ley en mis miembros, que se rebela contra la ley de mi mente, y que me lleva cautivo a la ley del pecado que está en mis miembros" (Romanos 7:23).

Satanás usa tu misma boca, tus ojos, oidos, e incluso tus sentidos del tacto y olfato para fomentar pensamientos malvados en tu mente.

<u>**CEGAR LAS MENTES DE LOS NO CREYENTES:**</u>

Satanás obra en las mentes de los no creyentes para cegarlos a la verdad del Evangelio:

"Esto es, entre los incrédulos, a quienes el dios de este mundo les cegó el entendimiento, para que no les resplandezca la luz del evangelio de la gloria de Cristo, el cual es la imagen de Dios" (2 Corintios 4:4).

<u>**DEPRESIÓN:**</u>

Estar deprimido es estar triste, bajonado, desanimado, o de bajo espíritu. Incluye sentimientos de desesperanza, desaliento, y abatimiento. La depresión puede llevar a pensamientos suicidas o al suicidio debido a los sentimientos de desesperanza que producen una pena mental incontrolable, dolor, y llanto.

Algunas veces Satanás usa situaciones de la vida para guiar a la depresión. Por ejemplo, una gran pérdida o un temor de pérdida, ira reprimida, baja autoestima, expectativas no cumplidas, y una actitud negativa pueden todas ser usadas para causar depresión. En Proverbios 24:10 somos advertidos sobre "ser débiles en el día de la adversidad" (circunstancias problemáticas o atribuladas).

Algunas veces la depresión es causada por las actitudes negativas de aquellos alrededor de nosotros mediante los cuales Satanás opera. En Deuteronomio 1:28 el pueblo de Dios admitió "nuestros hermanos han desanimado nuestro corazón".

Leemos en Números 21:4 que el alma del pueblo de Dios estaba muy desanimada. El Rey David con frecuencia reflejó desaliento en sus Salmos (ver el Salmo 69 por ejemplo). El Apóstol Pablo también tuvo tiempos de profunda depresión:

> ***"Hermanos, no queremos que ignoréis acerca de la tribulación que nos sobrevino en Asia, pues fuimos abrumados en gran manera más allá de nuestras fuerzas, de tal modo que aun perdimos la esperanza de conservar la vida" (2 Corintios 1:8).***

Si no conquistas la depresión puede llevarte a la opresión por espíritus satánicos. Esta es una forma profunda de depresión donde Satanás gana más poder restrictivo sobre la mente.

Desaliento:

Desaliento significa "estar sin aliento". Satanás quiere desalentarte porque si estás "sin aliento", eres inefectivo en la guerra.

AISLAMIENTO:

Otra manera en la que Satanás ataca la mente es mediante el aislamiento. El propósito de esta estrategia es aislarte del resto del Cuerpo de Cristo. Puesto que los creyentes funcionan juntos en el ministerio como un cuerpo, el aislamiento te hace no-funcional.

Ejemplos de hombres de Dios que fueron atacados mentalmente por Satanás y se aislaron son Elias (1 Reyes 19) y Jonás (Jonás 4:5-11).

<u>**MOTIVOS IMPROPIOS:**</u>

Un motivo es tu razón para hacer algo. Los motivos son importantes porque aunque el hombre mira las apariencias exteriores (acciones), Dios mira el corazón:

> *"Pero Jehová respondió a Samuel: -No mires a su parecer, ni a lo grande de su estatura, porque yo lo desecho; porque Jehová no mira lo que mira el hombre, pues el hombre mira lo que está delante de sus ojos, pero Jehová mira el corazón" (1 Samuel 16:7).*

Pero Jesús no se sometió a Si mismo a ellos, porque Él conocía a todos los hombres.

> *"Pero Jesús mismo no se fiaba de ellos, porque los conocía a todos; y no necesitaba que nadie le explicara nada acerca del hombre, pues él sabía lo que hay en el hombre" (Juan 2:24- 25).*

Muchas personas entran en el ministerio cristiano por las razones equivocadas. Dios está más interesado en los motivos que en el ministerio. Aquí es donde tú debes colocar tus preocupaciones también, porque cuando los motivos son apropiados entonces el ministerio seguirá naturalmente. Tus motivos para el ministerio deben ser apropiados:

> *"Apacentad la grey de Dios que está entre vosotros, cuidando de ella, no por fuerza, sino voluntariamente; no por ganancia deshonesta, sino con ánimo pronto; no como teniendo señorío sobre los que están a vuestro cuidado, sino siendo ejemplos de la grey" (1 Pedro 5:2-3).*

Debes entrar en el ministerio de buena voluntad, no debido a las ventajas y beneficios del oficio, no como un dictador, sino como un ejemplo. Satanás tratará de crear motivos equivocados para el servicio cristiano poniéndolos sutilmente en tu mente. Satanás provoca motivos equivocados para desear el poder de Dios. Puedes encontrar un ejemplo de ello en Hechos 8:18-23 en la historia de un hombre llamado Simón.

Puedes tener motivos vindicatorios para tus acciones (vindicativo significa que quieres castigar a alguien que te ha hecho mal o de quien no gustas). Ejemplos biblicos incluyen a los discípulos queriendo ordenar que descienda fuego del cielo (Lucas 9:54) y a Jonás queriendo a Ninive destruida (Jonás 4).

David también tuvo un motivo incorrecto al contar al pueblo:

> **"Se levantó Satanás contra Israel e incitó a David a que hiciera censo del pueblo" (1 Crónicas 21:1).**

ACTITUDES Y EMOCIONES EQUIVOCADAS:

Satanás provoca actitudes equivocadas hacia otros. Él inserta dardos encendidos de envidia, celos, sospechas, falta de perdón, desconfianza, ira, odio, intolerancia, prejuicio, competencia, impaciencia, juicio, critica, codicia, y egoismo.

También trata de provocar actitudes incorrectas de avaricia, descontento, orgullo, vanidad, ego, importancia, arrogancia, intelectualismo, y auto-justificación. Malas actitudes llevan a emociones equivocadas y ambas proceden de tus pensamientos.

Estas actitudes y emociones te vuelven inefectivo en la guerra espiritual. Por ejemplo, Santiago 4:6 indica que "Dios resiste al orgulloso". Cuando estás lleno de orgullo, estás en batalla contra Dios.

REBELIÓN:

Satanás también introduce pensamientos rebeldes dentro de tu mente. Rebelión es desobediencia voluntaria contra la autoridad de Dios. La rebelión incluye terquedad, obstinación y desobediencia. Recuerda que la rebelión fue el pecado original de Satanás. Sus cinco declaraciones demostraron su rebelión (Isaías 14:12-14). El espíritu de "yo..." es una manera de reconocer el obrar de Satanás mediante la rebelión.

ACUSACIÓN Y CONDENACIÓN:

Satanás es llamado "el acusador de los hermanos" (Apocalipsis 12:10). El envía dardos encendidos de acusación a tu mente, haciéndote sentir inferior y condenándote. Te dará sentimientos de culpa, vergüenza, indignidad y vergüenza.

Una buena manera de marcar la diferencia entre la convicción del Espiritu Santo y la condenación de Satanás es recordar que Satanás siempre generaliza. Por ejemplo, él habla dentro de tu mente algo como esto: "tú no eres bueno", "no puedes vivir una vida cristiana", "Dios no puede amarte porque tú eres un gran pecador".

Cuando el Espíritu Santo te está redarguyendo, Él es especifico. Por ejemplo, Él llama tu atención a que tienes un problema con el enojo o la deshonestidad, etc.

IMPUREZA SEXUAL:

Satanás introducirá pensamientos de impureza sexual, lujuria, y fantasías sexuales mentales. Jesús dijo:

> *"Pero yo os digo que cualquiera que mira a una mujer para codiciarla, ya adulteró con ella en su corazón" (Mateo 5:28).*

<u>**CONFUSIÓN:**</u>

Satanás también provoca indecisión, confusión, y frustración en tu mente. Cuando estás confundido, indeciso, y frustrado, ciertamente no puedes ser un buen soldado cristiano.

<u>**PENSAMIENTOS TORTURANTES:**</u>

Hay una amplia categoría de pensamientos torturantes que Satanás envía a tu mente incluyendo preocupación, ansiedad, aprensión y nerviosismo. El tormento mental puede también venir a través de una mente hiperactiva que no se "desenchufa" o una mente que no puede funcionar apropiadamente.

Pensamientos de tortura también incluyen el temor. Pablo también habla del "espíritu de temor en 11 Timoteo 1:7 y el "temor de muerte" en Hebreos 2:15. Los pensamientos de tormentos también incluyen recuerdos amargos de eventos que deben ser perdonados y olvidados.

<u>**COMPROMISO:**</u>

"Comprometer" es resolver los principios conflictivos acomodándose. Los principios de Dios y Satanás están en oposición. Satanás trata que comprometas y bajes tus principios espirituales. Por ejemplo, te dirá que no es necesario que seas tan santo, que creas la Biblia literalmente, etc.

<u>**INTERESES MENTALES EQUIVOCADOS:**</u>

Satanás constantemente tratará que te centres en las cosas del mundo en lugar de cosas de naturaleza eterna:

> ***"No améis al mundo ni las cosas que están en el mundo. Si alguno ama al mundo, el amor del Padre no está en él" (1 Juan 2:15).***

Las preocupaciones del mundo pueden provocar que la Palabra de Dios sea inefectiva en tu vida. (Ver la parábola del sembrador en Mateo 13, Marcos 4 y Lucas 8). Las preocupaciones del mundo pueden hacerte que estés desatento del pronto regreso de Jesús:

> *"Mirad también por vosotros mismos, que vuestros corazones no se carguen de glotonería y de embriaguez y de las preocupaciones de esta vida, y venga de repente sobre vosotros aquel día" (Lucas 21:34).*

Satanás ocupará tus pensamientos con materialismo en lugar de valores eternos. Lee la parábola del rico en Lucas 12:16-21:

> *"Porque raíz de todos los males es el amor al dinero, el cual codiciando algunos, se extraviaron de la fe y fueron atormentados con muchos dolores" (1 Timoteo 6:10).*

Pablo nos advierte que hay muchos que "piensan en lo terrenal" (Filipenses 3:18-19).

CONDICIONAMIENTOS MENTALES:

Si permites que Satanás persista en pensamientos de depresión, suicidio, tormento, acusación, etc., puede provocarte enfermedad mental. Esto puede incluir un colapso nervioso o mental y varias condiciones mentales reconocidas médicamente. Satanás puede poseer la mente de los no creyentes y de los apostatas, aquellos que alguna vez han conocido a Dios, y luego se apartaron de Él. (Aprenderás más de esto en el capítulo 21).

ESTRATEGIAS ESPIRITUALES DE CONFRONTACIÓN: VICTORIA EN LA MENTE

¡Qué arsenal de armas Satanás ha dirigido contra la mente! Dejar sin conquistar estos pensamientos lleva a acciones pecaminosas. Por ejemplo, el odio puede llevar al asesinato. Pensamientos adúlteros pueden llevar a un acto de adulterio. El divorcio comienza en la mente. La codicia puede llevar al robo.

No hay duda... el mayor área de guerra espiritual es la mente. ¡Pero no temas! Dios ha dado algunas tremendas estrategias para vencer los ataques de Satanás en la mente:

DEJA QUE EL ESPÍRITU SANTO INDAGUE TU MENTE:

Primero, pidele a Dios que indague en tu mente y te revele las actitudes erróneas, motivos y pensamientos que han sido introducidos por el enemigo:

> *"Examiname, Dios, y conoce mi corazón; pruébame y conoce mis pensamientos. Ve si hay en mi camino de perversidad y guíame en el camino eterno" (Salmos 139:23-24).*

En la medida que el Espiritu Santo te revele cosas, actúa en conformidad con esa revelación. Pide perdón por los patrones de pensamientos equivocados y usa la Palabra de Dios para desarrollar nuevos patrones de pensamiento.

USA TU ARMADURA ESPIRITUAL:

Dos piezas de la armadura espiritual te defienden de los ataques en la mente. Estas están enumeradas en Efesios 6:16-17. Una de las piezas es el yelmo de la salvación. El yelmo es usado sobre la cabeza e implica protección para la mente.

Pablo no está solamente hablando de tu salvación presente en Jesucristo que puede limpiar tu mente, él está hablando de la salvación futura:

"... porque ahora está más cerca de nosotros nuestra salvación que cuando creímos" (Romanos 13:11).

La salvación es también tu esperanza para el futuro. El creyente que tiene el "yelmo de la salvación en su lugar entiende que Dios está obrando Su propósito eterno de salvación. Él no es molestado por lo ataques del enemigo. El tiene esperanza no sólo para el presente, sino para el futuro también.

La otra pieza de la armadura para protección mental es el escudo de la fe. Como aprendiste cuando estudiaste sobre las armas, un escudo era un pieza de material pesado que un soldado sostenía en frente de sí mismo para evitar que las flechas lo hirieran. Las flechas golpeaban contra el escudo y caían sin provocar daño al suelo.

El escudo del soldado cristiano es llamado el "escudo de fe". La palabra "fe" no solamente se refiere a las verdades básicas del evangelio cristiano sino también a tu confianza en Dios. Otra pieza de la armadura espiritual es el cinto de la verdad (Efesios 6:14). La verdad de la Palabra de Dios te defenderá de cualquier acusación falsa que el enemigo traiga a tu mente.

USA LA PALABRA DE DIOS:

En la tentación de Jesús cuando Satanás usó inapropiadamente la Palabra de Dios, Jesús confrontó el ataque con la Palabra de Dios. Cuando Satanás viene con acusaciones de culpa, usa la Escritura:

"Ahora, pues, ninguna condenación hay para los que están en Cristo Jesús, los que no andan conforme a la carne, sino conforme al Espiritu" (Romanos 8:1).

Cuando Satanás viene con sentimientos de tormento tal como temor, usa la Escritura:

"En el amor no hay temor, sino que el perfecto amor echa fuera el temor, porque el temor lleva en si castigo. De donde el que teme, no ha sido perfeccionado en el amor" (1 Juan 4:18).

"Porque no nos ha dado Dios espíritu de cobardía, sino de poder, de amor y de dominio propio" (2 Timoteo 1:7).

Cuando Satanás trata de desanimarte, usa este verso:

"Mira que te mando que te esfuerces y seas valiente; no temas ni desmayes, porque Jehová, tu Dios, estará contigo dondequiera que vayas" (Josué 1:9).

Cuando Satanás trae culpa falsa a tu mente, recuerda...

"Si confesamos nuestros pecados, él es fiel y justo para perdonar nuestros pecados y limpiarnos de toda maldad" (1 Juan 1:9).

... y usa todos los otros versos sobre la mente dados en esta lección para batallar contra los ataques de Satanás en tu mente.

CLAMA POR UNA MENTE SANA:

Clama por una mente sana conforme la voluntad de Dios para ti. Para eliminar pensamientos de tortura, clama por la paz que es legitimamente tuya:

"La paz os dejo, mi paz os doy; yo no os la doy como el mundo la da. NO se turbe vuestro corazón NI tenga miedo" (Juan 14:27).

"Y la paz de Dios, que sobrepasa todo entendimiento, guardará vuestros corazones y vuestros pensamientos en Cristo Jesús" (Filipenses 4:7).

Estos son ejemplos de cómo puedes desarrollar todo un "arsenal" de Escrituras aplicables a los ataques mentales de Satanás. En la medida que estudias la Palabra de Dios, continúa identificando versiculos específicos para defender tu mente contra la invasión del enemigo.

DEJA QUE LA MENTE DE CRISTO ESTÉ EN TI:

Pablo escribió bajo la inspiración del Espíritu Santo:

"Haya, pues, en vosotros este sentir que hubo también en Cristo Jesús" (Filipenses 2:5).

Las palabras "haya pues" significan permitir o abrazar. Has de permitir que tu mente se vuelva como la mente de Jesús. ¿Cómo era la mente de Jesús? Un proyecto paral estudiar esta cuestión se provee en la sección de "maniobras tácticas" de este capítulo. Es posible lograr esto porque Pablo escribió:

"... Pues bien, nosotros tenemos la mente de Cristo" (1 Corintios 2:16).

CINE LOS LOMOS DE TU MENTE:

"Por tanto, ceñid los lomos de vuestro entendimiento..." (1 Pedro 1:13).

En el cuerpo natural, los lomos son la parte central del cuerpo debajo de la cintura. Los lomos son la parte más fuerte del cuerpo. Pedro está diciendo que debes preparar tu mente para ser fuerte. Una vez más, es algo que TÚ haces.

LLEVA LOS PENSAMIENTOS ERRÓNEOS CAUTIVOS:

Se nos dice que debemos llevar "cautivo todo pensamiento a la obediencia de Cristo" (2 Corintios 10:5). Si los pensamientos no fueran enemigos no habría ninguna necesidad de llevarlos cautivos. Piensa en como un soldado lleva cautivo a un enemigo en el mundo natural. Aplica estas ideas espiritualmente en la medida que "llevas cautivo" cada pensamiento.

DERRIBA PENSAMIENTOS ERRÓNEOS:

Una de la principales estrategias de enfrentamiento para proteger la mente es la de derribar. Derribar algo significa arrojarlo con gran fuerza. Pablo dijo:

> *"Aunque andamos en la carne, no militamos según la carne, porque las armas de nuestra milicia no son carnales, sino poderosas en Dios para la destrucción de fortalezas, derribando el que se levanta contra argumentos y toda altivez conocimiento de Dios, y llevando cautivo todo pensamiento a la obediencia a Cristo" (2 Corintios 10:3-5).*

Has de derribar imaginaciones malvadas que Satanás inserta en tu mente. Has de derribar pensamientos que se exaltan a sí mismos contra Dios. Has de llevar cada pensamiento cautivo a la obediencia del Señor.

Tú "derribas" al tomar conscientemente control de tu mente y rehusar convivir con los pensamientos que Satanás inserta. Ten en cuento que Tú debes derribar... no es algo que Dios hace por ti.

PIENSA EN ESTAS COSAS:

Una manera de "ceñir" los lomos de tu mente es pensar en asuntos mentales apropiados. Pablo dijo:

"Por lo demás, hermanos, todo lo que es verdadero, todo lo honesto, todo lo justo, todo lo puro, todo lo amable, todo lo que es de buen nombre; si hay virtud alguna, si algo digno de alabanza, en esto pensad" (Filipenses 4:8).

ENUEVA TU MENTE:

"Renovaos en el espíritu de vuestra mente" (Efesios 4:23).

"No os conforméis a este mundo, sino transformaos por medio de la renovación de vuestro entendimiento" (Romanos 12:2).

Renuevas tu mente mediante la oración y la meditación de la Palabra de Dios.

ANIMATE A TI MISMO EN EL SEÑOR:

David se animaba a sí mismo en el Señor:

"David se angustió mucho... Pero David halló fortaleza en Jehová, su Dios" (1 Samuel 30:6).

Una vez más, TÚ debes tomar la acción. Tú debes animarte a ti mismo en el Señor. No esperes a que otros lo hagan. Hazlo tú mismo con la ayuda de Dios!

RECONOCE LA FUENTE DE CONFUSIÓN:

Reconoce que la confusión no es de Dios:

"Pues Dios no es Dios de confusión, sino de paz. Como en todas las iglesias de los santos" (1 Corintios 14:33).

Desde que la confusión no es de Dios, rehúsa a aceptar el espíritu de confusión en tu mente.

<u>**CONTROLA LAS PUERTAS:**</u>

En los tiempos del Antiguo Testamento las ciudades estaban rodeadas por muros de protección contra los enemigos. Los muros tenían puertas en donde los guardias controlaban la entrada. Quienquiera que controlara las puertas de la ciudad controlaba la ciudad.

Un situación similar existe en términos de controlar la mente. Las "puertas" a tu ser más íntimo son los cinco sentidos. Es importante que no permitas que nada que tenga la habilidad de destruirte desde adentro entre. Esto significa que debes controlar tu naturaleza carnal.

Evita las cosas que abrirían las puertas a tu mente. Esto incluye cosas como drogas y el alcohol que reducen tu habilidad de pensar y responder. La pornografia inspira relaciones pecaminosas y crímenes sexuales. Ciertas clases de música, brujería, actividad cúltica, y control mental todos abren las "puertas" de tu mente.

Quita todas las obras de la carne y permite a Dios desarrollar en ti el fruto del Espíritu Santo (Ver Gálatas 5:19-26). NUNCA CEDAS a los ataques mentales del enemigo. Si tú cedes, puede que Dios no intervenga. Considera Romanos 1... Dios algunas veces no estorba a las personas en aquellas cosas a las cuales ellos ya han cedido. Pide a Jesús

<u>**MANIOBRAS TÁCTICAS**</u>

1. En la batalla por la mente Satanás trata de provocar:

- Una mente carnal: Romanos 8:6-7
- Una mente separada de Dios por obras malignas: Colosenses 1:21
  Una mente profanada: Tito 1:15
- Una mente que sigue a la carne: Efesios 2:3
- Una mente endurecida: Daniel 5:20

- Una mente dubitativa: Lucas 12:29
- Una mente vana: Efesios 4:17
- Una mente ciega: 2 Corintios 3:14
- Una mente y conciencia cauterizada: Tito 1:15
- Una mente despreciativa: Ezequiel 36:5
- Una mente maligna: Hechos 14:2
- Una mente incrédula: 2 Corintios 4:4
- Una mente débil: Hebreos 12:3
- Una mente reprobada: 11 Timoteo 3:8
- Doble ánimo: Santiago 1:8; 4:8
- Una mente corrupta: 1 Timoteo 6:5; 11 Timoteo 3:8; 2 Corintios 11:3

2. Cualidades mentales positivas que debes desarrollar:

- Una mente lista: 2 Corintios 8:19; 1 Pedro 5:2; Hechos 17:11
- Una mente pura: 11 Pedro 3:1
- Una mente perseverante: Isaías 26:3
- Una mente renovada: Efesios 4:23; Romanos 12:2
- Una mente humilde: Colosenses 3:12; Hechos 20:19 Una mente sobria: Tito 2:6
- Una mente sana: 11 Timoteo 1:7
- Una mente de amor: Mateo 22:37
- Una mente servicial: Romanos 7:25
- Una mente persuadida plenamente: Romanos 14:5
- Una mente ferviente: 2 Corintios 7:7
- Una mente dispuesta: 2 Corintios 8:12

3. A causa del pecado constante los hombre pueden ser guiados a una mente reprobada. Considera Romanos 1:28-32. Una mente reprobada es el más malvado tipo de mente que puedes imaginar.

4. Como aprendiste en este capítulo, una de las estrategias para la victoria en la mente es permitirle a la misma mente que estuvo en Jesús estar en ti. Estudia más el Nuevo Testamento para descubrir cómo era la mente de Jesús. ¿Qué actitudes mentales fueron reflejadas en Sus acciones? ¿Cómo Su ministerio reflejó su vida intelectual? ¿Cómo sus palabras reflejaron sus pensamientos?

5. Jesús conoce incluso los pensamientos de tu mente: ver Lucas 5:22; 6:8; 11:17.

6. Compara 2 Samuel 13:28 con Josué 1:9. Observa que el pasaje en Samuel es similar a aquel en Josué en donde Dios está hablando. Pero el pasaje de Samuel es mal aplicado. Absalón habló estas palabras a los asesinos de su hermano, Amnon. El diablo se hace eco de algunas de las más grandes palabras bíblicas ya que él usa y aplica equivocadamente la Escritura. Satanás nunca es más peligroso que cuando está citando la Biblia. Esta es una estrategia llave que usa al atacar la mente.

que cambiará su vida:

> **Señor Jesús, yo te recibo hoy como mi único Salvador**
>
> **personal; creo que eres Dios, que moriste en la cruz por mis pecados y que resucitaste al tercer día. Me arrepiento, soy pecador. Perdóname Señor. Gracias doy al Padre por enviar al Hijo a morir en mi lugar. Gracias Jesús, por salvar mi alma hoy. En Cristo Jesús mi Salvador. Amen**

www.ingramcontent.com/pod-product-compliance
Lightning Source LLC
Chambersburg PA
CBHW040510170726
48295CB00012B/153